FRANK REHFELD
Zwergenblut

Frank Rehfeld

Zwergenblut

Roman

Originalausgabe

blanvalet

FSC
Mix
Produktgruppe aus vorbildlich
bewirtschafteten Wäldern und
anderen kontrollierten Herkünften
Zert.-Nr. SGS-COC-001940
www.fsc.org
© 1996 Forest Stewardship Council

Verlagsgruppe Random House FSC-DEU-0100
Das für dieses Buch verwendete
FSC-zertifizierte Papier *Super Snowbright*
liefert Hellefoss AS, Hokksund, Norwegen.

1. Auflage
Originalausgabe Juli 2010 bei Blanvalet,
einem Unternehmen der Verlagsgruppe
Random House GmbH, München
Copyright © 2010 by Frank Rehfeld
Umschlaggestaltung: HildenDesign München
Umschlagfoto: Raphael Lacoste
Redaktion: Simone Heller
HK · Herstellung: sam
Satz: Uhl + Massopust, Aalen
Druck und Einband: GGP Media GmbH, Pößneck
Printed in Germany
ISBN: 978-3-442-26616-6

www.blanvalet.de

*Für Josy
Schwarze Flamme,
wenn alle anderen Feuer erlöschen*

1
ZARKHADUL

»Tot«, schnaubte Lhiuvan und zerstörte damit den Zauber des Augenblicks. Jäh wurde Thilus aus der ehrfürchtigen Bewunderung gerissen, die ihn ebenso wie die anderen Zwerge beim Anblick der gigantischen Höhle erfasst hatte; einer Höhle, die größer als jede andere war, die er je zuvor gesehen hatte. Sie durchmaß gut drei Meilen, und der steinerne Himmel wölbte sich hunderte Meter über dem Grund, gestützt von zahlreichen wahrhaft titanischen Felspfeilern.

Aber nicht allein die Größe der Höhle war es, die Thilus schier überwältigte, sondern viel mehr noch die Bedeutung dieses Ortes. Dies war Zarkhadul, eine Legende. Die einst größte und prachtvollste Zwergenmine, und außerdem eine der ersten, die sein Volk errichtet hatte. Das Herz und Prunkstück des Zwergenvolkes, vor mehr als einem Jahrtausend verschüttet und auf immer verloren geglaubt.

»Was?«, murmelte er benommen und blickte den neben ihm stehenden Elben an.

»Dieser Ort ist abstoßend, geradezu schrecklich«, stieß Lhiuvan hervor. »Tot, völlig lebensfeindlich. Kein Tageslicht, keine einzige Pflanze außer diesem ekelhaften Flechtengestrüpp. Ich verstehe nicht, wie irgendjemand hierherkommen und freiwillig hier leben kann.« Er verzog das Gesicht zu einer verächtlichen Grimasse. »Aber was kann man von Zwergen auch anderes erwarten? Einem Volk, dessen größtes Vergnügen darin besteht, im Dreck nach Schätzen zu wühlen, mag es ja sogar hier gefallen.«

Heißer Zorn loderte in Thilus auf, nicht nur, weil er als Dreckwühler beleidigt worden war, was kaum jemand sonst in Gegenwart von zwei Dutzend schwer bewaffneter Zwergenkrieger zu äußern gewagt hätte, sondern wegen des unerträglichen Hochmuts der Elben, die alles ausschließlich an ihrem eigenen Geschmack und ihren Ansichten maßen.

Es war allgemein bekannt, dass Elben für Stein und Fels wenig übrighatten, sondern sich nur an lebenden Dingen wie Pflanzen und Tieren zu erfreuen vermochten. Dennoch musste auch ihnen bewusst sein, was für eine unglaubliche architektonische Meisterleistung es darstellte, eine solche Höhle im Inneren eines Berges zu errichten und über Jahrtausende hinweg vor dem Einsturz zu bewahren.

Darüber hinaus wusste Lhiuvan genau, was für eine fast heilige Bedeutung dieser Ort für das Zwergenvolk besaß, und Thilus zweifelte keinen Augenblick daran, dass der Elb seine Bemerkungen nur aus genau diesem Grund gemacht hatte. Er hatte ihnen nicht nur den Moment verdorben, in dem sie Zarkhadul zum ersten Mal mit eigenen Augen sahen, sondern wollte sie mit voller Absicht provozieren.

Alles in Thilus schrie danach, Lhiuvan die Antwort zu geben, die er verdiente, und auch die anderen Zwergenkrieger begannen unwillig zu murren, doch mühsam bezähmte er seinen Zorn. Er war mit einem verkrüppelten linken Arm zur Welt gekommen, was es ihm eigentlich unmöglich gemacht hätte, Krieger zu werden. Aber mit eiserner Willenskraft und einem um ein Vielfaches härteren Training als alle anderen hatte er dieses Ziel dennoch erreicht. Unaufhörlich war er während seiner Ausbildung Hohn und Spott ausgesetzt gewesen, und auch anschließend war das Getuschel hinter seinem Rücken weitergegangen. Stets hatte er aufbrausend darauf reagiert und erst in den letzten Jahren gelernt, sein Temperament in zwergenuntypischer Art zu zügeln, was ihm jetzt zugute kam. Als Kriegsmeister Loton ihm das Kommando über den Kampftrupp übertragen hatte, hatte er durchblicken lassen, dass genau das einer der Gründe für seine Wahl gewesen war.

»Umso besser, wenn unsere Völker so verschieden sind«, sagte er mit erzwungener Ruhe. »Euch gefällt die Tiefenwelt nicht, und wir schätzen das Leben an der Oberfläche nicht. So sollte es doch gar keinen Streit zwischen uns geben.«

Seine Worte enthielten nicht nur eine Warnung an den Elben, sondern galten gleichermaßen den übrigen Zwergenkriegern, die durch die Beleidigung ebenfalls zutiefst getroffen waren. Ihren vor Zorn geröteten Gesichtern war anzusehen, dass es in ihnen brodelte.

»Schöne Worte, nicht mehr«, stieß Lhiuvans Begleiterin Aliriel hervor. »Hören wir auf, Zeit zu vergeuden. Je schneller wir diese Bestien ausmerzen, die angeblich von uns abstammen sollen, desto eher können wir an die Oberfläche zurückkehren. Ich habe das Gefühl, hier zu ersticken.«

Ebenso wie Lhiuvan trug die Elbenkriegerin eine helle Hose, die in kniehohen Stiefeln verschwand, und darüber ein braunes Wams, unter dem ein goldener Brustpanzer sichtbar war. Außer ihm war sie die Einzige aus ihrem Volk, die die Zwerge hierherbegleitet hatte, zu einem kaum meterbreiten Sims, der sich ein Stück unterhalb der Decke entlang der Höhlenwand dahinzog. Barlok selbst, der berühmte Kriegsheld, der mit einem Erkundungstrupp als erster Zwerg seit einem Jahrtausend einen Weg ins Innere des Kalathun gefunden hatte, hatte ihnen geraten, sich den Anblick nicht entgehen zu lassen, der sich von hier aus bot. Auch er hatte vor wenigen Tagen an dieser Stelle gestanden und von hier aus einen ersten Blick auf die Stadt in der Tiefe geworfen.

Es war kaum vorstellbar, dass ein Ort von solch atemberaubender Schönheit zugleich eine so schreckliche Gefahr barg...

»Die Säule dort vorne«, sagte Heldon, einer von Barloks Begleitern, der ihrem Trupp als Führer zugewiesen war, und deutete auf einen der titanischen Pfeiler, um den sich eine schier endlos erscheinende Treppe wand. »Dort sind wir in die Tiefe gestiegen.«

Thilus schauderte, als er sich vorstellte, wie mühsam die Überwindung dieser Stufen gewesen sein musste, vor allem, nachdem die Krieger die schreckliche Entdeckung gemacht hatten, dass Zarkhadul schon vor langer Zeit das gleiche Schicksal ereilt hatte wie Elan-Dhor. Auch seine Bewohner hatten zu tief und zu gierig geschürft und dabei ahnungslos ein Tor ins unterirdische Reich der Dunkelelben geöffnet, und wie das Heer der Zwergenkrieger von Elan-Dhor waren selbst die gewaltigen Armeen von Zarkhadul von diesem Feind überrannt und geschlagen worden. Mehr als hunderttausend Zwerge hatten hier einst gelebt, manche sprachen sogar von einer fast doppelt so großen Zahl, aber diesem Feind hatten auch sie nichts entgegenzusetzen gehabt. In ihrer Verzweiflung hatten sie schließlich selbst durch Sprengungen alle Zugänge zur Oberfläche verschlossen, um zu verhindern, dass die Thir-Ailith, wie sich die finsteren Kreaturen selbst nannten, dorthin gelangen und auch über andere Zwergenminen oder die Städte der Menschen herfallen konnten.

Erneut schauderte Thilus, als er an die unglaublichen Schrecknisse dachte, die sich hier zugetragen haben mussten. Wie viel Mut, wie viel Tapferkeit musste dazugehören, sich selbst mit einem so entsetzlichen Feind einzuschließen und dem sicheren Tod auszuliefern, nur um andere vor diesem Schicksal zu bewahren?

Noch einmal ließ er den Blick durch die Höhle wandern, bewunderte die kunstvollen Verzierungen der himmelhoch aufragenden Pfeiler, soweit sie aus der Entfernung zu erkennen waren, die Bögen und Brücken, die sich zwischen ihnen spannten, die hunderte Meter großen Gerüste aus Seilen, Holz und Metall, die einen Teil der Wände bedeckten, und natürlich die Stadt selbst in der Tiefe. Das ehrfürchtige Gefühl, das er zuvor verspürt hatte, wollte sich jedoch nicht wieder einstellen. Mit ihren abfälligen Bemerkungen hatten die Elben die Stimmung gründlich zerstört.

Thilus wandte sich um und sah seine Begleiter an. Ihnen ging es allen so wie ihm, das konnte er deutlich in ihren grimmigen Gesichtern lesen. Viele hatten die Fäuste geballt und brummten leise Verwünschungen und andere Unfreundlichkeiten in ihre Bärte. Völlig zu Recht fühlten sie sich um etwas betrogen, von dem sie geglaubt hatten, es könnte einer der erhebendsten Momente ihres Lebens werden. Mehr als einer von ihnen hätte den Elben wohl am liebsten einen Stoß versetzt, um sie von dem Sims in die Tiefe zu schleudern.

Zuletzt ließ Thilus seinen Blick auf den beiden Spitzohren verharren. Nicht umsonst wurden Elben auch als das schöne Volk bezeichnet, das musste er zugeben. Sie waren schlank und hochgewachsen, ihre Bewegungen voller Geschmeidigkeit und Eleganz. Helles Haar fiel lang über ihre Schultern, doch war es nicht bleich wie das der Thir-Ailith, sondern von der Farbe reinsten Goldes, und im Gegensatz zu den rundlichen, grobschlächtigen Gesichtern der Zwerge waren die ihren nahezu alterslos und unglaublich fein und ebenmäßig geschnitten, ohne den geringsten Makel. Verglichen mit ihnen sahen selbst Menschen wie Trolle aus.

Ganz besonders galt dies für weibliche Elben. Aliriel war ohne Zweifel eine der schönsten Frauen, die Thilus jemals gesehen hatte, egal aus welchem Volk. Vermutlich wäre sein Herz bei ihrem Anblick in ebenso leidenschaftlicher wie aussichtsloser Liebe entbrannt, wenn nicht auch sie den arroganten Hochmut in sich getragen hätte, der den meisten Angehörigen ihres Volkes zu eigen zu sein schien und der dazu beigetragen hatte, dass sich ihre beiden Völker in den vergangenen Jahrtausenden immer weiter entfremdet hatten. So engelsgleich ihr Gesicht auch sein mochte, besaß es doch nur die kalte Schönheit einer Statue. Der harte Ausdruck ihrer Augen schien ihm jegliche Wärme zu rauben.

Aber so groß die Unterschiede zwischen ihren Völkern auch sein mochten, für den Moment zählte vor allem, dass Zwerge, Elben und Menschen die Schlacht am Kalathun gemeinsam bestritten und gewonnen hatten.

Die endgültige Wende hatte erst Barlok gebracht, als es ihm gelungen war, mit dem letzten Sprengpulver in den Tiefen Zarkhaduls eine ins Riesenhafte mutierte Kreatur zu töten, die nur noch wenig Ähnlichkeit mit einem Thir-Ailith gehabt hatte, von der jedoch die magische Kraft ausgegangen war, die die Zwergenleichname mit neuem Scheinleben erfüllt hatte. Was genau es damit auf sich hatte, begriff Thilus noch immer nicht. Auch Barlok selbst hatte ihm keine Erklärung bieten können, aber darauf kam es auch nicht an.

Das Ungeheuer war tot, zusammen mit den meisten Dunkelelben, und mit seinem Tod war auch seine Magie erloschen. Die Aufgabe des Kampftrupps war es nun, auch die letzten Thir-Ailith aufzuspüren und unschädlich zu machen, die sich noch in Zarkhadul verstecken mochten.

»Gehen wir weiter«, entschied Thilus.

Sie mussten nicht über die Treppe am Pfeiler in die Tiefe steigen, sondern konnten einen anderen, weitaus bequemeren Weg nehmen. Um diesen zu erreichen, mussten sie jedoch zunächst einmal ein Stück durch den Stollen zurückgehen, bis sie die Abzweigung erreichten, an der die übrigen Elben auf sie warteten. Insgesamt handelte es sich um fünf Elbenmagier sowie zwanzig zu ihrem Schutz abgestellte Krieger, Aliriel und Lhiuvan mit eingerechnet. Lhiuvan war es auch, der darauf bestanden hatte, dass die Zahl der Zwergenkrieger die der Elben nicht überstieg. Angesichts der ungewissen Zahl von Thir-Ailith, die sich noch in Zarkhadul aufhalten mochten, wäre Thilus lieber mit einem größeren Kampftrupp aufgebrochen, hatte sich der Forderung jedoch fügen müssen.

Zahlreiche Stollen und Treppen durchzogen jenseits der Höhlenwände den Berg und führten auch bis in die Stadt hinunter. Barlok hatte sie bei seiner Expedition nur deshalb nicht benutzt, weil er nicht stunden- oder womöglich gar tagelang nach dem richtigen Weg hatte suchen wollen. Jetzt aber war dieser nicht zu verfehlen, da er auf eine grauenvolle Art markiert war.

Zarkhadul hatte einst weit mehr als hunderttausend Bewohner gehabt, und längst nicht alle waren als Untote an der Schlacht beteiligt gewesen. Weitere zehntausende Mumienkrieger hatten sich noch auf dem Weg an die Oberfläche befunden, und nach dem Erlöschen der Dunkelelben-Magie waren auch sie überall dort zusammengebrochen, wo sie sich gerade befunden hatten. Dementsprechend lagen zahllose Zwergenleichen neben- und übereinander in den Stollen des Kalathun, laut Barlok bis hinab zu der Leichengrube, aus der sie herausgestiegen waren.

»Was ist geschehen?«, fragte Nariala, eine der Elbenmagierinnen, als Thilus an der Spitze der Zwerge in den Hauptstollen zurückkehrte. »Ihr seht nicht sonderlich glücklich aus. Habt Ihr nicht gefunden, was Ihr sehen wolltet?«

Im Gegensatz zu den Elbenkriegern, die – abgesehen von Königin Tharlia – jeden Zwerg duzten, befleißigten sich die Magier immerhin der ehrenvollen Anrede, die Thilus seinem Rang gemäß zustand. Überhaupt waren sie nicht nur höflicher, sie gaben sich vor allem erheblich weniger hochmütig. Trotz der gefährlichen Mission trugen sie weder Waffen noch irgendeine Panzerung, sondern waren in lange, helle Gewänder mit einem Gürtel um die Taille gekleidet.

»Doch«, brummte Thilus.

Nariala musterte ihn einen Moment scharf, dann ließ sie ihren Blick zu Aliriel und Lhiuvan wandern, die sich wieder zu den übrigen Elbenkriegern gesellt hatten und scheinbar unbekümmert mit ihnen schwatzten. Ein Schatten schien über ihr Gesicht zu gleiten, aber sie sagte nichts. Thilus vermutete, dass sie sich viel von dem zusammenreimen konnte, was geschehen war.

Zusammen mit Heldon und einigen weiteren Zwergen übernahm er die Spitze des Trupps. Dahinter folgten die von Elbenkriegern zu allen Seiten abgeschirmten Magier, und den Abschluss bildeten die übrigen Zwerge.

Es war eine schreckliche Wanderung. Glücklicherweise waren die Stollen die meiste Zeit über ziemlich breit, aber an manchen Stellen verengten sie sich so sehr, dass es trotz größter Vorsicht kaum möglich war, nicht auf die mumifizierten Zwergenleichen zu treten, die den Boden bedeckten. Einige Male musste Thilus sie sogar erst aus dem Weg räumen lassen, ehe an ein Durchkommen zu denken war, vor allem an solchen Stellen, an denen Felsbrocken aus der Decke herabgebrochen waren und zusätzliche Hindernisse darstellten.

Sobald es gelungen war, auch die letzten Dunkelelben zu töten, die sich noch in Zarkhadul verbergen mochten, und in den Minen keine Gefahr mehr drohte, würde es eine der ersten Aufgaben sein, den unzähligen Toten eine ehrenvolle, seit mehr als tausend Jahren überfällige Bestattung im Feuer zukommen zu lassen.

Der Stollen führte in langen Windungen beständig abwärts, teils mit sanfter Neigung, teils aber auch recht steil, und einige Passagen ließen sich nur dank in den Fels gehauener Stufen überwinden. Von Zeit zu Zeit durchzogen Risse und Schründe den Boden, die zwar sehr tief zu sein schienen, zum Glück jedoch nur schmal waren. Auch in den Wänden klafften an vielen Stellen unregelmäßig geformte Risse und Spalten. Immer wieder gelangten sie an Abzweigungen, manchmal in regelrechte Kammern, in denen mehrere Stollen zusammenliefen. Die meisten führten wohl zu den Schürfgebieten in den oberen Bergflanken und den Wänden des unterirdischen Talkessels, die offenbar längst noch nicht ausgebeutet waren.

Thilus schwindelte es bei dem Gedanken, dass die Schätze von Zarkhadul einst mehr als hunderttausend Zwergen üppigen Wohlstand beschert hatten. Sein eigenes Volk maß nur noch knapp ein Fünftel dieser Zahl, und er wagte sich kaum vorzustellen, welche ungeheuren Reichtümer es hier erwarten mochten, selbst wenn man bedachte, dass die untersten Minenstollen, durch die die Dunkelelben einen Zugang gefunden hatten, mit Sprengungen verschüttet worden waren.

Als sie nach Heldons Schätzung etwa zwei Drittel der Strecke hinab in den Talkessel hinter sich gebracht hatten, ordnete Thilus eine Rast an. Wie er kaum anders erwartet hatte, stieß seine Entscheidung auf scharfe Kritik bei den Elbenkriegern.

»Unnötige Zeitverschwendung. So dauert es nur noch länger, bis wir an die Oberfläche zurückkehren können«, murrte Lhiuvan und fügte mit hämischem Unterton hinzu: »Ich dachte, ihr Zwerge wärt so stark und ausdauernd, aber damit ist es wohl nicht annähernd so weit her, wie man sich früher einmal berichtet hat.«

»Vielleicht haben auch die Jahrtausende in der stickigen Luft unter den Bergen sie ihrer einstigen Kraft beraubt«, ergänzte Aliriel in nicht minder spöttischem Ton. »Ich kann mir ohnehin kaum vorstellen, wie ein Volk auf Dauer hier unten leben kann.«

Zornig schluckte Thilus eine Bemerkung darüber hinunter, dass es ja wohl das Volk der Elben war, das in seinem abgelegenen Tal in der unwirtlichen Einöde des Nordens nur noch vor sich hin siechte und auf den Tod wartete.

»Nicht nur uns Zwergen und verschiedenen anderen Völkern ist dies hervorragend gelungen«, sagte er mit mühsam erzwungener Ruhe, »sondern sogar die Abtrünnigen Eures eigenen Volkes, die Ihr einst in die Tiefe verbannt habt, haben sich so gut daran angepasst, dass sie mittlerweile offenbar mächtiger denn je sind.«

Die Elbin schnaubte verächtlich.

»Wegen des bisschen faulen Zaubers, mit dem sie euch in der Schlacht getäuscht haben, um euch vorzugaukeln, dass sie selbst gegen euch kämpfen würden? Dazu gehört nicht besonders viel.«

»Wir haben auch gegen die Thir-Ailith selbst gekämpft, und obwohl wir all unsere Macht aufgeboten haben, haben sie uns geradezu überrannt«, entgegnete Thilus. Je absurder die Vorwürfe wurden, desto leichter fiel es ihm, Ruhe zu bewahren. »Sie sind nicht nur die gefährlichsten Kämpfer, mit denen wir es jemals zu tun bekamen, ihr Volk muss zudem riesig sein. Sie griffen uns zu Tausenden an, zu Zehntausenden, und dabei handelte es sich bestimmt *nicht* um wieder zum Leben erweckte Zwerge oder andere Geschöpfe.«

»Es ist …«, eiferte sich Aliriel, doch wurde sie von der Anführerin der Elbenmagier unterbrochen.

»Hört auf!«, befahl diese mit einer Schärfe in der Stimme, die Thilus der sonst so sanftmütig wirkenden Frau gar nicht zugetraut hätte. Ihre Augen schienen zu blitzen. Gleichzeitig verspürte er direkt in seinem Geist etwas wie einen Schlag, der für Sekunden ein unangenehm taubes Gefühl in seinem Kopf zurückließ.

Ungleich stärker traf es Aliriel und Lhiuvan. Beide stießen ein leises, gequältes Stöhnen aus, wurden blass und taumelten ein, zwei Schritte mit schmerzverzerrtem Gesicht zurück.

»Wir sind nicht hier, um untereinander zu streiten, sondern um gemeinsam gegen die Abtrünnigen in den Kampf zu ziehen«, fuhr Nariala mit immer noch scharfer Stimme fort. Das schadenfrohe Grinsen, das sich auf den Gesichtern einiger Zwerge auszubreiten begann, erlosch. »Niemand weiß, wie lange wir in den unterirdischen Katakomben werden suchen müssen, bis wir auch den letzten Thir-Ailith aufgespürt haben. Es nutzt nichts, wenn wir unser Ziel schon erschöpft erreichen, deshalb ist eine Rast durchaus sinnvoll.«

Keiner der Elben wagte mehr zu widersprechen. Im Gegensatz zu den Zwergen ließen sich allerdings nur wenige von ihnen auf dem Boden nieder. Während er einige Streifen des getrockneten Fleischs aus seinem Marschproviant aß, beobachtete Thilus Aliriel, die zusammen mit Lhiuvan ein Stück abseits stand. Der extreme Gegensatz zwischen ihrem Äußeren und dem, was sie dachte und wie sie auftrat, war ein Widerspruch, den er für sich selbst immer noch nicht aufzulösen vermochte. Er konnte einfach nicht begreifen, wie sich hinter einem so liebreizenden Gesicht solch ein Hochmut, solch eine Arroganz und Überheblichkeit verbergen konnten. Aber das galt nicht allein für sie, sondern im Grunde für alle Elben.

Schon seit Jahrtausenden hatte es keine Kontakte zwischen Zwergen und Elben mehr gegeben. Ihre Völker waren nicht miteinander verfeindet, aber man konnte auch nicht von Freundschaft sprechen. Die Elben waren das älteste bekannte Volk, und früher hatten sie sich als Lehrer und Ziehväter der jüngeren Völker verstanden, eine an sich noble Rolle, doch hatten sie sich nicht damit begnügt, ein wenig Hilfestellung zu leisten, sondern hatten die Entwicklung in ihrem Sinne beeinflussen wollen. So waren Konflikte abzusehen gewesen, als die Zwerge – genau wie viele andere Völker – irgendwann ihren eigenen Weg zu suchen begannen und sich nicht länger von den Elben hatten gängeln lassen. Das jedoch hatten sie ihnen in ihrer Überheblichkeit niemals verziehen, wodurch es zu einem Bruch zwischen den Völkern gekommen war.

Ungeachtet dessen hatte das gesamte Zwergenvolk in seiner Not trotzdem große Hoffnungen auf Kampfführer Warlon gesetzt, der mit einem Expeditionstrupp ausgezogen war, um die Elben zu finden und um Hilfe gegen die

Abtrünnigen ihres Volkes zu bitten, die Thir-Ailith, die nach einem schrecklichen Krieg vor Äonen von ihnen in unterirdische Höhlen tief unter dem Schattengebirge verbannt worden waren. Auch Thilus hatte gehofft, sie würden ein mächtiges Heer zur Unterstützung entsenden, doch ihre gesamte Hilfe bestand aus zwanzig Elbenmagiern und fünfzig Kriegern, Männern und Frauen gleichermaßen, was bei den Zwergen undenkbar gewesen wäre. Es fiel ihm immer noch schwer, die Kriegerinnen als vollwertig zu betrachten, aber während der Schlacht an den Hängen des Kalathun hatten sie bewiesen, dass sie ihren Brüdern an Kampfkraft und Entschlossenheit in nichts nachstanden.

Und auch die Magier hatten bereits gezeigt, über welch ungeheuerliche Macht sie verfügten, als sie während der Schlacht den Zauber der Thir-Ailith zerstört und das Heer der Zwerge hatten erkennen lassen, dass es sich bei den angreifenden Horden nicht um Dunkelelben, sondern um die durch finstere Magie zu untotem Leben erweckten früheren Bewohner Zarkhaduls gehandelt hatte. Zehntausende mumifizierte Leichen, nur zu dem einen Zweck wiedererweckt, das vor dem Kalathun aufgezogene Heer der Zwerge zu vernichten.

Aber obwohl die Elben mächtige Verbündete darstellten und die Zwerge derzeit jede Unterstützung dringend benötigten, war sich Thilus nach den Erfahrungen, die er mittlerweile mit ihnen gemacht hatte, nicht mehr sicher, ob er wirklich froh sein sollte, dass Warlons Expedition Erfolg gehabt hatte. Er hatte gehofft, dass zumindest die Spannungen zwischen ihren Völkern abnehmen würden, wenn sie sich erst einmal besser kennen lernten, doch was er in den vergangenen Stunden erlebt hatte, ließ ihn eher das Gegenteil fürchten, zumindest, was die Elbenkrieger betraf.

Anderseits würde auch ihre Macht und die der Magier nicht ausreichen, um Elan-Dhor zurückzuerobern und die Thir-Ailith zurück in ihr unterirdisches Reich zu treiben, dafür waren sie zu wenige. So prachtvoll Zarkhadul auch sein mochte, es widerstrebte Thilus zutiefst, mit seinem gesamten Volk hierher umzusiedeln und seine alte Heimat auf Dauer den Dunkelelben zu überlassen.

Sie rasteten nur wenige Minuten lang, dann gab er das Zeichen zum Aufbruch. Angesichts der herrschenden Spannungen und der mumifizierten Leichen war eine richtige Erholung ohnehin nicht möglich.

Weiter drangen sie in die Tiefe vor, wobei sein Blick immer wieder zu den aufwändigen Fresken glitt, die an vielen Stellen die Wände bedeckten. Gerne hätte er die kunstvollen Arbeiten genauer betrachtet und musste sich immer wieder ins Gedächtnis rufen, dass sie sich auf keiner harmlosen Expedition, sondern einem Kampfeinsatz auf feindlichem Territorium befanden, auch wenn die Harmlosigkeit, mit der alles bislang verlaufen war, leicht über die Gefahr hinwegtäuschen mochte.

Der Weg schraubte sich in einigen sehr engen Kehren in die Tiefe, dann erreichten sie ein langes, ebenes Stück mit zahlreichen Abzweigungen.

»Ich spüre etwas«, hörte Thilus Nariala hinter sich murmeln. »Da ist… *Passt auf!*«

Die letzten Worte schrie sie mit überschnappender Stimme. Die Elbenkrieger reagierten wesentlich schneller als die Zwerge, wirbelten herum und bildeten mit ihren kampfbereit erhobenen Schwertern einen doppelreihigen, stählernen Wall um die Magier.

Aber so schnell sie auch waren, es reichte nicht. Thilus sah, wie einem Krieger von einer unsichtbaren Klinge der

Kopf abgeschlagen wurde. Gleichzeitig traf zu seinem Entsetzen ein mit furchtbarer Wucht geführter Hieb Aliriel und spaltete ihren Schädel bis hinab zur Brust. Blut schoss aus der schrecklichen Wunde und besudelte den neben ihr stehenden Lhiuvan.

Als dieser begriff, was geschehen war, stieß er einen fassungslosen, von Schmerz und Wut erfüllten Schrei aus und fing die bereits tote Elbenkriegerin auf, als sie zu Boden stürzte, während um ihn herum das Töten weiterging.

2

DAS BITTERE ERBE DES SIEGES

»Wenn dieser verdammte Heiler mich noch einmal anfasst, hacke ich ihm die Hände ab!«, grollte Barlok grimmig, als Salos das Zelt verlassen hatte. Er richtete sich auf und schwang die Beine von der Pritsche. Dann hob er seine bis hinauf zu den Schultern bandagierten Arme, betrachtete sie einen Moment lang kopfschüttelnd und mit einem fast verzweifelten Gesichtsausdruck, dann streckte er sie Warlon entgegen. »Aber bei den Dämonen der Unterwelt, damit kann ich noch nicht mal ein Schwert oder eine Axt festhalten, geschweige denn führen.«

»Es gibt andere, die dies an deiner Stelle erledigen können. Du kannst nicht alles selbst tun«, antwortete Warlon. Mit sanfter Gewalt drückte er den Kriegsmeister auf die Pritsche zurück. Nicht nur dessen Arme, sondern auch seine Beine und sogar ein Teil seines Kopfes waren von Verbänden bedeckt. Überall, wo seine Haut ungeschützt gewesen war, als der Feuerball der Explosion ihn erfasst hatte, hatte er schwere Verbrennungen erlitten. Auch der unter seinem Helm hervorquellende Teil seines Haares war zu Asche verbrannt, lediglich sein Bart, der durch seinen Körper verdeckt gewesen war, war zu seiner großen Erleichterung nahezu unversehrt geblieben. »Man hat dich bereits für tot gehalten, und nach allem, was ich bislang gehört habe, ist es fast ein Wunder, dass du noch lebst.«

»Pah, du weißt doch, Steinläuse vergehen nicht so schnell. Ich kenne mich mittlerweile in Zarkhadul besser aus als jeder andere, und deshalb hätte ich den Kampftrupp befehligen sollen.«

Erneut wollte er sich aufsetzen, und ein weiteres Mal drückte Warlon ihn zurück.

»Du hast genug Ruhm und Ehre für drei Leben angesammelt. Noch in tausend Jahren wird man Heldenlieder über deine Expedition nach Zarkhadul singen und darüber, dass es dir gelungen ist, einen Weg in die Mine zu finden und die Thir-Ailith fast im Alleingang ihrer größten Macht zu berauben. Nun ist es für dich erst einmal an der Zeit, etwas zurückzutreten und dich zu erholen. Was jetzt noch zu erledigen ist, können andere tun. Thilus ist ein guter Mann, und Heldon kennt sich in Zarkhadul fast ebenso gut aus wie du.«

»Ich weiß«, brummte Barlok. »Aber trotzdem... Ich habe diese Angelegenheit begonnen, und ich will sie auch zu Ende führen. Es ist nicht meine Art, mich faul zurückzulehnen und andere die Arbeit tun zu lassen.«

»Faul zurücklehnen, so ein Unsinn! Du erholst dich von schweren Verletzungen, die du dir im Kampf zugezogen hast.«

»Nur ein paar Verbrennungen.«

»Die dennoch erst heilen müssen. Sei vernünftig, du würdest auch keinen verwundeten Mann für einen Einsatz auswählen.«

»Das ist nicht einfach nur ein Einsatz, und es geht mir auch nicht um Ruhm und Ehre.« Barloks Augen verengten sich. »Ich will unbedingt mithelfen, diese Kreaturen auszurotten, als Rache für alles, was sie unserem Volk angetan haben!«

Der flammende Hass, der aus seinen Worten sprach, erschreckte Warlon ein wenig, obwohl er ihn verstehen konnte. Er war nicht dabei gewesen, als die Thir-Ailith Elan-Dhor erobert hatten, und er hatte nur kurz die ausgemergelten Gestalten gesehen, die von den Dunkelelben in Zarkhadul wie Schlachtvieh regelrecht gezüchtet worden waren; Zwerge, die nichts von der glorreichen Vergangenheit ihres Volkes wussten und das Wort *Freiheit* nicht einmal kannten, weil sie von Geburt an nur in einer Höhle eingepfercht gewesen waren und diese nur auf Befehl der Dunkelelben verlassen hätten, um von diesen getötet zu werden.

Schon die bloße Vorstellung entsetzte Warlon bis ins Mark, und er konnte den Hass seines väterlichen Freundes gut nachvollziehen, da Barlok die bemitleidenswerten Wesen befreit und näher kennen gelernt hatte.

»Sie werden ihre gerechte Strafe erhalten«, behauptete er. »Die meisten hast du ohnehin selbst getötet, und Thilus wird dafür sorgen, dass nicht einer von ihnen seinem Schicksal entgeht. Wenn das deinen Rachedurst noch nicht abkühlt, warten in Elan-Dhor noch genügend von diesen Ungeheuern auf dich.«

»Die werden wir uns auch noch vornehmen!« Barlok schnaubte. »Aber jetzt brauche ich erst einmal ein paar große Humpen Bier, das ist die beste Medizin, die ich kenne. Und du hast dir zumindest einen kleinen verdient.«

»Ich werde dir einen Krug holen und ...«

»Unsinn!«, polterte Barlok. »Hör endlich auf, mich wie ein Kind zu behandeln! Es gibt keinen Grund, warum ich hier herumliegen soll, wenigstens meine Füße sind völlig gesund. Ich denke gar nicht daran, mir die gesamte Siegesfeier entgehen zu lassen.«

Wieder setzte er sich auf und schwang die Beine von der

Pritsche. Diesmal ließ Warlon ihn gewähren. Barlok verharrte kurz, erst dann erhob er sich ganz. Einen Moment lang war er etwas wackelig auf den Beinen, aber das gab sich bereits nach wenigen Sekunden.

Gemeinsam verließen sie das kleine Zelt, das man seinem hohen Rang gemäß ihm allein zugeteilt hatte, statt ihn zu den anderen Verwundeten in die großen Mannschaftszelte zu legen. Kaum ein Zwergenkrieger hatte die erst wenige Stunden zurückliegende Schlacht ohne Blessuren überstanden, und viele waren mehr oder weniger schwer verletzt worden. So viele, dass selbst die zahlreichen Zelte nicht ausreichten, sie alle aufzunehmen, sodass die weniger schlimmen Fälle von den Heilern unter freiem Himmel versorgt werden mussten.

Die Schlacht war ihnen unter enormem Zeitdruck aufgezwungen worden, nur durch tagelange Gewaltmärsche hatte das Heer den Kalathun überhaupt noch rechtzeitig erreichen können, um einen Ausbruch der Dunkelelben zu verhindern. Für die Errichtung befestigter Stellungen oder auch nur eines richtigen Feldlagers war keine Zeit geblieben. Alles war lediglich improvisiert, und ein Teil der Zelte und der sonstigen Ausrüstung wie Arzneien, Verbände und Lebensmittel stammte sogar aus dem Tross der lartronischen Armee. Der kleine Anfang einer Wiedergutmachung dafür, dass die Menschen unter der Führung des ruhmsüchtigen Vizegenerals Nagaron in blinder Verkennung der tatsächlichen Gefahr zunächst das Zwergenheer angegriffen hatten, wie Warlon erst später zu seinem Schrecken erfahren hatte.

Obwohl Zwerge und Menschen anschließend in der Schlacht gegen die untoten Mumienkrieger Seite an Seite gekämpft hatten, war dieser Vorfall, der fast zweihundert

Zwerge das Leben gekostet hatte, noch längst nicht vergessen. Entsprechend wurde auch auf den Sieg nicht gemeinsam angestoßen, aber zumindest von den Zwergen wurde er auf jeden Fall gefeiert, und das – wie es ihrer Art entsprach – laut und ausgiebig. Bis der Felsen barst, wie eine Redewendung besagte.

Schließlich gab es auch allen Grund dazu.

Sie hatten nicht nur eine Schlacht gewonnen und einen Ausbruch der Dunkelelben aus dem Kalathun verhindert, sie standen auch im Begriff, Zarkhadul zurückzuerobern; eine Mine, deren Reichtum legendär war und ihrem ganzen Volk neuen Wohlstand bringen würde. Mehr als ein Zwerg mochte schon von ungeheuren Schätzen träumen, die dort herumlagen und nur darauf warteten, dass jemand kam und die Hand danach ausstreckte.

Schon von weitem hallte ihnen lautes Lachen und Singen entgegen. Der Kampf hatte zahlreiche Opfer gefordert, und die meisten Krieger hatten mindestens einen Freund oder Verwandten verloren, aber daran wollte jetzt niemand denken. Diejenigen, die die Schlacht auch nur halbwegs unbeschadet überstanden hatten, feierten nicht allein den Sieg, sondern auch die Tatsache, dass sie selbst noch am Leben waren.

Als man Barlok und Warlon erblickte, waren sie binnen kürzester Zeit von einer Schar Krieger umringt, die sie mit Fragen bombardierten. Was sich in den vergangenen Tagen in Zarkhadul zugetragen hatte, hatte durch Barloks Begleiter bereits die Runde gemacht. Lediglich von dem monströsen Thir-Ailith-Ungeheuer hatte er nicht einmal ihnen erzählt. Außer der Königin, den Elben und dem Kampftrupp, der zurzeit in den Minen unterwegs war, wussten nur wenige Eingeweihte davon. Niemand konnte sich bislang einen Reim darauf machen, was es mit dieser Kreatur auf sich hatte, und solange sich das nicht änderte, war es wohl das Beste, darüber Stillschweigen zu bewahren.

Dementsprechend galten die meisten Fragen weniger den Thir-Ailith, die zumindest in Zarkhadul bereits als so gut wie besiegt angesehen wurden, sondern der Mine selbst. Schon in früheren Zeiten war sie ob ihrer Pracht und ihres Reichtums von Legenden umrankt gewesen, und das Jahrtausend, in dem sie von der Außenwelt abgeschnitten gewesen war, hatte dies noch verstärkt.

Nachdem man ihm genau wie Warlon einen Bierkrug in die Hand gedrückt hatte und sie ein paar kräftige Schlucke getrunken hatten, begann Barlok zu erzählen, doch wie es seine Art war, hielt er sich äußerst knapp. Schon bald erkannte die wachsende Schar der Zuhörer, dass sie zu ihrem Leidwesen von ihm nichts erfahren würde, was sich nicht ohnehin schon herumgesprochen hatte.

Als schließlich einer von ihnen ganz offen nach Schätzen fragte, brach Barlok in brüllendes Gelächter aus.

»Ihr seid verrückt!«, stieß er hervor, als er sich wieder beruhigt hatte. »Was habt ihr bloß für Vorstellungen? Wir wurden von den Thir-Ailith gejagt! Glaubt ihr, da hätten wir nichts Besseres zu tun gehabt, als nach irgendwelchen verborgenen Reichtümern zu suchen? Sobald auch die letzten Dunkelelben in Zarkhadul besiegt worden sind, könnt ihr euch ja selbst auf Schatzsuche begeben, aber jetzt verschont mich mit diesem Unsinn. Bringt mir lieber ein frisches Bier! Ich bin hier, um zu trinken und zu feiern.«

Jemand reichte ihm einen neuen Krug, während sich das Interesse auf Warlon verlagerte. Seine Expedition zu den Elben hatte ihn und seine Begleiter weiter weg vom Schattengebirge geführt als jeden anderen lebenden Zwerg, bis hin zu den eisigen Einöden hoch im Norden. Dennoch betrafen nur wenige Fragen die Reise selbst und die Länder, die er durchquert hatte. Was außerhalb ihrer Hallen geschah und sie nicht unmittelbar betraf, war für die meisten Zwerge nur von geringem Interesse. Stoff für spannende Geschichten, die man sich an einem prasselnden Kaminfeuer erzählte, aber nichts, was wirklich wichtig war.

Und im Moment gab es eine Menge wesentlich Interessanteres und Wichtigeres. Vor allem über die Elben, ihre Eigenarten und Fähigkeiten, und darüber, in welchem Umfang sie Hilfe zu leisten in der Lage wären, prasselten zahlreiche Fragen auf Warlon ein.

Auf viele davon vermochte auch Warlon keine Antworten zu geben, sondern wünschte sich selbst, diese zu kennen. Er und seine Begleiter hatten sich nur einen Tag lang im goldenen Tal aufgehalten und nur mit wenigen Elben gesprochen. Während der gesamten Rückreise mit dem Schiff schließlich war ihnen so schlecht gewesen, dass an eine Unterhaltung ebenfalls nicht zu denken gewesen war. Zwerge und eine größere Menge Wasser, als in eine Trinkflasche passte, das vertrug sich nun einmal nicht miteinander. Schon gar nicht bei einer Reise auf einem schwankenden Schiff über einen sich in alle Richtungen endlos erstreckenden Ozean, gegen den selbst das gewaltige Tiefenmeer zu einem kleinen Tümpel verblasste. Es schauderte Warlon immer wieder, wenn er nur daran dachte, dass viele Menschen und auch Elben sich freiwillig ins Wasser begaben und ihren gesamten Körper damit abrieben. Manche Völker hatten eben überaus bizarre Gebräuche.

Nach einiger Zeit entdeckte er ein Stück entfernt Malcorion, der zusammen mit Lokin etwas abseits von den übrigen Zwergen zusammenstand. Ailin war zu seinem Leidwesen nirgendwo zu sehen. Trotzdem ließ er alle weiteren Fragen an sich abprallen und ging zusammen mit Barlok zu den beiden hinüber.

»Ich möchte dir noch einmal für deine Hilfe danken«, wandte er sich an den Waldläufer. »Ohne dich hätten wir es niemals geschafft.«

»Das habt ihr auch jetzt noch nicht«, entgegnete der Waldläufer ruhig.

Verwirrt blickte Warlon ihn an, und auch auf Lokins Gesicht erschien ein fragender Ausdruck.

»Jedenfalls nicht, wenn all das stimmt, was ihr mir erzählt habt«, fuhr Malcorion fort. »Ihr habt euch von den Elben Hilfe bei der Verteidigung eurer Stadt erhofft, doch nun stellt sich heraus, dass sie bereits gefallen ist, noch bevor ihr mich überhaupt erreicht habt und wir uns auf den Weg in den hohen Norden gemacht haben. Dafür scheint es euch jetzt zu gelingen, Zarkhadul aus der Gewalt der Dunkelelben zu befreien. Die Frage ist, ob euch das reicht, ob ihr euch dort niederlassen und Elan-Dhor aufgeben wollt.«

»Elan-Dhor aufgeben!«, schnaubte Barlok. »Niemals! So prachtvoll Zarkhadul auch sein mag, und so große Reichtümer noch in den Minen ruhen mögen, Elan-Dhor ist unsere Heimat. Ich werde mich nie damit abfinden, es in der Hand dieser Bestien zu belassen.«

»Das wollte ich hören.« Malcorion rang sich ein knappes Lächeln ab. »Sonst hätte ich auch nicht gewusst, was ich noch hier soll.«

»Wie meinst…«

»Ich habe eingewilligt, euch zu den Elben zu führen, weil diese Thir-Ailith mir alles genommen haben, was mir etwas bedeutete«, fiel der Waldläufer Warlon ins Wort. »Ich wollte mich an diesen Bestien für den Tod meiner Frau und meiner Kinder rächen.« Während er sprach, verzerrte sich sein Gesicht immer mehr vor Hass. »Diese Kreaturen sollen für die grausamen Morde büßen, nicht nur das Ungeheuer, das meine Familie abgeschlachtet hat, sondern ihr ganzes Volk, damit von ihnen nie wieder eine Gefahr ausgeht und sie nie wieder solche Untaten verüben können. Und diese Rache will ich immer noch, nur deshalb bin ich noch hier. Ich will gegen diese Ungeheuer kämpfen, aber wenn euer Volk sich mit der Eroberung Zarkhaduls zufriedengeben sollte, habe ich hier nichts mehr verloren.«

Er biss die Zähne so fest zusammen, dass seine Kiefermuskeln hervortraten. Seine Augen schienen unter einem inneren Feuer zu glühen.

Einige Sekunden herrschte betroffenes Schweigen, dann begann Barlok plötzlich grölend zu lachen.

»Der Mann ist nach meinem Geschmack!«, stieß er hervor und schlug Malcorion mit der Hand auf den Rücken, dann wurde er schlagartig wieder ernst. »Was du sagst, ist genau das, was ich denke. Elan-Dhor ist meine Heimat und wird es auch immer bleiben. Unser Volk würde jegliche Selbstachtung verlieren, wenn wir uns mit diesem Verlust abfinden würden, ohne wenigstens zu versuchen, es zurückzuerobern. Und solange die Thir-Ailith existieren, würde zudem ständig die Bedrohung auf uns lasten, dass sie womöglich doch noch einen Weg ins Freie finden. Aber ich bin lediglich ein Krieger und habe bei Fragen von solcher Bedeutung nicht zu entscheiden.«

»Gut gesprochen«, erwiderte Malcorion. Seine Gesichtszüge entspannten sich, und er begann ebenfalls zu lächeln. »Aber versuch mir nicht weiszumachen, dass du bei Fragen wie diesen nichts zu entscheiden hättest. Während unserer langen Reise hat mir Warlon viel über dich erzählt. Dein

Wort gilt eine Menge bei eurem Volk, selbst Königin Tharlia wird deinen Rat nicht leichtfertig abtun, sie ist eine sehr kluge Frau. Und dass du in dieser Angelegenheit so wie ich denkst, genügt mir für den Moment.«

»Darauf kannst du Glühmoos essen«, bekräftigte Barlok noch einmal. »Ich für meinen Teil jedenfalls werde nicht eher ruhen, bis auch das letzte dieser Ungeheuer vernichtet ist, das schwöre ich bei meinem Barte.«

Warlon runzelte die Stirn. Er konnte Malcorions Verlangen nach Rache für die Ermordung seiner Familie gut verstehen, aber Barloks Fanatismus erschreckte ihn ein wenig. Sicher, auch er wünschte sich, nach Elan-Dhor zurückkehren zu können, und auch er war noch immer fassungslos über die Grausamkeit, mit der die Thir-Ailith in Zarkhadul Zwerge wie Schlachtvieh gemästet hatten, ganz abgesehen von den zahllosen Toten, die die Schlachten und kleineren Scharmützel mit den Dunkelelben sein Volk gekostet hatten.

Barloks Hass hingegen schien so persönlich und tief zu sitzen, dass er nicht nur aller Vernunft widersprach, sondern auch jedes nachvollziehbare Maß überstieg. Er sprach nicht einmal mehr vom Töten, sondern davon, die Dunkelelben zu *vernichten*, als wären es Dinge, keine Lebewesen.

Außerdem bestand nach allem, was Warlon seit seiner Rückkehr gehört hatte, keine auch nur annähernd realistische Aussicht auf einen militärischen Sieg über die Thir-Ailith, auch nicht mit Hilfe der Elben oder des lartronischen Heeres. Die Rückeroberung Elan-Dhors mochte ein schöner Traum sein, mehr aber auch nicht, jedenfalls nicht zum gegenwärtigen Zeitpunkt. Kommenden Generationen mochte dies einst gelingen, doch derzeit war jedes Wort darüber nur leeres Gerede.

Warlon kam nicht dazu, weiter darüber nachzudenken, weil in diesem Moment ein gellender Schrei durch die Nacht hallte und sogar den Lärm der Feiernden übertönte.

»Das war Königin Tharlia!«, keuchte Warlon erschrocken, während er bereits herumfuhr und losrannte.

Nachdem sie den beiden vor ihrem Zelt stehenden Wachposten den Befehl erteilt hatte, sie nur in wirklich dringenden Fällen zu stören, und auch Loina, ihre Leibdienerin, mit einer Handbewegung hinausgescheucht hatte, ließ Tharlia mit einem erleichterten Seufzen den Vorhang vor dem Eingang herabfallen und genoss für einige Sekunden die Stille um sich herum. Natürlich war es nicht richtig still, nicht inmitten eines Lagers mit tausenden Kriegern, die ihren Sieg in der Schlacht feierten, aber der dicke Stoff aus Luanen-Fell dämpfte alle Geräusche immerhin erheblich.

Schließlich ließ sie sich auf einem Sitzkissen nieder, goss aus einem bereitstehenden Krug etwas Wein in einen Becher und trank in langsamen, kleinen Schlucken. Beinahe augenblicklich begann sie die Wirkung des schweren Weins zu spüren, vor allem, da sie den ganzen Tag über kaum dazu gekommen war, etwas zu essen, und sie verzichtete darauf, sich noch einmal nachzuschenken, nachdem sie den Becher geleert hatte.

Auch hatte sie in der vergangenen Nacht kaum Schlaf gefunden, da niemand mit Sicherheit hatte vorhersagen können, wann es den Dunkelelben gelingen würde, die letzten vor dem Ausgang aus Zarkhadul errichteten Barrieren zu durchbrechen. Bei Sonnenaufgang war es schließlich geschehen, und die viele Stunden tobende Schlacht hatte begonnen, doch hatte Tharlia nicht nur deren Verlauf bangend verfolgt, sondern gleichzeitig noch Verhandlungen mit General Nagaron geführt, dem Befehlshaber der lartronischen Armee, deren rund zehntausend Soldaten anschließend an der Seite der Zwerge gekämpft hatten. Mit der im Augenblick höchster Not eingetroffenen Abordnung der Elben, durch die die Schlacht schließlich ein siegreiches Ende gefunden hatte, hatten sich weitere Verhandlungen angeschlossen. Hauptsächlich hatte es sich um bloßes Höflichkeitsgerede gehandelt, ein vorsichtiges Abtasten zwischen zwei Völkern, die seit Jahrtausenden kaum noch Kontakt zueinander gehabt hatten, wodurch ihre gegenseitige Sichtweise verzerrt worden war und der Entstehung von Vorurteilen Vorschub geleistet hatte.

Auch die Schilderungen von Warlon und seinen Begleitern über ihre erfolgreiche Reise bis zum goldenen Tal der Elben hatte sie sich angehört, und zuletzt natürlich auch Barloks Bericht über den Vorstoß des von ihm befehligten Kriegertrupps in die Tiefen des schon vor langer Zeit von den Dunkelelben eroberten Zarkhadul, der es den grauenvollen Kreaturen überhaupt erst ermöglicht hatte, an die Erdoberfläche zu gelangen.

Alles in allem war es ein nicht nur überaus ereignisreicher, sondern vor allem auch sehr langer und anstrengender Tag gewesen, und entsprechend erschöpft fühlte sich Tharlia. Sie hätte nichts lieber getan, als sich hinzulegen und ihrem Körper und Geist so viel Schlaf zu gönnen, wie sie benötigten, bis sie von selbst wieder aufwachte, aber daran war vorläufig noch nicht zu denken. Obwohl es höchstens noch zwei Stunden bis zum Sonnenuntergang dauern würde, war der Tag für sie noch längst nicht zu Ende, und sie würde sich höchstens eine kurze Ruhepause gönnen können.

Weitere Beratungen würden nötig sein, um wenigstens

das Vorgehen für den nächsten Tag festzulegen, zudem wartete sie schon auf Nachricht von der gemeinsamen Expedition aus Elben und Zwergen unter der Führung von Thilus, die in den Tiefen von Zarkhadul Jagd auf eventuell noch dort verborgene Thir-Ailith machte.

Thilus...

Tharlia war auf ihn aufmerksam geworden, als er in einem besonders heldenhaften Alleingang einen Ausbruch der Dunkelelben aus Elan-Dhor verhindert hatte. Seine besonnene, aber dennoch bestimmte Art gefiel ihr, und in den zurückliegenden Wochen hatte sie ihm immer bedeutsamere Aufträge anvertraut, die er zu ihrer vollen Zufriedenheit erledigt hatte, weshalb sie große Stücke auf ihn hielt. Darüber hinaus...

Sie verdrängte die Gedanken an den Krieger und schloss die Augen. Den größten Teil ihrer ehemaligen Fähigkeiten als Hohepriesterin der Göttin Li'thil hatte sie mit ihrer Krönung und dem damit verbundenen Ausschluss aus dem Orden verloren. Dennoch fiel es ihr gewöhnlich auch jetzt noch leicht, sich in Trance zu versetzen, da es sich weniger um eine von der Göttin verliehene Fähigkeit als hauptsächlich um eine erlernte Form besonderer Entspannung handelte, die ihr neue Kräfte verlieh und viele Stunden Schlaf zu ersetzen vermochte.

Gerade diese Entspannung jedoch fiel ihr heute schwer. Zu viel war an diesem Tag passiert, zu viele Gedanken schossen ihr durch den Kopf, und zu viele Fragen quälten sie.

Ursprünglich hatte sie die Königswürde hauptsächlich aus eigensüchtigen Motiven angestrebt. Sicher, König Burian war korrupt und unfähig gewesen, und unter seiner Regentschaft war es mit dem Zwergenvolk immer weiter bergab gegangen. Spätestens nach seinen katastrophalen Fehlentscheidungen, wie der Bedrohung durch die Dunkelelben zu begegnen wäre, war er unmöglich noch länger tragbar gewesen, oder ihr Volk wäre dem Untergang geweiht gewesen. Nach ihren Erfahrungen an der Spitze des Priesterinnenordens hatte Tharlia sich durchaus zugetraut, eine weit bessere Regentin zu sein, doch in erster Linie war es ihr um den immensen Zugewinn von Macht, Bedeutung und Ansehen gegangen, der mit der Erlangung der Königswürde einherging. Die Gefahr durch die fremden Kreaturen aus der Tiefe war ihr gerade recht gekommen, und mit geschickten Winkelzügen hatte sie die übrigen Angehörigen des Hohen Rates auf ihre Seite gebracht, deren Unterstützung notwendig gewesen war, um Burian vom Thron zu stürzen und an seine Stelle zu treten.

Zwar hatte sie ihr Ziel erreicht, aber ihr war keine Zeit geblieben, sich ihres Erfolgs zu freuen. Auch sie hatte die Gefahr durch die Dunkelelben unterschätzt, und nach der Schlacht am Tiefenmeer, die sie trotz Aufbietung aller Streitkräfte und der Unterstützung durch die Goblins verloren hatten, war ihr nichts anderes geblieben, als Elan-Dhor aufzugeben und ihr Volk in eine ungewisse Zukunft an der Oberfläche zu führen. Obwohl es der einzige Weg gewesen war, es vor der völligen Ausrottung zu bewahren, hatte diese Entscheidung ihr viel Feindschaft eingebracht, vor allem innerhalb der weitgehend ihrer Existenz beraubten Arbeiterkaste, zumal neue Gefahren durch die von Misstrauen, Fremdenfeindlichkeit und Fanatismus verblendeten Menschen sie an der Oberfläche erwartet hatten.

Die Wiederentdeckung und Rückeroberung des für immer verloren geglaubten Zarkhadul würde ihre Kritiker für einige Zeit zum Verstummen bringen und ihrem Volk eine neue Heimat in der Tiefenwelt bieten, aber sie hatten mit vielen Leben dafür bezahlt. Zum zweiten Mal innerhalb kurzer Zeit hatte Tharlia ihr Volk in eine schreckliche Schlacht mit vielen Opfern führen müssen. Auch die Nachricht vom Sieg würde den Hinterbliebenen der Gefallenen nur wenig Trost bieten.

Mühsam verdrängte Tharlia auch diese Gedanken und zwang sich, alle weiteren an sich vorbeiziehen zu lassen, ohne sie zu beachten. Dennoch gelang es ihr immer noch nicht, den wohligen Zustand völliger Entspannung und Leere in ihrem Geist zu erzeugen, den herzustellen ihr sonst so leicht fiel.

Irgendetwas störte sie und lenkte sie ab, ein Einfluss von außen, und als sie endlich erkannte, worum es sich handelte, war es fast schon zu spät. Sie fuhr herum, und im gleichen Moment zerteilte der Hieb einer unsichtbaren Schwertklinge mit einem leisen, reißenden Geräusch den Stoff an der Rückfront des Zeltes von oben nach unten. Die fremde Aura, die sie bislang nur vage und schwach wahrgenommen hatte, wurde schlagartig stärker.

Noch bevor sie ihre Schrecksekunde ganz überwunden hatte, griff Tharlia bereits instinktiv auf den winzigen Rest der ihr noch verbliebenen Magie der Priesterinnen zurück. Scheinbar aus dem Nichts wurde plötzlich eine hochgewachsene Gestalt sichtbar, die als schemenhafter Schatten durch die Öffnung sprang.

Tharlia schrie gellend auf und warf sich zur Seite, kaum eine Sekunde, bevor die Schwertklinge dort niederzuckte, wo sie gerade noch gesessen hatte, und das Sitzkissen aufschlitzte. Die Füllung aus Luanen-Wolle quoll heraus.

Tharlia rollte sich über den Boden unter einem Tisch hindurch und hoffte, von dort aus den Ausgang erreichen zu können, doch mit wenigen blitzschnellen Schritten versperrte der Dunkelelb ihr den Weg. Mühelos schleuderte er den Tisch zur Seite.

Erst jetzt wurde der Vorhang vor dem Eingang aufgerissen, und die durch ihren Schrei alarmierten Wachposten kamen hereingestürmt. Mit einem zornigen Fauchen fuhr der Dunkelelb herum und ließ sein Schwert durch die Luft sausen. Selbst die beiden trainierten Elitekrieger hätten nicht schnell genug reagieren können, und der Hieb hätte beiden den Kopf von den Schultern getrennt, wenn sie nicht ihre Streitäxte bereits kampfbereit in den Händen gehalten hätten. So jedoch gelang es einem von ihnen, die Klinge mit dem stählernen Stiel seiner Axt abzuwehren, während der andere mit seiner Waffe nach dem Thir-Ailith schlug.

Nahezu mühelos wich dieser zur Seite aus.

Obwohl sie sie meisterhaft zu führen verstanden, hatten die beiden Zwergenkrieger mit ihren schweren Äxten keine Chance gegen den schnellen und ungeheuer wendigen Dunkelelben, das hatten bereits frühere Kämpfe gezeigt. Auch war nicht daran zu denken, die Äxte abzulegen und stattdessen die Schwerter zu ziehen, da jede noch so kurze Ablenkung vermutlich den sofortigen Tod der Krieger bedeutet hätte. Obwohl der Kampf erst Sekunden dauerte und sie zu zweit waren, kamen sie überhaupt nicht mehr dazu, ihrerseits einen Angriff zu starten, sondern konnten sich nur mit Mühe der auf sie einprasselnden Hiebe erwehren. Dennoch kämpften sie mit Todesverachtung weiter, um ihre Königin zu schützen.

Tharlia wich zurück und warf rasch einen Blick zu dem Riss im hinteren Teil des Zeltes, durch den der Dunkelelb eingedrungen war. Es wäre jetzt leicht für sie gewesen, auf diesem Weg zu fliehen, doch hätte sie die beiden Krieger damit dem sicheren Tod ausgeliefert. Es waren allein ihre Fähigkeiten, die den Unsichtbarkeitszauber der Kreatur teilweise aufhoben und sie schemenhaft sichtbar machten. Ohne diese Unterstützung würden die Krieger von dem Unsichtbaren augenblicklich niedergemacht werden.

Aber auch so sah es keineswegs gut für sie aus. Länger als ein paar weitere Sekunden würden sie sich gegen diesen schrecklichen Feind kaum noch halten können.

Tharlia wich noch ein paar Schritte zurück und ließ ihren Blick hastig durch das Zelt schweifen, doch nirgendwo gab es eine Waffe. Sie selbst hatte als Hohepriesterin der Li'thil veranlasst, dass alle Angehörigen des Ordens nicht nur ihren Geist schulten, sondern auch ihren Körper, wozu auch ein umfangreiches Kampf- und Waffentraining gehörte, dem sie sich selbst ebenfalls unterworfen hatte.

Einer der Krieger durchschaute eine Finte des Dunkelelben zu spät, und es gelang ihm nicht mehr, dessen vorstoßendes Schwert abzuwehren. Die Klinge bohrte sich so tief in seinen Hals, dass sie blutverschmiert im Nacken wieder austrat. Ohne noch einen Laut von sich zu geben, stürzte der Zwerg zu Boden.

Mit noch größerer Entschlossenheit attackierte der Thir-Ailith den zweiten Krieger, um auch ihn niederzustrecken.

Tharlia wusste, dass jetzt ihre letzte Chance zur Flucht gekommen war. Es konnte nur noch Momente dauern, bis auch der zweite Wachposten fiel. Anschließend würde die schattenhafte Kreatur sich sofort wieder ihr zuwenden, um sie zu töten, und dann wäre es zu spät, noch vor dem ungleich schnelleren Elben davonzulaufen.

Sie wurde ihres Gewissenszwiespalts enthoben, als, angelockt von ihrem Schrei, ein weiterer Krieger ins Zelt gestürmt kam. Sofort erfasste er die Situation und beging gar nicht erst den Fehler, den Thir-Ailith mit seiner Axt anzugreifen, sondern ließ sie ohne zu zögern fallen und zog stattdessen sein Schwert, ehe er sich mit einem grimmigen Schlachtruf in den Kampf stürzte.

Weitere Krieger drängten nun ins Zelt, unter ihnen auch Barlok und Warlon. Dieser Übermacht war auch der Dunkelelb nicht gewachsen. Er stieß ein zorniges Fauchen aus, das gleich darauf in einen unerträglich schrillen, in den Ohren schmerzenden Schrei überging, als ein Hieb seinen Schwertarm traf und ihn abtrennte. Eine weitere Klinge bohrte sich tief in seine Brust.

Im Tod verlor der Dunkelelb seine Unsichtbarkeit. Von weißlichem Blut überströmt, das aus seinen Wunden floss, sank die bleiche Gestalt zu Boden und starb.

Achtungsvoll wichen die Krieger zur Seite, als Tharlia auf den toten Thir-Ailith zutrat und einige Sekunden lang auf ihn hinabblickte.

»Wie konnte das geschehen?«, fragte sie mit tonloser Stimme, als ihr rasender Herzschlag sich schließlich beruhigt hatte, und sah Barlok an. »Er ist unsichtbar in mein Zelt eingedrungen. Ihr habt gesagt, die Thir-Ailith von Zarkhadul besäßen diese Fähigkeit nicht.«

Der Kriegsmeister zuckte ratlos mit den Schultern, soweit die Verbände um seinen Körper dies zuließen.

»Ich verstehe das nicht, Majestät«, entgegnete er. »Obwohl es ihnen mehr als einmal bei den Kämpfen in der Mine große Vorteile verschafft oder ihnen sogar das Leben gerettet hätte, hat niemals einer der Dunkelelben dort darauf zurückgegriffen. Wir *mussten* davon ausgehen, dass sie dazu nicht in der Lage sind.«

Tharlia zögerte einen Moment, dann nickte sie.

»Ich mache Euch keinen Vorwurf. Ihr konntet nur berichten, was Ihr erlebt habt«, sagte sie und spürte gleich darauf selbst, wie das Blut aus ihrem Gesicht wich, als ihr etwas bewusst wurde. »Aber wenn sie diese Fähigkeit doch besitzen, dann ist nicht gesagt, dass dieser hier der Einzige ist«, stieß sie hervor. »Wir können nicht einmal erahnen, wie viele Thir-Ailith während der Schlacht unbemerkt aus Zarkhadul entkommen konnten und nun frei an der Oberfläche umherstreifen!«

3

DER HINTERHALT

In Lhiuvans Schrei mischten sich die Wut- und Entsetzensschreie der übrigen Elben. Auch Thilus war schockiert über Aliriels Tod. Der Anblick ihres Körpers, gerade noch so unvergleichlich schön und nun so grässlich verstümmelt, schnitt ihm ins Herz.

Als schattenhafte Schemen wurden gleich darauf etwa ein Dutzend Thir-Ailith sichtbar, genauso, wie es auch geschah, wenn die Priesterinnen ihre Macht entfalteten, um die Unsichtbarkeit der Dunkelelben zu brechen. Aber die Kräfte der Elbenmagier gingen weit über die der Hexen hinaus. Thilus sah, wie sie einander an den Händen ergriffen, und im selben Moment zerriss der Zauber der Thir-Ailith, und die Unsichtbarkeit war vollends aufgehoben.

Nun, da sie ihre Feinde sehen konnten, attackierten die Elbenkrieger sie sofort. Mit einer Angriffswut und einem Hass, die ihresgleichen suchten, fielen Elben und Dunkelelben übereinander her. Die Zwerge schienen für die Thir-Ailith überhaupt nicht zu existieren.

»Zum Angriff!«, brüllte Thilus, dann stürzten sich auch seine Krieger ins Kampfgetümmel.

So schreckliche Kämpfer sie auch waren, dieser Übermacht und vor allem dem rasenden Zorn der Elben hatten die Thir-Ailith kaum etwas entgegenzusetzen. Einer nach dem anderen wurde niedergestreckt. Thilus hieb nach einer der finsteren Gestalten. Zwar wehrte diese seine Klinge ab, war aber für den Bruchteil einer Sekunde abgelenkt, und diese Zeit reichte Lhiuvan, sie mit seinem Schwert aufzuspießen.

»Tötet nicht alle! Lasst wenigstens einen am Leben!«, rief Nariala, doch ihre Stimme ging im Klirren der Waffen und inmitten der Schreie fast unter.

Es war ohnehin zu spät. Die meisten Thir-Ailith lagen bereits tot am Boden, und die letzten vier wurden von der Übermacht der Elbenkrieger regelrecht in Stücke gehackt. Vor allem Lhiuvan wütete wie ein Berserker, bis auch er schließlich schwer atmend sein Schwert sinken ließ, weil es keinen Feind mehr gab, gegen den er es richten konnte.

Der gesamte Kampf hatte kaum eine halbe Minute gedauert, dennoch hatte er zahlreiche Opfer gekostet. Nicht nur das Dutzend Thir-Ailith, auch fünf Elben waren tot, drei weitere schwer verletzt. Lediglich die Zwerge hatten keine Opfer zu beklagen, da die Thir-Ailith sie in ihrem Hass nahezu ignoriert hatten.

Die Magier lösten ihren Kreis.

»Ihr Narren!«, stieß Nariala zornig hervor, während die anderen sich um die Verwundeten kümmerten. »Wir hätten einen von ihnen lebend gebraucht. Er hätte uns unermesslich wichtige Informationen liefern können!«

Lhiuvan war neben Aliriel niedergekniet und hielt mit von Schmerz verzerrtem Gesicht ihren Leichnam in seinen Armen. Erst jetzt begriff Thilus, dass weit mehr als nur Freundschaft die beiden verbunden hatte.

»Und wie hätten wir das machen sollen, ohne dass es noch mehr Tote gegeben hätte?«, erwiderte der Elbenkrieger nicht weniger zornig. »Diese Ungeheuer sind wie reißende Bestien über uns hergefallen. Hättet Ihr ihre Annäherung früher bemerkt, wäre es erst gar nicht zu diesem Gemetzel gekommen!«

»Ihre Magie ist sehr stark, stärker als erwartet«, verteidigte sich die Magierin. »Wir konnten sie nicht früher wahrnehmen.«

»Jedenfalls sind Aliriel und vier weitere Krieger nun tot.« Sanft ließ Lhiuvan ihren Leichnam wieder zu Boden gleiten, dann warf er einen hasserfüllten Blick zu den Zwergen hinüber. »Und alles nur derentwegen! Habt ihr nicht behauptet, die Thir-Ailith hier in Zarkhadul könnten sich nicht unsichtbar machen?«

»Kriegsmeister Barlok hat berichtet, dass sie es in den Tagen, in denen er sich mit seinem Trupp hier aufgehalten hat, nicht ein einziges Mal getan haben, nicht einmal, wenn einer von ihnen sich in Gefahr befand«, antwortete Thilus. »Alles deutete darauf hin, dass sie dazu nicht in der Lage wären.«

»Typische Zwergenlogik.« Lhiuvan schnaubte. »Was machen wir überhaupt hier? Warum kämpfen wir hier und opfern unser Leben? Ich sage, lasst uns umkehren und die Rückreise ins goldene Tal antreten. Wir hätten erst gar nicht herkommen sollen. Was haben wir mit den Problemen der Zwerge und ihren Kriegen zu schaffen?«

Thilus sog scharf die Luft ein. Er konnte den Zorn und die Trauer des Elbenkriegers verstehen, gerade wenn Aliriel und er ein Liebespaar gewesen waren, aber das berechtigte ihn nicht dazu, die Schuld für ihren Tod auf andere abzuwälzen. Bevor er jedoch etwas sagen konnte, ergriff die Magierin erneut das Wort.

»Das genügt jetzt! Ihr habt die Thir-Ailith mit eigenen Augen gesehen. Es kann wohl kein Zweifel mehr daran bestehen, dass es sich wirklich um Abkömmlinge unseres

Volkes handelt, und damit sind sie sehr wohl auch unser Problem.«

»Aber das wären sie nicht geworden, wenn nicht die Zwerge in ihrer grenzenlosen Gier nach Schätzen zu tief gegraben und sie befreit hätten«, rief einer der Elbenkrieger. »Warum sollen wir unser Blut vergießen, nur weil diese Dreckwühler kein Maß kannten?«

»Dem schlage ich den Kopf von...«, begann einer der Zwerge, hob drohend seine Axt und trat ein paar Schritte vor, aber Thilus packte ihn an der Schulter und zerrte ihn zurück.

»Schweig! Hier wird niemandem der Kopf abgeschlagen!«, stieß er scharf hervor. »So weit kommt es noch, dass wir uns untereinander bekämpfen, statt gemeinsam unseren Feind. Und was die gegen uns gerichteten Vorwürfe betrifft«, wandte er sich an die Elben, »so wären wir sicherlich niemals so weit unter das Gebirge vorgedrungen, wenn wir geahnt hätten, welche Gefahr uns dort erwartet. Aber hat euer Volk uns etwa gewarnt? Nein, ihr konntet nicht damit fertig werden, dass es einst einen Bruderkrieg innerhalb eures Volkes gab. Deshalb habt ihr das Wissen darum verdrängt und alle Unterlagen über diese Zeit zu vernichten versucht, die uns vielleicht einen Hinweis auf die Gefahr hätten liefern können.«

»Was ein großer Fehler war, wie sich nun zu unser aller Leid zeigt«, stimmte eine der Magierinnen ihm zu und blickte von dem Verwundeten auf, den sie gerade behandelte. »Dieses Wissen hätte niemals in Vergessenheit geraten dürfen. Wir hätten die Abtrünnigen niemals auf Dauer unbewacht sich selbst überlassen dürfen. Hätten wir rechtzeitig von ihrem erneuten Erstarken erfahren, als wir noch auf dem Höhepunkt unserer Macht waren, hätten wir leicht verhindern können, dass sie erneut zu einer Gefahr heranwachsen.«

»Doch stattdessen gaben sich unsere Vorfahren der trügerischen Illusion hin, dass die Abtrünnigen tief im Leib der Erde nicht lange überleben könnten«, ergänzte Nariala. »Und sie verdrängten aus Scham alle Gedanken an sie und den Bruderkrieg. Nun ist unser Volk schwach geworden. Die Alten bejammern ihr Schicksal, und die Jungen wollen erst gar nicht erwachsen werden. Das Volk der Elben ist dem Untergang geweiht, und ausgerechnet jetzt holen uns die Fehler unserer Vergangenheit ein.« Sie seufzte und wirkte mit einem Mal um Jahre älter als zuvor. Langsam ließ sie ihren Blick über die versammelten Elbenkrieger schweifen. »Aber obwohl wir einen Großteil unserer einstigen Stärke eingebüßt haben, ist es dennoch unser Vermächtnis, und wir können uns nicht einfach aus der Verantwortung stehlen. Sonst handeln wir nicht anders, als wir es den jüngeren Völkern so oft zum Vorwurf gemacht haben.«

Viele der Krieger senkten betroffen die Köpfe, sichtlich berührt von ihren Worten, aber nicht alle.

»Und wenn schon«, sagte Lhiuvan herausfordernd und trat einen Schritt vor. »Auch wenn es nur aus Unwissenheit geschah, haben die Zwerge dieses Verderben erst wieder heraufbeschworen. Wären sie nicht so gierig gewesen, hätten unsere finsteren Brüder bis zum Ende aller Zeiten in der Tiefe unter den Bergen schmoren können und hätten für niemanden eine Bedrohung dargestellt.«

»Doch, das hätten sie«, widersprach Nariala. »Irgendwann wären sie freigekommen, und wenn es noch weitere Jahrtausende gedauert hätte. Diese Gefahr bedroht sehr wohl auch uns. Die Thir-Ailith werden sich nicht damit begnügen, über die Zwerge und die Menschen herzufallen, wenn sie an die Oberfläche gelangen. Ihr in Jahrtausenden geschürter Hass gilt vor allem uns. Sie werden nicht eher ruhen, bis sie das goldene Tal entdeckt haben, und dann werden sie unser Volk vernichten. Nichts lässt sich auf Dauer einfach wegsperren. Hätten nicht die Zwerge die Siegel gebrochen, dann irgendwann eines der anderen Völker der Tiefenwelt, oder es wäre durch einen Einsturz oder ein Naturereignis geschehen. Es ist vor tausend Jahren hier in Zarkhadul schon einmal passiert, und damals wie heute war es vor allem der Heldenmut der von Euch so verächtlich behandelten Zwerge, der ein noch schrecklicheres Unheil verhindert hat.«

Thilus nickte der Magierin dankbar zu.

»Aber da ist noch etwas«, ergriff er wieder das Wort. »Selbst wenn sie niemals freikämen, würden die Thir-Ailith größte Verderbnis bringen, und zwar jenen, die mit ihnen eingesperrt sind. Hier in Zarkhadul waren es Zwerge, die von ihnen versklavt und unter unwürdigsten Bedingungen wie Schlachtvieh gezüchtet wurden, bis sie alt genug waren, dass diese Ungeheuer ihnen ihre Lebensenergie ausgesaugt haben. Aber auch in ihren ursprünglichen Kerkern brauchen die Thir-Ailith Nahrung, und mit Tieren oder Pflanzen geben sie sich offenbar nicht zufrieden. Niemand weiß, wer ursprünglich in den tiefen Katakomben gehaust hat, in die eure Vorfahren die Abtrünnigen verbannten, denn Zwerge lebten damals noch nicht hier. Vielleicht waren es Goblins, Gnome oder Schrate, vielleicht auch ein uns heute völlig unbekanntes Volk. Aber ich zweifle nicht daran, dass ihre Nachfahren zu Tausenden, angesichts der ungeheuren Zahl der Thir-Ailith sogar eher zu Zehntausenden, von ihnen ebenso wie Mastvieh gezüchtet werden.«

»Und wenn schon«, entgegnete Lhiuvan nach kurzem

Zögern. Der Hochmut war aus seinem Gesicht und seiner Stimme verschwunden, auch ihn ließ diese Vorstellung nicht kalt. »So schrecklich das ist, aber es gibt nichts, was wir dagegen tun können. Unser Volk ist nicht nur alt, es ist auch schwach geworden. Selbst wenn wir alle Krieger und Magier, die im goldenen Tal verblieben sind, herholen würden, besäßen wir nicht die Kraft, uns den angeblich vieltausendköpfigen Legionen der Thir-Ailith zu stellen, die in der Tiefe leben sollen, nicht einmal mit den Heeren der Zwerge und Menschen zusammen.« Er schüttelte den Kopf. »Selbst wenn unsere Vorfahren für diese Schrecken verantwortlich sind, es steht nicht in unserer Macht, sie zu beenden.«

Zustimmendes Gemurmel erklang bei den anderen Kriegern.

»Wir wurden hergeschickt, um den Zwergen zu helfen, ihre Stadt zu verteidigen«, sagte einer von ihnen. »Da wussten weder wir noch die Zwergenboten, dass diese Stadt längst überrannt worden war und dass wir es mit ganzen Heerscharen von Feinden zu tun bekommen würden. Wir können nichts tun, um die Abtrünnigen aus Elan-Dhor zu vertreiben, aber das Zwergenvolk kann hier eine neue Heimat finden. Ich sage, lasst uns die ohnehin schon verschütteten Zugänge mit neuen Siegeln versehen, um diese Gefahr vollends zu bannen. Das Zwergenvolk soll zusätzlich als Wächter fungieren, damit niemand sie mehr unbeabsichtigt bricht. Mehr können wir wirklich nicht tun.«

Erneut ließen die Elbenkrieger zustimmendes Gemurmel hören. Thilus hingegen spürte einen eisigen Schauer über seinen Rücken kriechen und krampfte die Hand fester um den Griff seines Schwertes. Auch unter den übrigen Zwergen brach leises Getuschel aus.

Elan-Dhor verloren geben? Die Stadt und die Minen für

immer aufgeben und die Zugänge mit Siegeln verschließen?

Bislang hatte er nie daran gezweifelt, dass sie alles daransetzen würden, ihre Heimat zurückzuerobern. Diese Hoffnung war auch nicht geschwunden, als die Elben statt des erhofften Heeres nur eine kleine Abordnung entsandt hatten – genauer gesagt hatte er seither versucht, alle Gedanken daran so gut es ging zu verdrängen.

Nun jedoch wurde ihm die Wahrheit mit schonungsloser Offenheit vor Augen geführt, und obwohl sich alles in ihm dagegen sträubte, musste er anerkennen, dass die Argumente durchaus stichhaltig waren. Sein Volk allein konnte es nicht mit der erdrückenden Übermacht der Thir-Ailith aufnehmen, daran änderte auch die Unterstützung der Elben nichts. Selbst deren Krieger hatten viel von ihrer Überheblichkeit verloren, seit sie nun zum ersten Mal mit ihren finsteren Brüdern zusammengetroffen waren und erlebt hatten, welch schreckliche Gegner diese waren, ihnen selbst zumindest ebenbürtig.

Langsam, fast widerwillig nickte Nariala.

»Ich fürchte, das ist alles, was wir machen können. Aber dies ist weder der Ort noch die Zeit, dies zu besprechen, sondern wir werden unser weiteres Vorgehen später mit Königin Tharlia beratschlagen. Jetzt haben wir einen Auftrag zu erfüllen. Oder wollt Ihr Euch weigern, mir weiterhin zu folgen, Lhiuvan?«

Einen Moment lang zögerte der Elbenkrieger und warf einen Blick auf Aliriels Leichnam, dann schüttelte er den Kopf und trat einen Schritt zurück.

»Nein«, sagte er leise und verneigte sich. »Ich werde Euren Anweisungen gehorchen, Herrin.« Er zögerte erneut einen Augenblick, dann richtete er noch einmal das Wort an die Magierin: »Aber wir können nicht einfach so weitergehen. Was ist mit unseren Brüdern und Schwestern an der Oberfläche? Auch sie schweben in Gefahr, wenn die Abtrünnigen sich sehr wohl fremden Blicken zu entziehen vermögen. Sie müssen gewarnt werden.«

»Das werden sie, obwohl ich befürchte, dass sie dieses Wissen bereits auf weit schlimmerem Wege erhalten haben.« Nariala wechselte einige Worte mit den anderen Magiern und den Verwundeten, die sich inzwischen wieder erhoben hatten. »Calerion und Gahliran sind zu stark verletzt, um uns bei unserer Mission noch von Nutzen zu sein. Sie werden umkehren und berichten, was geschehen ist. Es muss sofort eine Suche nach entkommenen Thir-Ailith gestartet werden.«

Durch den Streit mit den Elben war Thilus noch gar nicht dazugekommen, über das nachzudenken, was geschehen war, und welche Konsequenzen es hatte. Dass im Gegensatz zu Barloks Erfahrungen auch die Dunkelelben von Zarkhadul die Fähigkeit besaßen, sich unsichtbar zu machen, war ihm bislang lediglich als eine zusätzliche Schwierigkeit bei ihrer Mission erschienen. Erst in diesem Moment begann er zu begreifen, was es bedeutete, dass während und nach der Schlacht der Zugang nach Zarkhadul stundenlang offen und unbewacht gewesen war.

»Ich glaube nicht, dass der Dunkelelb Euch willkürlich angegriffen hat, Majestät«, sagte Warlon. »Er wusste genau, wer Ihr seid, und hat ganz gezielt Euch als Opfer ausgewählt. Das zeigt die gesamte Art seines Vorgehens. Er hat hinter Eurem Zelt gelauert und darauf gewartet, dass Ihr es betretet.«

»Traut Ihr diesen Ungeheuern damit nicht ein bisschen

zu viel zu?«, entgegnete Tharlia. »Sie sind zweifellos schreckliche Krieger, die in der Schlacht ohne jede Rücksicht auf ihr eigenes Leben kämpfen, aber von besonders großer Planung und Intelligenz scheint mir ihr Verhalten nicht zu zeugen.«

»Ich habe nicht das Gefühl, dass ihre Intelligenz während der Zeit ihrer Verbannung gelitten hat. Obwohl sie sich verändert und dem Leben unter der Erde angepasst haben, sind sie immer noch Elben. Nichts für ungut, das soll keine Kränkung darstellen.« Warlon machte eine beschwichtigende Geste in Richtung der beiden Elbenmagierinnen und des Elbenkriegers Thularan, die neben der Königin und ihm selbst, Barlok, Vizegeneral Nagaron als Oberbefehlshaber des Menschenheeres sowie dem Kriegsmeister und Mitglied des Hohen Rates Loton an der Beratung teilnahmen. Sutis, das zweite Ratsmitglied der Kriegerkaste, organisierte derweil die Suche nach weiteren Dunkelelben. Von jeweils einer Priesterin begleitete Kriegertrupps hatten bereits damit begonnen, das gesamte Feldlager zu durchkämmen.

»Jedenfalls beweist das Verhalten des Dunkelelben, der unserer Expedition gefolgt ist, ein sehr planvolles Vorgehen«, fuhr Warlon fort. »Die Thir-Ailith hassen nichts mehr als das Volk der Hochelben, dem sie ihre Gefangenschaft verdanken. Sie trachten unter allen Umständen nach Rache, und dieser Dunkelelb hatte erkannt, dass wir nach dem goldenen Tal suchten. In der Hoffnung, dass wir ihn geradewegs zu den Feinden seines Volkes führen, hat er uns nicht angegriffen, sondern sich darauf beschränkt, uns im Verborgenen zu folgen, und hat unsere Mission sogar begünstigt. Als Malcorion seine Familie nicht verlassen wollte und sich weigerte, uns zu führen, hat der Dunkelelb seine Frau und seine Kinder ermordet. Sonst wäre unsere Expedition vermutlich gescheitert, und wir säßen jetzt nicht hier, so schrecklich diese Umstände auch sind.«

»Auch die grauenvolle Schreckensherrschaft, die die Thir-Ailith in Zarkhadul errichtet haben, setzte eine Menge Intelligenz voraus«, ergänzte Barlok. »Ich habe zwar genau wie Ihr miterlebt, wie sich Tausende von ihnen bei der Schlacht am Tiefenmeer ohne zu zögern in den Tod gestürzt haben, um unsere Linien zu durchbrechen, Majestät, aber lasst Euch davon nicht täuschen. Sie sind alles andere als primitive Ungeheuer.«

Tharlia wirkte auch jetzt noch nicht überzeugt, die Skepsis in ihrem Gesicht war unverkennbar. Vielleicht *wollte* sie auch einfach nicht daran glauben, dass sie es nicht nur mit Heerscharen ziellos mordender Bestien zu tun hatten, sondern deren Handeln darüber hinaus auch noch von bösartiger Klugheit bestimmt wurde.

»Seid unbesorgt, wir sind nicht gekränkt, denn ich fürchte, Eure Worte sind wahr«, erhielt Warlon in diesem Moment unverhofft Unterstützung durch Gelinian, eine der Magierinnen, eine alterslos aussehende Elbenfrau, deren lange, goldene Haare über ihr weißes Gewand fielen. »Die Magie unserer dunklen Brüder und Schwestern ist auf Vernichtung und Verderbnis ausgerichtet und ihr Denken von Hass und Mordlust erfüllt, aber sie entstammen dennoch unserem Volk, und es gibt keinen Grund, anzunehmen, dass sie weniger klug als wir sein sollen. Dieser Thir-Ailith wusste genau, wer Ihr seid, Königin. Er hat Euer Zelt ausfindig gemacht und gewartet, bis Ihr es aufgesucht habt. Er wollte bewusst Euch als Oberhaupt des Zwergenvolkes töten, um es zu demoralisieren. Und wir müssen mit weiteren Anschlägen rechnen, solange wir nicht ausschließen können, dass sich noch mehr entkommene Thir-Ailith in der Nähe befinden. Ihr besitzt die Fähigkeit, ihre Annäherung zu spüren, aber Ihr solltet keinen Moment mehr unbewacht bleiben.«

»Ich hoffe, Ihr habt ausreichend starke Verbände zum Schutz Eurer Siedlung zurückgelassen«, ergriff Thularan das Wort.

»Nur eine Notbesatzung, um gegen weitere Übergriffe aus Clairborn gefeit zu sein, und vor allem, um weiterhin die Hänge des Tharakol zu bewachen«, gestand Tharlia. »Alles in allem kaum hundertfünfzig Krieger. Es stand zu erwarten, dass wir hier jede Axt dringend brauchen würden, um einen Ausbruch der Thir-Ailith zu verhindern.«

»Und wie sieht es mit dem Dorf der Menschen aus?«

»Nachdem die Zwerge die Belagerung aufgegeben haben und mit ihrem Heer hierher gezogen sind, sah ich keine Veranlassung mehr, Truppen zurückzulassen«, berichtete Nagaron. »In Clairborn gibt es nur die reguläre Stadtgarde, doch wurde ihre Zahl angesichts der Bedrohung durch die Zwerge in den letzten Wochen unter Bürgermeister Sindilos erheblich verstärkt.«

»Indem er jedem herumlungernden Nichtsnutz eine Uniform und ein Schwert verpasst hat«, erwiderte Tharlia spöttisch. Nagaron öffnete den Mund, um zu protestieren, verzichtete dann aber darauf. Auch er wusste, dass die Stadtgarde keinesfalls in der Lage wäre, es mit einem kampferprobten Gegner aufzunehmen. Tharlia wandte sich wieder dem Elbenkrieger zu. »Glaubt Ihr wirklich, dass die Thir-Ailith bis nach Elan-Tart vordringen werden? Es ist ein sechstägiger Marsch bis dorthin, und sie kennen nicht einmal den Weg.«

Thularan lächelte grimmig.

»Für Zwerge, und vielleicht auch für Menschen. Wir Elben hingegen können große Entfernungen in wesentlich kürzerer Zeit zurücklegen. Wenn sich einige der Thir-Ailith bereits während der Schlacht heute Morgen nach Elan-Tart aufgemacht haben, können sie ihr Ziel noch im Laufe dieser Nacht erreichen. Und glaubt nicht, dass sie den Weg nicht finden werden. Er ist durch die Spuren von gleich zwei Heeren überdeutlich markiert und...«

Er brach ab, als einer der vor dem Zelt postierten Wächter eintrat.

»Zwei Elbenkrieger aus der Eskorte von Kampfführer Thilus sind aus Zarkhadul zurückgekehrt, Majestät«, berichtete er. »Sie sagen, sie brächten wichtige Botschaften.«

»Führ sie sofort herein!«, befahl Tharlia.

Die Elben traten ins Zelt. Beide waren verwundet. Der eine trug einen mittlerweile halb durchgebluteten Verband um die Brust, bei dem anderen war die rechte Schulter bandagiert, und sein Arm hing in einer Schlinge.

»Magierin Nariala schickt uns«, erklärte der Krieger mit dem verletzten Arm. Rasch und ohne unnötige Ausschmückungen schilderte er den Überfall der unsichtbaren Dunkelelben auf ihren Trupp.

»Eure Nachrichten sind keine Neuigkeit mehr für uns, wir mussten bereits selbst erfahren, dass auch die hiesigen Thir-Ailith diese Fähigkeit besitzen«, sagte Gelinian, als er geendet hatte. »Dennoch hat Nariala richtig und in bester Absicht gehandelt, als sie euch zurücksandte. Geht nun, ruht euch aus und lasst eure Wunden behandeln.«

»Ich werde sofort berittene Boten losschicken, um die Menschen in Clairborn zu warnen«, verkündete Nagaron, als die Elbenkrieger das Zelt wieder verlassen hatten.

»Auch wenn sie die Gefahr kennen, wird ihnen das nicht viel nützen, da sie keine Möglichkeit haben, sich gegen die

Thir-Ailith zu verteidigen, solange sie sie nicht sehen können«, entgegnete Tharlia. »Viele unserer besonders mächtigen Priesterinnen, die in der Lage sind, die Unsichtbarkeit zunichtezumachen, habe ich wegen der Schlacht herkommen lassen. Nur wenige, deren Kräfte bereits weit genug entwickelt sind, blieben in Elan-Tart oder unserer Wachbastion zurück. Aber wenn Eure Boten einen kleinen Umweg über unsere Siedlung machen, werde ich ihnen schriftliche Anweisungen mitgeben, zwei der Priesterinnen nach Clairborn zu entsenden, damit sie helfen, die Stadt zu schützen.«

»Das wäre in der Tat eine große Hilfe, für die wir Euch sehr dankbar wären.« Nagaron deutete eine Verbeugung an. »Vor allem angesichts der Missverständnisse, die es in den letzten Wochen zwischen unseren Völkern gegeben hat.«

Ein Schatten schien für einen Moment über Tharlias Gesicht zu huschen.

»Ja, darüber wird allerdings bei passender Gelegenheit noch zu reden sein. Diese *Missverständnisse*, wie Ihr es nennt, haben Tote und Verletzte gefordert, und ich spreche hier nicht allein von dem Angriff Eurer Reiterei auf unser Heer. Man hat einen Teil unserer Felder niedergebrannt und unser Vieh davongejagt und unser Volk so fast seiner Lebensgrundlage beraubt.«

»Ich bedaure sehr, dass das geschehen ist, und versichere, dass wir alles tun werden, um den Schaden wiedergutzumachen. Sobald Zarkhadul gesichert ist, werden wir den Weg dorthin bewachen, damit Euer Volk ohne Schwierigkeiten umsiedeln kann, und wir werden Euch zusätzlich viele Karren zum Transport zur Verfügung stellen. Außerdem werde ich dafür sorgen, dass Ihr vor allem während der ersten Zeit stets genügend Nahrungsmittel und andere Bedarfsgüter zur Verfügung haben werdet.«

»Ich weiß Eure Hilfe zu schätzen und danke Euch für das Angebot. Wir haben …«

Tharlia verstummte, als leichter Tumult außerhalb des Zeltes laut wurde. Gleich darauf kam einer der Elbenkrieger durch den Eingang gestürmt. Den Wachposten, der seinen Arm gepackt hatte und ihn zurückzuhalten versuchte, schien er nicht einmal zu bemerken.

»Wir konnten zwei Thir-Ailith aufspüren«, keuchte er. »Einen mussten wir in Notwehr töten, uns blieb keine andere Wahl. Bei dem anderen jedoch ist es uns gelungen, ihn lebend zu stellen.«

Noch vorsichtiger als bisher drangen sie weiter vor. Die Elbenmagier hielten sich nun die ganze Zeit an den Händen, um ihre Kräfte zu vereinen und somit zu stärken, wie Thilus es auch von den Priesterinnen kannte, und die Elbenkrieger hielten ihre Schwerter kampfbereit.

Aber sie erreichten Zarkhadul ohne weitere Zwischenfälle. Nicht nur ereignete sich kein weiterer Überfall, auch zwischen Elben und Zwergen gab es keine Auseinandersetzungen mehr, nicht einmal mit Lhiuvan. Sein Gesicht war härter und grimmiger geworden, doch verzichtete er auf alle spöttischen oder herablassenden Bemerkungen, sprach sogar kein einziges Wort mehr. Der Tod Aliriels hatte ihn schwer getroffen, doch schien er die Schuld dafür nicht länger bei den Zwergen zu suchen, denen sie zur Hilfe geeilt waren, sondern bei denen, die ihren Tod wirklich verursacht hatten.

Jedenfalls hoffte Thilus es.

Der Stollen verbreiterte sich, je tiefer sie kamen, sodass sie bequemer gehen konnten und nicht mehr bei jedem Schritt aufpassen mussten, dass sie nicht auf einen der Toten traten. Schließlich wurde es vor ihnen hell, und kurz darauf endete der Gang in einer riesigen Halle. Mächtige Säulen mit kunstvollen Kapitellen stützten das Gewölbe, doch viele davon waren zerborsten oder ganz umgestürzt, ein Teil der Decke war herabgebrochen. Überall lagen Trümmerstücke und Geröll. Zum Großteil bedeckten sie das gewaltige Mosaik, das sich über den gesamten Boden erstreckte, oder hatten es stellenweise bei der Wucht des Aufpralls sogar zerstört, sodass das Motiv nicht einmal mehr zu erahnen war, aber dennoch konnte man nach wie vor erkennen, wie prachtvoll der Saal einst gewesen sein musste.

Genau wie die anderen Zwerge blickte sich Thilus staunend um. Er verharrte einen Moment auf der Schwelle, ehe er seinen Fuß in die Halle und damit ins eigentliche Zarkhadul setzte, während die Elben keinerlei Sinn für die Schönheit dieses Ortes zu besitzen schienen.

»Keine Thir-Ailith«, verkündete Nariala knapp, nachdem sie für einige Sekunden die Augen geschlossen und mit ihren magischen Sinnen in den Raum hineingelauscht hatte.

Sie durchquerten die Halle. Auch hier lagen in einer langen Reihe mumifizierte Zwergenkrieger, die neben den Zerstörungen den Eindruck des vergangenen Prunks am empfindlichsten störten. Zusammen mit denen, an denen sie auf ihrer langen Wanderung hier herab bereits vorbeigekommen waren, mussten es Zehntausende sein, und Thilus konnte nicht einmal erahnen, wie viele Tote noch in den unterirdischen Gewölben ruhten. Er schüttelte sich bei dem Gedanken. Wenn es Barlok nicht gelungen wäre, den finsteren Zauber der Thir-Ailith zu vernichten, und all die erweckten Mumien in die Schlacht hätten eingreifen können, wären die Heere der Zwerge und Menschen trotz der Unterstützung durch die Elben von dieser vielfachen Übermacht zweifellos einfach überrannt und hinweggefegt worden.

Sie kamen an einen Torbogen am Ende der Halle. Als sie sich ihm bis auf fünfzig, sechzig Schritt genähert hatten, verharrten die Magier plötzlich, und Nariala bedeutete den Kriegern, ebenfalls stehen zu bleiben.

»Der Feind ist vor uns«, raunte sie. »Er lauert hinter dem Durchgang. Wir können nicht erfassen, um wie viele Thir-Ailith es sich handelt, aber es sind mehrere. Wir wagen nicht, zu eingehend nach ihnen zu tasten oder sie jetzt schon ihrer Unsichtbarkeit zu berauben. Es ist besser, sie zunächst in Sicherheit zu wiegen. Sollen sie glauben, wir hätten sie noch nicht bemerkt, das verschafft uns einen Vorteil.«

»Wir werden uns ihrer annehmen und unsere toten Gefährten rächen. Haltet ihr euch zurück und schützt die Magier, ihnen darf nichts geschehen«, bestimmte Lhiuvan mit vor Hass bebender Stimme an die Zwerge gewandt. »Greift nur in den Kampf ein, wenn die Übermacht zu erdrückend ist.«

Sein Befehlston missfiel Thilus, aber obwohl Zarkhadul eine Mine seines Volkes war, sah er ein, dass dies in erster Linie ein Kampf der Elben war. Widerstrebend nickte er.

Als sie sich dem Ende der Halle näherten, übernahmen die Elbenkrieger die Spitze ihres Trupps, während die Zwerge zurückblieben und einen lebenden Schutzwall um die Magier bildeten. Unmittelbar vor dem Durchgang verharrten sie kurz. Nariala nickte Lhiuvan zu, um ihm zu bedeuten, dass sie und ihre Gefährten die Unsichtbarkeit der Thir-Ailith zunichtemachen würden, dann stürmten die Elbenkrieger mit zornigen Schreien und kampfbereit erhobenen Schwertern durch den Torbogen.

Weitere Schreie ertönten, und Waffen klirrten aufeinander. Auch Thilus eilte vorwärts, blickte sich hastig um und blieb dann verblüfft stehen. Er hatte einen starken Kampfverband der Dunkelelben erwartet, der ihr Eindringen nach Zarkhadul zu verhindern versuchen würde, doch stattdessen handelte es sich lediglich um sechs Thir-Ailith, von denen die Hälfte bereits tot am Boden lag. Ein weiterer fiel in diesem Moment unter den Hieben der Elbenkrieger, während ein anderer herumfuhr und zu fliehen versuchte. Er kam nicht weit. Lhiuvan stürmte ihm nach und streckte ihn von hinten mit seinem Schwert nieder.

Mit drohend vorgereckten Schwertern bildeten die Elbenkrieger einen Ring um das Letzte der Ungeheuer.

»Haltet ihn! Wir brauchen ihn lebend, damit er uns verrät, wo die anderen sind!«, rief Nariala, doch in diesem Moment schien auch der Thir-Ailith die Aussichtslosigkeit seiner Lage zu begreifen. Er stieß einen lauten Schrei aus und stürzte sich nach vorne, direkt in die auf ihn gerichteten Schwerter hinein, bevor die Krieger sie zurückziehen konnten. Tot sank er zu Boden, hatte sich lieber selbst gerichtet, als lebend in die Hände seiner Feinde zu fallen.

»Beim Verdorren aller Bäume, das hätte nicht passieren dürfen«, presste Nariala zornig hervor und seufzte gleich darauf. »Aber was geschehen ist, ist geschehen. Nun werden wir unsere Suche auf mühsame und gefährliche Weise fortsetzen müssen.«

Hinter dem Torbogen erstreckte sich der Grund der gigantischen Höhle, die die oberste Ebene der Stadt bildete und auf die sie bereits aus der Höhe herabgeblickt hatten. Allerdings hatte der Blick von dort ihnen nicht annähernd einen Eindruck von ihrer wahren Pracht vermitteln können.

In verschiedene Richtungen erstreckten sich Alleen aus

Kopfsteinpflaster, das selbst im fahlen, grünlichen Licht des Glühmooses vielfarbig schimmerte. Thilus versuchte sich vorzustellen, wie es erst aussehen mochte, wenn sich das weiche Licht großer Lampen darin brechen würde, aber es gelang ihm nur unvollkommen.

Und noch etwas vermochte er sich kaum vorzustellen. Die Größe der ihnen übertragenen Aufgabe lastete plötzlich schwer auf ihm.

»Wie sollen wir hier die restlichen Thir-Ailith finden, falls sie uns nicht von sich aus angreifen?«, platzte er mit der Frage heraus, über die er sich schon seit ihrem Aufbruch Gedanken gemacht hatte. »Allein auf dieser Ebene gibt es unzählige Verstecke, und sie kennen sich hier hervorragend aus. Wir wissen nicht einmal, mit wie vielen wir es zu tun haben. Wenn sie nicht gefunden werden wollen, können sie uns immer wieder ausweichen, und wir können suchen, bis der Zarkhan kommt.«

»Zarkhan?« Fragend blickte Nariala ihn an.

»Nur eine Redewendung. Aber um hier eine erfolgreiche Suche zu starten und alle bereits durchkämmten Gebiete zu sichern, bräuchten wir Tausende von Kriegern.«

»Lasst das nur unsere Sorge sein«, behauptete die Magierin. »Selbst wenn es uns nicht gelingt, einen der Thir-Ailith lebend zu fassen, gibt es noch andere Möglichkeiten.«

Im fahlen Licht des Glühmooses an der Höhlendecke schritten sie eine der Alleen entlang. Statuen längst vergessener Helden und Könige säumten ihren Weg. Die meisten Häuser waren nahezu unversehrt, und selbst die unscheinbarsten von ihnen reichten fast an die großen Prachtbauten von Elan-Dhor heran. Überall gab es etwas zu entdecken, und wäre nicht die noch immer irgendwo im Hintergrund lauernde Gefahr gewesen, hätte Thilus Tage oder auch Wochen damit verbringen können, nur hier herumzuwandern und sämtliche Wunder zu bestaunen.

Vor allem war der Gedanke tröstlich, dass die meisten Zerstörungen, die er entdeckte, auf natürlichen Verfall oder die vor langer Zeit hier ausgetragenen Kämpfe zurückzuführen waren, nicht auf mutwillige Zerstörungen. Der Hass und Vernichtungswille der Dunkelelben schien sich nur auf lebende Wesen zu erstrecken, nicht auf tote Dinge. Das schürte seine Hoffnung, dass sie auch Elan-Dhor noch weitgehend unversehrt vorfinden würden, wenn sie es jemals zurückerobern sollten.

Aber Thilus empfand noch etwas anderes, ein Gefühl, das er bislang nicht gekannt hatte.

Obwohl er Elan-Dhor immer noch als seine Heimat betrachtete, spürte er jetzt, da er durch die Straßen der größten und berühmtesten Zwergenmine schritt, wie sein Verlangen, dorthin zurückzukehren, abzuklingen begann, wenn es stattdessen die Möglichkeit gab, Zarkhadul wieder in Besitz zu nehmen und sich hier niederzulassen.

»Beeindruckend, nicht wahr?«, raunte Heldon ihm zu. »Aber wartet ab, bis ihr einige der unteren Ebenen seht, die erst später in Wohnbereiche verwandelt worden sind und wo die wahrhaft prunkvollen öffentlichen Gebäude neu errichtet wurden, als unsere Brüder in Zarkhadul auf der Höhe ihrer Macht und Kunstfertigkeit waren. So ungern ich es auch zugebe, aber schon damals stellte ihr Können das unsere weit in den Schatten. Insofern ist es ein prachtvolles, aber zugleich auch beschämendes Erbe, das wir antreten.«

Thilus antwortete nicht. Das Gerede um das Antreten eines Erbes erschien ihm noch erheblich verfrüht. Selbst wenn ihr Volk hierher umsiedeln sollte, gab es zuvor noch eine Menge Probleme zu bewältigen. Zahlreichere und größere, als die meisten sich bislang auch nur träumen lassen mochten.

Immer weiter drangen sie in die Stadt vor, ohne dass die Magier noch einmal die Nähe eines Dunkelelben spürten. Thilus hoffte, er würde mit seiner Befürchtung nicht Recht behalten, dass die Thir-Ailith auf weitere Angriffe verzichten und sich lediglich vor ihnen verbergen würden. Fast wäre es ihm lieber gewesen, wenn sich ihnen ein größerer Trupp der Dunkelelben zum offenen Kampf gestellt hätte.

Auf einem weiten Platz etwa in der Mitte der Höhle hielten sie an. In seinem Zentrum erhob sich ein großer Springbrunnen, der von mehreren kleinen umgeben war. Keiner davon führte mehr Wasser, und auch die zahllosen winzigen Rinnen, die sich von den Brunnen aus in phantastischen Mustern über den gesamten Platz zogen, waren ausgetrocknet.

»Ich hatte gehofft, dass das, was wir nun tun müssen, nicht nötig sein würde«, sagte Nariala. »Es ist ein sehr aufwändiger und kräftezehrender Zauber, aber wie es aussieht, bleibt uns keine andere Möglichkeit.«

Thilus verzichtete darauf, zu fragen, was genau sie vorhatten. Vermutlich würde er ohnehin keine Antwort bekommen oder sie nicht verstehen.

Im Kreis nahmen die Magier auf dem Boden Platz und ergriffen sich erneut an den Händen. Minutenlang geschah nichts, sie saßen einfach nur mit geschlossenen Augen da.

Thilus fragte sich, was das alles zu bedeuten hatte. Immer nervöser blickte er sich um. Die Weite des Platzes machte es unter normalen Umständen jedem Feind unmöglich, sich unbemerkt zu nähern, aber natürlich hing es allein von den Magiern ab, ob sie ihre Aufmerksamkeit auch weiterhin darauf richteten, jegliche Thir-Ailith rechtzeitig zu bemerken und zu enttarnen. In dieser Hinsicht musste er sich völlig auf die Elben verlassen.

Er begann ein wenig umherzugehen, bewunderte die filigranen Muster des Bodens und die Verzierungen der Brunnen, um sich abzulenken. Viele der anderen Zwerge taten es ihm gleich oder standen in kleinen Grüppchen beisammen und unterhielten sich leise, ebenso die Elbenkrieger. Lediglich Lhiuvan stand allein etwas abseits von den anderen und starrte ins Leere. Einen Moment lang dachte Thilus darüber nach, zu ihm hinüberzugehen und ihm sein Mitgefühl für den Tod Aliriels auszusprechen, doch konnte er sich nicht vorstellen, dass der Elb Wert darauf legte. Wahrscheinlich würde er ihn nur erneut gegen sich aufbringen.

Irgendetwas veränderte sich.

Im ersten Moment vermochte Thilus nicht einmal zu sagen, was es war, aber er war nicht der Einzige, der es bemerkte. Die Gespräche verstummten, und die anderen Zwerge blickten sich ebenso wie er verwundert um. Selbst die Elbenkrieger verharrten auf der Stelle.

Thilus fühlte ein Prickeln auf der Haut, und die Luft um ihn herum schien plötzlich zu flimmern, wie über einem Feuer oder einem heißen Ofen, aber er konnte keine Hitze spüren. Mehrere Minuten lang nahm das Flimmern weiter zu, bis alle Umrisse nur noch verschwommen zu erkennen waren. Vereinzelt tanzten winzige bläuliche Fünkchen in der Luft, dann verschwanden sie wieder. Auch das Flimmern ließ nach und hörte wenige Sekunden später ganz auf.

Verwirrt blinzelte Thilus ein paarmal, rieb sich die Augen und fragte sich, ob er sich womöglich alles nur eingebildet hatte. Aber wenn es eine Illusion gewesen war, dann eine, die er mit allen anderen geteilt hatte, das konnte er ihnen ansehen.

Selbst die Gesichter der Magier zeigten einen verblüfften Ausdruck, als sie die Augen wieder öffneten.

»Keine Thir-Ailith mehr«, stieß Nariala fassungslos hervor. »In dieser Mine gibt es… keinen einzigen lebenden Thir-Ailith mehr!«

»Was? Aber… wie könnt Ihr das wissen?«, keuchte Thilus. »Und was ist mit den unteren Ebenen?«

»Wir hätten sie gespürt, wenn sich… noch welche im Umkreis von mehreren Meilen befunden hätten, auch… auf den unteren Ebenen. Nicht ihren genauen Standort, aber zumindest die Richtung.« Mühsam stemmte sie sich hoch. Ihre Bewegungen wirkten schwach, und sie musste sich auf einen der Elbenkrieger stützen. Was immer sie getan hatte, schien sie in der Tat sehr viel Kraft gekostet zu haben. »Offenbar hat Kriegsmeister Barlok fast alle… bei der Explosion getötet. Der Trupp, der uns am Eingang der Stadt aufgelauert hat, war… ihr letztes Aufgebot.«

»Seid Ihr Euch dessen völlig sicher?« Es fiel Thilus immer noch schwer zu glauben, dass alles so einfach gewesen sein sollte.

»Völlig sicher«, behauptete Nariala. »Zarkhadul ist frei. Die Mine gehört nun wieder allein Eurem Volk.«

4

THIR-AILITH

»Abstoßend!«, grollte Lamar.

»Einfach abscheulich!«, bekräftigte Burian. »Man könnte glauben, diese verdammte Hexe hätte die Schlacht ganz allein gewonnen und Zarkhadul zurückerobert.«

Der ehemalige König von Elan-Dhor und das Oberhaupt des mächtigen Hauses Tarkora standen abseits der feiernden Menge und betrachteten voller Widerwillen das Treiben in den Straßen von Elan-Tart, vor allem auf dem Platz vor dem schlichten Königspalast der an der Oberfläche errichteten Siedlung, in der ihr Volk vorübergehend Zuflucht gefunden hatte. Viele Stunden schon dauerten die Feierlichkeiten, seit ein berittener Menschenbote am späten Abend auf dem Weg nach Clairborn die Nachricht vom Sieg am Kalathun überbracht hatte.

»Ich begreife es einfach nicht«, fuhr Lamar nach einer kurzen Pause fort, während der er einen großen Schluck aus seinem Bierhumpen getrunken hatte. »Noch gestern hätte die Mehrzahl aller Einwohner Tharlia am liebsten auf der Stelle vom Thron gejagt. Vor allem die Arbeiterkaste war fast geschlossen gegen sie. Und jetzt scheint all das vergessen, und man lässt sie hochleben, als ob es die vergangenen Monate mit allem, was unser Volk während dieser Zeit erleiden musste, gar nicht gegeben hätte.«

»Diese Hexe hätte überhaupt niemals Königin werden

dürfen«, stieß Burian hervor, trank ebenfalls einen Schluck und rülpste laut. »Unter meiner Regentschaft wären wir niemals schmählich aus Elan-Dhor geflohen und hätten es diesen Bestien überlassen. Aber seit Tharlia auf dem Thron sitzt, muss unser Volk eine grausame Prüfung nach der anderen erleiden. Ein sicheres Zeichen, dass Li'thil sich von uns abgewandt hat.« Er rülpste noch einmal und warf Lamar einen finsteren Blick zu. »Vergessen wir außerdem nicht, dass Ihr bei dem Putsch gegen mich eine nicht unwesentliche Rolle gespielt habt, auch wenn Ihr das mittlerweile zu bedauern scheint.«

»Es lässt sich wohl leider nicht verleugnen«, murmelte Lamar.

Tatsächlich hatte er all seinen Einfluss innerhalb der Arbeiterkaste aufgeboten und sogar alte Schulden, die Ratsmitglieder bei ihm hatten, ins Feld geführt, um Tharlia den Weg zur Macht zu ebnen. Die politische Bedeutung dieses Schritts war ihm weitgehend egal gewesen, er war dabei sehr viel persönlicheren Beweggründen gefolgt. Er hatte aus Liebe gehandelt.

Was für ein Narr er doch gewesen war!

Seit vielen Jahren schon liebte er Tharlia, doch schien es stets eine vergebliche Liebe gewesen zu sein, da es den Priesterinnen der Li'thil verboten war, sich einem Mann hinzugeben. Dennoch hatte sie ihm immer wieder Hoffnungen gemacht, und ihre Krönung schien der Weg zur Erfüllung seiner Träume gewesen zu sein, denn durch diesen Schritt hatte sie nicht nur ihr Amt als Hohepriesterin aufgeben müssen, sondern ihre gesamte Zugehörigkeit zum Priesterinnenorden, was sonst niemals möglich gewesen wäre. Allein deshalb hatte Lamar sie dabei nach Kräften unterstützt.

Doch nachdem sie auf diese Art frei für ihn geworden

war, hatte sich ihr Verhalten ihm gegenüber verändert. Sie war ihm immer stärker aus dem Weg gegangen und nur noch mit Staatsgeschäften beschäftigt gewesen, zumindest hatte sie diese ständig vorgeschoben, auch wenn er es in seiner blinden Verliebtheit lange nicht hatte wahrhaben wollen. Vor wenigen Wochen schließlich hatte er ein großes Fest des Hauses Tarkora anberaumt, währenddessen er sie feierlich hatte bitten wollen, ihn zu heiraten. Tharlia jedoch hatte lediglich erklärt, dass sie ein pompöses Fest für pietätlos hielte, solange die Auseinandersetzungen mit den Menschen an der Oberfläche andauerten. Das war eine so dürftige Ausrede gewesen, dass er spätestens in diesem Moment zu begreifen begonnen hatte, dass sie keineswegs wirklich vorhatte, ihn zu heiraten. Den endgültigen Beweis hatte er dann erhalten, als er die Feier verschoben hatte und Tharlia einen Tag vor dem geplanten Termin dem auf dem Marsch zum Kalathun befindlichen Heer nachgereist war, angeblich, um es moralisch zu unterstützen.

Als ob es einem in die Schlacht ziehenden Heer irgendetwas nutzen würde, wenn es von einer Königin begleitet wurde, die von der Kriegskunst absolut nichts verstand und es deshalb nicht einmal anführen konnte!

»Die Rückeroberung Zarkhaduls ist zweifellos ein großer Erfolg«, riss Burian ihn aus seinen Gedanken. »Den können auch wir nicht schmälern. Aber wir können dafür sorgen, dass die Hexe ihn nicht für sich verbuchen kann. Schreiben wir ihn Barlok zu, er hat die Expedition schließlich geleitet. Sein Ruhm und seine Beliebtheit beim Volk sind ohnehin so groß, dass sie kaum noch wachsen können, aber er stellt keine Gefahr für uns dar.«

»Er strebt zwar selbst nicht nach der Königswürde, aber er ist immerhin Tharlias engster Verbündeter.«

»Pah!« Mit einer zornigen Handbewegung wischte Burian den Einwand zur Seite. »Immer ein Problem nach dem anderen. Wenn Tharlia wieder in Ungnade fällt und sich der Volkszorn gegen sie entlädt, wird auch er mit all seinem Ruhm sie nicht mehr stützen können. Stürzt sie, dann stürzt auch er.«

Lamar antwortete nicht. Er glaubte nicht, dass es ganz so einfach sein würde, aber das sollte nicht sein Problem sein. Ihn interessierte wenig, wer nach Tharlia den Thron besteigen würde. Ihm kam es nur darauf an, dass sie der Macht enthoben wurde.

Man sagte, keine Quelle für Hass und Rachsucht würde so üppig sprudeln wie die, die verschmähter Liebe entsprang, doch traf dies auf ihn nicht zu. Lamar wünschte fast, es wäre so, und für kurze Zeit hatte er tatsächlich geglaubt, Tharlia zu hassen, aber die Wahrheit war viel schlimmer. Obwohl er sich selbst dafür verachtete, liebte er sie noch immer, und wenn er sich nun an verschwörerischen Plänen zu ihrem Sturz beteiligte, dann geschah auch dies rein dieser eigennützigen Liebe wegen. Sie hatte viel aufgeben müssen, um Königin zu werden, nicht nur ihren Sitz im Hohen Rat und ihr Amt als Hohepriesterin, sondern auch ihre gesamte Zugehörigkeit zur Gelehrtenkaste und sogar zum mächtigen Haus Lius. Um, so weit es ging, unabhängig von irgendwelchen Interessensgruppen zu sein, durfte kein Herrscher einer Kaste oder einem Haus angehören. Ihr Sturz würde Tharlia nicht nur der Königswürde berauben, sondern viel tiefer ausfallen, denn auch aller Reichtum und alle Macht, die sie vorher besessen hatte, wären für sie unwiederbringlich dahin, und das würde sie kaum ertragen können.

Auf Knien würde sie zu ihm gekrochen kommen und

ihn anflehen, sie zur Frau zu nehmen; wenn auch vielleicht nicht um seinetwillen, sondern um in das überaus reiche und dadurch auch einflussreiche Haus Tarkora einzuheiraten, doch ihre Motive spielten für Lamar keine Rolle. Ihre Liebe zu ihm würde schon entflammen, wenn sie erst einmal seine Frau wäre, davon war er überzeugt.

Drei bereits stark angetrunkene Zwerge kamen aus einer Seitenstraße und taumelten an ihnen vorbei.

»Lang lebe Königin Tharlia und …«, grölten sie, dann erkannten sie den früheren König, der ihnen finstere Blicke zuwarf, verstummten und hasteten davon.

»Undankbares Gesindel«, brummte Burian. »Aber ich werde mich ihrer erinnern, wenn ich erst wieder König bin.« Er packte Lamar am Arm. »Genauso, wie ich mich derer erinnern werde, die mir zur Seite gestanden haben. Das Haus Tarkora hat schon früher unter meiner Regentschaft hervorragende Geschäfte gemacht, und so wird es wieder sein.«

»Wir werden sehen«, erwiderte Lamar und streifte seinen Arm ab, ohne sich anmerken zu lassen, was er wirklich dachte. Zwar hatte es diese Geschäfte, von denen er sprach, durchaus gegeben, aber Burian war ein Narr, wenn er sich einbildete, dass er tatsächlich wieder König werden könnte, nachdem Tharlia gestürzt war. Er besaß weder im Volk noch im Hohen Rat den geringsten Rückhalt. Die Erinnerung an seine von Misswirtschaft, Fehlentscheidungen und Korruption geprägte Herrschaft war noch sehr lebendig, und niemand wünschte sich eine Wiederholung. Seine Hetze gegen Tharlia mochte Früchte tragen, aber ihm selbst würde dies in keiner Form zugute kommen. Ein Narr, zweifellos, aber ein nützlicher.

»Bei dieser ausgelassenen Stimmung können wir derzeit ohnehin nichts unternehmen«, sagte Lamar. »Niemand würde uns zuhören, wenn wir versuchen, Tharlias Erfolg kleinzureden. Es ist besser, wenn wir nach Hause gehen. Morgen, wenn dem Gelage die Katerstimmung folgt, stehen unsere Chancen sehr viel besser, Zweifel zu säen.«

»Pah, nach Hause gehen!« Burian rülpste noch einmal. »Ich werde mich nicht ins Bett legen, wenn alle anderen feiern und trinken. Tut Ihr, was Ihr wollt, ich hole mir erst einmal einen neuen Humpen Bier.«

Mit schwankendem Gang eilte er davon. Lamar blickte ihm einen Moment lang kopfschüttelnd nach. Zweifellos würde der Dummkopf seinen Rat in den Wind schlagen und noch mit betrunkenem Kopf anfangen, große Reden über Tharlias Unfähigkeit zu schwingen. Sollte er tun, was er wollte. Es würde nichts bewirken, aber wenigstens auch nicht schaden. Wahrscheinlich würde sich morgen ohnehin kaum noch jemand daran erinnern.

Anders, als er gesagt hatte, verspürte auch Lamar noch kein Verlangen, nach Hause zurückzukehren. Dafür war er viel zu aufgekratzt durch das, was geschehen war und seine Pläne erheblich zurückzuwerfen drohte. Er hatte lediglich Burian loswerden wollen. Mochte dieser auch als Verbündeter nützlich sein, so war er in seiner Zügellosigkeit dennoch ein äußerst unangenehmer Zeitgenosse, mit dem er privat so wenig wie möglich zu tun haben wollte.

Ziellos schlenderte er durch die Außenbezirke von Elan-Tart, wo sich kaum Zwerge aufhielten und es ruhiger war, um mit sich und seinen Gedanken allein zu sein. Tief atmete er die kühle Nachtluft ein. Er wünschte sich, in den prächtigen Stammsitz seiner Familie in Elan-Dhor zurückkehren zu können, doch wenn es irgendetwas gab, was er an der Oberfläche schätzte, dann war es die sehr viel würzigere

Luft hier oben mit ihren zahlreichen Gerüchen. Lamar genoss es, wie der Wind ihm Haar und Bart zerzauste.

Er achtete kaum auf seine Umgebung oder darauf, wohin er ging. Seine Gedanken waren wie beinahe immer bei Tharlia, und er führte im Kopf stumme Zwiegespräche mit ihr, in denen er ihr all das sagte, was sein Herz bedrückte und worüber er in der Realität niemals mit ihr hatte sprechen können.

Seine Schritte führten ihn in den Ostsektor der Siedlung, wo sich hauptsächlich Schmieden und andere Handwerksbetriebe befanden, für die es jedoch zum wachsenden Unwillen der Arbeiterkaste in den zurückliegenden Wochen aufgrund mangelnder Rohstofflieferungen und der Auseinandersetzungen mit den umliegenden Dörfern der Menschen immer weniger zu tun gab. Entsprechend wurde auch jetzt nirgendwo hier gearbeitet. Das Grölen und Singen der hauptsächlich vor dem Palast versammelten Menge drang nicht bis hierher, sodass eine geradezu gespenstische Stille herrschte, nur durchbrochen vom Geräusch, das Lamars Schritte auf den Pflastersteinen erzeugten, und dem Wind, der durch die Straßen und um die Ecken und Dächer der behelfsmäßig errichteten Gebäude pfiff.

Anderenfalls hätte er den leisen Laut, der plötzlich hinter ihm erklang, vermutlich nicht einmal gehört.

Erschrocken fuhr Lamar herum, doch hinter ihm war nichts. Die Straße war leer.

Dennoch vernahm er nach wenigen Sekunden erneut das Geräusch, eine Mischung aus leisem Zischen und Fauchen.

Und diesmal hatte es eindeutig *näher* geklungen, obwohl auch weiterhin nicht das Geringste zu entdecken war.

Hastig griff er mit der Hand an seinen Gürtel, dann erst wurde ihm bewusst, dass er keine Waffe bei sich trug. Innerhalb der gut bewachten Wälle Elan-Tarts hatte er das nicht für nötig gehalten, außerdem war er kein Krieger, sondern gehörte der Arbeiterkaste an, und für jemanden seines hohen Standes ziemte es sich nicht, mit einem Schwert oder gar einer Axt bewaffnet herumzulaufen.

Lediglich einen winzigen Dolch, der eher zur Zierde als zur Verteidigung diente, führte er mit sich. Es war eine erbärmliche Waffe, aber besser als gar keine. Er zog den Dolch und hielt die kaum mehr als fingerlange Klinge drohend vor sich ausgestreckt.

»Wer ist da?«, stieß er hervor und ärgerte sich, dass seine Stimme nicht annähernd so fest klang, wie er es beabsichtigt hatte. Unverkennbare Angst schwang darin mit.

Lamar erhielt keine Antwort, aber etwas war da, in seiner unmittelbaren Nähe. Er konnte es jetzt sogar spüren, eine finstere, böse Ausstrahlung, die sich wie eine Schlinge um ihn zusammenzog. Schritt für Schritt wich er zurück und kämpfte gegen seine aufwallende Furcht an. Alles in ihm schrie danach, fortzulaufen, aber dafür hätte er sich umdrehen und der Gefahr den Rücken kehren müssen, und das brachte er nicht fertig.

Angesichts seines hohen Standes und seiner Zugehörigkeit zur Arbeiterkaste hatte er nicht an den Kämpfen gegen die Dunkelelben teilgenommen und war noch niemals einem begegnet, doch freilich wusste er, dass diese Kreaturen sich unsichtbar machen konnten. Daran musste er jetzt denken, und dieser Gedanke erfüllte ihn mit Panik.

Aber es war völlig unmöglich, dass ein Dunkelelb bis hierher, mitten ins gut bewachte Elan-Tart, vordringen hatte können! Alle Zugänge in die Tiefenwelt waren sorgsam verschlossen worden, damit die Thir-Ailith nicht an die Oberfläche gelangen konnten, und an den Hängen des

Tharakol patrouillierten unablässig von magisch begabten Priesterinnen unterstützte Krieger.

Nein, es musste eine andere Erklärung geben. Vermutlich erlaubte sich nur jemand einen bösen Scherz mit ihm, versuchte Lamar sich einzureden.

»Wer ist da?«, stieß er noch einmal hervor. »Ich weiß, dass da jemand ist. Komm heraus und zeige dich!«

Diesmal erzielte er tatsächlich eine Reaktion, wenn auch völlig anders, als er es sich erhofft hatte. Das Zischen wiederholte sich, erklang nun fast unmittelbar vor ihm, dann begann die Luft nur zwei Schritte von ihm entfernt zu wabern. Wie aus dem Nichts nahm eine hagere, hochgewachsene Gestalt, die gut eine Armlänge größer war als er, vor ihm schemenhafte Form an. Ungefähr dort, wo sich ihr Kopf befinden musste, schwebten zwei wie unter einem inneren Feuer rötlich glühende Augen in der Luft. Ihr Blick schien sich in ihn hineinzubohren und lähmte ihn. Der Dolch entglitt seinen plötzlich kraftlos gewordenen Fingern und fiel klirrend zu Boden.

Die Panik in Lamar loderte zu einer hellen Flamme auf, doch er war unfähig, sich zu rühren, stand nur stocksteif wie eine Statue da. Er wusste, dass er verloren war.

Binnen weniger Sekunden hatte die Gestalt den magischen Mantel der Unsichtbarkeit vollends abgestreift. Sie war ganz in schwarzes, eng anliegendes Leder gekleidet. Geisterhaft bleiche Haut glänzte im Mondlicht. Auch die langen Haare des Fremden waren bleich, fast weiß rahmten sie ein schmales, von Hass verzerrtes Gesicht ein, das völlig von den rötlich glühenden Augen beherrscht wurde. Ihr Blick schien geradewegs in Lamars Kopf zu dringen.

Und dann vernahm er die Stimme.

Es war keine Stimme, wie er sie kannte. Er hörte sie nicht

mit den Ohren, sondern sie erklang direkt in seinem Geist, und sie sprach auch keine Wörter, die er kannte. Dennoch verstand er ihren Sinn. Am liebsten hätte er vor Schmerz geschrien, denn die Stimme erinnerte an grausame Messer, die durch seine Gedanken fuhren und sie zerlegten, als wollte sie auf diese Art mit brutaler Gewalt alles Wissenswerte aus ihm herausschneiden. Dabei galt das besondere Interesse des Dunkelelben Elan-Dhor und den verschütteten Zugängen dorthin sowie den Patrouillen und der kleinen Wachbastion am Fuß des Berges, worüber er kaum etwas wusste.

Nach einer Zeit, die Lamar wie eine schmerzdurchwobene Ewigkeit vorkam, zog sich die entsetzliche Stimme endlich aus seinem Verstand zurück, enttäuscht, wie es ihm vorkam, aber das registrierte er nur am Rande. In ihm gab es nur noch Pein, sein Geist war zerrüttet und unfähig, einen klaren Gedanken zu fassen.

Als die finstere Gestalt ihr Schwert zog und es ihm bis zum Heft in die Brust stieß, empfand Lamar es trotz des kurzen, zusätzlichen Schmerzes, der wie Feuer durch seinen Körper wütete, beinahe wie eine Erlösung. Sein letzter Gedanke galt Tharlia, die er nun niemals wiedersehen würde, dann sank er tot zu Boden.

»Mir gefällt das alles nicht«, brummte Barlok leise, während sie dem Elbenkrieger durch das Lager zu dem angeblich lebend gefangenen Thir-Ailith folgten. »Die Dinge laufen in eine falsche Richtung. Alles wird auf den Kopf gestellt.«

»Was meinst du damit?«, hakte Warlon ebenso leise nach.

»Hast du nicht gehört, was dieser Nagaron gesagt hat? Das war kein uneigennütziges Hilfsangebot. Etwas weniger freundlich ausgedrückt heißt es nichts anderes, als dass er mit dazu beitragen will, dass wir Elan-Tart so schnell wie möglich aufgeben und aus der Nähe von Clairborn verschwinden. Wir sollen uns gefälligst nach Zarkhadul scheren, wo wir ein gutes Stück von allen Siedlungen der Menschen entfernt sind und so schnell kein weiterer Ärger zwischen unseren Völkern zu befürchten ist.«

»So habe ich es noch nicht betrachtet, aber sicher, du hast Recht. Natürlich hat er ein Interesse daran, weitere Auseinandersetzungen mit den Menschen in Clairborn zu verhindern.«

»Und Tharlia hat keinerlei Protest erhoben, so wenig wie Loton oder einer der Elben. Offenbar steht für sie alle die Umsiedlung unseres Volkes nach Zarkhadul bereits fest.«

»Das war doch schließlich auch der Sinn deiner ganzen Expedition hierher.« Warlon begriff nicht recht, worauf sein Begleiter hinauswollte. »Wir Zwerge können nicht über Jahre hinweg an der Oberfläche leben. Darüber hinaus misstrauen uns die Menschen und wollen uns nicht als Nachbarn, und nach allem, was ich gehört habe, fürchte ich, dass es immer wieder Konflikte mit ihnen geben wird, solange wir an der Oberfläche bleiben. Gerade du wärest auch misstrauisch gewesen, wenn stattdessen plötzlich zehntausende Menschen unter die Erde gezogen wären und in unmittelbarer Nähe von Elan-Dhor eine unterirdische Stadt errichtet hätten.«

»Natürlich, aber verstehst du denn nicht? Als wir an die Oberfläche flohen und hier eine Siedlung errichteten, war das nur eine vorübergehende Notlösung. Zarkhadul hingegen ist etwas anders. Bei dem ganzen Gespräch war nicht ein einziges Mal von der Rückeroberung Elan-Dhors die Rede. Ich glaube fast, dein Freund, der Waldläufer, hatte völlig Recht, als er befürchtete, wir würden uns mit dem

Verlust unserer Heimat abfinden. Spätestens, wenn wir erst einmal ein paar Monate oder Jahre in Zarkhadul gelebt haben, wird Elan-Dhor für die meisten kaum noch mehr als eine ferne Erinnerung sein. Das Verlangen, dorthin zurückzukehren, wird immer mehr schwinden. Die Stadt und unsere Minen werden auf ewig in den Händen dieser Bestien bleiben, und damit kann ich mich einfach nicht abfinden.«

Warlon antwortete nicht. Vor wenigen Stunden erst war er von seiner monatelangen Reise zu den Elben zurückgekehrt. Er hatte sich darauf gefreut, seine Freunde und die Angehörigen seines Hauses wiederzusehen, aber vor allem hätte es auch eine Rückkehr in seine Heimat sein sollen. Dass diese bereits wenige Tage nach seinem Aufbruch von den Dunkelelben überrannt worden war, war ein Schock für ihn gewesen, von dem er sich noch immer nicht völlig erholt hatte. Vor allem erschien auch ihm der Gedanke unerträglich, Elan-Dhor für immer verloren zu haben und nie mehr dorthin zurückkehren zu können. Allerdings hatte das eher mit der tiefen Verbindung seines Volkes mit bestimmten Orten und den Dingen zu tun, die sie geschaffen hatten, als mit praktischen Erwägungen.

Der einstige Wohlstand von Elan-Dhor war schon seit langer Zeit am Schwinden. Die Minen waren weitgehend ausgebeutet, fast nur Erze und Kohle waren dort noch zu schürfen. Größere Vorkommen an Edelmetallen wie Gold und Silber oder gar Edelsteinen waren schon seit vielen Jahren nicht mehr entdeckt worden, und auch die riesige vermeintliche Goldader, durch deren Untersuchung die Thir-Ailith überhaupt erst befreit worden waren, bestand nur aus Narrengold, wie Warlon inzwischen wusste: simplem Gestein, das lediglich durch die Magie des elbischen Bannsiegels das Aussehen von Gold angenommen hatte.

Zarkhadul hingegen ...

Warlon wusste nicht, ob der Reichtum der Minen dort wirklich noch immer so immens war, wie allgemein vermutet wurde, oder ob es sich nur um im Laufe der Jahrhunderte gewachsene Legenden handelte, zumal ein Teil der Minen von den einstigen Bewohnern schon vor tausend Jahren gesprengt worden war, um das Eindringen weiterer Dunkelelben zu verhindern. Dennoch würde es ihrem Volk dort vermutlich besser gehen, aber er musste zugeben, dass Barloks Befürchtung, sie würden sich mit der Zeit immer leichter mit dem Verlust von Elan-Dhor abfinden, durchaus berechtigt war.

Er verdrängte diese Gedanken, als sie sich einer größeren Menge von Zwergen näherten. Bereitwillig wichen diese zur Seite und schufen eine Gasse für die Königin und ihre Begleiter. Im Zentrum der Menge war ein von Elbenkriegern umgebener Kreis von drei, vier Metern Durchmesser frei geblieben. Auch die übrigen Elbenmagier, die nicht mit in die Tiefe von Zarkhadul hinabgestiegen waren, waren dort versammelt. Als er sich ihnen näherte, spürte Warlon, wie seine Haut zu prickeln begann, als ob Finger sanft darüberstreichen würden.

Obwohl er gewusst hatte, was ihn erwartete, war der Anblick unglaublich. Ein seiner Unsichtbarkeit vollständig beraubter Thir-Ailith tobte und wütete wie rasend im Inneren des Kreises herum. Wieder und wieder schlug er mit aller Kraft mit seinem Schwert um sich, doch vermochte er den Elben, die ihn umzingelt hatten, keinen Schaden zuzufügen. Seine Hiebe schienen eine halbe Armlänge vor ihnen von einem unsichtbaren Hindernis abgefangen zu werden und nur um ein Vielfaches verlangsamt hindurchzugleiten, sodass die Krieger keinerlei Mühe hatten, sie abzuwehren.

Ein zweiter Thir-Ailith lag tot auf der Erde, aber auch ein mumifizierter Zwergenkrieger, wie Warlon schaudernd entdeckte.

»Wir können ihn nicht mehr lange halten«, wandte sich einer der Magier an Gelinian. »Unsere Kräfte beginnen bereits zu schwinden, während die seinen unerschöpflich zu sein scheinen.«

»Das lässt sich ändern«, entgegnete die Magierin kalt. »Er ist uns nur lebend von Nutzen, aber das heißt nicht, dass wir ihn unversehrt brauchen.«

Sie nahm einem der Elbenkrieger seinen Bogen von der Schulter und zog einen Pfeil aus seinem Köcher, zielte kurz und schoss dem Thir-Ailith in die rechte Schulter. Die Kreatur stieß ein kehliges Fauchen aus, doch klang es eher wütend als schmerzerfüllt. Der Schwertarm des Dunkelelben sank herab, doch blitzartig wechselte er die Waffe in die linke Hand und setzte seine erbitterten Angriffe fort.

Ungerührt ergriff Gelinian einen weiteren Pfeil und jagte ihn dem Thir-Ailith in die andere Schulter. Auch sein linker Arm sank herab, und wenige Sekunden später entglitt das Schwert seinen gefühllosen Fingern. Aber auch damit begnügte sich die Magierin noch nicht, sondern schoss ihm zusätzlich noch einen Pfeil in die Nervenstränge des rechten Beins, sodass der Dunkelelb wild zischend und fauchend in die Knie brach.

»Das dürfte reichen.« Gelinian gab dem Krieger seinen Bogen zurück. »Jetzt haltet ihn ruhig.«

Drei Elbenkrieger traten vor und bemühten sich, den Thir-Ailith festzuhalten, aber trotz seiner Verletzungen tobte und wand er sich weiterhin mit verbissener Kraft, trat und biss um sich. Drei weitere Krieger mussten eingreifen, dann erst gelang es ihnen, ihn zu bändigen und so auf den Boden zu drücken, dass er sich nicht mehr wehren konnte.

Gelinian ging hinter seinem Kopf in die Hocke, presste ihm die Fingerspitzen gegen die Schläfen und schloss die Augen. Einige Sekunden lang geschah gar nichts, Warlon hatte lediglich den Eindruck, dass sich das Prickeln auf seiner Haut noch verstärkte. Hier waren Kräfte am Werk, die ihm fremd waren, die er nicht verstand und die ihn auch ein wenig ängstigten.

»Was macht sie da?«, wisperte Barlok neben ihm, dem es offenbar nicht anders erging. Warlon wusste ihm keine Antwort zu geben.

Ein Zittern überfiel die Magierin und steigerte sich bis hin zu Zuckungen, die ihren ganzen Körper erfassten. Sie krümmte sich wie unter Schmerzen, gab aber keinen Laut von sich. Ein gepeinigter Ausdruck verzerrte ihr Gesicht. Sie presste die Zähne so fest aufeinander, dass ihre Wangenknochen hervortraten, und ihre Augäpfel unter den geschlossenen Lidern bewegten sich wild hin und her. Dennoch löste sie ihre Finger nicht von den Schläfen des Gefangenen.

»Wenn das …«, begann Warlon, doch in diesem Augenblick stieß der Thir-Ailith einen unglaublich schrillen, markerschütternden Schrei aus, sodass Warlon sich gequält mit den Händen die Ohren zuhielt.

Auch die Elbenkrieger zuckten zusammen, und für einen Sekundenbruchteil lockerte sich ihr Griff. Das genügte dem Thir-Ailith. Er bäumte sich wild auf, und trotz seiner Verletzungen schaffte er es, einen Arm freizubekommen und sein Schwert zu packen. Blitzschnell führte er mit der Klinge einen Hieb nach Gelinian, dem die Magierin nur um Haaresbreite entging, indem sie ihn losließ und sich zur Seite warf.

Aus der gleichen Bewegung heraus versuchte er, sich das Schwert selbst in die Brust zu rammen, doch die Elbenkrieger hatten ihre Überraschung bereits überwunden, packten seinen Arm und entwanden ihm die Waffe.

»Ich habe genug von ihm erfahren«, stieß Gelinian hervor. Ihre Stimme klang belegt. Sie wirkte erschüttert, und ihr Gesicht sah plötzlich eingefallen aus, als wäre sie in den letzten Minuten um viele Jahre gealtert, doch glaubte Warlon nicht, dass es an dem Angriff des Thir-Ailith lag. »Er ist uns nicht mehr von Nutzen; ich besitze nicht mehr die Kraft, noch einmal in seinen Geist einzudringen. Ihr hättet ihn sich selbst richten lassen sollen, das hätte mir diese Aufgabe erspart.«

Sie zog einen mit kunstvoll eingravierten Runen versehenen Dolch aus dem Gürtel ihres Gewandes und schnitt dem Thir-Ailith mit einer Kaltblütigkeit, die selbst Warlon für einen Moment schockierte, die Kehle durch. Weißliches Blut sprudelte aus der Wunde und versickerte im Gras.

Mit unsicheren Bewegungen richtete Gelinian sich auf, wobei sie sich auf einen der Krieger stützen musste.

»Es ist mir gelungen, in seine Gedanken einzudringen«, berichtete sie mit brüchiger Stimme. »Es war unglaublich schwer, denn trotz seiner Schmerzen setzte er sich erbittert zur Wehr, und sein Geist war von einer kaum erträglichen Finsternis erfüllt. Schließlich jedoch konnte ich ihn niederringen und einen Blick auf die Absichten der Thir-Ailith werfen, wenn auch nur in Bruchstücken, so fremdartig waren seine Gedankengänge. Hier im Lager befindet sich keiner mehr von ihnen, das bedeutet, wir können die Suche aufgeben. In Zarkhadul sind insgesamt siebzehn zurückgeblieben, von denen elf bereits getötet wurden, wie wir wissen.«

»Es ist nur eine Frage der Zeit, bis Nariala und ihre Begleiter auch die anderen aufspüren«, warf Thularan ein. »Wenn die Gefahr dann gebannt ist...«

»Das ist sie nicht«, fiel Gelinian ihm ins Wort. »Ganz im Gegenteil, die Gefahr ist sogar noch viel größer, als wir alle befürchtet haben. Auch die Thir-Ailith besitzen die Fähigkeit, in die Gedanken anderer einzudringen und sogar die Kontrolle über sie zu übernehmen. Auf diese Art haben sie von einem ihrer Opfer unter den Zwergen von den Vorgängen in Elan-Dhor erfahren. Sie wissen, dass es vom Rest ihres Volkes erobert wurde und die Zugänge nur provisorisch verschlossen sind. Vier Thir-Ailith haben sich bereits heute Vormittag auf den Weg nach Elan-Tart und zum Tharakol gemacht. Sie wollen einen der Zugänge öffnen, um zu den anderen zu gelangen und ihnen einen Weg in die Freiheit zu bahnen.«

»Und sie haben gute Aussichten, es zu schaffen, da niemand von unserem Volk dort etwas davon ahnt oder auf einen Angriff aus dieser Richtung vorbereitet ist«, murmelte Tharlia nach einigen Sekunden entsetzten Schweigens mit Grabesstimme.

»Wo bleibt ihr? Können wir nicht ein paar Schritte schneller gehen?«

Ungeduldig blickte Tavor sich nach seinen Begleitern um, mit denen zusammen er die Nacht über an den Hängen des Tharakol Patrouillendienst verrichtet hatte. Noch nie war ihm der Abstieg zu der kleinen Wachbastion am Fuße des Berges so lang vorgekommen, und noch nie hatte er das Gefühl gehabt, dass sie dabei so trödelten.

Er war ohnehin schon seit Tagen missmutig. Wie gerne wäre er mit dem Großteil der übrigen Krieger nach Norden gezogen, um am Kalathun Ruhm und Ehre im Kampf gegen die Dunkelelben zu erwerben und das legendäre Zarkhadul zu sehen und zu betreten. Stattdessen jedoch war er dazu abkommandiert worden, die verschlossenen Zugänge nach Elan-Dhor zu bewachen, um sicherzustellen, dass keiner der Dunkelelben an die Oberfläche entkam. Auch das war eine wichtige und ehrenvolle Aufgabe, ohne jeden Zweifel, aber keine, die Ruhm versprach. Nicht nur nach dem nun schon geraume Zeit zurückliegenden Erdbeben, sondern auch in den Wochen davor hatte kein Dunkelelb mehr einen Weg ins Freie gefunden, und Tavor glaubte nicht, dass dies noch geschehen würde.

Heute jedoch ging es ihm nicht nur darum, nach Ende seines Dienstes möglichst rasch in seine Unterkunft zurückzukehren, sondern er war vielmehr darauf aus, die Neuigkeiten vom Heer zu erfahren. Von der Höhe des Berges aus hatte er in der Ferne sehen können, dass Elan-Tart fast die ganze Nacht hindurch hell erleuchtet gewesen war. Irgendetwas Bedeutsames musste geschehen sein, mochte es sich um gute oder schlechte Neuigkeiten handeln.

»Ich habe keine Lust, mir wegen deiner Neugier die Beine zu brechen«, murrte Lanos, sein Begleiter. »Wir erfahren schon früh genug, was geschehen ist, auf ein oder zwei Minuten kommt es dabei auch nicht mehr an.«

Die Priesterin, die den kleinen Trupp vervollständigte, sagte gar nichts, so wie sie schon die ganze Nacht kaum etwas gesagt hatte, was Tavor ganz recht war. Er hegte ein tief verwurzeltes Misstrauen gegen die Hexen des Dunkelturms. Entsprechend entsetzt war er auch zunächst gewesen, als ausgerechnet deren Hohepriesterin den Königsthron bestiegen hatte, doch musste er zugeben, dass Tharlia ihre Aufgabe seither überraschend gut erledigt hatte. Aber sie gehörte ja auch nicht mehr dem Dunkelturm an, und an seiner Einstellung gegenüber dem restlichen Hexenorden änderte sich dadurch nichts.

Tavor vernahm ein leises, sausendes Geräusch und gleich darauf hinter sich ein ersticktes Röcheln. Sofort fuhr er herum und sah gerade noch, wie wenige Schritte von ihm entfernt die Priesterin zusammenbrach. Ein Wurfmesser hatte ihren Hals durchbohrt. Blut färbte ihr weißes Gewand.

In einer einzigen fließenden Bewegung hakte er seine Streitaxt vom Gürtel und löste gleichzeitig den Schulterriemen. Auch Lanos hatte seine Waffe ergriffen, aber es nutzte ihm nichts mehr. Ohne dass er die Gefahr auch nur erkannte, traf ihn ein unsichtbarer Hieb aus dem Hinterhalt und trennte ihm den Kopf von den Schultern.

Panik loderte in Tavor auf. Erst jetzt begriff er, dass der Tod der Priesterin unabwendbar auch sein eigenes Ende besiegelt hatte. Es war unmöglich, gegen einen Feind zu kämpfen, den man nicht sah, der sich einem von allen Seiten unbemerkt nähern konnte. Allein die Priesterin mit ihren magischen Fähigkeiten war in der Lage gewesen, die Annäherung eines Dunkelelben rechtzeitig zu spüren und ihm den Deckmantel der Unsichtbarkeit herunterzureißen. Genau deshalb hatte man sie wohl aus der Ferne mit dem Wurfmesser getötet.

Doch auch, wenn er verloren war, war Tavor entschlossen, sein Leben zumindest so teuer wie möglich zu verkaufen. Mit zwei Schritten wich er an eine Felswand zurück, um wenigstens den Rücken gedeckt zu haben, dann versuchte er, mit der Axt wilde, unregelmäßige Hiebe zu führen.

Aber es erfolgte kein Angriff.

Stattdessen begann die Luft wenige Schritte von ihm

entfernt zu wabern, bis in dem Flirren zwei Gestalten sichtbar wurden. Rotglühende Augen starrten ihn an. Er fühlte etwas wie unsichtbare, eisige Finger, die nach seinem Verstand griffen und ihn lähmten. Die Axt fiel ihm aus den Fingern.

Fragen erklangen in seinem Kopf, die er verstand, obwohl die Worte einer gänzlich fremden Sprache entstammten. Die meisten Fragen galten den verschütteten Zugängen nach Elan-Dhor sowie der Stärke der Wachbastion. Mit brutaler Gewalt wurden die Antworten aus seinem Geist gerissen.

Verzweifelt bemühte sich Tavor, nicht daran zu denken, was in der hintersten Ecke im Vorratslager des Forts aufbewahrt lag.

Aber freilich gelang ihm auch das nicht.

»Wir Elben verstehen kaum etwas von Stein und Fels und seiner Statik«, sagte Gelinian. »Auf diesem Gebiet ist uns das Volk der Zwerge weit überlegen. Wenn es sich bei den Abtrünnigen ebenso verhält, könnte das unsere Chance sein. Sie werden nicht wissen, was sie tun müssen, um die Zugänge zu öffnen, sondern es mehr oder weniger blindlings versuchen. Das wird uns zumindest etwas Zeit verschaffen.«

»Aber wohl keine sechs Tage«, entgegnete Tharlia. »Selbst bei absoluten Gewaltmärschen und wenn wir gleich im Morgengrauen aufbrechen, werden wir so lange brauchen, um unser Heer an den Tharakol zu verlegen. Und es ist anzunehmen, dass die Thir-Ailith während der Äonen, die sie unter der Erde eingesperrt waren, mehr über Gestein gelernt haben als der Rest Eures Volkes.«

»Das glaube ich nicht«, warf Barlok ein. »Einige Teile

von Zarkhadul sind durch Deckeneinstürze stark verwüstet, die sich mit etwas Fachwissen leicht hätten verhindern lassen. Auch ihr Vorgehen während des Ausbruchs deutet nicht darauf hin. Bei planvollem Vorgehen hätten sie den von Schürfmeister Vilon zum Einsturz gebrachten Stollen wesentlich schneller wieder frei räumen können, doch sie haben nur auf pure Gewalt gesetzt.«

Vizegeneral Nagaron betrat das Zelt, in das sie nach dem Verhör des Dunkelelben zurückgekehrt waren.

»Vier besonders schnelle Meldereiter befinden sich bereits auf dem Weg nach Elan-Tart und Clairborn«, berichtete er. »Außerdem habe ich für unsere gesamte Reiterei den Befehl zum Aufbruch erteilt. Sie wird in wenigen Minuten bereit sein und ihnen folgen, rund fünfhundert Speere und Bögen. Sie werden die ganze Nacht durchreiten und ihr Ziel am Vormittag erreichen. Der Rest der lartronischen Armee wird ihnen morgen in Eilmärschen folgen.«

»Fünfhundert Reiter sind eine beachtliche Streitmacht und sollten die Abtrünnigen einige Zeit am Verlassen des Berges hindern können, auch wenn ihre Pferde ihnen im Gebirge wohl kaum von Nutzen sein werden«, sagte Gelinian. »Aber sie müssen sich eilen. Sollten die Thir-Ailith bis zu ihrem Eintreffen bereits in größerer Zahl an die Oberfläche vorgedrungen sein, werden auch fünfhundert Speere nicht mehr viel gegen sie ausrichten können.«

»Sie werden reiten wie der Wind«, versicherte Nagaron, was den anwesenden Elben ein flüchtiges Lächeln entlockte, obwohl sie sich bemühten, ihren Spott nicht allzu deutlich zu zeigen.

»Ebenso wichtig wie Krieger, die die Thir-Ailith aufhalten, dürften Priesterinnen sein, die sie zunächst einmal ihrer Unsichtbarkeit berauben«, stellte Tharlia fest. »Wie ich schon sagte, ich konnte nur wenige von ihnen zum Schutz von Elan-Tart und der Wachpatrouillen zurücklassen, alle anderen, vor allem diejenigen mit den größten Fähigkeiten, befinden sich hier. Wir verfügen über einige wenige Fuhrwerke, aber sie damit alle nacheinander zum Tharakol zu bringen ginge nicht schneller, als wenn sie sich zusammen mit dem Heer zu Fuß auf den Weg machen würden.«

»Auch unser Tross besteht aus zahlreichen Fuhrwerken«, sagte Nagaron. »Zelte, Nahrungsmittel und alles andere, was zur Versorgung einer Armee nötig ist. Nahrungsmittel für einige Tage können wir aus Clairborn und den umliegenden Städten heranschaffen und unsere eigenen Vorräte solange hier zurücklassen. Dann könnte ich Euch die Wagen zur Verfügung stellen.«

»Das... wäre in der Tat eine große Hilfe«, sagte Tharlia überrascht. »So könnten...«

»Es gäbe vielleicht noch eine weitere Möglichkeit, nicht nur die Priesterinnen, sondern auch einen beträchtlichen Teil Eures Heeres schneller zum Tharakol zu bringen«, sagte Gelinian. »Aber dafür bräuchte ich zunächst einmal genaue Karten der Umgebung.«

»Wir verfügen über keine Karten.« Bedauernd schüttelte Tharlia den Kopf.

»Aber ich«, behauptete Nagaron. »Vergessen wir nicht, dass dieser Landstrich immerhin Teil des lartronischen Reiches ist.«

5

SCHATTEN IN DER NACHT

Noch ein letztes Mal rang Sorin mit sich selbst. Kampfführer Turon, der Befehlshaber der Wachbastion, konnte überaus ungehalten reagieren, wenn man ihn mitten in der Nacht wegen Nichtigkeiten weckte; seine Wutausbrüche waren gefürchtet. In dieser Nacht traf dies in besonderem Maße zu, da er nach Erhalt der freudigen Nachrichten aus Zarkhadul einige Fässer hatte anstechen lassen und sich auch selbst daran gütlich getan hatte.

Anderseits jedoch hatte er Befehl erlassen, ihn jederzeit sofort zu informieren, wenn etwas Wichtiges geschah und die Lage dringende Entscheidungen erforderlich machte.

Zählte das Ausbleiben einer Patrouille wirklich dazu? Es kam immer wieder vor, dass Trupps aus verschiedenen Gründen verspätet zurückkehrten, zumeist, weil sie etwas Verdächtiges entdeckt zu haben glaubten, was sich aber bisher glücklicherweise nie bestätigt hatte. Tavor und seine Begleiter jedoch wurden nun schon seit fast einer Stunde vermisst.

Irgendetwas musste geschehen sein.

Sorin atmete tief durch, dann schlug er mehrfach mit der Faust gegen die Tür und öffnete sie.

In der Kammer war es dunkel, und es dauerte einen Moment, bis seine Augen sich daran gewöhnt hatten. Dann jedoch erkannte er zu seiner Überraschung – und Erleichterung –, dass seine Befürchtungen unnötig gewesen waren. Turon schlief nicht, sondern stand am Fenster und starrte in die Dunkelheit hinaus. Nun wandte er sich um. Er war bereits weit über zweihundert Jahre alt, und in sein dunkles Haar und seinen buschigen Bart hatte sich eine Menge Grau gemischt. Falten hatten sich in sein Gesicht gegraben, und er hatte einen recht beachtlichen Bauchansatz entwickelt, dennoch war er noch immer eine imposante Erscheinung. Eine Aura von Autorität umgab ihn, und sein Blick konnte durchdringend sein.

»Ich wusste, dass heute Nacht etwas geschehen würde«, sagte er. »Ich kann es in meinen alten Knochen spüren. Etwas wie ein dunkler Schatten, der sich über uns legt und mich keine Ruhe finden lässt.« Er räusperte sich und richtete sich auf. »Was gibt es?«, fragte er dann barsch.

»Eine unserer Patrouillen ist nicht zurückgekehrt und nun seit fast einer Stunde überfällig.«

»Wer?«

»Tavor, Lanos und die Priesterin Narla.«

Turon überlegte kurz.

»Tavor und Lanos sind äußerst zuverlässige Krieger. Sie würden sich nicht einfach ohne Grund so verspäten. Lasst Alarm blasen!«

Er wartete, bis Sorin den Raum verlassen hatte, dann legte er die restlichen Teile seiner Rüstung an, die er der Bequemlichkeit halber zuvor ausgezogen hatte. Noch während er damit beschäftigt war, erschollen bereits die Alarmhörner, und als er sein Quartier verließ, strömten Krieger, die keinen Dienst gehabt hatten, aus den Mannschaftsunterkünften auf den Hof. Zumindest an der Disziplin gab es nichts auszusetzen.

Während er darauf wartete, dass sich alle Krieger versammelten, blickte Turon sich um. Ursprünglich war dies nicht mehr als ein kleiner Wachposten gewesen, der den Kriegern zwischen ihren Patrouillengängen Schutz vor Regen und Kälte bot, ein Fort, dessen Außenwände lediglich aus grob übereinandergetürmten Steinbrocken und stellenweise sogar nur aus Holz bestanden hatten. Unter seinem Kommando jedoch war es in den vergangenen Monaten weiter verstärkt und außerdem mit Wehrgängen und Wachtürmen versehen worden, sodass eine befestigte Bastion entstanden war. Dennoch gab er sich keinen Illusionen hin – wenn die Dunkelelben bis hierher gelangten, würde das Fort einem geballten Angriff nicht länger als ein paar Minuten standhalten können.

»Ich wusste, dass noch heute Nacht irgendetwas passieren würde«, murmelte Turon ein weiteres Mal. Die innere Unruhe, die ihn schon seit Stunden quälte, hatte sich noch verstärkt, und sein Gefühl trog ihn niemals, obwohl er sich in diesem Fall lieber geirrt hätte. Zu ungünstig war der Zeitpunkt.

Bereits seit geraumer Zeit hatte es keinerlei Aktivität der Thir-Ailith mehr gegeben. Alle Zugänge ins Innere des Tharakol schienen so gründlich verschüttet oder auf andere Art und Weise verschlossen zu sein, dass die Dunkelelben über keinerlei Möglichkeit verfügten, sie wieder freizulegen, solange sich nicht gerade ein weiteres Erdbeben ereignete, das ihnen die Arbeit abnahm. Jedenfalls hatte er das bis zu diesem Abend gedacht, obwohl die Berghänge zur Sicherheit natürlich weiterhin bewacht wurden.

Aber eine Patrouille verschwand nicht einfach so. Natürlich war denkbar, dass sie auf Schwierigkeiten gestoßen war, die mit den Thir-Ailith gar nichts zu tun hatten, aber dann hätte einer der Krieger zumindest die Gelegenheit gehabt, ein entsprechendes Alarmsignal auf seinem Horn zu blasen.

In aller Eile teilte Turon Suchtrupps ein und fluchte währenddessen weiterhin lautlos darüber, dass dies ausgerechnet jetzt passieren musste, da seine Möglichkeiten so stark begrenzt waren. Anders als bis vor einer Woche befand sich in der Bastion lediglich eine Notbesatzung, nur hundertfünfzig Krieger statt fünfhundert. Alle anderen waren mit dem Rest des Heeres zum Kalathun in Marsch gesetzt worden, da dort die größere Gefahr gedroht hatte. Schon in einer knappen Woche würde er, den frohen Nachrichten vom siegreichen Ausgang der Schlacht zufolge, vermutlich wieder über die volle Truppenstärke verfügen.

Ausgerechnet jetzt jedoch ...

Schlimmer aber noch als die geschrumpfte Zahl an Kriegern war, dass ihm nur neun Priesterinnen verblieben waren; eigentlich sogar nur acht, wenn er Narla nicht mitrechnete, die zusammen mit dem Rest der Patrouille vermisst wurde. Die übrigen Priesterinnen befanden sich ebenfalls am Kalathun. Suchtrupps jedoch ergaben nur einen Sinn, wenn sie jeweils von einer Priesterin begleitet wurden. Falls es den Ungeheuern tatsächlich gelungen sein sollte, einen Weg an die Oberfläche zu finden, würde jeder weitere Trupp sonst zu einem leichten Opfer für die Unsichtbaren werden.

Da er auch die Bastion keinesfalls schutzlos zurücklassen wollte, konnte er lediglich sieben Trupps zusammenstellen. Jedem teilte er fünfzehn Krieger zu – hoffentlich genug, damit wenigstens einer von ihnen in der Lage wäre, Alarm zu schlagen, falls sie auf eine ernsthafte Bedrohung stoßen sollten.

Von jeweils einer Priesterin begleitet, marschierte ein

Trupp nach dem anderen zum Tor hinaus, ehe dieses wieder geschlossen wurde.

»Soll ich den Alarm wieder aufheben lassen?«, erkundigte sich Sorin.

Turon schüttelte den Kopf.

»Der Alarm bleibt bestehen, bis wir wissen, was mit der Patrouille geschehen ist. Lass die Mauern mit allen noch verfügbaren Kriegern bemannen. Ich glaube zwar nicht, dass wir mit einem Angriff zu rechnen haben, aber ich will auf alle Eventualitäten vorbereitet sein.«

Der junge Zwerg wurde eine Spur blasser. Der Gedanke, dass sie sogar hier gefährdet sein könnten, schien ihm noch gar nicht gekommen zu sein. Dennoch nickte er hastig und eilte davon, um den Befehl auszuführen.

»Und Ihr«, wandte sich Turon an die Priesterin, »solltet Euch besser einen Mantel zum Schutz gegen die nächtliche Kälte überziehen. Wir werden bis zur Rückkehr der Patrouillen hier draußen wachen.«

Obwohl es schon spät in der Nacht war und in knapp drei Stunden die Sonne aufgehen würde, saßen Schriftmeister Selon und die beiden Schürfmeister Torgan und Artok als einzige in Elan-Tart verbliebene Angehörige des Hohen Rates noch in einem Beratungszimmer des Palastes zusammen.

Die Nachrichten vom siegreichen Ausgang der Schlacht und von der Rückeroberung Zarkhaduls, die sie am späten Abend erreicht hatten, hatten auch bei ihnen große Freude ausgelöst, doch hatten sie sogleich erkannt, welche Herausforderung sich dahinter verbarg und wie viel Arbeit vor ihnen lag. Immerhin ging es um nicht weniger als die Umsiedlung ihres gesamten Volkes.

Mit Aufgaben dieser Art besaß Selon bereits seine Erfahrung, doch war die Situation diesmal eine völlig andere als vor einigen Monaten. Damals hatte ihr Volk aus Elan-Dhor in größter Eile auf der Flucht vor den Dunkelelben an die Oberfläche evakuiert werden müssen. Was sie nicht hatten mitnehmen können, hatten sie von den Menschen in den umliegenden Ortschaften zu erwerben versucht, vor allem Nahrungsmittel. In Zarkhadul hingegen würden sie allein auf das angewiesen sein, was sie selbst dorthin transportierten. Falls in den Minen wirklich noch so gewaltige Reichtümer verborgen lagen, wie allgemein angenommen wurde, würde sich sicherlich auf Dauer ein profitabler Handel mit den Menschen entwickeln, doch bis es soweit war, konnten Wochen, wenn nicht Monate vergehen. Auch in Zarkhadul würde man sich nicht nur zu bücken brauchen, um Edelsteine vom Boden aufzuheben.

Vor allem aber war es zunächst erst einmal ein weiter Weg dorthin, den es mit Kranken, Greisen und Kindern zurückzulegen galt, die nur langsam vorankommen würden und wie auch alle anderen unterwegs versorgt werden mussten.

»Wir müssen mit mindestens zwei Wochen rechnen, bis auch die Letzten den Weg zum Kalathun bewältigt haben, einige werden vermutlich sogar noch länger brauchen«, sagte Selon und beugte sich wieder über einen Stapel Papiere. »Die Brände haben einen beträchtlichen Teil unserer Felder verwüstet, und das wenige Wochen vor der Ernte. Auch sind unsere Vorräte durch die Auseinandersetzungen mit Clairborn und den Mangel an Nachschub stark geschrumpft. Selbst wenn wir uns einschränken, werden sie meinen Unterlagen zufolge nur noch für drei, höchstens vier Wochen reichen.«

»Und in Zarkhadul wurde unseres Wissens nie Viehzucht oder Ackerbau betrieben«, sagte Torgan nachdenklich. »Durch den Reichtum der Minen konnten es sich die Bewohner leisten, alle benötigten Nahrungsmittel einzukaufen, wie es auch bei uns einst der Fall war. Wir dürfen also nicht damit rechnen, dort entsprechende Voraussetzungen zu finden, sondern müssten sie erst mühsam schaffen.«

Artok gähnte herzhaft.

»Können wir das nicht morgen weiter besprechen? Mir schwirrt schon der Kopf von all den Problemen.«

»Probleme, für die wir schnellstmöglich eine Lösung finden müssen«, entgegnete Selon. »Zarkhadul – der Name erweckt Träume in den Herzen aller Zwerge. Schon morgen werden sich die ersten Glücksritter auf den Weg zum Kalathun machen, und ihnen werden mehr und mehr folgen, getrieben von der Aussicht auf ungeheure Reichtümer, wenn wir sie nicht daran hindern. Und wir können sie nicht einfach mit Gewalt aufhalten.«

»Der Schriftmeister hat Recht, und es geht nicht nur um ein paar Glücksritter. Unser ganzes Volk hat genug von der Oberfläche«, ergänzte Torgan. »Wir sind für ein Leben hier nicht geschaffen. Alle wollen zurück in die Tiefenwelt und werden verlangen, so schnell wie möglich nach Zarkhadul gebracht zu werden, und sie werden sich nicht mit der bloßen Behauptung vertrösten lassen, dass erst langwierige Vorbereitungen getroffen werden müssen. Wir wissen alle, wie gespannt die Lage ist.«

»Ja, und wir kennen die Rädelsführer, die dafür verantwortlich sind, allen voran Burian«, sagte Artok. Im Gegensatz zu dem bulligen Torgan war er von eher schmächtiger Gestalt und vertrat innerhalb der Arbeiterkaste die Handwerkerschaft mit ihren Schmieden, Goldschmieden und Juwelieren, während sich Torgan vor allem denen zugehörig fühlte, die Erze, Kohle und andere Rohstoffe abbauten. »Was er betreibt, ist Aufwiegelung und Hochverrat, dafür gibt es genügend Beweise. Wenn es nach mir ginge, hätten wir ihn längst verhaften lassen.«

»Und hätten ihn so zu einem Märtyrer gemacht«, entgegnete Selon und strich sich über den langen Bart, der ebenso weiß wie sein Haar war. »Nein, damit hätten wir noch weit mehr Unheil angerichtet, als er es vermag. Vergessen wir nicht, dass er noch bis vor wenigen Monaten auf dem Königsthron saß. Das Volk ist froh über seine Absetzung, aber es hat immer noch große Achtung vor ihm und würde seine Verhaftung nicht einfach hinnehmen.«

Die Tür wurde geöffnet, und ein Krieger der Palastwache trat ein, um die Ankunft zweier Meldereiter der lartronischen Armee bekanntzugeben.

»Hoffen wir, dass sie auch diesmal gute Nachrichten bringen«, murmelte Selon, doch seine Hoffnung erfüllte sich nicht. Mit Schrecken lauschte er zusammen mit den beiden Schürfmeistern dem Bericht vom Entkommen der Dunkelelben aus Zarkhadul.

»Ihr hauptsächliches Ziel ist die Befreiung ihrer Gefährten aus dem Tharakol«, schloss einer der Soldaten. »Aber es ist nicht auszuschließen, dass ein oder zwei von ihnen auch hier in Elan-Tart Schrecken verbreiten, um von ihrem eigentlichen Vorhaben abzulenken und die verbliebenen militärischen Einheiten hier zu binden. Königin Tharlia ordnet deshalb das Aussenden von Suchtrupps und höchste Wachsamkeit für die Stadt an. Außerdem befiehlt sie, zwei Priesterinnen zum Schutz von Clairborn abzustellen. Ihre genauen Befehle findet Ihr hier aufgeführt.«

Sein Begleiter überreichte Selon eine Schriftrolle, die dieser kurz studierte und dann auf den Tisch legte, da die beiden Schürfmeister wie die meisten Arbeiter und Krieger des Lesens ohnehin nicht mächtig waren. Für einen Moment schloss er die Augen.

Höchste Wachsamkeit... Suchtrupps...

Der größte Teil der Einwohner hatte die halbe Nacht hindurch gefeiert. Gerade von den Kriegern würde kaum einer, der nicht ohnehin Dienst hatte, noch nüchtern genug sein, um bei der Suche nach einem oder mehreren Dunkelelben von Nutzen zu sein.

»Das sind wahrlich schlechte Nachrichten, und Ihr habt einen weiten Weg zurückgelegt, um sie zu überbringen«, sagte er. »Aber ich fürchte, die Zeit zum Ausruhen ist noch nicht gekommen. Wir unterhalten einen bewaffneten Posten am Fuße des Tharakol, um die Zugänge nach Elan-Dhor zu bewachen. Die Warnung muss auf schnellstem Wege auch dorthin überbracht werden, damit sich das Schlimmste verhindern lässt.«

»Wir haben bereits entsprechende Order erhalten und werden unseren Ritt unverzüglich fortsetzen«, erklärte der Meldereiter. »Aber wir bringen nicht nur schlechte Nachrichten, sondern auch hoffnungsvolle Kunde. Da sich der Großteil Eurer Streitkräfte am Kalathun befindet und Ihr hier keine weiteren Krieger entbehren könnt, hat Vizegeneral Nagaron die lartronische Reiterei ausgesandt, fünfhundert Mann zu Pferd, um Eure Truppen am Tharakol zu unterstützen. Sie folgen uns in längstens einer Stunde Abstand und werden helfen, die Berghänge zu bewachen.«

»Fünfhundert Reiter sind zweifellos eine wertvolle Verstärkung«, sagte Torgan, dann schüttelte er den Kopf. »Aber wenn tatsächlich ein Zugang nach Elan-Dhor geöffnet wird, wird es auch ihnen nicht gelingen, die Horden der Dunkelelben zurückzudrängen.«

Genau diese Gedanken gingen auch Selon durch den Kopf. Voller Furcht fragte er sich, ob es in ein paar Stunden überhaupt noch um eine Umsiedlung ihres Volkes nach Zarkhadul gehen würde oder ob sie erneut gezwungen sein würden, zu fliehen …

Es war nicht nur das Bizarrste, sondern vor allem das mit Abstand Schrecklichste, was Tavor jemals in seinem Leben durchgemacht hatte. Er wusste nicht, wie viel Zeit vergangen war, während der Dunkelelb wie mit unsichtbaren Fingern in seinem Verstand gewühlt und das Unterste zuoberst gekehrt, seine heimlichsten Gedanken und tiefsten Geheimnisse gelesen hatte. Tavor war sicher gewesen, dass der Thir-Ailith ihn anschließend töten würde, und von einem gewissen Punkt an war es ihm egal gewesen; er hatte es sogar herbeigesehnt, nur damit die Qual endlich endete.

Aber sie hatte nicht aufgehört, sie hatte sich nur verändert. Irgendwann hatten sich die Fühler aus seinem Kopf zurückgezogen, doch anders, als er überzeugt gewesen war, hatte man ihn nicht getötet.

Wie lange das schon zurücklag, wusste Tavor ebenfalls nicht. Er hatte jedes Gefühl für Zeit verloren. Seine Gedanken und sein Wille waren frei, doch besaß er über seinen eigenen Körper keinerlei Kontrolle mehr, sosehr er sich auch bemühte. Regungslos musste er ein Stück abseits des Weges, auf dem er mit seinen nun toten Begleitern vom Tharakol herabgestiegen war, auf dem Fels liegen, vermochte nicht einmal einen Finger zu rühren. Allenfalls die Augen konnte er mit äußerster Willensanstrengung eine Winzigkeit hin und her rollen.

Aber das war nicht einmal das Schlimmste. Viel schmerzhafter brannte das Wissen in ihm, dass er sein Volk verraten hatte und dadurch möglicherweise mit zu seinem Untergang beitragen würde. Dass er es gegen seinen Willen getan und keine Chance gehabt hatte, sich dagegen zu wehren, spielte für ihn keine Rolle. Wäre es ihm möglich gewesen, hätte er sich selbst einen Dolch in den Leib gestoßen, um seiner entsetzlichen Situation zu entrinnen und zu verhindern, dass er unter Zwang noch mehr Unheil anrichtete, aber nicht einmal dieser Ausweg blieb ihm mehr.

Ihm gegenüber saß der Dunkelelb auf einem Felsen, zumindest *einer* der Dunkelelben. Sie waren mindestens zu viert, wie Tavor mittlerweile herausgefunden hatte. Wo sich die anderen befanden, wusste er nicht, konnte es sich jedoch denken. Durch ihn hatten sie von dem noch verbliebenen Sprengpulver erfahren – und von dessen Aufbewahrungsort in der Wachbastion. Nun waren sie vermutlich unterwegs, um es an sich zu bringen.

Die Kreatur, die Tavor gegenübersaß, war nur teilweise sichtbar, sodass sich die Konturen ihres Körpers undeutlich abzeichneten. Ihre glühenden Augen, mit denen sie ihn ununterbrochen anstarrte und in ihrem Bann hielt, waren das Einzige, was von ihrem Gesicht zu erkennen war.

Aus dem Tal erschollen Alarmhörner. Eine Weile später hörte er mehrmals kaum ein oder zwei Dutzend Schritte entfernt gedämpfte Stimmen. Vermutlich Suchtrupps, die ausgeschickt worden waren, nachdem seine Patrouille nicht zurückgekehrt war. Er versuchte verzweifelt, sich irgendwie bemerkbar zu machen, brachte jedoch nicht den leisesten Ton heraus und musste hilflos miterleben, wie sich die Stimmen wieder entfernten.

Irgendwann kehrten die anderen Thir-Ailith zurück. Sie hüllten sich in den Tarnmantel ihrer Unsichtbarkeit, sodass Tavor sie nicht sehen konnte, aber er spürte sie dafür umso deutlicher: die geballte, nun um ein Vielfaches verstärkte Gegenwart einer finsteren, abgrundtief bösen Macht, die ihn zu erdrücken schien und seine Panik noch greller auflodern ließ, sofern dies überhaupt möglich war.

Komm!, vernahm er einen lautlosen Befehl in seinem Kopf, und ohne sein bewusstes Zutun erhob sich sein Körper vom Boden.

Der Wind hatte im Laufe der vergangenen Stunden aufgefrischt, und obwohl die Tage noch recht warm waren, kühlte es nachts beträchtlich ab. Es konnte keinen Zweifel geben, dass der Anbruch des Herbstes unmittelbar bevorstand, und wie in dieser Gegend üblich würde es ein kalter, rauer Herbst werden, dem bald ein noch grimmigerer Winter folgen würde.

Turon fröstelte und hüllte sich fester in seinen Mantel aus Luanen-Fell. Dabei warf er einen raschen Blick zu der neben ihm stehenden Priesterin. Vila hatte seinen Rat ausgeschlagen und darauf verzichtet, einen Mantel anzuziehen, doch obwohl sie nur ein recht dünn aussehendes Gewand trug und mit Turon direkt auf dem Wehrgang über dem Tor Posten bezogen hatte, wo es kaum einen Schutz vor dem eisig von den Bergen herabwehenden Wind gab, schien sie die Kälte nicht einmal zu spüren. Wahrscheinlich einer ihrer Hexentricks, vermutete Turon.

Er stützte sich mit den Händen auf die Wehrmauer und starrte zu den Hängen des Tharakol hinauf.

Mehr als eine Viertelstunde war seit dem Aufbruch der Suchtrupps inzwischen vergangen. Turon hoffte nur, dass er sie nicht geradewegs in den Tod geschickt hatte. Aber wenn tatsächlich der schlimmstmögliche Fall eingetreten war und die Dunkelelben nach all der Zeit nun doch einen Weg herauf an die Oberfläche gefunden haben sollten, dann würden auch diese Mauern keine Sicherheit bieten. Weder diese Bastion noch Elan-Tart würden ihnen standhalten können, und der größte Teil des Zwergenheeres war weit entfernt.

Es wäre eine besonders grausame Ironie des Schicksals, wenn dies ausgerechnet wenige Stunden nach dem glorreichen Sieg über die Thir-Ailith von Zarkhadul geschehen würde. Es war eigentlich zu unwahrscheinlich, um purer Zufall zu sein, doch konnte sich Turon auch nicht vorstellen, wie diese weit voneinander entfernt stattfindenden Ereignisse miteinander verknüpft sein könnten.

Die Priesterin neben ihm wurde unruhig, wandte den Kopf und blickte sich nach allen Seiten um.

»Was ist los?«, fragte Turon alarmiert.

»Ich bin mir nicht sicher«, sagte sie. »Nur ein Gefühl. Aber ich meine, ich hätte für einen Moment etwas gespürt, etwas Fremdartiges, Finsteres.«

»Dunkelelben?« Auch Turon blickte sich um, konnte aber nichts Verdächtiges entdecken.

»Ich weiß nicht. Möglicherweise. Es war zu kurz und zu schwach, um es eindeutig sagen zu können.« Ihre Stimme klang unsicher.

Er musterte sie einen Moment scharf und verfluchte insgeheim den Schleier, den sie trug und der es ihm unmöglich machte, ihr Gesicht zu erkennen.

Plötzlich zuckte sie zusammen und fuhr herum.

»Da war es wieder. Dunkelelben, ohne jeden Zweifel! Ich spüre einen von ihnen. Aber...« Sie zögerte einen Moment und blickte sich noch einmal in alle Richtungen um. »Es kommt nicht von außerhalb. Es kommt von dort!« Sie zeigte in den Hof hinab, zur Rückfront des Forts, wo die Unterkünfte der Krieger lagen.

Turon schauderte bei dem Gedanken, dass es einem Thir-Ailith offenbar gelungen war, unbemerkt bis ins Innere der Bastion zu gelangen. Ihm war von Anfang an klar gewesen, dass eine einzige Priesterin keinen vollständigen Schutz für das gesamte Bauwerk garantieren konnte. Viel entsetzlicher noch war die Bestätigung, dass tatsächlich Dunkelelben an die Oberfläche gelangt waren und nun frei ihr Unwesen trieben. Dennoch fing er sich sofort wieder.

»Ihr da«, sagte er und deutete auf eine Gruppe von Kriegern, während er seine Axt packte. »Folgt mir!«

Gemeinsam mit ihnen und Vila eilte er eine Treppe hinunter und quer über den Hof.

»Er ist nahe«, stöhnte die Priesterin. »Er ist im Inneren der Quartiere. Er scheint wütend zu sein, dass er dort keine Opfer vorgefunden hat.«

An der Spitze des Kriegertrupps stürmte Turon in das langgestreckte Gebäude. Ein Korridor, von dem Durchgänge zu den großen Schlafsälen für jeweils fünfzig Zwerge abzweigten, zog sich durch das gesamte Bauwerk. Die Betten bestanden aus einfachen Metallgestellen mit Luanen-Fellen darauf. Flüchtig sah Turon eine schemenhafte Gestalt in einem der Säle verschwinden.

»Haltet Euch hinter uns!«, wandte er sich an Vila. »Falls Euch etwas zustoßen sollte, sind wir alle verloren.«

Zusammen mit den Kriegern drang er weiter vor, während die Priesterin wie befohlen einige Meter hinter ihnen blieb. Ein zorniger, kehliger Schrei ertönte aus dem Schlafraum, und der Thir-Ailith fuhr mit einem Schwert in der Hand herum, als sie durch den Eingang traten und er seinen Fluchtweg versperrt sah. Durch Vilas Magie war er undeutlich sichtbar, allerdings nur wie ein äußerst verschwommener Schatten, damit erschöpften sich die Fähigkeiten der Priesterin.

Aber es reichte auf jeden Fall, um zu sehen, wo er sich befand und gegen ihn zu kämpfen, und nur darauf kam es schließlich an.

Mit erhobener Axt stürmte Turon vor und schlug beidhändig zu. Ohne große Mühe wich das Ungeheuer seinem Hieb aus, kam aber nicht dazu, zurückzuschlagen, weil in diesem Moment zwei weitere Zwerge zur Stelle waren und es bedrängten. Nur mit knapper Not konnte es ihre Äxte mit seinem Schwert abwehren.

Weitere Zwerge drangen auf den Dunkelelben ein. Das Klirren von Stahl auf Stahl hallte im Saal wider, doch entgegnete der Dunkelelb die Hiebe nur, wenn es gar nicht anders ging, und beschränkte sich ansonsten darauf, ihnen auszuweichen, sodass es nur die Zwergenäxte waren, die aufeinanderprallten.

Dennoch wurde er Schritt für Schritt zurückgedrängt. Er stieß mit der Kniekehle gegen eines der Betten und verlor den Halt. Mehrere Äxte gleichzeitig sausten auf ihn nieder, doch statt um sein Gleichgewicht zu ringen, stieß er sich ab, um sich noch mehr Schwung zu verleihen, schlug rückwärts eine Rolle über das Bett und kam dahinter geschmeidig wieder auf die Füße.

Sein Schwert zuckte vor und bohrte sich in die Schulter eines Kriegers. Noch während er es zurückzog, wirbelte er es herum und fügte einem weiteren Zwerg einen tiefen Schnitt am Arm zu.

Turon sprang auf das Bett und täuschte einen Hieb mit der Axt an. Dann ließ er sie jedoch mitten in der Bewegung fallen, riss sein Schwert aus der Scheide und stieß es vor. Darauf war der Dunkelelb nicht gefasst; und so schnell seine Bewegungen auch waren, es gelang ihm nicht mehr, den Angriff abzuwehren, er schaffte es lediglich mit knapper Not, die Klinge so weit abzulenken, dass sie ihn nicht durchbohrte, sondern ihm nur eine blutende Wunde an der Hüfte zufügte.

Erneut stieß er einen Schrei aus, der diesmal schier unerträglich in den Ohren gellte, sodass Turon am liebsten seine Hände darauf gepresst hätte und für einige Augenblicke kaum fähig war, sich zu bewegen, geschweige denn zu kämpfen. Den anderen Zwergen erging es ebenso. Der Dunkelelb nutzte die Gelegenheit, einem von ihnen seine Klinge durch den Hals zu rammen, dann schien er zu erkennen, dass er der Übermacht nicht gewachsen war, fuhr herum und floh. Mit geschmeidigen Schritten eilte er auf eines der Fenster zum Innenhof zu, stieß sich ab und verschwand in einem Hagel aus zerberstendem Glas.

»Hinterher!«, befahl Turon, hastete selbst als Erster zurück auf den Gang und von dort ins Freie.

»Könnt Ihr ihn spüren?«, wandte er sich an Vila, die sich ihm mit den restlichen Kriegern angeschlossen hatte.

Die Priesterin schloss die Augen und drehte sich einmal im Halbkreis, dann schüttelte sie den Kopf.

In diesem Moment erschollen aufgeregte Rufe von der entgegengesetzten Seite des Forts, wo sich die Waffen-, Werkzeug- und sonstigen Ausrüstungslager befanden. Mit seinen Begleitern eilte Turon hinüber. Er brauchte erst gar nicht zu fragen, was passiert war. Zwei Krieger lagen erschlagen in ihrem Blut, und die Tür war gewaltsam geöffnet worden. Rasch warf er Vila einen fragenden Blick zu, doch erneut schüttelte sie den Kopf.

Zusammen mit einem anderen Krieger betrat Turon den Lagerraum und blickte sich um. Er sah keine Verwüstungen, und soweit er auf den ersten Blick feststellen konnte, schien nichts zu fehlen. Allerdings gab es hier wohl auch nichts, was für einen Thir-Ailith von Interesse sein könnte. Nach allem, was er über diese Ungeheuer wusste, waren sie nur aufs Töten und Vernichten aus. Vermutlich hatte der Dunkelelb auch diese Tür nur in der Hoffnung aufgebrochen, hier irgendwelche wehrlosen Opfer vorzufinden.

Als er das Gebäude wieder verließ, ertönte ein Ruf vom vorderen Wachturm.

»Zwei Reiter nähern sich! Sie tragen die Uniform der lartronischen Armee.«

»Öffnet das Tor!«, befahl Turon.

Kaum waren die beiden Torflügel entriegelt und aufgestoßen worden, kamen die beiden Reiter auf den Hof gepreschst, zügelten ihre Pferde und stiegen ab. Ihre Kleidung war staubig und trug Spuren eines langen Ritts, und sie wirkten sichtlich erschöpft, ebenso wie ihre Pferde.

»Meldereiter Rotula«, stellte sich einer von ihnen vor und salutierte nach Art der lartronischen Armee. »Wir wurden vom Vizegeneral mit wichtigen Botschaften geschickt und müssen sofort den Kommandanten dieses Stützpunktes sprechen.«

»Das bin ich. Kampfführer Turon, zu Euren Diensten.« Turon trat einen Schritt auf sie zu und erwiderte den militärischen Gruß.

In aller Eile berichtete der Meldereiter vom unbemerkten Entkommen der Thir-Ailith während der Schlacht und davon, dass sich vier von ihnen auf den Weg hierher gemacht hatten. Zweifellos hielt er seine Nachrichten für Hiobsbotschaften, doch auf Turon wirkten sie eher erleichternd, nachdem er bereits mit dem Schlimmsten gerechnet hatte. Vier frei umherstreifende Thir-Ailith stellten zweifellos eine schreckliche Bedrohung dar, die auch schon Opfer unter seinen Kriegern gefordert hatte, aber die Gefahr war längst nicht so immens, wie wenn es den Dunkelelben gelungen wäre, einen Weg von Elan-Dhor an die Oberfläche zu öffnen, und ein gewaltiger Angriff zu erwarten wäre. Nur vier von ihnen würden sich mit Sicherheit aufspüren und ausschalten lassen, bevor sie allzu großes Unheil anrichten konnten.

Doch schon die nächsten Worte des Meldereiters zerstörten seine diesbezüglichen Hoffnungen.

»Mittels ihrer Magie ist es den Elben gelungen, einen Blick auf die Pläne der Thir-Ailith zu werfen«, fuhr er fort. »Diese wissen, dass Eure Stadt vom Rest ihres Volkes erobert wurde. Sie werden alles daransetzen, zu ihren Gefährten zu gelangen und ihnen einen Weg in die Freiheit zu öffnen.«

»Das wird ihnen nicht gelingen!«, behauptete Turon. »Wir bewachen alle Zugänge, und nach allem, was wir wissen, verfügen sie nicht über das Können, sie zu öffnen.«

»Die Thir-Ailith besitzen nicht nur die Fähigkeit, in die Gedanken anderer einzudringen und sie zu lesen, sie vermögen sie auch ihrem Willen zu unterwerfen, jedenfalls wenn sie es mit Einzelnen oder kleinen Grüppchen zu tun haben. Sie werden sich das Wissen Eures eigenen Volkes für ihre Pläne zunutze machen.«

Turon erschrak. Von einer solchen Fähigkeit hatte er bislang nichts gewusst. Wenn die vermisste Patrouille den Dunkelelben in die Hände gefallen war, was ihm nun immer wahrscheinlicher erschien, und diese über sämtliches Wissen der beiden Krieger verfügten, dann bestand in der Tat höchste Gefahr.

Und ...

Er fuhr herum, als ein schrecklicher Verdacht in ihm aufstieg, und hastete zurück in den Lagerraum. War es möglich, dass sie alle die Intelligenz und Verschlagenheit ihrer Feinde unterschätzt hatten?, dachte er, während er durch den Raum eilte.

Gleich darauf fand er seinen Verdacht bestätigt. Der Dunkelelb, gegen den sie in den Quartieren gekämpft hatten, war lediglich ein Köder gewesen, der die Priesterin vom Lager weggelockt hatte, um seinen Gefährten die Möglichkeit zu verschaffen, unbemerkt hier einzudringen.

Von Verzweiflung überwältigt starrte Turon auf den leeren Platz in einem der Regale.

Sämtliche ihnen noch verbliebenen Vorräte an Sprengpulver waren schon vor Tagen zum Kalathun geschafft worden, um einen vorzeitigen Ausbruch der dortigen Dunkelelben zu verhindern. Lediglich an zwei Beutelchen, die die Patrouillen zu dieser Zeit bei sich gehabt hatten, hatte niemand gedacht, und seither waren diese hier aufbewahrt worden.

Nun waren die Beutel verschwunden.

Der Aufstieg war eine Tortur.

Nach wie vor waren Tavors Gedanken frei, während sein Körper allein den Dunkelelben gehorchte. Es war, als würden sie ihn wie eine Puppe an unsichtbaren Fäden bewegen, wie er es einmal bei seinem bislang einzigen Besuch in Clairborn bei einem Gaukler gesehen hatte.

Sie hielten sich ein gutes Stück abseits des Weges, wo der Fels voller scharfkantiger Grate war. Dank ihrer Gelenkigkeit und ihrer langen Beine schien den Dunkelelben das Klettern nichts auszumachen. Auch Tavor wäre es unter normalen Umständen nicht allzu schwergefallen, aber unter der fremden Kontrolle bewegte er sich steif und ungelenkig, rutschte immer wieder ab und stürzte zu Boden, ohne die Möglichkeit zu haben, seinen Fall zumindest abzufedern.

Längst schon hatte er am ganzen Körper Prellungen und Abschürfungen davongetragen, die Haut an seinen Händen hing in Fetzen. Einmal war er mit dem Fuß umgeknickt, und seither schmerzte sein Knöchel schier unerträglich. Auf den Schmerz hatte die fremde Beeinflussung keinerlei Wirkung, er spürte ihn ungemindert.

Ein weiteres Mal glitt er aus und fiel, ohne seinen Sturz abfangen zu können. Erneut zuckte heftiger Schmerz durch seine ohnehin schon blutenden, dick angeschwollenen Knie, als hätte ihm jemand Nägel hineingetrieben, und er hätte geschrien, wenn er nur gekonnt hätte. Wäre er wenigstens so gestürzt, dass er ein größeres Stück weit abrutschte und einen kleinen Steinschlag auslöste, der die Aufmerksamkeit der Suchtrupps erregte, dann hätte sein Leiden noch einen Sinn gehabt, aber nicht einmal dieses Glück war ihm vergönnt.

Tavor wusste, was ihr Ziel war – ein geheimer Nebenausgang von Elan-Dhor. Er war gut getarnt, doch von allen Zugängen war er derjenige, der zumindest von außen am leichtesten zu öffnen war. Er selbst hatte dieses Wissen verraten. Verzweifelt hatte er während des Verhörs nicht daran zu denken versucht, doch das war ihm nicht gelungen. Mit brutalem geistigen Zwang hatten die Thir-Ailith ihm all sein Wissen darüber entrissen.

Seine einzige Hoffnung beruhte nun darauf, dass sie von einer Patrouille oder einem der Suchtrupps entdeckt wurden, selbst wenn das sein Ende bedeuten sollte. Vermutlich würden die Thir-Ailith ihn im Falle einer Entdeckung sofort töten, doch davor fürchtete er sich nicht. Er rechnete ohnehin nicht mehr damit, dass er dies alles lebend überstehen würde. Ihm ging es nur noch um die Art und Weise, auf die er starb, und ob er seinem Volk damit Schaden verursachte.

Aber auch die Hoffnung auf eine Entdeckung war nur äußerst gering. Dieser Teil des Berges lag weit von dem Gebiet entfernt, das er und seine Begleiter in dieser Nacht zu bewachen gehabt hatten und worauf sich die Suche zunächst konzentrieren würde.

Zudem waren die Thir-Ailith äußerst vorsichtig. Einmal waren tatsächlich ein Stück entfernt leise Stimmen zu hören. Sofort zwangen sie ihn, sich in einer Mulde unter einem überhängenden Felsen zu verstecken, bis die Stimmen wieder verklungen waren.

Schließlich erreichten sie ihr Ziel, den von herabgebrochenem Gestein verschütteten Zugang. Wie Tavor wusste, war es ein auf natürlichem Weg entstandener Riss im Berg, der bis nach Elan-Dhor reichte. Einst hatte er für den Fall eines Angriffs auf die Stadt als Ausfallpforte gedient. Dicht daneben erstreckte sich ein viele Meter langer, steil abfallender Hang. Gerade dieser machte es so schwierig, den Zugang wirklich dauerhaft zu verschließen. Sie hatten den Spalt mit einer dicken Mauer abgedichtet und Steinschläge oberhalb davon ausgelöst, durch die sich eine Menge Fels und Geröll davor angehäuft hatte, doch das meiste war von seiner eigenen Wucht vorwärtsgerissen worden und in den Abgrund gestürzt.

Erneut vernahm er die grausame Stimme eines der Dunkelelben in seinem Geist, und obwohl es sich um eine Sprache handelte, die er nicht kannte, verstand er auch diesmal sofort ihr Ansinnen, so schrecklich es auch war. Aber es hatte für ihn ohnehin zweifellos festgestanden, zu welcher Tat die Dunkelelben ihn zwingen würden.

Einer von ihnen wurde für einen Moment schemenhaft sichtbar und gab ihm zwei kleine Beutel. Obwohl der Thir-Ailith Handschuhe trug, grauste es Tavor, und eine Eiseskälte schien sein Inneres zu durchfluten, als sich ihre Hände dabei flüchtig streiften. Er wollte die unscheinbaren Beutel nicht nehmen, doch gegen seinen Willen schlossen sich seine Finger darum.

Die Dunkelelben zogen sich zurück. Tavor konnte spüren, wie ihre drückende, finstere Ausstrahlung schwächer wurde. Sofort versuchte er mit aller Verbissenheit, die Kontrolle über seinen Körper zurückzuerlangen, doch vergebens. Zu stark war ihr letzter Befehl in ihm verankert, selbst jetzt war es ihm nicht möglich, sich dagegen aufzulehnen.

Mit steifen Schritten näherte er sich dem verschütteten Zugang und ließ seinen Blick darüber wandern. Der Mond schien hell genug, dass er alles gut sehen konnte. Die Dunkelelben verstanden nichts von der Beschaffenheit und Struktur von Fels, nur deshalb benötigten sie ihn und hatten ihn unter ihren Willen gezwungen. Zwar war er ein Krieger, kein Arbeiter, aber auch sein Wissen reichte aus, um zu erkennen, wo man eine Sprengladung anbringen musste, um die gewünschte Wirkung zu erzielen.

Tavor brauchte nicht einmal eine Minute, um eine geeignete Stelle zu entdecken. Trotz des ungeheuren Schmerzes räumte er mit seinen zerschundenen Händen etwas Geröll zur Seite, versah die Beutel mit kaum handlangen Zündschnüren und verstaute sie in der kleinen Nische, ehe er die Schnüre mit seinen Feuersteinen in Brand setzte.

Im gleichen Moment erlosch der Einfluss der Dunkelelben. Panik loderte noch einmal grell in ihm auf, aber es gab keine Möglichkeit mehr, die winzigen Schnüre zu löschen oder die Beutel mit dem Sprengpulver aus der Nische herauszuholen. Auch machte er gar nicht erst den Versuch, wegzulaufen, er wäre ohnehin keine zwei Schritte weit gekommen. Im Angesicht des nunmehr sicheren Todes verschwand die Panik so schnell wieder, wie sie von ihm Besitz ergriffen hatte, und hinterließ nur Leere.

Verzeiht mir!, war sein letzter Gedanke, ehe die Welt in einem Inferno aus Feuer unterging.

6

DIE HÄNGE DES THARAKOL

»Wir geben die Bastion auf«, verkündete Turon.

Es war eine der schwersten Entscheidungen, die er je in seinem Leben zu fällen gehabt hatte, und er hatte es sich reiflich überlegt, aber er sah keine andere Möglichkeit mehr. Wenn es den Dunkelelben gelingen sollte, mit dem Sprengpulver einen der Zugänge nach Elan-Dhor zu öffnen, und die Horden der Ungeheuer an die Oberfläche gelangten, würden auch die steinernen Wälle hier keinen Schutz bieten.

Die einzige kleine Chance, die sie noch hatten, bestand darin, die Thir-Ailith daran zu hindern, ihr Vorhaben überhaupt erst auszuführen, oder, wenn das misslang, sie so lange wie möglich davon abzuhalten, die Oberfläche zu erreichen, und dafür würden jede verfügbare Axt und jedes Schwert nötig sein. Hier herumzusitzen und auf das Nahen des Sturms zu warten war sinnlos.

»Aber Kampfführer...«, wandte Sorin ein, doch Turon schnitt ihm das Wort ab.

»Mein Entschluss steht fest. Wir müssen den Dunkelelben mit geballter Kraft auf den Hängen des Berges Widerstand leisten und verhindern, dass sie die Ebene erreichen und bis nach Elan-Tart gelangen. Alle Krieger sollen sich marschbereit machen, wir brechen unverzüglich auf.«

»Aber sollten wir nicht wenigstens eine kleine Notbesatzung zurücklassen?«

»Wozu? Ohne Unterstützung durch eine Priesterin wäre jeder zurückgelassene Zwerg ein hilfloses Opfer. Die Bastion war nur als befestigte Unterkunft für unsere Patrouillen gedacht, sie besitzt für die Dunkelelben keinerlei Wert. Du hast meine Befehle gehört. Wirst du sie jetzt endlich ausführen, oder soll ich *dich* als Notbesatzung hierlassen?« Turon wandte sich an die beiden Meldereiter. »Ihr müsst dem Befehlshaber der lartronischen Reiterei berichten, was geschehen ist. Er muss uns folgen, wir werden seine Hilfe dringend benötigen. Zumindest der Hauptweg und einige der kleineren Pfade im Gebirge sind auch für Reiter passierbar, obwohl ich bezweifle, dass die Pferde beim Kampf auf den Hängen von großem Nutzen sein werden.«

»Wir werden unseren Truppen entgegenreiten und Obrist Valutus Eure Botschaft überbringen«, erwiderte Rotula. Ebenso wie sein Begleiter stieg er auf sein Pferd, und sie preschten zum Tor hinaus.

Wenige Minuten später waren auch die Zwergenkrieger aufbruchsbereit. Als er an ihrer Spitze durch das Tor schritt, warf Turon einen letzten Blick auf die Bastion zurück, über die er immerhin mehrere Monate lang das Kommando gehabt hatte, und fragte sich, ob er wohl jemals hierher zurückkehren würde.

Sie marschierten auf den Fuß des Tharakol zu und von dort weiter auf dem Hauptweg, der sich in sanften Windungen zum Zarkh-Tahal emporwand, dem großen Tor des Ostens, dem nun verschütteten Hauptportal von Elan-Dhor, durch das in besseren Zeiten einst große Handelskarawanen in die Stadt gezogen waren, um ihre Waren aus fernen Ländern dort zu verkaufen und neue aufzunehmen.

Sie waren etwa eine Viertelstunde unterwegs, als ein gutes Stück oberhalb von ihnen ein Feuerball die Dunkelheit der Nacht zerriss.

»Und auf diesem schwankenden Ding bist du mehrere Tage unterwegs gewesen, und das auf offenem Meer?« Barlok nickte anerkennend. »Bei meinem Barte, du bist noch mutiger, als ich gedacht habe.«

Warlon war sich nicht sicher, ob die Worte ernst oder spöttisch gemeint waren, und zuckte schließlich mit den Achseln.

»Um ehrlich zu sein, es waren die schlimmsten Tage meines Lebens«, gestand er. »Ich hatte größere Todesangst als beim Kampf gegen die Dunkelelben, und mir war so schlecht wie noch niemals zuvor. Als ich wieder an Land war, habe ich mir eigentlich geschworen, nie wieder einen Fuß auf ein Schiff zu setzen.«

Erneut zuckte er mit den Achseln und klammerte seine Hände noch ein bisschen fester um die Reling. Sie fuhren auf dem Oronin in westlicher Richtung, und obwohl er sich alles andere als wohl fühlte, war die Reise diesmal doch nicht annähernd so schlimm. Auf einem Fluss ohne starken Wellengang zu fahren, bei dem man nur ein, zwei Meter entfernt das Ufer sehen konnte, war eben etwas ganz anderes als auf einem riesigen Ozean wie dem Ostmeer.

»Und ich habe nicht gedacht, dass ich es überhaupt einmal machen würde«, entgegnete Barlok. »Aber wenn wir auf diese Art tatsächlich noch heute Nacht zum Tharakol gelangen... Obwohl ich mir immer noch nicht recht vorstellen kann, wie sie mit diesen riesigen Schiffen den Cadras hinauffahren wollen.«

Als *unmöglich* hatte Tharlia es vor ihrem Aufbruch beim Studium der Karten bezeichnet, als Gelinian auf den Punkt gedeutet hatte, wo der Cadras in den Oronin mündete, und behauptet hatte, zumindest einen Teil des Heeres auf diesem Weg bis fast an die südlichen Ausläufer des Schattengebirges bringen zu können. Im Gegensatz zum Oronin war der Cadras so schmal, dass man fast bis zur anderen Seite spucken konnte, und kaum mehr als knietief. Selbst ein leeres Schiff könnte ihn unmöglich befahren, geschweige denn eins, das mit Passagieren so vollgestopft war, dass an Bord eine geradezu qualvolle Enge herrschte.

Gelinian jedoch hatte nur gelächelt und in der typisch hochmütigen Art der Elben gemeint, die Schiffe ihres Volkes wären eben anders als die anderer Völker. Wichtig wäre nur, dass keine Felsen oder sonstigen Hindernisse im Wasser lägen und den Weg versperrten.

Inzwischen hatten sie die Mündung fast erreicht. Sie befanden sich zusammen mit den meisten Kriegern an Bord des zweiten Schiffes, während sich Tharlia mit den Priesterinnen, einigen weiteren Kriegern und den meisten Elben an Bord des ersten aufhielt. Insgesamt transportierte jedes der Gefährte rund zweihundert Zwerge und Elben.

Das vordere Schiff schwang herum und steuerte die Mündung an. Gebannt beobachtete Warlon das Manöver, ebenso wie Barlok und die anderen Zwerge, die einen Platz in der Nähe der Reling gefunden hatten und sich freier Sicht erfreuten. Schon befand sich das Schiff mitten in der Mündung, die noch recht breit und tief war, sich jedoch rasch verengte. Warlon hätte schwören können, dass das Schiff breiter als der gesamte Cadras war, und dennoch setzte es seine Fahrt so mühelos fort, als wäre es auf einem großen Strom unterwegs.

»Elbenschiffe sind offenbar wirklich anders als die anderer Völker«, sagte er mit einem gezwungenen Lächeln.

»Du magst sie wohl nicht besonders, wie?«, fragte Barlok. »Du hättest dir gewünscht, dass sie es nicht schaffen würden, sondern auf Grund gelaufen wären.«

»Ich weiß nicht.« Warlon schüttelte den Kopf. »Wie hätte ich mir das wünschen können? Es geht vor allem um das Schicksal unseres Volkes, und es liegt in unserem eigenen Interesse, dass wir auf diesem Weg viel schneller den Tharakol erreichen.«

Auch das Schiff, auf dem sie sich befanden, schwang nun herum und bog in die Mündung des Cadras ein. Schon nach wenigen Metern schienen die Bordwände das Ufer zu streifen, aber auch sie setzten ihre Fahrt fort, ohne dass auch nur eine Erschütterung zu spüren war.

»Die Fähigkeiten der Elben sind jedenfalls beeindruckend. Sie machen keine leeren Versprechungen.«

»Nein«, gab Warlon zu. »Ich weiß nicht, wie ich es sagen soll, aber sie bilden sich eine Menge auf ihre Fähigkeiten ein und halten damit auch nicht hinter dem Berg. Wenn wir nicht so dringend auf ihre Hilfe angewiesen wären – ja, dann würde ich mir wirklich wünschen, dass sie sich in ihrer Großspurigkeit mal übernehmen und nicht mehr so eingebildet sind. Sie sind einfach ... so *perfekt*, wenn du verstehst, was ich meine.«

»Ich glaube schon, aber du kennst sie länger und besser als ich. Ich habe mit kaum einem von ihnen bislang ein Wort gewechselt, aber was du über ihr Volk erzählt hast ... Es ist dem Untergang geweiht und liegt bereits in einem langsamen Todeskampf. Das wäre wohl kaum der Fall, wenn sie wirklich so perfekt wären.«

»Ich weiß nicht.« Warlon seufzte. »Mein Herz ist noch immer von Bitterkeit erfüllt wegen allem, was geschehen ist, und ich habe Angst vor dem, was noch vor uns liegen mag. Alles ist seit meiner Rückkehr so plötzlich und überraschend über mich hereingebrochen. Alles ist so verwirrend, aber wahrscheinlich hast du Recht. Seien wir einfach froh, dass sie auf unserer Seite stehen und uns helfen.«

»Und dass wir nicht trotz ihrer Hilfe zu spät kommen«, murmelte Barlok.

Während sie sich dem Ort der Explosion näherten, trieb Turon die Krieger zu noch größerer Geschwindigkeit an. Es war kein geordneter Marsch mehr, sondern nur noch ein Vorwärtsstürmen zum Ziel. Drei der Suchtrupps begegneten ihnen unterwegs und schlossen sich ihnen an, sodass ihm nicht nur eine größere Schar an Kriegern, sondern auch insgesamt vier Priesterinnen zur Verfügung standen.

Nach wie vor eine erbärmliche Streitmacht gegen den Feind, der sie erwartete.

»Wir können nicht davon ausgehen, gegen die riesige Übermacht der Dunkelelben einen Sieg davonzutragen!«, rief er, als ihr Ziel nicht mehr weit entfernt lag. »Aber selbst wenn es unser Leben kostet, ist es unsere Pflicht, die Ungeheuer wenigstens so lange wie möglich aufzuhalten. Bewahren wir keine Hoffnung für uns selbst, sondern für die, die sich in unserem Rücken auf unseren Schutz verlassen. Denkt an eure Familien in Elan-Tart, an alles, was euch lieb und teuer ist. Die Pforte ist nur schmal, selbst von einer Minderheit kann sie lange Zeit verteidigt werden. Verstärkung ist bereits auf dem Weg, also fasst Mut und haltet stand!«

Schlachtenlärm klang ihnen entgegen; Schreie und das Klirren von Waffen, dazu laute Befehle, die unzweifelhaft von Zwergen stammten.

Als er eine Felskante umrundete, sah Turon, dass zwei

Suchtrupps bereits vor ihm eingetroffen waren. Ein großes Loch klaffte in der Bergwand, und auf dem Plateau davor war ein heftiger Kampf entbrannt. Es war nicht so schlimm, wie es hätte sein können – noch waren keine großen Horden von Dunkelelben durch die Öffnung an die Oberfläche gelangt.

Dennoch standen die Zwergenkrieger auf verlorenem Posten. Nur vierzehn von ihnen waren noch am Leben, und sie hatten sich schützend vor die beiden bis an eine Felswand zurückgewichenen Priesterinnen gestellt, ohne deren Hilfe sie gänzlich verloren gewesen wären. Aber auch so standen sie einer Übermacht von mehr als zwei Dutzend schemenhaften Dunkelelben gegenüber und waren völlig in die Defensive gedrängt worden.

Zwei Laternen standen auf einem Felsbrocken neben den Priesterinnen, außerdem lagen mehrere Fackeln auf dem Boden und leuchteten die Szenerie mit flackerndem Licht aus. Einige Zwerge hielten weitere Fackeln in der Hand und schwangen sie als Waffen gegen die Angreifer.

Turon brauchte erst gar keinen entsprechenden Befehl zu erteilen, genau wie er selbst stürzten sich seine Krieger auf die Thir-Ailith. Ihr Eingreifen wendete das Blatt rasch. Gefangen zwischen Hammer und Amboss befanden sich nun die Dunkelelben in der Defensive und wurden von zwei Seiten gleichzeitig bedrängt.

Grundsätzlich bevorzugte Turon zwar den Kampf mit der Streitaxt, doch diesmal vertraute er genauso wie viele seiner Kameraden auf sein Schwert, weil es leichter und vor allem schneller zu handhaben war. Mit einem wilden Kampfschrei stürzte er sich auf den vordersten Thir-Ailith. Nahezu gleichzeitig mit zwei anderen Kriegern schlug er auf ihn ein.

Das Ungeheuer wehrte sich mit Todesverachtung, parierte ihre Hiebe mit unglaublicher Schnelligkeit oder wich ihnen aus und schaffte es dabei noch, sie trotz ihrer zahlenmäßigen Überlegenheit in Bedrängnis zu bringen. Das ohnehin nur schemenhaft sichtbare Schwert des Dunkelelben schien sich in eine flirrende Scheibe zu verwandeln, so schnell führte er es.

Nur durch eine rasche Drehung zur Seite konnte Turon einem Stich ausweichen, der seine Brust durchbohrt hätte. Einen Sekundenbruchteil später taumelte einer der anderen Krieger mit gespaltener Schulter zurück. Ein weiterer nahm sofort seinen Platz ein. Zeitgleich mit ihm führte Turon einen Streich gegen den Schädel des Thir-Ailith, während der dritte Krieger mit seinem Schwert zustach.

Die ersten beiden Hiebe vermochte der Dunkelelb noch zu parieren, doch das dritte Schwert bohrte sich unterhalb der Brust tief in seinen Leib. Er schrie schrill auf, gab den Kampf aber noch immer nicht verloren. Stattdessen durchbohrte er den Krieger, der ihn verletzt hatte, mit seiner eigenen Klinge, bevor es diesem gelang, sein Schwert zurückzuziehen, und versetzte ihm gleich darauf einen Tritt, der ihn zurückschleuderte. Der sterbende Zwerg prallte gegen Turon und riss ihn mit sich zu Boden.

Noch bevor der Dunkelelb ihn aufspießen konnte, führte Turon einen Streich gegen dessen rechtes Bein. Aus seiner ungünstigen Position konnte er keine allzu große Wucht in den Hieb legen, doch fügte er dem Thir-Ailith eine tiefe, klaffende Wunde am Oberschenkel zu. Das Bein der Kreatur knickte ein, und im Fallen spießte sich der Dunkelelb selbst auf Turons hochgerecktem Schwert auf.

Turon wälzte den im Tode vollends sichtbar gewordenen Leichnam von sich herunter und riss das Schwert aus seinem Leib. Für einen kurzen Moment kam er dazu, Atem zu schöpfen und sich umzusehen.

Vila und die drei Priesterinnen, die zusammen mit ihm hergekommen waren, hatten sich zu den beiden anderen gestellt und hielten sich an den Händen, um ihre Kräfte zu vereinen, doch im Augenblick war dies kaum noch nötig. Nur drei Thir-Ailith waren noch am Leben, wurden jedoch kurz darauf ebenfalls niedergestreckt.

Aber auch viele Zwerge hatten den Kampf mit ihrem Leben bezahlt oder waren zumindest verwundet, was auf dasselbe hinauslief. Die Klingen der Dunkelelben waren mit finsterer Magie vergiftet und verurteilten jeden, den sie verletzten, binnen eines Tages zu einem langsamen, qualvollen Tod. Einzig die Priesterinnen vermochten dies zu verhindern, doch war eine schwierige Beschwörung dafür nötig, die durchzuführen die Laienpriesterinnen, die Tharlia zurückgelassen hatte, nicht in der Lage waren.

Dennoch kümmerten sich zwei von ihnen auf seinen Befehl hin wenigstens so gut, wie es ihnen möglich war, um die Verletzten und versorgten ihre Wunden, da ihm nicht einmal Heiler zur Verfügung standen. Im Vorfeld der Schlacht waren auch sie alle zum Kalathun beordert worden.

Die beiden letzten Suchtrupps, die auf der gegenüberliegenden Seite des Berges unterwegs gewesen waren, stießen nun ebenfalls zu ihnen, sodass er jetzt immerhin über eine tatsächlich nicht unerhebliche Streitmacht und alle acht Priesterinnen verfügte. Von der vermissten Patrouille jedoch hatte niemand eine Spur entdeckt, und Turon glaubte nicht mehr, dass die Priesterin oder einer der Krieger noch am Leben waren. Da sie nicht mit einem Feind in ihrem Rücken gerechnet hatten, mussten sie von den Thir-Ailith überrascht und getötet worden sein.

Er warf einen Blick zu der gut drei auf drei Meter durchmessenden Öffnung im Fels. Das Sprengpulver war fachmännisch angebracht und gezündet worden. Die Explosion hatte das Gestein vor dem Eingang nach oben und zum größten Teil in den Abgrund jenseits des Plateaus geschleudert, aber das registrierte er nur am Rande.

Der Stollen führte direkt nach Elan-Dhor, dem Ort, an dem er bis vor wenigen Monaten sein gesamtes Leben verbracht hatte. Die Stadt war seine Heimat, und mehr als alles andere wünschte er, dorthin zurückkehren zu können, aber darüber hinaus war sie für ihn auch stets ein Ort des Schutzes und der Geborgenheit gewesen.

Nun jedoch war ausgerechnet sie zum Ausgangspunkt tödlicher Gefahren geworden, zur neuen Heimstätte einer schrecklichen Bedrohung für sein gesamtes Volk.

Als wären seine Gedanken der Auslöser gewesen, nahm er innerhalb des Stollens eine schattenhafte Bewegung wahr, und gleich darauf stieß eine der Priesterinnen einen Warnruf aus.

Weitere Dunkelelben kamen aus dem Durchgang gestürmt und stürzten sich, ohne einen Moment zu zögern, auf die Zwerge. Im letzten Augenblick schaffte es Turon, sich wieder aufzurichten, nachdem er sich gebückt und mit der freien Hand eine der herumliegenden Fackeln ergriffen hatte, ehe einer der Thir-Ailith ihn erreichte.

Zwar gelang es ihm, den Hieb seines Gegners mit seinem Schwert zu parieren, doch trieb die bloße Wucht des Angriffs ihn zurück und brachte auch die übrige Kriegerformation ins Wanken. Den ersten Dunkelelben folgten weitere: zwei Dutzend, drei Dutzend, immer mehr quollen aus der Öffnung im Fels und drangen auf die Zwerge ein. Dieser Kampf war anders als der letzte, bei dem sie sich in enormer zahlenmäßiger Überlegenheit mit mehreren Kriegern zugleich auf einen Feind hatten stürzen können. Auch jetzt sprach das Zahlenverhältnis noch deutlich zu ihren Gunsten, aber wenn der Ansturm anhielt, würde es schon bald ausgeglichen sein und sich dann mit jeder Sekunde weiter zu ihren Ungunsten verschlechtern.

Aber damit hatte er schließlich nach den Erfahrungen bei der Schlacht am Tiefenmeer gerechnet, bei der sich gezeigt hatte, über welche unerschöpflichen Ressourcen an Kämpfern die Dunkelelben zu verfügen schienen. Er hatte versucht, seine Männer darauf einzustimmen, dass sie diesen Kampf nicht gewinnen konnten, sondern mit großer Wahrscheinlichkeit alle sterben würden. Jetzt, im Augenblick der Verzweiflung, da alles verloren schien, erinnerte er sich seiner eigenen Worte, dass ihre Aufgabe einzig und allein darin bestand, Zeit zu gewinnen.

Wild schlug er ein paarmal mit der Fackel um sich und trieb so gleich zwei Thir-Ailith zurück, bis er selbst wieder festen Stand gewonnen hatte. Die Ungeheuer fürchteten das Feuer, auch das war seit der ersten Begegnung mit ihnen bekannt. Turon führte zwei Hiebe mit dem Schwert, die der Dunkelelb mühelos abwehrte, dann täuschte er einen weiteren an, stieß aber stattdessen die Fackel vor. Sie streifte den Arm des Thir-Ailith. Augenblicklich griffen die Flammen darauf über, loderten an dem Ungeheuer hoch und verwandelten es in eine lebende Fackel.

Schrille, grauenhaft in den Ohren gellende Schreie wurden laut, als die übrigen Dunkelelben versuchten, schnell genug zurückzuweichen. Einem von ihnen gelang es nicht rechtzeitig, auch er wurde von den Flammen erfasst und verzehrt.

Aber auch das änderte nichts daran, dass immer mehr

Thir-Ailith aus der Öffnung im Berg herausgeeilt kamen und sich ins Kampfgetümmel stürzten. Ihre Zahl musste die der Zwerge bereits übersteigen, zumal schon viele Krieger gefallen waren.

Mit knapper Not duckte sich Turon unter einem Streich hindurch, der ihm den Kopf von den Schultern getrennt hätte, doch schaffte er es nicht ganz. Das Schwert streifte seinen Helm. Der Aufprall wurde zwar abgefedert, war aber immer noch hart genug, ihn benommen zur Seite taumeln zu lassen, und das Klirren dröhnte in seinen von den Wangenschützern bedeckten Ohren. In diesen Sekunden wäre er ein leichtes Opfer gewesen, wäre nicht einer der anderen Krieger hinzugesprungen und hätte ihn gedeckt.

Mit einer Hand packte der Dunkelelb den Krieger und wollte ihm mit der anderen seine Klinge in den Leib rammen. Immer noch halb benommen ließ Turon sein Schwert auf den Arm niedersausen und schlug ihn ab. Der Thir-Ailith stieß einen Schrei aus, der in einem blutigen Blubbern erstarb, als Turon ihm sein Schwert durch die Kehle trieb.

Ein großer Teil des Felsplateaus befand sich mittlerweile in der Hand der Dunkelelben. Zusammen mit den übrigen Kriegern wurde Turon Schritt für Schritt weiter zurückgedrängt, teilweise schon bis zu dem Weg, auf dem sie hergekommen waren, oder sogar ins geröllübersäte Gelände. Der Wall schwarz gekleideter, bleicher Gestalten, auch wenn sie nur schattenhaft sichtbar waren, verhinderte, dass er erkennen konnte, ob noch immer weitere Feinde an die Oberfläche drangen. Aber er zweifelte nicht daran, dass es so war.

Einem der Krieger nicht weit entfernt gelang es, einen weiteren Dunkelelben mit einer Fackel in Brand zu setzen. Erneut wichen alle Umstehenden hastig zurück, um nicht selbst von den Flammen ergriffen zu werden. Das verschaffte Turon ein wenig Luft und die Gelegenheit, sich umzublicken.

Auch die Priesterinnen hatten den Platz, an dem sie zuvor gestanden hatten, bereits aufgeben und sich zurückziehen müssen, um nicht in zu große Gefahr zu geraten. Ein dichter Ring von Kriegern mit Äxten, Schwertern und Fackeln umgab und schützte sie. Jedem war bewusst, dass nur die Fähigkeiten der verschleierten Hexen sie davor bewahrten, von den Unsichtbaren auf der Stelle niedergemacht zu werden.

»Haltet stand!«, brüllte Turon noch einmal. »Haltet sie auf! Wir sind Zwergenkrieger aus Elan-Dhor. Mögen unsere Äxte und Schwerter zerbrechen, unser Ruhm und unsere Ehre werden niemals befleckt werden. Tötet diese Bestien und drängt sie zurück in die Schatten, aus denen sie gekrochen sind!«

Seine Worte waren nur leere Durchhalteparolen angesichts des verlorenen Postens, auf dem sie standen, dennoch verfehlten sie ihre Wirkung nicht. Noch einmal wurde der Kampfeswille der Krieger angestachelt, und mit noch größerer Verbissenheit als zuvor warfen sie sich ihren Feinden entgegen. Für einen Moment gelang es ihnen sogar, die Reihen der Dunkelelben ins Wanken zu bringen und ein Stück des verlorenen Terrains zurückzuerobern, auch wenn es nur ein kurzzeitiges Aufbäumen war. Viele der bleichen Ungeheuer lagen bereits erschlagen auf dem Boden, aber noch wesentlich mehr Zwergenkrieger.

Turon drang mit seinem inzwischen schartig gewordenen Schwert auf einen der Thir-Ailith ein und tötete ihn, doch gleich darauf traf ein Hieb seine Klinge und ließ den harten Zwergenstahl zerbersten.

»Tötet sie!«, brüllte er erneut und schwang wild seine Fackel. Seine eigene Stimme kam ihm gedämpft vor, immer noch meinte er das Dröhnen des Hiebs gegen seinen Helm zu hören.

Hinter ihm, nicht weit entfernt, entstand Unruhe und laute Rufe ertönten. Als er sich umwandte, sah er, wie die Krieger zur Seite wichen und den Weg freigaben. Zwischen ihren Reihen spiegelte sich das Fackellicht auf stählernen Harnischen und wie Silber glänzenden Helmen. Erst jetzt begriff Turon, dass das Geräusch, das er hörte, nicht mehr von dem Hieb herrührte, sondern das Donnern von Pferdehufen war.

Die lartronische Reiterei war endlich gekommen.

Die Informationen der Meldereiter gefielen Valutus überhaupt nicht. Er hatte gehofft, dass es den Zwergen nach der Warnung gelingen würde, die wenigen entkommenen Thir-Ailith schon unschädlich zu machen, bevor diese den Tharakol überhaupt erreichten, oder dass er mit seinen Reitern dazu beitragen könnte, sie von dort fernzuhalten und daran zu hindern, ihre Pläne durchzuführen.

Diese Hoffnung war spätestens mit der Explosion am Berghang gescheitert, die sich ereignet hatte, kurz bevor er das Fort erreichte. Zusammen mit dem Bericht der Meldereiter über geraubtes Sprengpulver konnte das nur bedeuten, dass es den Dunkelelben bereits gelungen war, einen Weg ins Innere des Berges zu öffnen.

Er und seine Männer hatten erst am Vortag in einer Schlacht gekämpft und nach nur wenigen Stunden Erholung einen Gewaltritt fast ohne Pausen hinter sich gebracht. Sie waren müde und erschöpft, doch wie es aussah, stand ihnen nun ein weiterer Kampf bevor.

Valutus trieb seine Schar zu noch größerer Eile an, bis sie den Fuß des Tharakol erreichten. Hier waren sie ohnehin genötigt, ihr Tempo zu verlangsamen. Einst musste der Weg hinauf ins Gebirge eine breite, gut ausgebaute Straße gewesen sein, die auch mit Karren leicht befahren werden konnte, doch davon war kaum noch etwas geblieben. Nun war sie mit Geröll und auch größeren Felsbrocken übersät, von denen viele möglicherweise erst durch die Sprengungen und Steinschläge herabgeschleudert worden waren, mit denen die Zwerge die Zugänge nach Elan-Dhor verschlossen hatten. Außerdem gab es zahlreiche Risse und kleine Schründe, die den Boden durchzogen.

Wie man ihm berichtet hatte, brauchten er und seine Männer nicht aus dem Sattel zu steigen, aber sie konnten auch nicht schnell reiten – viel zu langsam für seinen Geschmack. Mit jeder Minute, die sie verloren, wuchs die Gefahr, dass es den Thir-Ailith gelang, die Reihen der Zwerge zu durchbrechen und sich ungehindert an der Oberfläche auszubreiten. Was eine offene Feldschlacht gegen ihre Horden bedeutete, davon hatte er am Kalathun einen Eindruck gewonnen, dabei waren es dort noch nicht einmal echte Thir-Ailith gewesen, sondern nur die von ihnen erweckten und getarnten Zwergenmumien. Aber selbst jenen wäre ihre gesamte Armee kaum gewachsen gewesen, nicht einmal vereint mit dem Heer der Zwerge.

Hier hingegen, wo von Elan-Dhor aus der Weg bis ganz hinab in das unterirdische Reich der Dunkelelben offen stand und sie mit ihrer geballten Macht angreifen konnten …

Valutus wollte lieber erst gar nicht darüber nachdenken. Ihre vermutlich einzige Chance bestand darin, sie unmittelbar an dem sicherlich nur schmalen Durchbruch an die

Oberfläche aufzuhalten, wo die Thir-Ailith nicht mit geballter Macht zuschlagen, sondern nur einzeln oder in kleinen Grüppchen angreifen konnten.

Es gab kaum Vegetation hier, lediglich an einigen geschützten Stellen waren die Felsen mit Moos bewachsen, oder Dornengestrüpp rankte sich an ihnen entlang. Vereinzelt krallten verkrüppelte Tannen oder Kiefern ihre Wurzeln in den Fels. Am Himmel verblassten die Sterne, und er begann sich gräulich zu färben, aber das waren nur die ersten Vorboten des Morgengrauens in der Zeit zwischen Dunkelheit und Dämmerung, während der die Nacht am finstersten war.

Einige Abschnitte der Straße befanden sich noch in so gutem Zustand, dass sie etwas schneller reiten konnten, und das war auch dringend nötig. Schlachtenlärm drang an Valutus' Ohren: Schreie und Waffengeklirr. Der Kampf war bereits entbrannt.

Die Straße endete an einem Bergrutsch, durch den das Hauptportal von Elan-Dhor verschüttet war, doch gab es Wege links und rechts davon. Valutus führte seine Schar nach links, von woher der Kampflärm drang. Der Weg war schmaler als die Straße zuvor, sodass sie nur zu zweit nebeneinander reiten konnten, aber er war eben, und sie kamen sogar schneller voran.

Der Lärm wurde lauter und erklang nun ganz nahe. Hinter einer Biegung erblickte Valutus Zwergenkrieger, die bereits bis auf den Weg zurückgedrängt worden waren. Nun wichen sie hastig zur Seite, um ihn und die anderen Reiter vorbeizulassen.

Sie gelangten auf ein großes Felsplateau, auf dem der eigentliche Kampf tobte. Augenblicklich erkannte Valutus, dass es trotz heftiger Gegenwehr nicht gut für die Zwerge aussah. Es mochte sich um etwa hundert Krieger handeln, die einer fast doppelt so großen Schar von Dunkelelben gegenüberstanden und von diesen schwer bedrängt wurden.

Hinter den Thir-Ailith gähnte eine Öffnung in der Felswand, doch konnte er nicht sehen, ob zumindest im Moment von dort tatsächlich keine weiteren Ungeheuer mehr an die Oberfläche drangen oder ob nur die Fähigkeiten der Priesterinnen, diese sichtbar zu machen, nicht bis dorthin reichten.

Vor ihm bildeten die Zwerge eine Gasse, durch die er und seine Reiter weiter vordringen konnten, und als sie auf die Thir-Ailith trafen, senkten sie ihre Speere und pflügten sich eine Bahn durch die Gegner. Inmitten der Masse aus Leibern wurden die Speere rasch unhandlich, weshalb sie sie fallen ließen und sich mit ihren Schwertern den weiteren Weg freihackten. Viele der Feinde wurden schlichtweg niedergeritten, auf die anderen ließen die Reiter ihre Klingen niedersausen, spalteten Köpfe und Schultern und schlugen Arme ab.

Nur wenig hatten die Dunkelelben ihnen entgegenzusetzen. Es gelang ihnen, einige der Pferde zu töten und ihre Reiter zu Fall zu bringen, doch die Ungeheuer, die nicht niedergestreckt wurden, wurden rasch zurückgedrängt, und viele von ihnen stürzten in den Abgrund, der sich östlich des Plateaus auftat.

Die meisten Reiter waren zurückgeblieben, um sich auf dem begrenzten Platz nicht gegenseitig zu behindern, aber viele der Zwerge drangen nun wieder vor, fielen über die niedergerittenen oder nur verletzten Dunkelelben her und erschlugen sie mit ihren Äxten und Schwertern. Rasch verwandelte sich der Kampf in ein Gemetzel.

Weitere Zwerge drangen bis zu der Öffnung im Fels vor, da von dort keine Thir-Ailith mehr ins Freie drängten, und bewachten sie.

Schwer atmend ließ Valutus sein Schwert sinken und blickte sich um. Erst wenige Minuten waren vergangen, seit er mit seiner Schar eingetroffen war, aber ihr Eingreifen hatte den Kampfverlauf grundlegend verändert. Nahezu alle Dunkelelben lagen erschlagen in ihrem Blut, die letzten wurden gerade von seinen Reitern oder den Zwergenkriegern niedergemacht.

Einer der Zwerge kam auf ihn zu.

»Ich bin Kampfführer Turon, Kommandant der Wachbastion«, stellte er sich vor. »Ich danke Euch für Eure Unterstützung. Das war Hilfe in größter Not.«

»Valutus, Obrist der lartronischen Armee«, entgegnete Valutus und stieg von seinem Pferd. »Vielleicht sind wir in größter Not gekommen, aber nicht rechtzeitig, um das hier zu verhindern, wie ich gehofft hatte. Könnt Ihr den Zugang wieder verschließen, ehe es einen neuen Angriff gibt?«

»Einige der Krieger, die ursprünglich der Arbeiterkaste angehört haben, prüfen das gerade, aber ich habe wenig Hoffnung. Wir verfügen über kein Sprengpulver mehr, die Thir-Ailith haben das letzte geraubt.«

»Dann werden wir sie mit Waffengewalt aufhalten müssen. Auch die lartronische Armee hat Verluste am Kalathun erlitten, aber sie zählt immer noch fast zehntausend Mann, die an der Seite Eurer Krieger kämpfen werden. Und sie wird in wenigen Tagen hier eintreffen.«

»In einigen Tagen kann schon alles zu spät sein«, murmelte Turon. »Ihr könnt Euch nicht vorstellen, mit welcher Verbissenheit diese Bestien angreifen, ohne jede Rücksicht auf ihr eigenes Leben, und das nicht nur zu Hunderten, sondern zu Tausenden, vielleicht Zehntausenden. Niemand weiß, wie viele von ihnen tief in der Erde leben.«

»Und wenn es Zehntausende sind«, erwiderte Valutus, obwohl ihm bei der bloßen Vorstellung ein eisiger Schauer über den Rücken lief. »Dieser Stollen ist wie ein Nadelöhr. Nur wenige gleichzeitig können ihn passieren.«

»Das haben wir auch in der Tiefenwelt gehofft. Wir haben darauf gesetzt, wenigstens schmale Stollen längere Zeit gegen sie halten zu können, aber auch das ist uns nicht gelungen. Sie haben uns …« Turon brach ab, als zwei Zwerge auf ihn zukamen.

»Wir sehen keine Möglichkeit, den Stollen erneut zu versperren«, berichtete einer von ihnen. »Die Decke besteht aus massivem Granit. Wir könnten nur einzelne Brocken herausschlagen, die jedoch leicht wieder beiseitezuräumen wären.«

»Und wenn wir oberhalb des Eingangs einen Steinschlag auslösen?«, hakte Turon nach.

»Der Fels ist fest, nur wenig ließe sich ohne Sprengpulver lösen. Und selbst davon würde das meiste wirkungslos in den Abgrund fallen. Es tut mir leid, Kampfführer, dass wir Euch keine besseren Nachrichten überbringen können, aber mit unseren begrenzten Mitteln ist es uns unmöglich, den Durchgang wieder sicher zu verschließen.«

»Schon gut, es ist nicht eure Schuld.« Niedergeschlagen schickte Turon die beiden Zwerge mit einer Handbewegung fort.

Valutus blickte zu der Öffnung in der Felswand hinüber. Eine verzweifelte, gerade deshalb aber auch reizvolle Idee nahm in seinem Kopf Gestalt an.

»Vielleicht sollten wir erst gar nicht warten, bis die Thir-Ailith ihre Truppen in der Tiefe für einen geballten Sturmangriff gesammelt haben«, sagte er.

»Was meint Ihr?«

»Warum wohl glaubt Ihr, versuchen schon seit Minuten keine weiteren Dunkelelben mehr ins Freie zu gelangen?«, antwortete Valutus mit einer Gegenfrage und beantwortete sie gleich darauf selbst: »Nachdem sie Elan-Dhor erobert hatten, mussten sie feststellen, dass sie dort ebenso gefangen sind wie in ihrem unteririschen Reich, und die meisten werden dorthin zurückgekehrt sein. Sobald sie erst von dem offenen Durchgang erfahren, werden sie vermutlich erneut mit ganzen Heeren anrücken, und dann ist dieser Stollen hier unsere letzte und einzige Hoffnung, sie aufzuhalten. Überwinden sie unsere Abwehr hier, sind sie an der Oberfläche, ohne dass wir anderswo eine neue errichten können.«

»Und was schlagt Ihr stattdessen vor?«

Valutus zögerte einen Moment, dann lächelte er kalt.

»Der Durchgang steht momentan nicht nur für den Feind offen, sondern auch für uns. Ihr habt selbst gesagt, dass Ihr nicht glaubt, dass wir diesen Durchgang bis zum Eintreffen unserer restlichen Truppen halten können. Warum also sollten wir nicht, so weit es geht, in die Tiefe vordringen, solange wir noch die Möglichkeit dazu haben, und dort unsere Verteidigung errichten?«

7
RÜCKKEHR NACH ELAN-DHOR

Das Feuer im Kamin war nahezu heruntergebrannt. Schatten hatten einen Großteil des Raumes erobert, und die Kühle der Nacht breitete sich aus, aber Sindilos spürte sie nicht. Er war ein großer, kräftiger Mann mit dunklem Haar und gewaltigen Muskeln, doch im Moment saß er zusammengesunken in einem Sessel vor dem Schreibtisch seiner Amtsstube, die Füße auf einem Schemel hochgelegt, und starrte gedankenverloren mit seinem einzigen Auge ins Leere. Das andere hatte er schon vor Jahren durch einen hochspritzenden Eisensplitter verloren.

Noch vor nicht einmal zwei Wochen hatte er sich am Ziel all seiner Hoffnungen gewähnt. Als einer der Ersten hatte er erkannt, welche Gefahr von mehr als zwanzigtausend Zwergen ausging, die aus den Tiefen der Berge an die Oberfläche gekommen waren und in unmittelbarer Nähe von Clairborn eine Siedlung errichtet hatten, und seine Befürchtungen hatten sich bewahrheitet. Durch ihre größere Kunstfertigkeit hatten sie nicht nur seine Schmiede nahezu ruiniert, es war auch schon bald aus unterschiedlichsten Gründen zu Spannungen gekommen, die immer weiter eskaliert waren.

Durch die Belagerung von Clairborn schließlich hatten die Zwerge den Zorn fast aller Bewohner geweckt, so dass es ihm gelungen war, Lavinion vom Posten des Bürgermeisters zu verdrängen, denn er hatte gewusst, dass bereits eine zehntausendköpfige lartronische Armee unterwegs war, um den Belagerungsring zu durchbrechen und die Stadt vor weiteren Übergriffen der Zwerge zu schützen.

Dann jedoch war mit einem Mal alles schiefgelaufen.

Dass die Zwerge ihre Belagerung aufgegeben und – verfolgt von der lartronischen Armee – nach Norden abgezogen waren, war ihm noch überaus gelegen gekommen, hatte er sich dies doch als eigenen Verdienst anrechnen und sich dafür feiern lassen können. Nun jedoch hatte er erfahren müssen, dass sich die beiden Heere verbündet hatten und gemeinsam in den Kampf gegen die Dunkelelben aus der alten Zwergenmine gezogen waren – eine Verbrüderung, die seinen Plänen völlig zuwiderlief. Schlimmer noch: Meldereiter hatten ihm nicht nur die Nachricht vom Sieg, sondern auch den Befehl überbracht, damit zu beginnen, in den nächsten Tagen so große Mengen an Lebensmitteln für Elan-Tart zur Verfügung zu stellen, wie sie entbehren konnten.

Und nun hatte auch noch eine der Kreaturen aus der Tiefe den Weg bis nach Clairborn gefunden und verbreitete Angst und Schrecken unter der Bevölkerung. Drei Tote waren bereits aufgetaucht. Das allein hätte er noch für seine Zwecke verwenden können, war es doch immerhin eine Bedrohung, die erst durch die Zwerge entstanden war. Eskortiert von einigen Reitern der lartronischen Kavallerie jedoch waren vor mittlerweile mehr als einer Stunde zwei Zwergenpriesterinnen in Clairborn eingetroffen, um die gegen den unsichtbaren Feind machtlose Stadtwache zu unterstützen. Statt als Bedrohung traten Zwerge so plötzlich als Retter in der Not vor einer noch größeren Gefahr auf.

Ein Klopfen an der Tür riss ihn aus seinen Grübeleien. *Wahrscheinlich noch mehr schlechte Nachrichten*, dachte er, setzte sich aber aufrecht hin und richtete seine Kleidung flüchtig, ehe er den Bittsteller hereinbefahl. Es handelte sich um Harkonan, den neuen, von ihm selbst eingesetzten Kommandanten der Stadtwache, einen jungen, etwas hitzköpfigen Mann, den vor allem seine Abneigung gegen die Zwerge auszeichnete.

»Schiffe!«, keuchte er außer Atem, kaum dass er die Amtsstube betreten hatte. »Zwei Schiffe kommen den Cadras von Norden heraufgesegelt.«

»Schiffe auf dem Cadras?« Sindilos schnitt eine Grimasse. »Was ist das für eine verrückte Geschichte? Hast du getrunken, Kerl? Du meinst wohl Boote.«

»Nein, Herr, richtige Schiffe, groß und mit prachtvollen weißen Segeln. Und ich habe keinen Tropfen getrunken. Ich weiß, dass es eigentlich unmöglich ist, aber die Schiffe sind da. Sie dürften jeden Moment anlegen.«

Unmöglich, fürwahr, das traf den Kern der Sache. Im Frühjahr, während der Schneeschmelze in den Bergen, schwoll der Cadras für kurze Zeit zu einem reißenden Strom an, aber den Rest des Jahres über war er nur ein winziges Flüsschen, gerade einmal drei, vier Meter breit und kaum mehr als knietief. Es war einfach völlig unmöglich, dass richtige Schiffe ihn befuhren, selbst jeder flache Lastkahn hätte zu viel Tiefgang. Allenfalls mit Booten oder Flößen konnte man den Fluss passieren.

»Das sehe ich mir mit eigenen Augen an. Und wehe dir, wenn das nur irgendeine wilde Geschichte ist.«

Sindilos stemmte sich aus seinem Sessel. Gemeinsam verließen sie das Rathaus und eilten im Schutz mehrerer Wachen zum Westtor der Stadt. Kurz bevor sie es erreichten, meinte er weit im Süden etwas aufblitzen zu sehen, ein von hier aus nur winziges Licht, doch er kümmerte sich nicht weiter darum, sondern hastete die Stufen eines Wehrturms unmittelbar neben dem Tor hinauf.

Der Anblick war unglaublich. Tatsächlich hatten zwei einmastige, große Schiffe aus hellem Holz an den eigentlich viel zu kleinen Anlegestellen festgemacht; die weißen Segel wurden gerade eingeholt. Es waren Schiffe einer ihm völlig unbekannten Bauart, wesentlich schmaler und weniger grobschlächtig als alle, die er bislang gesehen hatte, versehen mit zahlreichen kunstvollen Schnitzereien. Auch schienen sie gar nicht aus einzelnen Planken zusammengefügt zu sein, sondern aus einem einzigen Stück zu bestehen, als wären sie nicht erbaut, sondern aus einem riesigen Holzblock geschnitzt worden.

Aber gerade, da sie noch größer als normale lartronische Schiffe waren, war es umso unglaublicher, dass sie es geschafft hatten, den Cadras heraufzufahren.

Nachdem die Schiffe selbst ihn im ersten Moment völlig in ihren Bann geschlagen hatten, wandte Sindilos seine Aufmerksamkeit nun den Besatzungen zu. Ihre Anwesenheit war beinahe noch unglaublicher und erklärte wenigstens einen Teil der Rätsel.

»Elben«, murmelte er fassungslos und riss beim Anblick der schlanken, hochgewachsenen Gestalten mit den langen, goldfarbenen Haaren die Augen weit auf. Noch nie zuvor in seinem Leben war er Angehörigen des Alten Volkes begegnet und konnte auch jetzt kaum glauben, dass er sie leibhaftig vor sich sah.

Aber nicht nur Elben befanden sich auf den Schiffen. Sein Staunen wich einer leichten Ernüchterung, als er entdeckte, dass sich auch zahlreiche Zwerge dort aufhielten, auf dem ersten hauptsächlich Frauen, verschleiert und in die weißen Gewänder der Priesterinnen gekleidet. Unter ihnen befand sich Königin Tharlia, sie als Einzige unverschleiert. Auf dem zweiten Schiff entdeckte er neben den Elben zahlreiche Zwergenkrieger.

Eine Planke wurde von Bord des vorderen Schiffes zu einem der kleinen Landestege geschoben. Mehrere Elben, sowohl Frauen als auch Männer, kamen zusammen mit der Zwergenkönigin an Land.

»Öffnet das Tor, sofort!«, befahl Sindilos. Einen Moment lang starrte er noch zu den Elben hinüber, dann fuhr er herum und eilte von dem Wachturm herunter, um die Neuankömmlinge zu begrüßen.

Der Stollen war für Zwerge und nicht für berittene Menschen angelegt, aber er war dennoch hoch genug, um ihn im Sattel sitzend zu passieren, allerdings so schmal, dass nur zwei Reiter nebeneinander hindurchpassten. Mit einer Fackel in der Hand ritt Valutus an der Spitze eines Vorauskommandos von zunächst nur zehn Mann, um zu erkunden, was sie am Ende des Ganges erwartete. Auch zwei Priesterinnen befanden sich bei ihnen. Zwei seiner Männer hatten sie mit zu sich aufs Pferd gehoben, auch wenn sie sich zunächst dagegen gesträubt, dann aber doch die Notwendigkeit eingesehen hatten.

Zwiespältige Gefühle erfüllten Valutus, und inzwischen war er längst nicht mehr so sicher, ob sein Plan tatsächlich so gut war, wie er ihm anfangs erschienen war. Sein Vorhaben deckte sich nicht mit den Befehlen, die er erhalten hatte, da niemand eine solche Situation hatte vorhersehen können. Allerdings widersprach es ihnen auch nicht ausdrücklich – Vizegeneral Nagaron hatte ihm weitgehend freie Hand gelassen, um vor Ort zu entscheiden, was nötig wäre.

Aber das war es nicht allein.

Noch niemals hatte Valutus eine Zwergenmine betreten, und er hatte auch kaum eine Vorstellung davon, was ihn dort erwarten mochte. Eine Reiterei konnte sich nur in einer offenen Feldschlacht richtig entfalten, sie war nicht für den Kampf in unterirdischen Höhlen gedacht. Turon hatte ihm versichert, dass sie auch in vielen Bereichen der Tiefenwelt ihre Wendigkeit voll würden ausspielen können, aber wirklich überzeugt hatte der Zwerg nicht gewirkt. Zu frisch war noch die Erinnerung in ihm, wie Elan-Dhor trotz des erbitterten Verteidigungskampfes des gesamten Zwergenheeres von den Dunkelelben schlichtweg überrannt worden war. Daran hatte er wohl denken müssen bei der Vorstellung, nun mit nur knapp hundert Zwergen, aber begleitet von fünfhundert Menschen, dorthin zurückzukehren, und es hatte ihm sichtliches Unbehagen bereitet, obwohl er sich schließlich hatte überzeugen lassen.

Unheimliche Schatten glitten über die Stollenwände, und je weiter er vordrang, desto unwohler fühlte sich Valutus. Was, wenn sie geradewegs in eine Falle ritten? Man hatte ihn davor gewarnt, die Intelligenz der Thir-Ailith zu unterschätzen, auch wenn sie noch so fremdartig erscheinen mochte. Nachdem ihr erster Angriff gescheitert war, konnte es durchaus sein, dass sie nun am Ausgang des Stollens darauf lauerten, dass jemand zu *ihnen* kam.

Ein Stück vor ihm schimmerte fahles Licht, das Ende des Ganges lag vor ihnen. Als er es erreichte, schlug Valutus mit seiner Fackel nach links, um sich vor einem Überraschungsangriff zu schützen, während der Reiter neben ihm sein Schwert nach rechts schwang.

Aber ihre Vorsicht erwies sich als unnötig. Es erfolgte kein Angriff. Nirgendwo waren Dunkelelben zu entdecken, auch nicht, als die Priesterinnen mit den restlichen Reitern aus dem Stollen kamen und den näheren Umkreis mit ihren magischen Kräften abtasteten.

Erst jetzt wagte es Valutus, seine Umgebung genauer zu betrachten. Beeindruckt riss er die Augen auf. Er konnte nicht sagen, was er sich unter einer Zwergenstadt vorgestellt hatte, vielleicht lauter endlose Stollen mit zahlreichen dunklen Felslöchern zum Wohnen, die davon abzweigten, aber auf jeden Fall nicht *das*. Vor ihm erstreckte sich eine gigantische Höhle, deren gewölbte Decke von riesigen steinernen Pfeilern gestützt wurde. Tatsächlich gab es in den Wänden eine Menge Grotten, die möglicherweise auch zum Wohnen genutzt wurden, doch vor allem sah er eine Stadt vor sich, wie er an der Oberfläche noch keine prachtvollere gesehen hatte.

Das Licht war nicht annähernd so hell, wie es ihm vom dunklen Stollen aus betrachtet vorgekommen war. Es schien direkt aus dem Fels der Decke zu sickern, ein fahler, gräulichgrüner Schein, der irgendwie krank wirkte, aber ausreichte, um die ganze Höhle auszuleuchten. Sie standen auf einem kaum ein Dutzend Meter durchmessenden Felsvorsprung an der Höhlenwand, etwas höher als der Boden der riesigen Halle, sodass er von hier aus einen guten Überblick hatte. Eine Art Rampe führte zu den Straßen der Stadt hinab.

Dies also war Elan-Dhor, für lange Zeit die letzte noch existierende Zwergenmine, ehe sie von den Dunkelelben erobert und Zarkhadul wiederentdeckt worden war.

Bislang hatte er das kleine Volk hauptsächlich als grobschlächtig und hart und unerbittlich im Kampf wahrgenommen. Nun jedoch sah er Gebäude von atemberaubender architektonischer Schönheit vor sich, nicht so simple, fast immer gleich aussehende kastenförmige Häuser mit strohgedeckten Spitzdächern, wie man sie zumeist in den Städten fand, die er kannte. Viele der Gebäude hier, obschon unzweifelhaft Wohnhäuser, wirkten eher wie Schlösser, mit Erkern, kühn geschwungenen Balkonen und so prunkvollen Verzierungen, wie sie kein menschlicher Künstler erschaffen könnte, das war selbst in dem unnatürlichen Licht zu erkennen. Bauwerke, wie er sie eher bei den Elben als bei den ungeschlachten Zwergen vermutet hätte, und schon gar nicht tief im Inneren eines Berges.

»Herr, das Signal«, sprach ihn der Reiter neben ihm an. Auch er war sichtlich beeindruckt, aber noch deutlicher stand Unbehagen in sein Gesicht geschrieben. Er fürchtete sich, weil sie nur so wenige waren und dem Angriff einer größeren Schar von Feinden nicht lange würden standhalten können.

Valutus nickte. Er hatte sich von der Umgebung blenden lassen und schon zu lange gezögert, wodurch er sie unnötig in Gefahr gebracht hatte. Rasch griff er nach seinem umgehängten Horn, setzte es an die Lippen und blies ein kurzes Signal. Er hatte nicht einmal besonders kräftig geblasen, doch hallte der Ton von den Felswänden wider, wurde hin und her geworfen und immer weiter verstärkt, bis er mit Donnergetöse durch die Höhle schallte.

Valutus erschrak selbst vor dem Schall und zuckte zusammen, ebenso alle anderen Männer. Selbst die Pferde wurden unruhig und begannen zu scheuen. Viel schlimmer jedoch: Wenn es in der Nähe Dunkelelben gab, die ihre Ankunft zuvor noch nicht bemerkt hatten, so wussten sie spätestens jetzt, dass sie nicht länger allein waren.

»Endlich!«, stieß Turon hervor, als das verabredete Hornsignal aus der Tiefe des Stollens drang. Wie abgesprochen würden er und seine Begleiter als Nächste ins Innere des Berges vordringen, da sie sich in Elan-Dhor am besten auskannten und die Hilfe weiterer Priesterinnen dort womöglich vonnöten sein würde. Lediglich eine von ihnen würde für den absoluten Notfall zusammen mit fünfzig Reitern hier zurückbleiben und den Stollen bewachen, die restliche Reiterei würde seinem Trupp folgen.

Unmittelbar vor dem Eingang des Stollens verharrte er einen kurzen Moment, ehe er einen beherzten Schritt vorwärts machte. Monatelang hatte er darüber gewacht, dass alle Zugänge in den Tharakol versperrt blieben, und nun betrat er ihn selbst wieder und würde erneut nach Elan-Dhor gelangen.

Die Schritte ihrer eisenbeschlagenen Stiefel klangen hier im Stollen dumpf. Obwohl er nicht besonders lang war, kaum hundert Meter, kam er Turon endlos vor. Halb fürchtete er sich vor dem, was ihn an seinem Ende erwarten mochte, halb fieberte er dem entgegen.

Was mochte in Elan-Dhor in den vergangenen Monaten vorgegangen sein? Würde es überhaupt noch die Stadt sein, die er kannte, oder hatten die Dunkelelben sie in ihrem Hass völlig verwüstet und in eine Ruinenlandschaft verwandelt?

Zumindest letztere Befürchtung traf nicht zu, wie er feststellte, als er das Ende des Stollens erreichte, im Gegenteil: Vor ihm breitete sich die Stadt genauso aus, wie er sie in Erinnerung hatte, als wäre überhaupt keine Zeit vergangen. Nirgendwo waren Spuren irgendwelcher Zerstörungen zu bemerken. Der Vernichtungswille der Thir-Ailith schien nur lebenden Wesen, nicht aber toten Dingen zu gelten.

Mit großen, leuchtenden Augen ließ Turon seinen Blick über die Stadt gleiten, in der er bis vor kurzem sein gesamtes Leben verbracht hatte. Er hatte befürchtet, sie niemals wiederzusehen. Eine wilde, unbändige Freude von fast schmerzhafter Heftigkeit erfüllte sein Herz, doch verflog sie rasch wieder.

Auch wenn sie jetzt hier standen und es ihnen vielleicht sogar gelang, die Stadt wieder in Besitz zu nehmen, würde dies nur vorübergehend sein – als Folge einer Katastrophe, die niemals hätte passieren sollen. Die Zeit, Elan-Dhor mit Axt und Schwert zurückzufordern, war noch lange nicht gekommen, und sie würde vermutlich zumindest zu seinen Lebzeiten nicht mehr nahen. Gerade nach den zurückliegenden Ereignissen und den bereits ausgetragenen Schlachten war sein Volk noch längst nicht stark genug, die Horden aus der Tiefe zu bezwingen, nicht einmal zusammen mit dem lartronischen Heer und den Elben. Vielleicht würde es das nach einigen Jahrhunderten der Vorbereitung und Aufrüstung sein, doch selbst das erschien ihm fraglich.

Valutus und seine Reiter waren bis zum Fuß der Rampe vorgedrungen, und auch Turon ging mit seinen Mannen nun weiter, um Platz für die Nachrückenden zu schaffen. Die sieben Priesterinnen schlossen sich erneut zu einem Ring zusammen und ergriffen sich an den Händen, um ihre Kräfte zu bündeln, aber nirgendwo in der Nähe waren Dunkelelben zu entdecken. Offenbar waren sie nach der Eroberung Elan-Dhors und der Erkenntnis, dass es von hier aus für sie keinen Weg an die Oberfläche gab, tatsächlich fast alle wieder in ihr ursprüngliches unterirdisches Reich zurückgekehrt.

Das jedoch würde sich schon bald ändern, daran hegte Turon keinen Zweifel.

»Wie lange benötigt man von hier bis hinab in die Katakomben der Thir-Ailith?«, erkundigte sich Valutus, den ähnliche Gedanken zu beschäftigen schienen.

»Etwa ein Tagesmarsch für einen Zwerg, wenn er sich sehr eilt«, antwortete Turon. »Aber ich vermute, dass die Dunkelelben den Weg rascher zurücklegen können. Sie bewegen sich schnell, doch weiß ich nicht, wie es um ihre Ausdauer auf langen Strecken bestellt ist.«

»Das haben sie gezeigt, als es ihnen gelungen ist, innerhalb von nicht einmal einem Tag und einer Nacht vom Kalathun bis zum Tharakol zu gelangen«, rief ihm der Obrist in Erinnerung. »Ein Weg, für den Menschen und Zwerge fünf bis sechs Tagesmärsche gebraucht hätten.«

»Allerdings nächtliche Ruhepausen mit eingerechnet. Ich glaube nicht, dass diese Kreaturen eine Rast gemacht haben. Das werden sie auch auf dem Weg aus der Tiefe nicht brauchen, aber auf einer so viel kürzeren Strecke fällt es weniger ins Gewicht.«

»Mehr als die Hälfte der Zeit, die ein Zwerg braucht, werden sie also kaum benötigen, eher weniger. Wenn wir davon ausgehen, dass ein Bote einen halben Tag braucht, um die anderen zu benachrichtigen, und diese dann einen weiteren halben Tag, um hierherzugelangen, bleibt uns also nur ungefähr ein Tag, um eine Verteidigung zu errichten und uns auf ihre Ankunft vorzubereiten, eher weniger.«

»Vielleicht sogar viel weniger«, murmelte Turon düster. »Ich bin nicht völlig davon überzeugt, dass sie auf einen Boten angewiesen sind, um in der Tiefe zu erfahren, dass es hier nun einen offenen Weg zur Oberfläche gibt.«

»Ich heiße Gelinian.« Die Magierin war vor Sindilos stehen geblieben und deutete eine Verbeugung an, dann berührte sie mit der rechten Hand kurz ihre Brust und öffnete die Handfläche in seine Richtung. »Ich überbringe Euch die Grüße und den Segen des Volkes der Elben.«

»Auch ich grüße Euch und heiße Euch willkommen. Mein Name ist Sindilos, Bürgermeister von Clairborn.« Er erwiderte ihre Verbeugung. »Es ist lange her, dass Abgesandte Eures Volkes in unserer Stadt gesehen wurden. Als umso größere Ehre betrachte ich Euren Besuch.«

»Einst bestanden enge freundschaftliche Bande zwischen unseren Völkern, und es freut mich, dass wir nun Gelegenheit haben, diese zu erneuern, auch wenn wir unser selbst gewähltes Exil nur noch selten verlassen, um Kontakt zu anderen Völkern aufzunehmen.«

»Dennoch wurden die freundschaftlichen Bande von unserer Seite aus nie durchtrennt. Menschen freuen sich stets, Angehörige des Alten Volkes begrüßen zu können.« Noch einmal verneigte sich Sindilos, erst dann verbeugte er sich äußerst flüchtig auch vor Tharlia, die neben der Elbenmagierin stand. »Und ich heiße auch die Königin des Zwergenvolkes willkommen, obwohl unsere Beziehungen in letzter Zeit nicht gerade freundschaftlich waren.« Seine Stimme klang bei diesen Worten wesentlich frostiger.

»Freundschaft mag darunter leiden, wenn Bewohner Eurer Stadt Wachen unserer Siedlung überfallen und schwer verletzen, unser Vieh davontreiben und unsere Felder in Brand stecken«, entgegnete Tharlia nicht minder kühl. »Aber das soll für den Moment vergessen sein. Wir alle stehen nun einer Bedrohung gegenüber, die unsere Streitigkeiten unbedeutend wirken lässt. Als Zeichen meines guten Willens habe ich zwei Priesterinnen zu Euch geschickt, die Euch helfen sollen, etwaige Dunkelelben in Clairborn aufzuspüren und zu töten.«

»Und dafür danke ich Euch, denn tatsächlich treibt eines dieser Ungeheuer in Clairborn sein Unwesen und konnte bislang noch nicht gefunden werden. Eine Gefahr, die erst durch die Zwerge heraufbeschworen wurde, wie sich leider nicht verschweigen lässt.«

»Wir Elben tragen eine ebenso große Schuld daran«, sagte Gelinian, bevor Tharlia etwas erwidern konnte. »Aber wie die Zwergenkönigin schon gesagt hat, ist dies alles im Moment ohne Belang. Nur vereint können wir hoffen, den bald losbrechenden Sturm zu überstehen, und unsere Zeit ist zu knapp bemessen, um sie mit Vorwürfen und kleinlichen Streitereien zu vergeuden.«

Ein Schatten des Unmuts glitt über das Gesicht des Bürgermeisters, doch wagte er nicht, der Elbin zu widersprechen. Stattdessen nickte er zögernd.

»Wir werden unsere Reise unverzüglich fortsetzen, um so schnell wie möglich den Tharakol zu erreichen«, erklärte Tharlia. »Wir haben hier nur angelegt, um Boten an Land zu setzen, die Anweisungen von mir nach Elan-Tart bringen werden, und um Euch neue Befehle von Vizegeneral Nagaron auszuhändigen. Abgesehen von unserem Heer, das sich zusammen mit dem seinen auf dem Weg zum Tharakol befindet, werden wir unser Volk schnellstmöglich nach Zarkhadul evakuieren, wo es letzten Schutz finden mag, wenn es uns nicht gelingen sollte, den Feind aufzuhalten.«

»Ach ja?«, unterbrach Sindilos sie. »Das bedeutet wohl nichts anderes, als dass Euer Volk Zuflucht unter der Erde sucht und uns unserem Schicksal überlässt.«

»Davon kann keine Rede sein, Ihr solltet mich zunächst aussprechen lassen. Jeder Zwerg, der eine Waffe zu führen versteht, wird kämpfen. Die Evakuierung betrifft vor allem Frauen und Kinder. Und wenn unsere Verteidigung nicht standhalten sollte, steht selbstverständlich auch den Bewohnern Clairborns und anderer Ortschaften der Menschen der Schutz von Zarkhadul offen, wenn sie ihn wünschen.« Sie überreichte dem Bürgermeister eine Schriftrolle. »Aber um in Zarkhadul überleben zu können, benötigen wir für die erste Zeit vor allem Lebensmittel. Hier findet Ihr die genauen Anweisungen des Vizegenerals. Bringt die benötigten Waren hier zu den Anlegestellen, die Elben werden sie auf den Schiffen zum Kalathun fahren.«

Erneut verfinsterte sich sein Gesicht, und er nahm die Schriftrolle entgegen, ohne sie zu öffnen. Die Vorstellung, ausgerechnet die Zwerge, gegen die er zuvor ständig gehetzt hatte, nun mit großen Mengen Lebensmitteln versorgen zu müssen, schien Sindilos gar nicht zu behagen, wie Tharlia nicht ohne eine gewisse Schadenfreude feststellte, auch wenn es traurig genug war, dass er selbst jetzt nur an seinen Vorteil dachte und die alten Ressentiments nicht überwinden konnte. Aber Nagaron war vom König selbst mit weitreichenden Vollmachten ausgestattet worden, und als Bürgermeister eines kleinen Dorfes konnte Sindilos es nicht wagen, seinen Befehlen zu trotzen.

Zudem schien ihn etwas anderes im Moment viel mehr zu beschäftigen.

»Wenn ich richtig verstanden habe, habt Ihr vor, den Cadras noch weiter hinaufzusegeln«, wandte er sich wieder an die Elbin. »Aber wie ist das möglich, dass Ihr überhaupt bis hierher gelangt seid? Der Fluss ist viel zu flach, um ihn mit Schiffen zu befahren, erst recht mit so großen. Und je näher Ihr dem Schattengebirge kommt, wo er entspringt, desto flacher und schmaler wird er. Selbst Boote und Flöße würden einige Meilen südlich von hier Probleme haben, nicht auf Grund zu laufen.«

Gelinian lächelte auf die gleiche überlegene, leicht spöttische Art wie einige Stunden zuvor, als Tharlia denselben Einwand gebracht hatte.

»Elbische Schiffe benötigen nur so wenig Tiefgang, wie das Wasser ihnen bietet«, erklärte sie vieldeutig. »Wir werden dem Fluss noch ein geraumes Stück folgen können. Und das sollten wir nun auch tun, die Zeit eilt schnell dahin.«

»Aber Ihr seid doch gerade erst angekommen«, protestierte Sindilos. »Wollt Ihr nicht wenigstens ein Mahl oder einen Trunk mit mir zusammen einnehmen?«

»Vielleicht wird sich ein anderes Mal eine Gelegenheit dazu ergeben. Jetzt jedoch kann jede vertane Minute verhängnisvoll für uns alle sein.« Sie richtete ihren Blick nach Süden, wo sich in der Ferne die Gipfel des Schattengebirges schwach vor dem allmählich heller werdenden Himmel abzeichneten. »Das Tor in den Berg ist geöffnet. Der Kampf hat bereits begonnen, und möglicherweise wird unsere Hilfe selbst jetzt schon zu spät eintreffen.«

Schweren Herzens hatte sich Valutus überreden lassen, die Pferde zurückzulassen, da sie innerhalb der Stadt nur hinderlich gewesen wären, aber selbst das brachte neue Probleme mit sich. Sie konnten weit mehr als vierhundert Tiere nicht einfach irgendwo anbinden und sie auch nicht frei herumlaufen lassen. Schließlich waren Turon die Hellhöhlen eingefallen, in denen sein Volk schon früher nicht nur Getreide und andere Nahrungsmittel angebaut, sondern auch Viehzucht betrieben hatte, um von der Oberfläche möglichst unabhängig zu sein. In einer dieser Höhlen waren die Luanen untergebracht gewesen, und diese war ideal für die Pferde geeignet. Sie war nicht nur groß genug, sondern besaß auch nicht mehr als einen Zugang, der durch ein Gatter versperrt werden konnte. Auf dem Grund der Höhle wuchs Gras, das nun mittlerweile freilich wild wucherte und fast kniehoch war.

Glühmoos sorgte für eine ausreichende Beleuchtung, aber das allein war es nicht: An der Oberfläche dämmerte nun allmählich der Morgen herauf, und ein schwacher Schein drang durch die Lichtschächte in der Decke bereits bis hier herab. Es sah aus, als wären an der Höhlendecke zahlreiche Lampen aufgehängt worden, auch wenn sie bislang noch kaum Helligkeit verbreiteten.

Auch Valutus fiel auf, dass sich die Beleuchtung allmählich zu verändern begann.

»Dieses Licht«, fragte er, »woher kommt es?«

»Tageslicht von der Oberfläche, das durch viele Schächte ins Innere des Berges dringt«, erklärte Turon voller Stolz auf diese Errungenschaft seines Volkes. »Geschliffenes Glas am oberen Ende bündelt es und schickt es verstärkt durch die Schächte. Am unteren Ende sind wiederum geschliffene Glasplatten befestigt, die das Licht zerstreuen, damit es nicht nur winzige Flächen beleuchtet.«

»Das ist… unglaublich«, sagte Valutus sichtlich beeindruckt. »Erzählt mir mehr davon.«

»Ich bin Krieger und verstehe nicht viel von solchen Dingen, besser kann ich es Euch nicht erklären. Unsere Vorfahren haben dieses System schon vor langer Zeit entwickelt. Aber wartet nur ab, bis die Sonne aufgeht. Dann wird es auch in ganz Elan-Dhor hell, und alles sieht anders aus als im Leichenlicht des Glühmooses.« Er zögerte einen Moment, als ihm ein Gedanke kam, dann fügte er hinzu: »Möglicherweise ist das sogar der Grund, warum es die Dunkelelben vorgezogen haben, in die Tiefe zurückzukehren.

Ich glaube, nach der langen Zeit ihrer Gefangenschaft mögen sie das helle Licht nicht sonderlich.«

Valutus nickte, immer noch mit einem staunenden Ausdruck auf seinem Gesicht.

»Das wäre eine Möglichkeit«, sagte er. »Aber solange es ihnen nicht völlig unerträglich ist, hilft uns das nicht weiter. Allerdings wird es uns beim Kampf zumindest eine kleine Unterstützung sein.« Noch einmal blickte er zur Decke hinauf. »Tag und Nacht unter der Erde, tief im Inneren der Berge, es ist wirklich kaum zu glauben. Ich fürchte, viele an der Oberfläche haben einen völlig falschen Eindruck von Eurem Volk. In weiter entfernten Gegenden hält man Zwerge teils sogar schon für bloße Legenden, und von denen, die wissen, dass Euer Volk sehr wohl noch existiert, stellen sich die meisten unter einer Zwergenmine lediglich ein paar schmutzige, feuchte Erdhöhlen mit einer Art finsterem Bergwerk vor. Als ich herkam, habe auch ich nur etwas in dieser Art erwartet, aber ganz gewiss nichts von dieser Größe und Herrlichkeit. Könnten mehr Menschen Elan-Dhor einmal besuchen und seine Pracht sehen, ich bin sicher, sie würden Euer Volk danach mit ganz anderen Augen betrachten.«

»Ich danke Euch für Eure freundlichen Worte, aber im Moment ist es schon äußerst fraglich, wie lange *wir* Elan-Dhor noch sehen können«, lenkte Turon das Gespräch wieder auf die aktuelle Gefahr zurück, sosehr ihm die Bewunderung des Obristen auch schmeichelte. »Ihr habt selbst darauf hingewiesen, dass uns wenig Zeit bleibt.«

»Ihr habt Recht.« Valutus bestimmte dreißig seiner Männer, die als Wachen bei den Pferden zurückbleiben sollten, dann verließen sie die Hellhöhlen wieder.

Ursprünglich hatte Turon vorgehabt, verschiedene Trupps

zu bilden, die die gesamte Stadt auf der Suche nach möglicherweise noch irgendwo verborgenen Dunkelelben durchkämmen sollten, doch hatte er diesen Plan mittlerweile wieder verworfen. Ihm standen einfach zu wenige Priesterinnen dafür zur Verfügung. Er müsste jedem Trupp eine mitgeben, doch einzeln waren ihre Fähigkeiten zu schwach. Sie würden die Nähe von Dunkelelben erst spüren und die Feinde sichtbar machen können, wenn diese sich schon bis auf knapp ein Dutzend Meter genähert hätten, was gerade bei größeren Trupps einfach nicht ausreichte. Besser war es, sie vereint zu lassen, sodass sich ihre Fähigkeiten im Verbund deutlich steigerten.

»Es gibt nur einen Weg von Elan-Dhor aus weiter hinab in die Tiefenwelt«, erklärte er. »Durch das mächtige Tor des Südens und dann durch die Halle der Helden. Nur von dort aus führt eine Treppe in die tiefer gelegenen Minen.«

»Das klingt nach einem idealen Ort, um dort eine Verteidigung zu errichten.«

»Abgesehen vom Tiefenmeer, wo wir den Ungeheuern eine große Schlacht geliefert haben, ist es das einzige Nadelöhr, das sie zwangsweise passieren müssen. Auch dort haben wir die Dunkelelben lange aufhalten können, um Zeit für die Evakuierung zu schinden, aber letztlich haben sie unsere Verteidigung doch durchbrochen. Alle tieferen Solen und Stollen hingegen sind auf mannigfache Weise miteinander verbunden. Wir müssten viele Verteidigungslinien errichten, um sicherzustellen, dass sie nicht umgangen und wir abgeschnitten werden.«

»Dann sollten wir uns das ansehen und schnellstmöglich mit der Arbeit beginnen, ehe es zu spät ist.«

Turon führte die Soldaten durch die verlassenen und gespensterhaft leeren Straßen von Elan-Dhor, während allmählich immer mehr Licht durch die Schächte drang, wie er es vorausgesagt hatte. Ihren staunenden Gesichtern zufolge schienen ihm jedoch nicht alle Menschen geglaubt zu haben. Aber seine Aufmerksamkeit galt nur am Rande seinen Begleitern, dafür war er zu sehr mit seinen eigenen Gedanken beschäftigt.

Es war ein merkwürdiges Gefühl, wieder hier in Elan-Dhor zu sein und all die vertrauten Wege, Plätze und Häuser wiederzusehen. Nichts schien sich verändert zu haben, außer, dass sich überall Staub und anderer Schmutz angesammelt hatte. Er vermisste das Leben hier, und mochte Zarkhadul auch größer und prachtvoller sein, er konnte sich nicht vorstellen, sich irgendwo anders jemals richtig heimisch zu fühlen.

Gerade deshalb lastete das Gefühl, dass seine Rückkehr aller Voraussicht nach nur für kurze Zeit sein würde, besonders schwer auf ihm. Warum nur hatten sie jemals die verhängnisvolle Expedition weiter als zuvor in die Tiefe geschickt und aufgeweckt, was für immer dort hätte ruhen sollen?

Aber solche Gedanken führten zu nichts. Was geschehen war, war geschehen und ließ sich nicht mehr rückgängig machen, wie sehr er es sich auch wünschte. Sie konnten sich nur den Folgen ihres Tuns stellen und versuchen, das Beste aus der Situation zu machen.

Nach einiger Zeit erreichten sie das Südtor. Hier hatte der letzte Kampf gegen die finsteren Horden getobt, eine erbitterte Verteidigung. Turon hatte selbst daran teilgenommen. In Gedanken sah er noch einmal die riesige Halle der Helden vor sich, in der Tausende von Dunkelelben getobt hatten und gegen das Tor angestürmt waren. Egal, wie viele sie getötet hatten, ihre Zahl hatte nicht abgenommen, weil unablässig neue Ungeheuer nachgeströmt waren. Und sie hatten viele getötet, von der Brustwehr oberhalb des Tores Speere und Steine auf sie geworfen und brennendes Petroleum und Pech auf sie hinabgeschüttet. Zu Hunderten, zu Tausenden waren die Bestien ihrem erbitterten Widerstand zum Opfer gefallen und dennoch ohne jede Rücksicht auf ihr eigenes Leben weiter vorgestürmt, wo sie längliche Felsbrocken wieder und immer wieder gegen das Tor gewuchtet hatten, bis es unter dem Druck ihres Ansturms und ihrer finsteren Magie schließlich nachgegeben hatte...

Turon verdrängte die aus seiner Erinnerung aufsteigenden Bilder und zwang sich, seine Aufmerksamkeit wieder der Gegenwart zuzuwenden.

Ein Flügel des Tores war zerschmettert, die Überreste aus ihren Verankerungen gerissen. Die dahinter aufgeschichteten Felsbrocken waren zur Seite geräumt worden. Auch der zweite Flügel war beschädigt, doch hatten die Angreifer darauf verzichtet, ihn ebenfalls völlig zu zerstören. Offenbar hatte es ihnen genügt, freien Zugang zur Stadt zu haben.

Eingetrocknete dunkle Flecken auf dem Boden kündeten noch von dem Massaker, das hier stattgefunden hatte, doch nirgendwo waren Tote zu entdecken. Die Dunkelelben mussten sie fortgeschafft haben, nicht nur ihre eigenen, sondern auch die der Zwerge, die beim letzten Kampf ihr Leben gelassen hatten und bei der Flucht zurückgeblieben waren. Zu welchen dunklen Zwecken sie den Dunkelelben womöglich noch dienen mochten, auch darüber wollte Turon lieber erst gar nicht nachdenken.

Valutus begutachtete gründlich die Schäden, ehe er sich wieder an Turon wandte.

»Zwerge gelten als die geschicktesten Handwerker, und nach allem, was ich hier gesehen habe, zweifle ich nicht mehr daran. Seid Ihr mit Euren Leuten in der Lage, die Schäden zumindest notdürftig auszubessern?«

»Ihr meint, ob wir ... das Tor reparieren können?«, hakte Turon ungläubig nach, dann begann er zu lachen, wurde jedoch nach wenigen Sekunden schon wieder ernst. »Ganz abgesehen davon, dass wir Krieger sind und nicht über das Wissen und das Geschick von Angehörigen der Arbeiterkaste verfügen, müsste es komplett neu geschmiedet werden. Nein, das ist in der Kürze der Zeit völlig unmöglich.«

»Dann müssen wir andere Wege finden, den Durchgang zu verschließen. So, wie sie jetzt ist, ist die Öffnung zu breit, als dass wir hoffen dürfen, sie längere Zeit erfolgreich verteidigen zu können.«

Turon schüttelte den Kopf.

»Auch das hätte keinen Sinn. Sie sind ungleich zahlreicher als wir. Jedes Hindernis, das wir in der Lage sind, aufzutürmen, können sie auch wieder aus dem Weg räumen.«

»Zumindest wird es sie Zeit kosten, und das ist es schließlich, worauf es uns ankommt. Und wir werden dabei Gelegenheit haben, viele von ihnen zu töten. Selbst ihre Zahl kann nicht unendlich sein.«

Er trat durch das Tor in die Halle der Helden hinaus. Auch hier gab es Lichtschächte, wenngleich nicht mehr ganz so viele, dafür aber eine Menge Glühmoos an der Decke. Valutus blickte zu dem Durchgang an der gegenüberliegenden Seite der gewaltigen Höhle hinüber, hinter dem die Treppe zu den tieferen Ebenen ihren Anfang nahm.

»Ich denke, auf diese beiden Stellen im Inneren des Berges sollten wir unsere Verteidigung konzentrieren. Wenn sie hier durchbrechen, bleibt uns als letzte Rettung immer noch die Hoffnung, sie am Ende des Stollens in die Außenwelt aufzuhalten.«

Turon wollte etwas entgegnen, doch in diesem Moment ertönten hinter ihnen laute, entsetzte Schreie. Unruhe breitete sich aus, und Rufe erklangen, aus denen ein Wort deutlich herauszuhören war.

»Thir-Ailith!«

8

DER FEIND IM RÜCKEN

Als winziges Rinnsal entsprang der Cadras einer eisigen Quelle hoch im Schattengebirge, doch wurde er bereits in den Bergen von zahlreichen Zuflüssen gespeist und schwoll immer mehr an, bis er das letzte Stück als wilder, schäumender Bach ins Tal hinabstürzte; viel zu reißend und zu breit, als dass ein Zwerg oder Mensch ihn hätte durchqueren können, ohne sofort von den Fluten mitgerissen zu werden. Erst in der Ebene beruhigte er sich wieder und wurde zu einem gemächlich dahinfließenden Gewässer, das schon hier nicht besonders tief, dafür aber über einen Meter breit war.

Barloks anfängliche Skepsis, ob er sich überhaupt als befahrbar erweisen würde, hatte sich nicht bestätigt. Allerdings hätte er sich nicht einmal träumen lassen, dass sie dem Fluss viel weiter als bis Clairborn würden folgen können. Auch das hätte ihnen bereits ein gutes Stück Weg und vor allem Zeit erspart, doch wären es von dort aus immer noch gut zwei Tagesmärsche bis zum Tharakol gewesen.

Aber auch diesmal sah er sich getäuscht; die Elbenschiffe übertrafen seine kühnsten Erwartungen bei weitem. Bis auf knapp ein, zwei Meilen trugen sie sie an das Gebirge heran. Erst dann mussten sie anlegen, nicht einmal, weil der Cadras zu schmal oder flach geworden war, wie einer der Elben erklärte, sondern weil Felsbrocken im Wasser lagen. Bei der

Schneeschmelze im Frühjahr, wenn der Cadras auf ein Vielfaches seiner Wassermenge anschwoll, riss er Gestein von den Bergen mit ins Tal und besaß selbst dort noch genügend Kraft, sogar große Brocken manchmal ein erhebliches Stück weiterzutragen.

Morgennebel stiegen vom Fluss auf, breiteten sich wie ein milchiger Teppich über die Ufer und die angrenzenden Wiesen aus und schränkten ihre Sicht ein. Ein kühler Wind vom Gebirge wirbelte die Schwaden durcheinander und schien grausame, drohende Stimmen mit sich zu bringen, die die vergehende Nacht erfüllten.

Über eine breite Planke gingen sie an Land. Obwohl diese Art der Beförderung ihnen einen mehrtägigen Marsch erspart und sie sehr viel schneller als erhofft in die Nähe des Tharakol gebracht hatte, war Barlok dennoch froh, das Schiff verlassen zu können. Zwar wusste er, dass nun wirklich keine Gefahr bestand, dass das Gefährt im Cadras sinken könnte, dennoch fühlte er sich erst wieder wohl, als er festen Boden unter den Füßen spürte. Den meisten anderen Zwergen schien es ebenso zu ergehen.

»Und jetzt stell dir vor, du wärst mehrere Tage auf so einem Schiff, das mitten auf dem Meer hin und her schaukelt, ohne dass irgendwo Land zu sehen wäre«, sagte Warlon. »Das war der mit Abstand schlimmste Teil meiner Reise.«

»Ich möchte es mir erst gar nicht vorstellen«, entgegnete Barlok und schüttelte sich. »Mir hat das schon gereicht, und ich hoffe, ich muss so ein Ding niemals wieder betreten.«

Auch die Elbenkrieger und -magier gingen von Bord, nur einige wenige Elben, die für das Segeln der Schiffe zuständig waren, blieben zurück. Querfeldein hielten sie in direkter Richtung auf den Tharakol zu. Erst als sie sich bereits ein gutes Stück vom Ufer entfernt hatten, stellte sich Barlok plötzlich die Frage, wie die Elben die Schiffe eigentlich auf dem schmalen Fluss wenden wollten, um nach Norden zurückzukehren. Schließlich konnten sie schlecht rückwärts segeln. Er warf einen Blick über die Schulter zurück, doch die Schiffe waren nicht mehr zu sehen, mochte es an den am Ufer besonders dicht treibenden Nebelschwaden liegen oder daran, dass sie bereits irgendwie die Rückreise angetreten hatten.

»Elben«, murmelte er mit einem Schulterzucken leise vor sich hin. Wie sie solche Schwierigkeiten bewältigten, sollte nicht seine Sorge sein.

Überhaupt wusste er noch immer nicht recht, was er von den Abgesandten dieses Volkes halten sollte. Es fiel schwer, sich ein Bild von ihnen zu machen, da sie sich die meiste Zeit absonderten und unter sich blieben, außer bei offiziellen Besprechungen. Und auch dann traten sie weniger als gleichberechtigte Verbündete auf, sondern eher als Gönner. Sie schienen sich zu bemühen, möglichst wenig von dem Hochmut an den Tag zu legen, den man ihrem Volk nachsagte, doch etwas davon schimmerte immer wieder durch. Wie Warlon schon gesagt hatte, offenbar waren sie allzu stolz auf ihre Fähigkeiten und demonstrierten sie allzu gerne.

Am zurückhaltendsten waren noch die Magierinnen und Magier. Wesentlich deutlicher als diese gaben die Krieger der Elben zu erkennen, dass sie nicht viel von Zwergen oder auch Menschen hielten, und kapselten sich noch stärker ab, was Barlok bedauerte. Sie waren nicht nur beeindruckende Kämpfer, sondern auch wilder und impulsiver, weniger abgeklärt und diplomatisch als die Magier. Auch wenn ihnen der Vergleich sicherlich nicht gefiele, waren sie seinem eigenen Volk dadurch in gewisser Hinsicht ähnlicher, und Barlok konnte sich vorstellen, dass er mit ihnen bis zu einem gewissen Grad sogar besser als mit den Magiern auskäme.

Ihr noch größerer Stolz und ihre offen zur Schau getragene Arroganz standen dem allerdings im Wege. Am stärksten schienen diese Eigenschaften bei Lhiuvan ausgeprägt zu sein, der unter den Kriegern offenbar eine besonders herausragende Position einnahm und von den anderen als eine Art Anführer betrachtet wurde. Bereits Warlon hatte von ihm erzählt, und was Thilus ihm nach seiner Rückkehr aus Zarkhadul über die gemeinsam durchgeführte Expedition berichtet hatte, sprach Bände.

Bald zeigte sich, dass es keine gute Idee gewesen war, den direkten Weg querfeldein zu nehmen. Eine Menge Gestrüpp wucherte auf den Wiesen, durch das sie sich mit ihren Äxten und Schwertern mühsam Pfade bahnen mussten. Auch war der Untergrund morastig, und es gab zahlreiche unter dem Gras und den glücklicherweise hier nur vereinzelt über den Boden kriechenden Nebelschwaden verborgene Tümpel, in die sie einsanken. Manche davon waren nicht gerade seicht und begannen sofort, ihre Opfer in die Tiefe zu saugen, und die Unglücklichen, die hineingerieten, hätten sich aus eigener Kraft wohl nicht mehr daraus befreien können.

Aber es kam noch schlimmer. Immer häufiger mischten sich Brombeersträucher in das Gestrüpp, und im Boden klafften Furchen. Auch sie waren angefüllt mit dornigem Gesträuch, und sie waren zu breit, um hinüberzuspringen, und zu lang, um sie zu umgehen. Ihnen blieb nichts anderes übrig, als hinein und auf der gegenüberliegenden Seite wieder hinauszuklettern, nachdem sie sich einen Weg durch die Dornen gebahnt hatten. Dabei erwiesen sich diese lediglich als Unannehmlichkeit. Ein paar Kratzer machten keinem Zwergenkrieger etwas aus, und die Elben schienen davon sogar völlig unberührt zu bleiben, aber all die Hindernisse hielten sie auf und kosteten sie wertvolle Zeit.

»So viel zum geraden Weg«, stieß Barlok hervor. »Wir hätten uns einfach ans Ufer des Cadras halten und uns am Fuß des Gebirges nach Osten wenden sollen, dann wären wir sicher schneller ans Ziel gekommen.«

»Wenn man bedenkt, dass wir uns in unmittelbarer Nähe des Tharakol befinden, dann ist es eigentlich beschämend, dass wir uns hier so wenig auskennen«, sagte Warlon. »Wir haben zu lange nur unter der Erde gehaust.«

»Das ist schließlich Zwergenart. Wir sind für ein Leben an der Oberfläche nicht geschaffen, das hat sich in den letzten Monaten zur Genüge gezeigt.«

»Aber wir hätten auch nicht alles vernachlässigen dürfen, was außerhalb unserer Mauern liegt. Auf diese Weise hätten wir uns manche Probleme ersparen können, die unser Volk in letzter Zeit heimgesucht haben, vor allem mit den Menschen.«

»Vielleicht. Aber was nutzt uns ›hätten‹, ›sollten‹, ›würden‹? Wir können höchstens versuchen, es in Zukunft besser zu machen. *Wenn* es überhaupt eine Zukunft für uns gibt und uns dieser Sturm nicht alle in den Abgrund reißt.«

Valutus fuhr herum und eilte so schnell den Schreien und entsetzten Rufen entgegen, dass Turon ihm auf seinen kürzeren Beinen kaum zu folgen vermochte. Während er lief, gab er den Priesterinnen einen Wink, sich ihm anzuschließen.

Die Zwergenkrieger und die lartronischen Soldaten hatten sich auf dem großen Platz vor dem Südtor verteilt, wichen jetzt aber von den Außenseiten zurück und drängten sich enger zusammen. Das Staunen in ihren Gesichtern war Verwirrung und Furcht gewichen.

An drei verschiedenen Stellen lagen Tote in ihrem Blut, jeweils in der Nähe der Mündung von Straßen, die von dem Platz aus in die Stadt hineinführten. Es handelte sich um zehn Soldaten und einen Zwergenkrieger, und es gab keinen Zweifel daran, wer sie getötet hatte.

»Es … es geschah blitzartig und ohne jegliche Vorwarnung«, berichtete einer der Soldaten. Sein Gesicht war von Schrecken gezeichnet, und seine Stimme bebte. »Im einen Moment standen sie noch da, und im nächsten brachen sie tot zusammen, ohne dass ein Angreifer zu sehen war.«

»Dunkelelben, zweifellos. Wir sind nicht allein!«, stieß Turon hervor. Unwillkürlich warf er einen hastigen Blick in die Runde, dann drehte er sich zu den Priesterinnen um. »Das hätte nicht passieren dürfen. Wie konnte das geschehen?«

»Unsere Kräfte schwinden«, entgegnete Vila. »Und das offenbar in stärkerem Maße, als uns bewusst war. Wir greifen nun schon seit Stunden darauf zurück, seit die Patrouille vermisst wurde. Trotzdem waren wir sicher, immer noch den gesamten Platz abdecken zu können.«

»Die Dunkelelben scheinen zu spüren, bis wohin unsere Fähigkeiten reichen«, ergänzte eine andere Priesterin. »Sie müssen sich bis unmittelbar an den Rand herangeschlichen und dann blitzschnell zugeschlagen haben, ohne dass wir sie spüren oder sichtbar machen konnten.«

Turon nickte und gab sich für den Moment mit dieser Erklärung zufrieden. Vorwürfe würden ihnen nicht weiterhelfen.

»Damit steht jedenfalls fest, dass sich doch noch Thir-

Ailith in Elan-Dhor aufhalten«, sagte Valutus, offenkundig ebenfalls darauf aus, Schuldzuweisungen zu vermeiden. »Und wir wissen nicht, wie viele. Wie sollen wir eine Verteidigung aufbauen, mit einer ungewissen Zahl an Feinden in unserem Rücken?«

»Ihr habt Recht, es ist unmöglich.« Turon schüttelte den Kopf. »Wir müssten an gleich zwei Fronten kämpfen und würden umso schneller hinweggefegt werden. Es war ein Fehler, überhaupt herzukommen. Ich habe nicht bedacht, dass die Fähigkeiten der Priesterinnen nicht ausreichen würden, so viele Krieger über einen so langen Zeitraum zu schützen. Wie lange schafft Ihr es noch?«

»Das ist schwer zu schätzen. Mit äußerster Konzentration vielleicht zwei Stunden, wenn wir den zu überwachenden Kreis so groß machen, dass alle darin eingeschlossen sind. Zwei- bis dreimal so lange, wenn wir nur ein räumlich kleineres Gebiet zu überwachen brauchen.«

»Verdammt, dann bleibt uns nichts anderes übrig, als uns zurückzuziehen«, fluchte Valutus. »Dabei wäre dieser Ort ideal, um die Thir-Ailith aufzuhalten. Können wir nicht weitere Priesterinnen herholen? Vielleicht aus Eurer Siedlung?«

»In so kurzer Zeit? Das würde selbst Euren Reitern schwerfallen. Außerdem wurden auch in Elan-Tart nur wenige Priesterinnen zurückgelassen. Nicht genug, um uns über viele Stunden, vielleicht Tage hinweg bei einem Kampf zu unterstützen. Nicht, wenn sie uns zu allen Seiten hin schützen müssen, statt die Dunkelelben nur am Durchgang in die Tiefe sichtbar zu machen. Wir müssen umkehren.«

Selten war eine Entscheidung Turon so schwergefallen. Im ersten Moment hatte der Plan, schon in der Tiefe eine Verteidigungslinie aufzubauen, wirklich sinnvoll geklungen, doch nicht nur deshalb hatte er sich darauf eingelassen. So verlockend war ihm die Aussicht erschienen, nach Elan-Dhor zurückzukehren und die Stadt zumindest für einige Zeit wiederzuerobern, dass er darüber alle damit verbundenen Schwierigkeiten außer Acht gelassen hatte. Die Rechnung dafür war nun mit Blut präsentiert worden.

Dennoch sträubte sich alles in ihm dagegen, nun einfach so an die Oberfläche zurückzukehren, ein weiteres Mal zu fliehen, ohne den Dunkelelben wenigstens einen Kampf um die Stadt geliefert zu haben, doch musste er einsehen, dass es keine andere Möglichkeit gab.

»Zurück zu den Pferden!«, befahl Valutus.

In aller Eile machten sie sich auf den Rückweg zu den Hellhöhlen, wobei sie auf eine weitere Schwierigkeit stießen. Die Straßen von Elan-Dhor waren breit, breit genug, dass sie zu sechst oder siebt nebeneinander gehen konnten, und Valutus gab Order, dass alle dicht beieinander bleiben sollten, dennoch bildeten sie einen langen Zug. Einen *zu* langen. Turon hatte vorgehabt, die Priesterinnen in der Mitte gehen zu lassen, doch noch ehe die Hälfte der Soldaten und Zwergenkrieger den Platz hinter dem Tor verlassen hatten, warnte Vila bereits, dass sich die Spitze der Kolonne aus dem Bereich entfernte, den sie und ihre Schwestern überwachen konnten.

Ihm blieb nichts anderes übrig, als etwas zu tun, was er hatte vermeiden wollen; er musste die Priesterinnen in zwei Gruppen aufteilen. Die Hälfte von ihnen ging im vorderen Abschnitt des Zuges, die übrigen bewachten den hinteren. Dadurch konnten sie ihre Kräfte nicht ideal bündeln und würden noch rascher erschöpfen. Aber wenigstens konnten sie auf diese Art die ganze Kolonne vor Angriffen aus der Unsichtbarkeit bewahren.

Und das war auch dringend nötig.

Immer wieder wurden sie während ihres Marsches durch die Stadt angegriffen, und meist wurden die Thir-Ailith erst unmittelbar zuvor schemenhaft sichtbar, wenn sie in den Wirkungskreis der Priesterinnen gerieten, aber die Krieger und Soldaten waren wachsam und konnten schnell genug reagieren, um die Angriffe abzuwehren. Nur wenige von ihnen erlitten leichte Verletzungen. Stets handelte es sich nur um einen oder zwei Dunkelelben, und nach jedem Überfall zogen sie sich sofort wieder zurück. Einen offenen Kampf wollten sie offenbar nicht riskieren.

»Bestien!«, keuchte Valutus. »Aber warum greifen sie uns erst jetzt an? Warum nicht schon vorher?«

»Ich nehme an, sie wollten nichts riskieren, sondern in Ruhe abwarten, bis Verstärkung eintrifft«, mutmaßte Turon. »Erst als sie mitbekommen haben, dass wir genau das verhindern wollen, und die Kräfte der Priesterinnen außerdem schwächer wurden, haben sie sich zum Angriff entschieden.«

»Man hat uns gewarnt, dass ihre Art zu denken sich offenbar nicht immer mit menschlicher – oder zwergischer – Logik erfassen lässt, und das scheint wirklich der Fall zu sein. Ihr Verhalten passt einfach nicht zusammen. Draußen, auf dem Felsplateau vor dem Stollen, haben sie sich blindlings auf uns gestürzt, ohne auf ihr Leben irgendwelche Rücksicht zu nehmen.«

»Wie auch schon bei den Kämpfen, die wir zuvor gegen sie ausgetragen haben«, warf Turon ein.

»Aber der anscheinend kleine Überrest, der hier zurückgeblieben ist, beschränkt sich nun auf Angriffe aus dem Hinterhalt und zieht sich anschließend sofort zurück, als ob sie keinerlei Gefahr für ihr eigenes Leben eingehen wollten. Es scheint fast so, als ob sie sich in größerer Zahl völlig anders verhalten würden als einzeln oder in kleinen Gruppen.«

»Ich wünschte jedenfalls, sie würden es nicht tun und sich uns auch jetzt offen zum Kampf stellen, dann könnten wir diesen Spuk wahrscheinlich ganz schnell beenden. Meine Axt lechzt nach dem Blut dieser Kreaturen!«

Er hob die mit beiden Händen fest umklammerte Waffe.

Nach einem mehr als halbstündigen Marsch erreichten sie schließlich wieder die Hellhöhlen, und Valutus konnte sich davon überzeugen, dass sie ihren Namen zu Recht trugen. In ganz Elan-Dhor war es hell geworden, und wäre nicht die Gefahr gewesen, hätte Turon gerne auf so manche besonders gelungene Arbeit hingewiesen, die im Schein des Glühmooses zuvor nicht richtig zur Geltung gekommen war. Die Hellhöhlen jedoch waren von besonders viel Licht durchflutet, weshalb es nur hier möglich gewesen war, Landwirtschaft zu betreiben und Getreide und andere Pflanzen anzubauen.

Erschöpft ließen sich die Priesterinnen zu Boden sinken, nachdem sie eingetreten waren. Der schmale Eingang konnte von der Priesterin, die mit einem Teil der Reiterei hier zurückgeblieben war, allein überwacht werden, wie sie es bislang auch getan hatte. Aber kein Dunkelelb versuchte, ihnen zu folgen.

»Für den Moment scheinen wir in Sicherheit zu sein«, sagte Turon aufatmend. »Aber es ist noch ein weiter und gefährlicher Weg bis zum Stollen und zur Oberfläche.«

»Hoch zu Pferde könnten wir einen gewaltsamen Durchbruch wagen und darauf hoffen, dass es uns gelingt, jeden niederzureiten, der sich uns in den Weg stellt«, schlug Valutus vor. »Euch und Eure Krieger könnten wir dabei auf dem Rücken unserer Pferde mitnehmen.«

»Es würde trotzdem Todesopfer geben, und möglicherweise sogar viele, wenn der Feind es geschickt anstellt. Nein, das Risiko ist zu groß.« Turon schüttelte den Kopf und wandte sich an die Priesterinnen. »Wie lange müsstet Ihr ausruhen, um Eure Fähigkeiten zu regenerieren?«

Vila zögerte kurz.

»Eine Stunde dürfte ausreichen«, sagte sie dann. »Zumindest, um uns sicher aus Elan-Dhor hinauszubringen.«

Uns aus Elan-Dhor hinausbringen..., wiederholte Turon in Gedanken bitter. Genau das, was sie nun verzweifelt zu schaffen versuchten, war gleichzeitig das, was eigentlich keiner von ihnen wollte.

Hätte er ein paar der wirklich mächtigen Priesterinnen hiergehabt, hätte die Lage ganz anders ausgesehen. Auch Königin Tharlia musste bewusst sein, dass es ihm nicht nur an Kriegern, sondern vor allem an Priesterinnen mangelte, um einen Ausbruch der Dunkelelben zu verhindern. Wären nur einige wenige von ihnen mit den lartronischen Soldaten geritten, selbst wenn diese dann langsamer vorangekommen und etwas später als der Haupttrupp eingetroffen wären, hätten sie sich jetzt nicht in diesen Schwierigkeiten befunden. Wenn Tharlia diese Möglichkeit nicht ergriffen hatte, dann war dies jedoch aus irgendwelchen Gründen offenbar nicht möglich gewesen. Vielleicht waren die Pferde nicht in der Lage, zwei Reiter über eine so weite Strecke hinweg zu tragen.

Er verzichtete darauf, Valutus danach zu fragen, die Gründe spielten keine Rolle. Ohne Zweifel ließ Tharlia nicht alle Priesterinnen mit dem Rest des Heeres marschieren, das frühestens in einer knappen Woche hier eintreffen konnte, sondern hatte auf anderem Wege schon längst welche zu ihrer Unterstützung ausgesandt, vielleicht mit Pferdekarren. Aber er konnte sich unmöglich allein darauf verlassen, dass sie rechtzeitig eintreffen würden.

»Eine Stunde«, wiederholte er. »Das ist ein überschaubares Risiko. Bis dahin können noch keine weiteren Dunkelelben aus der Tiefe gekommen sein. Wenn Ihr mich fragt, sollten wir so lange warten.«

Nach kurzem Überlegen nickte Valutus, doch sah er nicht glücklich mit der Entscheidung aus.

Während ihres Marsches war der Tag heraufgedämmert, und im Osten färbte sich bereits der Himmel rot. Nur vereinzelt waren Wolken zu sehen, und es würde nicht mehr lange dauern, bis die Sonne aufging, als sie endlich den Fuß des Tharakol erreichten und sich auf dem Hauptweg zum Zarkh-Tahal an den Aufstieg machten.

Lhiuvan kniete nieder und untersuchte den Boden.

»Reiter sind hier vor kurzer Zeit entlanggezogen«, sagte er. »Auf dem Felsboden haben sie nur wenige Spuren hinterlassen, aber es scheinen viele gewesen zu sein. Offenbar ist die lartronische Reiterei vor uns eingetroffen. Hoffen wir, dass es rechtzeitig war.«

Dem konnte Barlok sich nur anschließen.

Immer höher führte sie der Weg ins Gebirge. Erst kurz bevor sie das verschüttete Zarkh-Tahal erreichten, das große Tor des Ostens, bogen sie auf einen kleineren Pfad ab, den auch die Reiter benutzt hatten.

Wenig später gelangten sie auf ein großes Felsplateau, wo außer einer Priesterin rund vier Dutzend lartronische Soldaten warteten. Sie waren von ihren Pferden abgestiegen. In der Felswand hinter ihnen klaffte eine gut drei Meter durchmessende Öffnung. Der Zugang nach Elan-Dhor war bereits frei, aber nach der Explosion, die Barlok noch von Bord des Schiffes aus beobachtet hatte, kurz bevor sie bei Clairborn angelegt hatten, hatte er auch nichts anderes erwartet.

Ein Kampf hatte auf dem Plateau stattgefunden, das war unverkennbar. Er war blutig gewesen, aber offenbar siegreich ausgegangen, doch hatte er viele Leben gefordert. Barlok sah zahlreiche tote Zwerge, die von den Soldaten auf dem Boden entlang einer Felswand in einer Reihe aufgebahrt worden waren. Auch einige Schwerverletzte lagen dort. Tote Dunkelelben waren nicht zu sehen.

Ermattet ließ sich Barlok auf einen Felsen sinken. Obwohl er versucht hatte, nicht nur anderen, sondern vor allem auch sich selbst vorzumachen, dass seine in Zarkhadul erlittenen Verletzungen nur harmlose Kratzer wären, war ihm der Marsch schwergefallen, und seine Wunden machten ihm zu schaffen. So wenig es ihm gefiel, aber mit seinen zweihundertsiebenundsiebzig Jahren war er kein junger Spund mehr, sondern in einem Alter, in dem die meisten anderen Krieger sich bereits zur Ruhe gesetzt hatten.

Einer der Soldaten begrüßte Tharlia und Gelinian ehrerbietig.

»Wie ... kann es sein, dass Ihr so schnell herkommen konntet?«, fragte er.

»Das spielt im Moment keine Rolle«, entgegnete Tharlia. »Viel wichtiger ist, was hier geschehen ist.«

»Mit vereinten Kräften ist es uns gelungen, den ersten Angriff der Thir-Ailith abzuwehren«, berichtete er. »Wir trafen gerade rechtzeitig ein, denn die Reihen der Zwerge gerieten bereits ins Wanken. Durch unser Eingreifen jedoch hat sich das Blatt grundlegend gewendet.«

»Und wo befinden sich die anderen Krieger?«, erkundigte sich Tharlia. »Wo ist Obrist Valutus mit den übrigen Reitern? Er ist mit rund fünfhundert Soldaten aufgebrochen. Es kann doch nicht sein, dass sie... dass sie alle gefallen sind!«

»Nein, ganz im Gegenteil, wir hatten sogar kaum Opfer zu beklagen. Nachdem wir den Angriff abgewehrt und alle Feinde getötet hatten, beschloss der Obrist, nach Elan-Dhor selbst vorzudringen, um dort eine Verteidigung zu errichten.«

»Dieser Narr!«, stieß Tharlia aufgebracht hervor. »Mit unserer gesamten Armee haben wir die Stadt nicht halten können, wie will er es da mit einigen hundert Männern schaffen? Sie sind alle dem Tode geweiht!«

»Vor allem hat er viel zu wenige und zu schwache Priesterinnen bei sich«, mischte sich Breesa ein, ihre Nachfolgerin als Hohepriesterin des Ordens vom Dunkelturm. »Selbst vereint können sie es unmöglich schaffen, eine so große Zahl von Zwergen und Menschen über einen längeren Zeitraum zu schützen. Ihre Kräfte werden rasch nachlassen und schließlich versagen, dann sind sie wirklich alle verloren. Es war Wahnsinn, auf eigene Faust nach Elan-Dhor vorzudringen!«

»Dem Obristen kam es nur darauf an, Zeit zu gewinnen«, behauptete der Soldat. »Er wollte sich den Thir-Ailith nicht nur hier stellen, da dies die letzte Möglichkeit ist, sie aufzuhalten, bevor sie an die Oberfläche gelangen.«

»Ein im Grunde durchaus sinnvolles Vorhaben, nur übereilt ausgeführt«, erhielt er Unterstützung von Gelinian. »Zeit ist das, was wir am nötigsten brauchen, und mehrere Verteidigungslinien können sie uns verschaffen. Außerdem ist der Platz hier draußen beengt, und selbst mit vereinten Kräften dürfen wir nicht hoffen, den Feind in einer offenen Feldschlacht bezwingen zu können, wenn es ihm gelingt, den

Berg zu verlassen, und er wirklich so zahlreich ist, wie Ihr behauptet.«

Dem musste auch Barlok zustimmen, verzichtete aber darauf, sich in das Gespräch einzumischen. Für ihn waren das überaus erfreuliche Neuigkeiten, die ihn insgeheim jubeln ließen. Durch sein Handeln hatte Valutus etwas in Gang gesetzt, das seinen eigenen Hoffnungen und Plänen äußerst gelegen kam.

Anscheinend hatten sich nur wenige Thir-Ailith in Elan-Dhor aufgehalten, als der Zugang geöffnet worden war, sonst hätte ihre ungeheure Streitmacht die Verteidiger binnen kurzer Zeit hinweggefegt. Zuletzt war es zu seinem Missfallen bei allen Überlegungen nur noch darum gegangen, die Dunkelelben im Inneren des Tharakol gefangen zu halten. Nun jedoch hatte die lartronische Reiterei Elan-Dhor anscheinend in ihren Besitz gebracht, und ihnen würde nichts anderes übrigbleiben, als zu versuchen, die Stadt auch zu halten.

Falls sie den Kampf auch diesmal verlieren sollten, konnten sie immer noch zusehen, in Zarkhadul Zuflucht zu suchen, doch wenn sie siegten, hatten sie damit zugleich ihre alte Heimat zurückerobert, wie er es sich bereits seit ihrer Flucht erträumte.

Bei der Vorstellung, womöglich schon innerhalb der nächsten Minuten ins Innere des Tharakol zurückzukehren und Elan-Dhor wiederzusehen, erfüllte ihn eine wilde Freude darauf, wieder durch die Straßen und über die Plätze der Stadt zu schreiten.

»Da ist noch etwas«, sagte der Soldat. »Um Platz zu schaffen und den grausamen Anblick nicht länger ertragen zu müssen, warfen wir die toten Dunkelelben in die Schlucht.« Er deutete auf den Abgrund, der neben dem Plateau klaffte.

»Dabei stellten wir fest, dass einer von ihnen noch am Leben war, lediglich verletzt und ohne Bewusstsein. Ich verbot, ihn zu töten. Stattdessen haben wir ihn sorgsam gefesselt und halten ihn unter zusätzlicher Bewachung gefangen. Ich hoffe, wir haben richtig gehandelt?«

Seine letzte Frage galt hauptsächlich der Elbenmagierin. Gelinian nickte, und ein Leuchten trat in ihre Augen.

»Das ist sogar eine bessere Nachricht, als ich zu hoffen gewagt hätte. Führt mich sofort zu ihm!«

Kriegsmeister Loton befahl den Kriegern zurückzubleiben, hatte aber nichts dagegen, dass Barlok sich Tharlia und der Magierin anschloss, als der Soldat sie zu einer abgelegenen Ecke führte, wo der Dunkelelb lag. Er war immer noch bewusstlos. Die Lartronier hatten sich nicht nur darauf beschränkt, ihm die Hände und Füße zu fesseln, sondern hatten ihn mit zusätzlichen Seilen um seine Arme und Beine regelrecht verschnürt, sodass er sich kaum hätte regen können, selbst wenn er bei Bewusstsein gewesen wäre.

Aber sie hatten noch mehr getan: Um sicherzustellen, dass er auch wirklich am Leben blieb, hatten sie sogar seine Wunden an Kopf und Brust versorgt. Es war ein merkwürdiger Anblick, die Kreatur mit Verbänden zu sehen.

Was nun folgte, war ähnlich wie die ›Befragung‹, die Barlok bereits im Feldlager miterlebt hatte, nur dass Gelinian aufgrund der Fesseln diesmal weniger vorsichtig zu sein brauchte. Sie kniete neben dem Dunkelelben nieder und legte ihre Fingerspitzen auf seine Schläfen.

Mit einem schrillen Schrei erlangte der Thir-Ailith das Bewusstsein wieder. Er versuchte, sich aufzubäumen, doch hinderten die Stricke ihn daran. Dennoch eilten auf einen Befehl der Magierin zwei Elbenkrieger herbei und pressten ihn zusätzlich zu Boden.

Eine knappe Minute lang versuchte sie, den Thir-Ailith unter ihre geistige Kontrolle zu zwingen und in seinen Geist einzudringen, dann richtete sie sich mit einem enttäuschten Gesichtsausdruck wieder auf. Diesmal tötete sie den Dunkelelben nicht selbst, sondern ließ es einen der Krieger erledigen.

»Sinnlos«, stieß sie hervor. »In seinem Geist herrschte nur Leere. Ich konnte nichts anderes darin lesen als den Drang, alles, was nicht wie er ist, zu töten. Die Verletzung an seinem Kopf muss zu schwer gewesen sein. Sie hat seinen Verstand zu sehr zerstört, als dass er uns noch von Nutzen hätte sein können.«

»Dann lasst uns keine weitere Zeit mehr vergeuden«, mischte sich Barlok ungeduldig ein. »Wir müssen nach Elan-Dhor.«

Es war ein geradezu magisches Gefühl, diese Worte auch nur auszusprechen.

Quälend langsam verstrichen die Minuten. Turon nutzte die Zeit, sich in den Hellhöhlen genauer umzusehen. Für alles, was mit der Produktion und Verarbeitung von Lebensmitteln zu tun hatte, waren bei seinem Volk die Frauen zuständig. Obwohl er fast sein gesamtes Leben in Elan-Dhor verbracht hatte, war er deshalb zuvor erst ein einziges Mal hier gewesen, und das lag bereits viele Jahre zurück. Damals hatte alles einen tadellosen Eindruck gemacht. Die Felder waren gehegt und gepflegt und täglich von jeglichem Unkraut befreit worden.

Jetzt jedoch war alles verwildert. Die Ernte, die sie vor der Flucht nicht mehr hatten einbringen können, weil sie noch nicht reif gewesen war, war verdorrt und überwuchert von Unkraut, das mit den Bedingungen hier am besten zurechtkam. Alles wirkte trostlos und verkommen, ein überaus deprimierender Anblick.

Nach einer Weile kehrte Turon wieder zum Eingang zurück. Etwa die Hälfte der verabredeten Zeit mochte verstrichen sein.

»Nichts«, berichtete Valutus. »Kein Angriff mehr, und blicken lassen sich die Ungeheuer auch nicht. Aber ich bin sicher, dass sie noch irgendwo da draußen lauern. Sie bleiben außerhalb des Bereichs, in dem sie sichtbar werden, und scheinen sich damit zu begnügen, dass wir hier festsitzen.«

»Dann sollten wir sie vielleicht einmal aus ihrer Ruhe aufscheuchen.« Turons Gesicht wurde grimmig, ihm war eine Idee gekommen. Leise sprach er mit den Priesterinnen, die mit untergeschlagenen Beinen auf dem Boden saßen und sich in eine leichte Trance versetzt hatten, um ihre Kräfte zu sammeln, und anschließend mit den Kriegern, die den Durchgang mit kampfbereiten Äxten bewachten.

Auf ein Zeichen hin ergriffen sich die Priesterinnen an den Händen. Schlagartig erweiterten sie den bislang nur wenige Meter durchmessenden überwachten Bereich vor dem Durchgang um ein Mehrfaches.

Ein zorniges Fauchen erklang, und insgesamt sechs Thir-Ailith mit Schwertern in den Händen wurden schemenhaft sichtbar. Sofort stürmte Turon mit den anderen Kriegern vor, um sich auf sie zu stürzen. Wenn es ihnen gelang, die Dunkelelben zu töten und es sich um die einzigen handelte, die sich noch in Elan-Dhor befanden, konnten sie wenigstens den Rückzug gefahrlos antreten.

Aber seine Hoffnung wurde enttäuscht. Sonst waren es stets die Thir-Ailith gewesen, die sich in blindwütigem Hass auf jedes andere Lebewesen gestürzt hatten, das ihren Weg kreuzte. Auch jetzt schien es, als ob sie sich in der ersten

Überraschung mehr einem Instinkt als ihrem Verstand gehorchend gegen den Angriff zur Wehr setzen wollten, doch schon im nächsten Moment verfielen sie stattdessen auf ein Verhalten, das Turon bei den Kreaturen aus der Tiefe noch nie erlebt hatte.

Sie fuhren herum und flohen vor der Übermacht, bis sie den von den Priesterinnen erfassten Bereich verlassen hatten und wieder durch den Tarnmantel ihrer Unsichtbarkeit geschützt waren.

»Bei den Dämonen der Unterwelt!«, presste Turon zwischen zusammengebissenen Zähnen verblüfft und wütend zugleich hervor und gab den Kriegern den Befehl, sich ebenfalls zurückzuziehen. Er hätte nicht gedacht, dass für die Dunkelelben so etwas wie Flucht überhaupt existierte, selbst wenn sie nur taktischen Zwecken diente, sondern dass sie sich zumindest einem direkten Angriff stellen würden, selbst wenn sie eigentlich keinen offenen Kampf führen wollten.

Plötzlich jedoch geschah etwas Seltsames. Einige Dutzend Schritte entfernt wurden die Thir-Ailith erneut sichtbar. Turon nahm an, dass die Priesterinnen noch einmal all ihre Kraft aufgeboten und den Kreis weiter ausgedehnt hatten. Sofort befahl er einen weiteren Angriff, obwohl zu erwarten war, dass die Ungeheuer auch diesmal weiter zurückweichen würden.

Das jedoch geschah nicht. Stattdessen machten die Kreaturen einen verwirrten, sogar entsetzten Eindruck, soweit man das bei ihrer nur schemenhaft sichtbaren Erscheinung beurteilen konnte. Sie wandten die Köpfe von einer Seite zur anderen, schienen unentschlossen, ob sie fliehen oder sich zum Kampf stellen sollten.

Und auf einmal gaben sie ihre Tarnung auf und wurden vollends sichtbar!

Ratlos fragte sich Turon, was für eine neue Teufelei das nun schon wieder war. Die Priesterinnen verfügten nicht über die Kraft, die magisch hervorgerufene Unsichtbarkeit der Dunkelelben völlig zunichtezumachen – um ihr Werk konnte es sich nicht handeln.

Fast hatten er und seine Begleiter die Thir-Ailith erreicht, als er plötzlich Gestalten bemerkte, die weiter hinten zwischen den Häusern der Stadt hervortraten, doch konnte er kaum fassen, was er sah. Unwillkürlich verlangsamte er seinen Schritt und starrte ungläubig auf Königin Tharlia, die sich dort zusammen mit zahlreichen Priesterinnen, mehreren Dutzend Elben und vielen Zwergenkriegern in einem weiten Halbkreis näherte und den Thir-Ailith den Fluchtweg abschnitt.

Der kurze Moment der Unachtsamkeit hätte ihn fast das Leben gekostet. Urplötzlich und mit der ihnen eigenen Schnelligkeit gingen die Dunkelelben zum Angriff über und stürzten sich auf ihn und seine Schar, die ihnen zwar zahlenmäßig ebenfalls weit überlegen war, aber nicht ganz so erdrückend wie die Angreifer von der anderen Seite.

Erst im letzten Moment gelang es ihm, einen Schwerthieb abzufangen, doch wurde er durch die Wucht des Angriffs von den Beinen gerissen und stürzte mit hoch erhobener Axt zu Boden. Der Dunkelelb wechselte seinen Griff und packte das Schwert mit beiden Händen, um es ihm in den Leib zu rammen, aber diesmal war Turon schneller. Trotz seiner ungünstigen Position gelang es ihm mit äußerster Kraftanstrengung, seine Axt hochzureißen und dem Gegner das Blatt zwischen die Rippen zu stoßen.

Gleich darauf streckte einer der anderen Krieger den Dunkelelben mit einem zweiten Hieb vollends nieder. Turon sprang auf.

»Tötet sie nicht!«, ertönte eine laute weibliche Stimme. »Wir brauchen mindestens einen von ihnen lebend! Tötet sie auf keinen Fall alle!«

Wäre die Situation nicht so ernst gewesen, hätte Turon über den Befehl grimmig gelacht, als er sich umschaute. Vier der Thir-Ailith lagen bereits tot auf dem Boden, die anderen beiden wurden von jeweils mehr als einem halben Dutzend Zwergenkrieger bedrängt und vor sich hergetrieben, die den Ruf im Eifer des Gefechts vermutlich nicht einmal gehört hatten. Und selbst wenn sie ihn gehört hätten, sie konnten gar nicht anders, als ihn zu ignorieren. Die Dunkelelben kämpften mit dem Mut der Verzweiflung. Hätten die Krieger auch nur einen Moment mit ihren Angriffen nachgelassen, wäre jeder von ihnen in höchste Gefahr geraten, selbst erschlagen zu werden.

Von mehreren Äxten gleichzeitig niedergestreckt, stürzte ein weiterer Dunkelelb tot zu Boden. Auch der Letzte hätte wohl höchstens noch wenige Sekunden zu leben gehabt, wenn nicht etwas Gespenstisches geschehen wäre. Etwas wie der Schlag eines gigantischen unsichtbaren Hammers schien die gesamte Gruppe zu treffen. Von einer unbekannten Gewalt erfasst, wurden die Zwergenkrieger zur Seite geschleudert und stürzten zu Boden. Schreie erklangen, jedoch nicht vor Schmerz, sondern vor Überraschung und Zorn.

Der Thir-Ailith blieb ebenfalls nicht verschont. Auch er wurde von der unsichtbaren Kraft getroffen und zur anderen Seite geschleudert, fort von den Zwergen. Blitzartig sprang er wieder auf und fuhr herum, doch rings um ihn begannen plötzlich Flammen aufzulodern, die ihn in einem wenige Meter durchmessenden Kreis einschlossen.

Es war kein normales Feuer, sondern musste magischen

Ursprungs sein. Die mannshoch wabernden Flammen leuchteten in einem fahlen Grün und loderten direkt aus dem Gestein des Bodens hervor. Trotz der Angst der Ungeheuer vor Feuer sprang der Dunkelelb rasend vor Zorn darauf zu und versuchte, sie zu durchdringen, doch prallte er wie von einer elastischen Wand ab und stürzte erneut zu Boden.

Ein schrill gellender Schrei ertönte, der in den Ohren schmerzte.

Der Kreis aus Flammen begann sich zusammenzuziehen, schloss sich immer enger um den Thir-Ailith. Er versuchte kein zweites Mal, ihn mit Gewalt zu durchbrechen. Stattdessen wollte er nun offenbar mit seiner eigenen Magie dagegen ankämpfen, und tatsächlich begannen die Flammen an einer Stelle zu schrumpfen, wurden blasser und niedriger.

Turon warf einen Blick zu den Elben hinüber. Es gab zwei Gruppen von ihnen, wie er bereits von Valutus erfahren hatte, Magier und Krieger, und sie waren aufgrund ihrer Kleidung leicht zu unterscheiden. Wie er es von den Priesterinnen her kannte, hatten sich die in weiße Gewänder gekleideten Magier zu einem Kreis zusammengeschlossen und hielten sich an den Händen. Langsam kamen sie näher.

Ihre Magie erwies sich als stärker als die des Thir-Ailith. Schon nach wenigen Sekunden loderten die Flammen wieder so hoch und so kräftig wie zuvor.

Zu seinem Leidwesen konnte Turon nicht weiter beobachten, was geschah, da er in diesem Moment zu Königin Tharlia gerufen wurde. Widerstrebend wandte er sich ab und eilte zu ihr hinüber. Ihm war bewusst, dass ihn nicht gerade eine Belobigung erwarten würde, und er sah sich nicht getäuscht.

»Majestät«, begrüßte er sie und verbeugte sich ehrerbietig. »Ihr kamt genau zur richtigen Zeit, auch wenn ich es mir nicht erklären kann.«

»Ja, das scheint mir auch so«, entgegnete Tharlia frostig. »Obwohl Ihr wohl kaum mit unserer Unterstützung rechnen konntet.«

»Nein, das sicherlich nicht. Wie ist das möglich? Als die lartronische Reiterei aufbrach, befandet Ihr Euch noch am Kalathun, wie mir berichtet wurde. Wie konntet Ihr so schnell hierhergelangen?«

»Das spielt im Moment keine Rolle. Entscheidender ist, was *Ihr* hier tut. Ihr hattet keinerlei Auftrag, bis nach Elan-Dhor vorzudringen, Kampfführer. Euer Befehl lautete, die Hänge des Tharakol zu bewachen, damit keine Thir-Ailith an die Oberfläche gelangen.«

Turon straffte sich.

»Ich habe meine Befehle nicht missachtet«, erklärte er. »Selbst wenn Ihr mit meinen Entscheidungen nicht einverstanden seid, so habe ich mich dennoch nur bemüht, meinen Auftrag zu erfüllen. Wir hatten einen schweren Kampf zu bestehen, nachdem der Zugang geöffnet worden war, und obwohl wir mit vielen Leben dafür bezahlt haben, blieben wir dank der lartronischen Reiterei siegreich.« Er räusperte sich und strich sich über den Bart. »Aber das Felsplateau vor dem Stollen ist kein geeigneter Ort für eine Schlacht, und ich hatte keine Möglichkeit, Rücksprache zu halten oder neue Befehle einzuholen. Deshalb haben Obrist Valutus und ich beschlossen, uns den Dunkelelben bereits innerhalb von Elan-Dhor zum Kampf zu stellen. Es erschien uns als das aussichtsreichste Vorgehen.«

»Oder die sicherste Methode, Eure Schar und die Reiterei in allergrößte Gefahr zu bringen. Wie konntet Ihr nur glauben, dass Laienpriesterinnen in der Lage wären, über einen langen Zeitraum und große Entfernung hinweg die Unsichtbarkeit der Dunkelelben zunichtezumachen?« Turon wollte etwas einwenden, doch mit einer knappen Geste bedeutete sie ihm zu schweigen. »Wären wir nicht gekommen, hättet Ihr Euch unverrichteter Dinge wieder zurückziehen müssen und unnötigerweise eine Reihe von Toten zurückgelassen.«

Betroffen senkte Turon den Kopf. Jeder ihrer Vorwürfe war berechtigt, sie hatte den Finger genau in die Wunden gelegt, die er selbst schon deutlich genug spürte.

»Ich bin bereit, alle Konsequenzen meiner Entscheidung zu tragen. Wenn Ihr es wünscht, Majestät, werde ich unverzüglich von meinem Kommando zurücktreten.«

»Über eventuelle Konsequenzen wird später zu sprechen sein, es gibt keinen Grund, jetzt etwas zu übereilen.« Tharlias bislang finsterer Gesichtsausdruck hellte sich ein wenig auf. »Was geschehen ist, ist geschehen, und aufgrund von Möglichkeiten, die sich uns unerwartet eröffnet haben, können wir den Fehler vermutlich sogar in einen Vorteil verwandeln. Nicht nur wir, auch der Rest unseres Heeres und der lartronischen Armee wird sehr viel schneller hier eintreffen, als wir bislang hoffen durften. In so großer Zahl hätten wir wohl ohnehin in die Tiefe gehen müssen, um unsere Reihen zu formieren.«

Turon atmete unmerklich auf, da er das Schlimmste wohl überstanden hatte. Es war wirklich kaum zu glauben, welche Veränderung mit Tharlia in den letzten Monaten vor sich gegangen war. Seit ihrer Krönung hatte sie eine so große Autorität erworben, ohne dabei überheblich zu wirken, dass selbst ein altgedienter Kämpfer wie er schon nervös wurde, wenn er vor ihr Rechenschaft ablegen musste und wusste, dass er einen Fehler zu verantworten hatte.

Immerhin bargen ihre Worte auch hoffnungsvolle Neuigkeiten.

»Aber wie ist es möglich, dass Ihr so schnell herkommen konntet und auch unser Heer schon so bald hier eintreffen soll?«, hakte er nach.

Mit knappen Worten begann Tharlia, ihm von den Schiffen der Elben zu erzählen, als hinter ihnen ein gellender Schrei ertönte.

9

DAS GEHEIMNIS DER THIR-AILITH

Da er sie nun schon zweimal miterlebt hatte, hatte die Prozedur für Barlok viel von ihrer ursprünglichen Faszination verloren. Dennoch sah er auch diesmal zu, wie Gelinian sich bemühte, in den Verstand des Dunkelelben einzudringen, um Informationen von ihm zu erhalten. Ein halbes Dutzend Elbenkrieger hatte den Thir-Ailith entwaffnet und überwältigt und presste ihn trotz heftiger Gegenwehr zu Boden, während Gelinian ihm die Fingerspitzen an die Schläfen drückte. Diesmal allerdings interessierte Barlok kaum, was sie tat, sondern nur, was sie von der Kreatur erfahren würde.

Sein weitaus größeres Interesse galt im Moment seiner Umgebung. Er war wieder in Elan-Dhor, und viele tausend mit dieser Rückkehr verbundene Erinnerungen strömten auf ihn ein. Immer wieder blickte er sich um, weil ein Teil von ihm es noch nicht recht glauben wollte. Am liebsten wäre er einfach nur stundenlang durch die Straßen gestreift und hätte besonders vertraute Plätze und Häuser aufgesucht. Er hoffte inbrünstig, dass er dies später nachholen konnte und nicht gezwungen sein würde, seine Heimat ein weiteres Mal aufzugeben und zu verlassen. Aber auch so war das Gefühl schon einzigartig, das Licht, der vertraute Anblick der Gewölbedecke, selbst der Geruch...

Gelinian schien diesmal weitaus größere Schwierigkeiten zu haben als bei den früheren Versuchen. Ihr Gesicht war vor Anstrengung verzerrt, und schließlich musste sie mehrere andere Magierinnen und Magier bitten, sie zu unterstützen. Sie stellten sich in einem Halbkreis hinter ihr auf und legten ihr die Hände auf die Schultern.

Dennoch geschah minutenlang nichts, anscheinend wehrte sich der Dunkelelb wesentlich verbissener oder besaß größere magische Kräfte als seine Vorgänger. Schließlich jedoch begann Gelinian erneut zu zittern und in Zuckungen zu verfallen. Schweiß perlte auf ihrer Stirn. Ihr Gesicht verzerrte sich ebenso wie das des Thir-Ailith, doch keiner von ihnen gab einen Laut von sich.

Plötzlich jedoch trat ein anderer Ausdruck auf das Gesicht der Magierin – es verzog sich eindeutig vor Schrecken. Sie riss die Augen auf und stieß einen gellenden Schrei aus, dann zog sie die Hände so hastig zurück, als hätte sie sich verbrannt, und stürzte nach hinten. Seitlich zusammengekrümmt und noch immer am ganzen Körper zitternd blieb sie liegen, die Arme an ihren Leib gepresst, und stieß leise, wimmernde Laute aus.

Zwei der Magierinnen kümmerten sich sofort um sie, und auch unter den übrigen Elben brach Unruhe aus. Die Krieger hielten den Thir-Ailith weiterhin fest – da auch sie nicht zu wissen schienen, was geschehen war und was es zu bedeuten hatte, wagten sie nicht, ihn womöglich voreilig zu töten.

Für eine kurze Weile vergaß Barlok seine Rückkehr nach Elan-Dhor. Selbst Tharlia kam herbeigeeilt, musterte Gelinian besorgt und verlangte zu wissen, was vor sich ging, doch niemand konnte ihr eine Antwort geben.

Unter der Pflege ihrer Brüder und Schwestern konnte die Magierin den Schatten schließlich abschütteln, der sie befallen hatte. Ihr Zittern ließ nach, und mühsam setzte sie sich auf. Alle Farbe war aus ihrem ohnehin blassen Gesicht gewichen, sodass es fast so totenbleich wie das eines Dunkelelben aussah, und namenloses Entsetzen stand darin geschrieben.

»Wehe«, sagte sie mit brüchiger Stimme. »Stark ist der Thir-Ailith und verschlossen sein Geist. Dennoch konnte ich ihn schließlich niederringen und in seinen Verstand eindringen, und dort las ich die Antwort auf viele Fragen, die uns quälen. Aber ich sah auch Schrecken jenseits unserer Vorstellungskraft, die unser aller Untergang herbeiführen werden, und es gibt wenig, was wir dagegen tun können. Was immer wir auch tun werden, dieser Kampf ist unmöglich mit Waffengewalt zu gewinnen, nicht einmal, wenn alle Heere aller uns bekannten Länder zu unserer Unterstützung herbeieilen würden.«

»Dunkel ist der Klang Eurer Worte und dunkel der Sinn, der sich darin verbirgt. Aber Ihr sprecht in Rätseln, die ich nicht verstehe«, entgegnete Tharlia.

Gelinian ließ sich von zwei Kriegern aufhelfen, auf die sie sich stützte. Sie deutete auf den Dunkelelben.

»Fesselt ihn und bewacht ihn gut«, befahl sie. »Er mag uns später noch von Nutzen sein.« Leise fügte sie hinzu: »Was ich erfahren habe, ist nicht für die Ohren aller bestimmt. Ich fürchte, es würde nur ihren Kampfgeist erschüttern. Lasst Eure Krieger unverzüglich damit beginnen, an geeigneten Orten Verteidigungsstellungen zu errichten, so stark, wie es die uns verbleibende Zeit zulässt. Es gibt derzeit keine weiteren Thir-Ailith in Elan-Dhor, sodass hier keine Gefahr droht.«

»Aber Ihr habt doch gerade selbst gesagt, dass dieser Kampf nicht mit Waffengewalt zu gewinnen ist«, platzte Barlok heraus.

»Darauf können wir auch nicht hoffen«, bestätigte die Magierin. »Dennoch müssen wir alle Kräfte aufbieten, um die Thir-Ailith wenigstens so lange zurückzuhalten, wie wir es vermögen. Aber zunächst benötigen wir einen Ort, an dem wir ungestört sprechen können.«

Tharlias Blick irrte zur Kuppel des nahe gelegenen Königspalastes.

»Wir haben Elan-Dhor von diesen Ungeheuern zurückgefordert, selbst wenn es nur für kurze Zeit sein mag«, sagte sie. »Also gibt es auch keinen Grund, warum die Königin des Zwergenvolkes nicht an den ihr gebührenden Ort zurückkehren sollte. Und dort werdet Ihr hoffentlich erklären, was all dies zu bedeuten hat.«

»So sei es«, erwiderte Gelinian.

Auf Selons Anweisung hin hatten von Priesterinnen begleitete Patrouillen noch während der Nacht ganz Elan-Tart durchsucht. Zwei mumifizierte Tote waren gefunden worden, von denen einer anhand seiner Kleidung und seines Schmucks schnell als Lamar, das Oberhaupt des Hauses Tarkora, identifiziert werden konnte. Beide Männer waren zweifellos von Dunkelelben umgebracht worden, und Selon bedauerte ihren Tod, doch weinte er speziell Lamar, der sich in letzter Zeit immer mehr zu einem Aufrührer gegen Königin Tharlia entwickelt hatte, keine allzu großen Tränen nach.

Sonst gab es keine Spuren, die auf das Wirken von Thir-Ailith hindeuteten, und die Priesterinnen konnten auch keinerlei mentale Impulse auffangen, die nahegelegt hätten, dass sich noch eines dieser Ungeheuer in Elan-Tart befand. Vermutlich hatten sie die Siedlung längst wieder verlassen, da sie dem Erreichen ihres Ziels hier nicht näher kamen.

Dennoch ließ Selon die Patrouillen zur Sicherheit fortsetzen.

Kurz vor der Morgendämmerung trafen weitere Boten Tharlias mit einem aus Clairborn geliehenen Pferdewagen ein. Sie brachten neue Befehle und Nachrichten, die einen Großteil von Selons bisheriger Planung für die Evakuierung nach Zarkhadul umstießen. Allerdings waren es immerhin erfreuliche Neuigkeiten, da sie ihn einiger der größten Probleme enthoben. Insbesondere brauchte er sich nicht um die Bereitstellung und den Transport großer Mengen von Lebensmitteln zu kümmern. Diese würden auf Befehl von Vizegeneral Nagaron von Clairborn zur Verfügung gestellt und mit den Elbenschiffen zum Kalathun gebracht werden.

Ungeachtet der Müdigkeit und Trunkenheit, an der viele Zwerge aufgrund der Feiern der vergangenen Nacht noch leiden mochten, ließ er eine knappe Stunde später in Absprache mit den anderen Ratsmitgliedern in der ganzen Siedlung Hörner blasen und Wachen mit dem Ruf durch die Straßen gehen, dass mindestens ein Angehöriger eines jeden Hauses binnen einer Stunde zum Platz vor dem Palast kommen solle.

Innerhalb kürzester Zeit strömte eine große Menge an Zwergen zusammen. Mochte der größte Teil des Einflusses auch bei den bedeutenden, reichen Häusern mit vielen Angehörigen liegen, so gab es doch eine sehr viel größere Zahl kleinerer Häuser, denen der überwiegende Teil des Volkes zugehörig war.

Selon betrachtete sich selbst nicht als guten Redner und stand auch nicht gerne im Mittelpunkt, deshalb überließ er es Torgan, die Beschlüsse der Königin zu verkünden. Im Einzelnen sahen diese vor, dass Elan-Tart wegen der akuten Gefahr noch an diesem Vormittag komplett geräumt werden sollte, alle Einwohner sollten sich unverzüglich auf den Weg nach Zarkhadul begeben. Kinder mitsamt ihrer Mütter, Kranke und alte Leute sowie alle weiteren, die einem gewaltsamen, raschen Marsch nicht gewachsen waren, brauchten lediglich bis nach Clairborn zu gehen; wer auch dazu nicht in der Lage war, würde mit Wagen gefahren werden. Von dort aus würden sie mit den Schiffen der Elben, die nun unablässig unterwegs waren, um die Krieger schnellstmöglich zum Tharakol zu bringen, auf der Rückfahrt mitgenommen werden.

Nach den Neuigkeiten vom Sieg am vergangenen Abend löste die Nachricht, dass ihnen nun hier größte Gefahr drohte, zunächst Entsetzen aus. Rasch jedoch wurde es von der Aussicht überlagert, schon so bald die Wunder von Zarkhadul mit eigenen Augen sehen zu können und dort Schutz zu finden, da es genau das war, was die meisten sich seit der Nachricht von der Rückeroberung der Mine wünschten.

Nicht einmal gegen den für manche bittersten Teil von Tharlias Anweisungen gab es größere Proteste. Da Eile nottat, hatte sie verfügt, dass mit leichtem Gepäck zu reisen wäre. Niemand sollte mehr mitnehmen, als er am Körper tragen konnte, insbesondere Verpflegung. Alle Gefährte wären für den Transport derer, die nicht aus eigener Kraft laufen konnten, nach Clairborn zur Verfügung zu stellen.

Als die Boten den Mitgliedern des Hohen Rates die Befehle überbracht hatten, hatte speziell dieser bereits Torgan und Artok äußerst missfallen, obwohl sie schließlich die Notwendigkeit eingesehen hatten.

Selon hingegen hatte er ein heimliches Lächeln entlockt. Ihm war sofort klar geworden, dass nicht nur organisatorische Gründe dahintersteckten. Stattdessen ging es Tharlia darum, Fehler zu vermeiden, die bei der Flucht aus Elan-Dhor passiert waren. Die Anweisung betraf hauptsächlich die großen, mächtigen Häuser. Schon zuvor hatten sich Macht und Reichtum hauptsächlich in deren Händen konzentriert, und nach der Evakuierung war dies noch mehr der Fall gewesen, da sie allein in der Lage gewesen waren, einen Großteil ihres Reichtums rechtzeitig an die Oberfläche zu schaffen, wodurch die Kluft zwischen ihnen und den ärmeren Häusern, deren Angehörige nur das hatten mitführen können, was sie am Körper trugen, noch größer geworden war.

Dies sollte sich nicht wiederholen. Angesichts der Spannungen der letzten Zeit wollte die Königin vor allem verhindern, dass sie weiterhin in so starkem Maße auf das Wohlwollen einiger weniger Häuser angewiesen war.

Zu Selons Erleichterung hielten sich jedoch auch die Proteste dagegen in Grenzen. Kein einziges der Oberhäupter der großen Häuser war persönlich erschienen, sie hatten nur rangniedrigere Mitglieder ihrer jeweiligen Familien geschickt. Zwar erhoben diese ihre Stimmen gegen die Verfügung, doch verhallte ihr Protest weitgehend unbeachtet.

Kaum eine Stunde später war alles für die Evakuierung bereit.

Sie wählten nicht den Thronsaal, sondern einen der angrenzenden Beratungsräume, um sich im Palast zusammenzusetzen. Zu Warlons Überraschung hatte Gelinian darauf bestanden, dass er dem Gespräch beiwohnte, obwohl die Runde ansonsten so klein wie möglich gehalten war. Außer Tharlia, der Magierin und ihm selbst nahm nur noch Barlok daran teil. Kriegsmeister Loton überwachte stattdessen den Aufbau der Verteidigungsanlagen, und selbst Lhiuvan, der sich ihnen hatte anschließen wollen, war von Gelinian abgewiesen worden. Zornig hatte er zunächst darauf bestanden, dass er als Sprecher der Elbenkrieger ein Recht darauf hätte, an der Beratung teilzunehmen, und ihr Vorhaltungen gemacht, dass sie ihre Informationen lieber mit den Zwergen als ihrem eigenen Volk teilen wolle. Erst als sie ihn mit scharfen Worten zurechtgewiesen hatte, hatte er sich schließlich widerstrebend gefügt.

»Er liebt unser Volk über alles, aber er ist ein Hitzkopf«, seufzte sie. »Ich will ihn nicht ausschließen, aber was ich Euch jetzt sage, ist für uns so schrecklich, dass ich es unseren Leuten nur sehr langsam und schonend werde beibringen können, damit sie nicht daran zerbrechen.«

»Dann sagt uns endlich, was das alles zu bedeuten hat! Was soll es heißen, dass wir die Thir-Ailith mit Waffen nicht besiegen können?«, polterte Barlok los, kaum dass sie sich gesetzt hatten, denn er konnte seine Ungeduld nicht länger beherrschen.

»Weil ihr Nachschub an Kriegern unerschöpflich ist«, behauptete Gelinian. Sie hatte sich mittlerweile einigermaßen erholt und war wieder zu Kräften gekommen. »Nicht nur scheinbar, wie es Euch beim Kampf gegen sie vorkam, sondern er ist im wahrsten Sinne des Wortes unerschöpflich. Ich konnte nicht erkennen, wie es geschieht, aber sie *erschaffen* ihre Krieger.«

»Sie erschaffen sie?« Ungläubig runzelte Tharlia die Stirn. »Was meint Ihr damit?«

»Wir haben uns in den vergangenen Tagen oft gefragt, wie es den Abtrünnigen gelungen ist, abgeschlossen von der Außenwelt tief in der Erde zu überleben. Im Geist des Thir-Ailith konnte ich nur Bruchstücke der Antwort erkennen, da er mir sehr starken Widerstand entgegensetzte. In ihrer Verzweiflung haben sie etwas getan, was zuvor selbst für sie undenkbar gewesen wäre. Sie haben ihre Kräfte ins Böse verkehrt, ein Weg ohne Rückkehr, und damit Mächte einer anderen, finsteren Daseinsebene beschworen, um sie um Hilfe zu bitten.«

»Was für eine andere Daseinsebene, und was sollen das für Mächte sein?«, hakte Barlok nach.

»Ihr würdet sie vielleicht Dämonen nennen. Schreckliche Kreaturen des Chaos, deren Ziel es ist, jegliche Form herkömmlicher Ordnung zu zerstören und durch ihre eigene finstere Vorstellung davon zu ersetzen.« Sie zögerte kurz. »Es gibt mehr als nur eine Daseinsebene, war Euch das nicht bekannt? Sie sind durch starke Mauern voneinander getrennt und normalerweise fest verschlossen, aber ein mächtiger Zauber vermag die Mauern durchlässig zu machen.«

»Das ist eine Form der Magie, die wir nicht beherrschen«, erklärte Tharlia. »Wir wissen nichts von anderen Daseinsebenen.«

»Dann seid froh darüber. Es ist schon gefährlich, nur auf diesem Gebiet zu experimentieren. Diese Erfahrung musste unser Volk schon vor langer Zeit unter Schmerzen machen, und es hätte uns fast vernichtet, als wir einen solchen Durchgang zu einer anderen Ebene geöffnet haben. Seither ist es für uns ein absolutes Tabu, in dieser Hinsicht auch nur die geringsten Versuche anzustellen. Die Thir-Ailith jedoch haben dieses Tabu gebrochen, und das ist vielleicht schlimmer als alles andere.«

»Das ist alles höchst faszinierend, aber was bedeutet das konkret für uns und unseren Kampf gegen sie?«, unterbrach Barlok ihre Ausführungen. »Was hat es damit auf sich, dass sie ihre Krieger *erschaffen* können?«

Warlon verkniff sich mühsam ein Lächeln. Was die Magierin erzählte, wäre unter anderen Umständen in der Tat höchst interessant gewesen. Jetzt aber stand ihnen eine vermutlich verheerende Schlacht bevor. Ihre Zeit war knapp, und er brannte darauf, endlich zu hören, was sie über den Feind in Erfahrung gebracht hatte. Dennoch hätte er sich selbst nicht getraut, der Magierin einfach ins Wort zu fallen, während Barlok in dieser Hinsicht wesentlich weniger Hemmungen besaß.

»Dazu wollte ich gerade kommen«, sagte Gelinian, offenkundig verstimmt über die Unterbrechung. »Die Abtrünnigen haben ein Tor in eine fremde Daseinsebene geöffnet und etwas Fremdartiges, ungeheuer Mächtiges beschworen. Es hat sie auch den letzten Rest von allem gekostet, was an ihnen noch gut und ehrenhaft gewesen sein mag, aber es hat ihnen auch Macht und Fähigkeiten verliehen, die sie vorher nicht besaßen. Erinnert Euch an das, was in den Chroniken von Zarkhadul geschrieben stand«, wandte sie sich an Barlok. »Gefangene, die die Zwerge dort gemacht haben, starben bereits nach wenigen Tagen ohne erkennbaren Anlass, und auch bei anderen Thir-Ailith, die in die Mine eingedrungen waren, wurde dies beobachtet. Das hat mir bereits zu denken gegeben, denn im Grunde müssten sie ähnlich langlebig sein wie wir, ihre Lebensspanne nach Jahrtausenden zählen. Dann die Kreatur, die ich vor Betreten des Berges verhört habe. Ich dachte, ihr Verstand wäre durch die Kopfverletzung zerstört worden, aber nun weiß ich es besser. Sie war niemals anders, sondern wurde nur zum Kämpfen erschaffen und wäre schon nach kurzer Zeit wieder gestorben, wenn man bei einem Wesen, das niemals richtig gelebt hat, überhaupt davon sprechen kann.«

»So, wie sie es in Zarkhadul mit den Zwergenleichen gemacht haben, die sie wiederbelebt und denen sie ihr eigenes Aussehen verliehen haben?«, fragte Tharlia.

»Nein. So einfach ist es hier nicht. Es sind Ebenbilder ihrer selbst, mit all ihren Fähigkeiten, aber nahezu ohne Selbsterhaltungstrieb. Die perfekten Kämpfer, und nur zu diesem Zweck erschaffen.«

»Aber wie ist so etwas möglich?«, fragte Tharlia zweifelnd und entsetzt zugleich.

»Es ist mir nicht gelungen, alles im Geist des Abtrünnigen zu erkennen, vieles entzog sich mir, so auch das. Ich weiß nur, dass es so ist. Diese Wesen... sie sind nicht mehr als Drohnen, seelenlose Geschöpfe, nur für den Kampf bestimmt. Deshalb nehmen sie auch keinerlei Rücksicht auf ihr eigenes Leben, ganz im Gegensatz zu den echten Thir-Ailith, die ihr Leben sehr hoch schätzen. Die wahren Dunkelelben kämpfen aus diesem Grund nur selten selbst. Ihr habt es eben erst bei denen erlebt, die es nur gewagt haben, Euch aus dem Hinterhalt anzugreifen, während sie ihre Drohnen zuvor bedenkenlos in den Tod gehetzt haben.«

»Dann dürfte auch das Ungeheuer, das uns verfolgt hat, ein echter Dunkelelb gewesen sein«, sagte Warlon. »Sein Verhalten gab uns lange Zeit Rätsel auf.«

»Ja«, bestätigte Gelinian. »Er kannte das Ziel Eurer Reise und hoffte, dass Ihr ihn geradewegs zu unserem Volk führen würdet, da diese Ungeheuer uns mehr als alles andere hassen. Und so haben sie für den Fall, dass sie jemals wieder an die Oberfläche gelangen sollten, einen Weg gefunden, ein Heer zu erschaffen, dem selbst wir auf dem Höhepunkt unserer Macht nichts entgegenzusetzen gehabt hätten. Und auch eine Flucht nach Zarkhadul wird Euer Volk nicht retten. Vermutlich werdet Ihr Euch dort geraume Zeit halten können, weil das Zwergenvolk für die Thir-Ailith derzeit nicht so wichtig ist. Aber irgendwann, wenn alles andere unter ihren Schatten gefallen ist, werden sie sich Euer wieder erinnern, und dann werden keine Mauern und keine noch so harthändig geführten Äxte Euch mehr retten können. Es mag Jahrhunderte dauern, aber es kann keinen Zweifel daran geben, dass es zuletzt so kommen wird. Sie werden Euer Volk töten oder versklaven, und ich vermag nicht zu sagen, welches das schrecklichere Schicksal ist.«

Warlon fühlte, wie ihm ein Schauder über den Rücken lief. Gegen eine solche Macht musste in der Tat auf Dauer jede Verteidigung sinnlos sein. Dann jedoch fiel ihm plötzlich etwas ein.

»Ihr sagtet, dass diese... diese Drohnen nur wenige Tage leben würden. Weiter entfernte Gegenden könnten sie trotz ihrer Schnelligkeit dann gar nicht erreichen.«

»Darauf sollten wir uns nicht verlassen. Ich bezweifle nicht, dass die Thir-Ailith auch Möglichkeiten haben, sie länger am Leben zu erhalten. Sie verzichten nur darauf, da es hier nicht nötig ist. Aber wenn sie an die Oberfläche gelangen...«

»Dann dürfen wir es eben gar nicht erst soweit kommen lassen«, polterte Barlok und hämmerte mit der Faust auf den Tisch. »Wir sprechen die ganze Zeit davon, wie aussichtslos ein Kampf gegen diese Kreaturen ist. Dann sorgen wir doch stattdessen dafür, dass sie eingesperrt bleiben. Könnt Ihr sie nicht einfach erneut durch eine entsprechende Rune bannen, wie es früher schon der Fall war?«

Gelinian zögerte mehrere Sekunden lang, schließlich schüttelte sie ganz langsam den Kopf.

»Es geht nicht allein um die Rune«, behauptete sie. »Wenn es so einfach wäre, bräuchten wir sie nur überall einzuritzen, aber das hätte nicht die geringste Wirkung. Eine extrem aufwändige Beschwörung wäre dazu nötig. Allein die Vorbereitungen würden mehrere Tage dauern. Diese Zeit bleibt uns nicht, und wir wären auch nicht stark genug, sie durchzuführen. Nein, dieser Weg scheidet aus.« Sie zögerte erneut. »Aber die Fähigkeit, ein unbezwingbares Heer aufzustellen, ist nicht die einzige, die die Thir-Ailith durch die Anrufung einer fremden Macht erlangt haben. Zuerst wurden sie dadurch so verändert, dass es ihnen überhaupt möglich war, in der Tiefe zu überleben. Dazu gehört auch, dass sie keine normale Nahrung mehr benötigen, sondern sich von der Lebenskraft ernähren können, die sie anderen rauben, wie sie es zu Eurem Entsetzen auch in Zarkhadul mit den letzten Überlebenden des dortigen Zwergenvolkes getan haben.«

»Aber unter dem Schattengebirge lebten zur damaligen Zeit noch keine Zwerge«, wandte Tharlia ein. »Und nach Zarkhadul gelangten die Thir-Ailith erst vor knapp einem Jahrtausend. Gab es andere unglückliche Wesen, die damals in den Katakomben tief unter der Erde lebten, in die man die Ungeheuer verbannte?«

Ein Ausdruck tiefen Leids spiegelte sich in Gelinians Gesicht.

»Vielleicht ernährte die von ihnen beschworene Macht sie während der ersten Zeit, vielleicht konnten sie zunächst aufgrund von Moosen oder dergleichen überleben, möglicherweise fanden sie auch andere Wesen oder fielen in kannibalistischer Gier übereinander her. Ich weiß es nicht, und es hat für uns heute keine Bedeutung mehr, denn es gilt nur für die ersten Jahre ihrer Verbannung. Während dieser Zeit begannen sie bereits, ihre Opfer wie in Zarkhadul regelrecht zu züchten, wie sie es seither bis heute machen.« Sie wandte sich an Warlon. »Tragt Ihr noch das Felsstück mit dem Bannsiegel bei Euch? Bitte gebt es mir noch einmal.«

Verwundert öffnete Warlon den Rucksack, den er neben seinem Sitzkissen auf den Boden gestellt hatte. Er holte den Brocken mit der eingravierten Rune heraus und reichte ihn Gelinian. Noch immer glänzte er wie pures Gold, obwohl es sich um normalen Fels handelte, der nur durch den Elbenzauber dieses Aussehen angenommen hatte. Die Magierin betrachtete ihn eingehend von allen Seiten.

»Ihr habt berichtet, dass er sich zwischen den Bruchstücken einer von Euch eingeschlagenen Wand befand. Und dass Ihr die Rune vorher nicht gesehen habt, sonst hättet Ihr den Durchgang nicht so leichtfertig geöffnet.«

»So ist es«, bestätigte Warlon. Er fragte sich, worauf die Magierin hinauswollte.

»Dann ist es tatsächlich so, wie ich befürchtet habe«, sagte sie und senkte den Kopf. »Ihr wart gar nicht in der Lage, sie zu sehen, weil sich die Rune nicht an der Außenseite des Durchgangs befand. Sie wurde *von der Innenseite* in den Fels graviert.«

Einige Sekunden lang herrschte betroffenes Schweigen. Auch Warlon brauchte einen Moment, um die schreckliche Bedeutung von Gelinians Worten vollends zu erfassen.

»Von innen?«, wiederholte er fassungslos. »Ihr meint ... es haben sich Hochelben zusammen mit den Thir-Ailith in der Tiefe einschließen lassen, nur um die Bannzeichen anzubringen?«

»Nur so konnten diese offenbar ihre volle Wirkung entfalten«, bestätigte die Magierin. »Sie haben sich für unser Volk geopfert. Aber sie konnten nicht ahnen, dass sie statt des Todes ein viel schrecklicheres Schicksal erwartete. Die Abtrünnigen haben sie nicht getötet, ganz im Gegenteil. Die in Zarkhadul eingeschlossenen Thir-Ailith haben mit den überlebenden Zwergen nur das fortgesetzt, was sie in ihren Katakomben bereits vor Äonen mit ihrem eigenen Volk begonnen haben.« Gelinian vergrub vor Verzweiflung und Schrecken das Gesicht in den Händen. »Sie... sie *züchten* Elben, um sich von ihrer Lebenskraft zu ernähren!«

10

BESCHWÖRUNG IM DUNKELTURM

»Das ist verrückt!«, keuchte Barlok. »Das ist Wahnsinn. Auf so einen Unfug lasse ich mich ganz bestimmt nicht ein!«

Es war mindestens das zehnte Mal, dass er dies mit mehr oder minder ähnlichen Worten bekräftigte, doch seine Entschlossenheit und Empörung waren keineswegs abgeklungen.

»Ich lasse mich doch nicht umbringen und wandle dann als Geist durch die Tiefenwelt, um die Thir-Ailith auszuspionieren!«

Warlon seufzte. Zusammen mit dem Kriegsmeister schritt er durch die verlassenen Straßen von Elan-Dhor, seit Barlok aus dem Palast gestürmt war, nachdem Gelinian ihn um seine Mithilfe bei einem bizarren, verzweifelten Plan gebeten hatte. Warlon war ihm gefolgt, um noch einmal mit ihm zu reden, hatte aber bislang nur geduldig zugehört, während Barlok seiner Erregung Luft machte.

»Du weißt, dass es nicht um *umbringen* geht«, sagte er. »Gelinian sprach von einer Beschwörung, durch die dein Geist lediglich vorübergehend von deinem Körper getrennt wird. Nur so kannst du unbemerkt bis in das unterirdische Reich der Dunkelelben vordringen und anschließend wieder in deinen Körper zurückkehren.«

»Pah.« Barlok schnaubte. »Du weißt, dass ich ganz bestimmt nicht feige bin. Aber ehe ich mich auf so etwas einließe, würde ich es lieber allein mit allen Heeren der Thir-Ailith aufnehmen.« Er schüttelte sich. »Als körperloser Geist umherirren – niemals! Sollen sie einen von ihren Kriegern dafür nehmen! Für einen Elb ist das vielleicht eher vertretbar als für einen Zwerg.«

»Keiner der Elbenkrieger kennt sich in der Tiefenwelt aus.«

»Dann fertige ich für sie gerne eine Beschreibung des Weges an. Sie halten sich ja sonst auch für so ungeheuer überlegen, da werden sie wohl in der Lage sein, eine Karte zu lesen.«

Warlon seufzte erneut.

»Du weißt, warum das nicht geht – Gelinian hat es erklärt. Die Thir-Ailith würden die Gegenwart eines Elbenkriegers spüren, selbst wenn er körperlos wäre. Das würde nicht funktionieren.« Er machte eine kurze Pause. »Ich weiß, die Vorstellung ist… ach, ich weiß auch nicht, mir fällt nicht einmal ein passendes Wort dafür ein. Der Gedanke erschreckt mich nicht weniger als dich. Und dennoch würde ich es tun, wenn es ginge. Aber du weißt, dass nur du dazu in der Lage bist. Es hängt so viel davon ab, wir brauchen unbedingt mehr Informationen.«

Zwar war Warlon tief in seinem Herzen davon überzeugt, dass er sich angesichts der drohenden Gefahr tatsächlich der Prozedur unterziehen würde, doch war er zugleich froh, dass er gar nicht erst vor diese Wahl gestellt war.

Obwohl sein eigenes Volk ihm natürlich näher stand, hatte die Vorstellung, dass die Thir-Ailith in der Tiefe Elben regelrecht züchteten, nur um ihnen später ihre Lebenskraft rauben zu können, ihn beinahe ebenso entsetzt wie zuvor Barloks Bericht, dass dies in Zarkhadul bislang auch mit Zwergen geschehen war. Er konnte gut nachvollziehen, was nun in Gelinian vorging, und dass sie alles daransetzen wollte, diesen Zustand zu beenden, auch wenn dadurch die Dinge ungleich schwieriger wurden.

Bislang war es lediglich darum gegangen, die Thir-Ailith daran zu hindern, an die Oberfläche zu gelangen, was im Licht der neuen Erkenntnisse eigentlich so gut wie unmöglich war. Stattdessen aber sogar in die Tiefe hinabsteigen zu wollen, um die gefangenen Elben zu befreien – das war, wie Barlok gesagt hatte: verrückt.

Und doch würde er umgekehrt nicht anders vorgehen, wenn es sich um Zwerge handeln würde. Zumindest würde er ohne zu zögern jede noch so winzige Chance ergreifen, sie zu retten.

Auch Gelinian musste wissen, wie gering die Aussichten waren, eine solche Mission erfolgreich durchzuführen. Aber gerade, um herauszufinden, ob *überhaupt* irgendeine Hoffnung bestand, war sie auf den irrsinnigen Plan gekommen, durch eine magische Beschwörung Barloks Seele von seinem Fleisch zu trennen, damit sie als körperloser Geist bis in das unterirdische Reich der Dunkelelben vordrang. Nur so konnten sie herausfinden, wie es dort aussah und was dort vorging.

»Dann sollen die Elbenmagier sich den gefangenen Thir-Ailith noch einmal vornehmen, so lange, bis sie alle Antworten aus ihm herausgequetscht haben«, stieß Barlok hervor. »Und wenn das nicht reicht – glaub mir, Junge, ich würde dich verdammt ungern verlieren, aber wenn du dazu bereit bist, als Gespenst durch die Tiefenwelt zu spuken, dann mach du es. Ich jedenfalls nicht!«

Verbittert schüttelte Warlon den Kopf.

»Du weißt, dass das nicht geht. Entweder du oder gar keiner, also hör auf mit diesem Unsinn.«

Sie waren auf Barlok angewiesen, und gerade das machte alles so schwierig. Gelinian hatte erklärt, dass nur er für diese Aufgabe in Frage kam. Schon bei der ersten Begegnung mit den Dunkelelben war er durch eine ihrer magischen Klingen schwer verletzt worden und hatte bereits auf der Schwelle des Todes gestanden. Nur unter Einsatz all ihrer Kräfte hatten die Priesterinnen ihn damals ins Leben zurückholen können.

Schon damals war seine Seele beinahe von seinem Körper getrennt worden, wodurch es sehr viel einfacher werden würde, diesen Zustand durch Magie noch einmal künstlich herzustellen, während bei jedem anderen Kandidaten sehr viel zeitraubendere Vorbereitungen nötig gewesen wären. Und gerade Zeit war etwas, woran es ihnen ohnehin mangelte. Und was beinahe noch wichtiger war – seit Barlok von der tödlichen Magie der Dunkelelben geheilt worden war, war er immun gegen ihre hypnotischen Befehle, mit denen sie sonst jeden unter ihren Willen zwingen konnten. Selbst einer körperlosen Seele könnte diese Gefahr drohen, wenn sie entdeckt würde, lediglich er wäre davor gefeit.

»Bei Li'thil, das ist doch nicht mehr als Zarkhan-Dreck. Glaubst du dieses Gerede wirklich? Viele unserer Krieger waren dem Tode schon näher als dem Leben, und viele sind auch schon von den Klingen der Dunkelelben verwundet und von den Priesterinnen geheilt worden.«

Warlon antwortete nicht. Barloks Worte waren keine echten Argumente, sondern nur leeres Gerede, und er zweifelte nicht daran, dass Barlok das auch wusste, dafür kannte er seinen Freund gut genug.

Ihr Weg hatte sie in die Nähe des Südtores geführt, wo Zwerge, Menschen und Elben gemeinsam daran arbeiteten, die Schäden nach Kräften zu beheben und eine neue

Verteidigungslinie zu errichten, ebenso wie in der dahinterliegenden Halle der Helden. Anstelle des völlig zerstörten Torflügels wurde eine hohe Wand aus großen Felsbrocken aufgetürmt, während der andere Flügel wieder in die Scharniere gehängt worden war und, so gut es ging, ausgebessert wurde.

»Sieh sie dir an«, sagte Warlon. »Sie tun, was in ihrer Macht steht, damit wir die Thir-Ailith aufhalten können, und jeder von ihnen würde sein Leben dafür geben – selbst die Elben und Menschen, obwohl dies nicht ihre Stadt ist. Aber sie wissen, dass dieser Kampf alle Völker betrifft, und uns ganz besonders. Wir haben Elan-Dhor zurückerobert, wie du es dir gewünscht hast, aber dieser Sieg wird nicht von Dauer sein, wenn kein Wunder geschieht.«

»Du weißt, dass ich mich lieber von diesen Bestien zerhacken lassen würde, als die Stadt noch einmal aufzugeben.«

»Ja, aber das ist es nicht, was man von dir fordert. Egal wie heldenhaft du kämpfst, auf eine Axt mehr oder weniger kommt es nicht an. Deine Hilfe wird in anderer Form benötigt.«

»Selbst wenn ich es tue, was soll das nutzen, wenn es sowieso keinen Weg gibt, die Thir-Ailith zu besiegen? Selbst wenn es gelingt, die gefangenen Elben zu befreien, dann mögen sie eine willkommene Unterstützung im Kampf sein, aber auch sie werden das Blatt nicht wenden können, sondern getötet oder erneut versklavt werden. Da sterbe ich lieber in der Schlacht, mit meiner Axt in den Händen.«

Ein Stück entfernt stand eine Gruppe von Priesterinnen, bei denen sich auch Ailin befand. Warlon erkannte sie trotz der Schleier, die sie alle trugen. Er lächelte ihr zu und meinte zu erkennen, dass sie zurücklächelte.

Grinsend stieß Barlok ihm den Ellbogen in die Seite.

»Du magst sie, wie?«

Warlon zuckte die Achseln.

»Wir sind uns während der Reise zu den Elben näher gekommen und haben uns angefreundet, das ist alles. Ich denke, sie mag mich auch ganz gern«, erwiderte er ziemlich steif und verspürte plötzlich einen Kloß im Hals. »Aber selbst wenn da mehr wäre, es wäre eine Liebe ohne jede Aussicht auf Erfüllung. Sie ist eine Priesterin, und das wird sie bis zum Ende ihres Lebens bleiben. Ihre Liebe gilt allein Li'thil, und es ist ihr untersagt, einem Mann auch nur näher zu kommen.« Er wandte den Blick ab und räusperte sich. »Lassen wir das. Die Befreiung der dort unten gefangenen Elben mag Gelinians Hauptanliegen sein, vielleicht ihr einziger Grund für die Durchführung der Rettungsmission. Aber das ist nicht alles, worum es geht.«

»Um was wohl sonst noch, wenn wir ohnehin alle dem Tode geweiht sind?«

»Genau darum. Wir können die Thir-Ailith nicht mit Waffengewalt besiegen, darin müssen wir Gelinian wohl zustimmen. Aber wir hätten auch am Kalathun nicht siegen können, wenn du nicht innerhalb der Mine gewesen wärst und dieses magische Riesenmonster vernichtet hättest. Wenn es überhaupt einen Weg gibt, diese Ungeheuer zu besiegen, dann liegt der Schlüssel dazu in ihrem eigenen Reich, und wenn du dich auf diese Mission einlässt, besteht die Möglichkeit, dass du etwas herausfindest, was wir sonst nie erfahren würden.«

»Hm«, brummte Barlok und zupfte nachdenklich an seinem Bart herum. »Das ist wohl kaum eine realistische Aussicht. Für mich klingt das mehr nach Verzweiflung als nach sonst etwas.«

»Wir befinden uns schließlich auch in einer verzweifelten Lage.«

Sie gingen weiter, wobei Warlon bewusst den Weg zu den Kasernen einschlug.

»Das lässt sich wohl nicht bestreiten.« Barlok machte eine kurze Pause. »Weißt du, genau das, was mich laut der Magierin für diese Mission auszeichnet, ist auch der Grund, weshalb ich mich so dagegen sträube. Als ich fast an der vergifteten Klinge gestorben wäre, hatte ich tatsächlich das Gefühl, als ob mein Geist meinen Körper verlassen würde. Genauer gesagt, als würde er hinausgesaugt werden. Ich trieb schwerelos durch das Nichts, ohne jeden Anhaltspunkt und ohne ein Gefühl für Zeit. Um mich herum war nichts als endlose Finsternis, die mich immer enger umfing und zu verschlingen drohte, als wäre ich in ein Moor geraten.« Er schauderte. »Worte können schlecht wiedergeben, was ich dabei empfand, aber es war auf jeden Fall das Schrecklichste, was ich je erlebt habe. Schon der bloße Gedanke daran, etwas Ähnliches noch einmal durchzumachen und mich womöglich völlig in der Unendlichkeit zu verlieren, treibt mich fast zum Wahnsinn.«

»Ich kann und will mir nicht einmal vorstellen, wie schrecklich dieses Gefühl gewesen sein muss. Aber das ändert...« Warlon brach ab und schüttelte den Kopf, dann deutete er auf den riesigen, ein Stück vor ihnen aufragenden Kasernenkomplex. »Der Anblick erinnert mich immer wieder an die Zeit, als ich noch ein fast bartloser Junge war, der gerade in die Kriegerkaste aufgenommen wurde und davon träumte, Ruhm und Ehre aufzuhäufen und große Heldentaten zu vollbringen. Der darauf brannte, mit Axt und Schwert gegen Heerscharen von Feinden in den Kampf zu ziehen. Aber dann geriet ich an einen Ausbilder, der mir diese Flausen erst einmal gründlich austrieb. Der größte Feind, den ich bezwingen müsste, wäre zunächst einmal ich selbst, meine Furcht und mein Ehrgeiz. Jeder, der neu in die Kriegerkaste käme, würde davon träumen, große Heldentaten zu vollbringen, um Ruhm und Ehre zu erwerben, aber das wäre der völlig falsche Weg, sagte er damals zu mir. Wer die Gefahr suchen und große Heldentaten nur aus diesem eigennützigen Grund vollbringen wolle, wäre ein Narr und würde vermutlich nicht lange leben. Nur wer etwas völlig uneigennützig aus Liebe zu anderen oder zu seinem Volk tun würde, der wäre ein Held.«

»Offenbar hat wenigstens einer meiner Schüler damals aufgepasst und meine Worte im Gedächtnis behalten.«

»Nicht nur das, ich habe sie völlig verinnerlicht, sonst stünde ich heute kaum da, wo ich bin. Ich erinnere mich vor allem noch daran, wie du zu mir gesagt hast, dass es die größte Heldentat wäre, die eigenen Ängste zu überwinden, um aus Liebe zu seinem Volk etwas zu tun, wovor man sich ganz besonders fürchtet.«

Einige Minuten lang senkte Barlok den Kopf und ging in Gedanken versunken weiter, dann atmete er tief durch.

»Du gibst wohl niemals auf, wie? Hätte ich dir bloß nicht so viel beigebracht. Nun schlägst du mich mit meinen eigenen Waffen und verwendest meine Worte gegen mich. Aber du hast Recht. Dies ist der falsche Zeitpunkt, um damit anzufangen, aus Angst und Feigheit mein eigenes Wohl über das unseres Volkes zu stellen.«

»Heißt das, dass du es tun wirst?«

»So winzig die Chance auch ist, dass wir dabei etwas Entscheidendes herausfinden, aber mir bleibt wohl nichts anderes übrig. Jeder von uns muss den Weg gehen, den das Schicksal ihm eröffnet, wenn er sich selbst treu bleiben will, auch wenn es ein noch so düsterer Weg ist. Verflucht seien die Thir-Ailith, dass sie mich dazu zwingen. Ich bin zu alt für so etwas.«

»Du und zu alt?« Warlon lachte. Er hatte das Gefühl, als wäre plötzlich alle Anspannung von ihm abgefallen. »Du steckst uns alle immer noch in die Tasche, das hast du in Zarkhadul bewiesen. Und das wird auch noch lange Zeit so bleiben, glaub mir, mein Freund.«

Der Transport mit den Elbenschiffen eröffnete völlig neue Möglichkeiten bei der Evakuierung von Elan-Tart, doch hielt Selon sich keineswegs sklavisch an Tharlias Anordnungen. Vielfach waren sie noch verbesserungswürdig, weil sie Kleinigkeiten übersehen hatte, während er sich bereits weitaus intensiver mit dem Thema beschäftigt hatte.

So waren die Passagiere bei der ersten Fahrt vierhundert kerngesunde Arbeiter unter dem Kommando von Schürfmeister Torgan und keineswegs Kranke, Alte, Kinder und Verletzte, die ohnehin nicht schnell genug nach Clairborn gelangt wären, weshalb die Schiffe hätten leer zurückfahren müssen, nachdem sie die Krieger in der Nähe des Tharakol abgesetzt hatten. So jedoch hatte Torgan die Arbeiter zu einem Eilmarsch angetrieben, damit sie ihr Ziel rechtzeitig erreichten und an Bord gehen konnten.

Auch Selon selbst befand sich unter den ersten Passagieren, allerdings hatte er sich mit einem Pferdewagen nach Clairborn bringen lassen, da ein solcher Gewaltmarsch über seine Kräfte gegangen wäre. Seine Absicht bei der ganzen Sache war nicht nur gewesen, eine leere Schifffahrt zu verhindern, sondern vor allem der Gedanke, dass die Arbeiter bereits damit beginnen konnten, alles für die Ankunft der anderen vorzubereiten.

Rund ein Jahrtausend war Zarkhadul von der Außenwelt abgeschnitten gewesen, da stand nicht zu erwarten, dass die rund fünfzehntausend Flüchtlinge mitsamt der paar tausend Opfer, die aus der Gewalt der Thir-Ailith befreit worden waren, dort von einem Tag auf den anderen einfach Zuflucht suchen konnten und darauf hoffen durften, alles, was sie benötigten, vor Ort vorzufinden. Die Arbeiter würden sich noch vor dem Eintreffen der übrigen Zwerge bemühen, so viele Vorarbeiten wie möglich zu leisten, angefangen von der Bestattung der mumifizierten Leichen, die den gesamten Weg bis hinab in die Mine säumten, bis hin zu einer Instandsetzung der Wasserversorgung und anderer dringend benötigter Einrichtungen.

Selon rechnete nicht mit Schwierigkeiten, es sei denn organisatorischer Art, doch er traf früher als erwartet auf Hindernisse. Auf direkten Befehl von Vizegeneral Nagaron hatte man an den Anlegestellen vor den Mauern Clairborns Säcke voller Mehl und Obst, Kisten und Fässer mit gepökeltem Fleisch und andere Nahrungsmittel bereitgestellt, doch wesentlich weniger, als nötig waren. Immerhin, helfen würden sie auf jeden Fall.

Größere Sorgen bereitete Selon, dass man ihn und die Arbeiter nicht einmal in die Stadt hineinlassen wollte. Stattdessen blieben die Tore geschlossen, und sie wurden angewiesen, direkt am Flussufer zu warten.

»Diese Narren!«, schimpfte Torgan. »Selbst jetzt halten sie noch an diesen unsinnigen Streitigkeiten fest. Sehen wir vielleicht aus wie eine Eroberungsarmee? Die meisten meiner Männer tragen nicht einmal Waffen.«

»Eine Spitzhacke in der Hand eines Zwergenarbeiters ist vermutlich gefährlicher als die meisten Schwerter, die die Angehörigen der Stadtgarde tragen«, entgegnete der

Schriftmeister spöttisch. »Also nehmt es als Kompliment.« Seufzend fügte er hinzu: »Aber ich glaube nicht, dass Angst die Triebfeder hinter diesem Befehl ist. Der größte Narr, mit dem wir es zu tun haben, ist Bürgermeister Sindilos, und dies ist sein Werk. Er fürchtet, dass man ihn aus dem Amt jagt, wenn die Menschen erfahren, was wirklich los ist, und dass sie in wesentlich größerer Gefahr schweben, als sie es sich in ihrer Angst vor uns Zwergen ausgemalt haben.«

»Obwohl wir vermutlich schon ohne sie genügend Probleme haben werden, können wir nicht mehr tun, als den Menschen anzubieten, ebenfalls in Zarkhadul Schutz zu suchen«, sagte Torgan, dann deutete er nach Süden. »Seht, die Schiffe!«

Anmutig wie Schwäne kamen die beiden Elbenschiffe den schmalen Cadras herabgesegelt. In seinem langen Leben hatte Selon bereits viel gesehen, aber dieser Anblick schlug selbst ihn in seinen Bann. Pfeilschnell kamen die Schiffe herangeschossen, dann wurden die Segel gerafft, und sie verloren an Fahrt, bis sie genau an den winzigen Bootsstegen zur Ruhe kamen.

Mit einem leicht beklommenen Gefühl ging Selon unmittelbar hinter dem Schürfmeister an Bord des ersten Schiffes und begrüßte ehrerbietig die Elben, die es steuerten. In aller Eile verluden die Zwergenarbeiter währenddessen die Nahrungsmittel.

Die Fahrt dauerte bei der Geschwindigkeit der Elbenschiffe kaum mehr als eine Viertelstunde; eine Viertelstunde, um eine Strecke zurückzulegen, für die normalerweise mehrere Tagesmärsche nötig gewesen wären. Selon wusste nicht, in welchem Umfang die Elben den Zwergen durch ihr Wissen, ihre Magie oder ihre Schwerter bislang schon Beistand geleistet hatten. Allein durch den raschen Transport der Krieger nach Elan-Dhor, und derjenigen, die zu langen Märschen nicht in der Lage waren, nach Zarkhadul, waren sie jedoch eine unermesslich wichtige Unterstützung.

So schnell, wie sie sie an Bord geschafft hatten, entluden die Arbeiter die Lebensmittel wieder und machten sich damit auf den Weg zum gut zwei Meilen entfernten Kalathun, während die Schiffe mit zahlreichen Zwergenkriegern an Bord wieder flussaufwärts segelten. Rund ein Viertel des Heeres war bereits verschifft worden. Ein einziger Tag würde ausreichen, nicht nur das gesamte Zwergenheer, sondern zusätzlich auch die Armee der Menschen zum Tharakol zu befördern, aber Selon fürchtete, dass die Thir-Ailith ihnen diese Zeit nicht lassen würden. Immerhin würden schon wenige weitere Stunden reichen, dass wenigstens die Streitkräfte der Zwerge in voller Stärke Elan-Dhor erreichten. Weitere Zeit würden sie sich dann vermutlich erkämpfen müssen, doch immerhin würde in regelmäßigen Abständen Verstärkung eintreffen und die Verteidigung weiter unterstützen. Ob und wie lange sie hielt, würde sich dann erweisen müssen.

Selon sah einen Menschen in besonders prunkvoller Uniform auf sich zueilen, viel zu aufwändig für einen einfachen Soldaten.

»Ich bin Vizegeneral Nagaron«, sagte er, als er die beiden Ratsmitglieder erreichte. »Habt Ihr irgendwelche Neuigkeiten vom Tharakol?«

»Schriftmeister Selon und Schürfmeister Torgan«, stellte Selon sich und seinen Begleiter vor. »Einer Eurer berittenen Reiter brachte uns kurz vor unserem Aufbruch Nachrichten. Die Thir-Ailith haben einen Zugang ins Innere des

Berges geöffnet, den wir nicht wieder verschließen können, aber es ist gelungen, einen ersten Angriff der Dunkelelben zurückzuschlagen und sie alle zu töten.«

»Das sind endlich einmal gute Neuigkeiten.«

»Nun, es war wohl nur ein kleiner Trupp von ihnen, wenige Hundert, die in Elan-Dhor lauerten und sich sofort den Weg an die Oberfläche freizukämpfen versuchten, als sich ihnen die Gelegenheit bot. Anschließend ist es den Kriegern gelungen, bis nach Elan-Dhor vorzudringen und dort Verteidigungsstellungen zu errichten.«

»Auch Valutus und seine Reiterei?« Das Gesicht des Vizegenerals verfinsterte sich. »Dazu hatte er keinen Befehl! Er sollte lediglich mithelfen, einen Ausbruch der Thir-Ailith zu verhindern, aber nicht selbst unter die Erde gehen.«

»Aber die Umgebung dort ist viel besser geeignet, ganz besonders, um einen zahlenmäßig überlegenen Feind aufzuhalten«, entgegnete Torgan.

»Aber nicht für uns Menschen, und erst recht nicht für eine wertvolle Reiterei, die ihre Vorteile nur im offenen Gelände entfalten kann und gewiss nicht in irgendwelchen engen Stollen und Höhlen. Ich...« Nagaron brach ab und räusperte sich. »Nun, was geschehen ist, ist geschehen. Ich danke Euch auf jeden Fall für die Neuigkeiten.«

Die beiden Ratsmitglieder verabschiedeten sich von ihm, auch wenn Selon dabei ein beklommenes Gefühl verspürte, von dem er nicht einmal zu sagen vermochte, woher genau es stammte. Die Bemerkung über enge Stollen und Höhlen hatte ihm gezeigt, dass der Vizegeneral nicht nur ein völlig falsches Bild von dem Leben unter der Erde und von ihrem Volk hatte, sondern dass er trotz vorgeschobener Höflichkeit immer noch mit einem gewissen Hochmut darauf herabblickte.

Rasch gelang es dem Schriftmeister jedoch, diese Gedanken zu verdrängen. Sie näherten sich dem Kalathun, und schon in Kürze würde er Zarkhadul betreten. Selbst für jemanden in seinem hohen Alter würde das ein ganz besonderes Erlebnis sein.

Auf dem Rückweg trafen Warlon und Barlok auf einen weiteren gut vierhundertköpfigen Trupp Krieger, der mit den Elbenschiffen den Cadras heraufgebracht worden war und Elan-Dhor gerade erreicht hatte. Die Transportkette schien zu funktionieren. Barlok schickte sie zum Südtor, damit sie dort beim Aufbau der Verteidigungslinien halfen.

Anschließend kehrten sie in den Palast zurück, wo ihnen mitgeteilt wurde, dass sich Tharlia und die Magierin zum Dunkelturm begeben hätten, dem Domizil des Priesterinnenordens. Sie folgten ihnen. Als sie das ganz aus schwarzem Stein errichtete Gebäude erreichten, fanden sie im Vorraum der Tempelhalle nicht nur Gelinian und die Königin mitsamt der Hohepriesterin Breesa vor, sondern auch die übrigen Magierinnen und Magier der Elben befanden sich dort. An ihren entsetzten Gesichtern war unschwer zu erkennen, dass sie mittlerweile in die Geheimnisse der Thir-Ailith eingeweiht worden waren.

»Ich danke Euch«, sagte Gelinian scheinbar unbewegt, als sie Barloks Entscheidung vernahm, doch das Beben in ihrer Stimme verriet ihre Erleichterung.

»Wir sind hierhergekommen, weil dies ein Ort großer Magie ist, ideal für eine solche Beschwörung«, erklärte Tharlia, und Warlon begriff, dass für sie bereits festgestanden hatte, wie sich der Kriegsmeister entscheiden würde. Barlok runzelte für einen Moment ärgerlich die Stirn, sagte aber nichts.

Es war nicht das erste Mal, dass Warlon hier war. Obwohl er an Li'thil und ihre Liebe zu seinem Volk glaubte, war er kein sonderlich religiöser Zwerg. Zumindest der Orden der Priesterinnen war ihm bis vor kurzer Zeit noch reichlich suspekt gewesen, und er hatte den Tempel lediglich an besonderen Festtagen zu Ehren der Göttin aufgesucht. Aber es war etwas ganz anderes, eingezwängt zwischen tausenden weiteren Zwergen während einer Festzeremonie hier zu stehen. Nun war außer Warlon kaum jemand zugegen. Die riesige Halle war bis auf diverse Skulpturen an den Wänden völlig kahl. In großen Rundbögen wölbte sich die Decke über ihm. Einige Lampen waren entzündet worden, doch schien ihr Licht vom schwarzen Stein sofort aufgesogen und verschluckt zu werden, aus dem auch das gesamte Innere des Turms bestand.

Dennoch war zu erkennen, dass die letzten Monate auch am Dunkelturm nicht spurlos vorbeigegangen waren. Alles war von einer Staubschicht bedeckt, und Fetzen abgestorbenen Glühmooses und anderer Schmutz sammelten sich in den Ecken, aber anders als bei den anderen Gelegenheiten, zu denen er hier gewesen war, meinte Warlon trotzdem eine fremdartige Aura von Erhabenheit und Macht zu spüren, die sich in diesen Hallen sammelte und geradewegs aus dem schwarzen Gestein zu dringen schien. Vielleicht war es das, was Tharlia als die *Magie dieses Ortes* bezeichnet hatte.

Die Flügeltür zur eigentlichen Tempelhalle stand offen. Zwei weitere Priesterinnen waren damit beschäftigt, in dem großen Saal Fackeln und Kohlebecken zu entzünden und einige weitere Vorkehrungen zu treffen.

»Fangen wir an«, drängte Gelinian. »Wir haben keine Zeit zu verlieren.«

Sie gingen in die Tempelhalle hinüber. Noch stärker als

zuvor spürte Warlon hier die fremdartige Aura. Selbst auf den Gesichtern der Elben erschien kurzzeitig ein verwunderter Ausdruck. Gerade hier, unter der Erde und beim Volk der Zwerge, schienen sie etwas Derartiges keinesfalls erwartet zu haben. Der würzige Geruch von Räucherwerk, das die Priesterinnen in die Kohlebecken geworfen hatten, erfüllte die Luft.

Barlok wurde aufgefordert sich zu entkleiden und erhielt lediglich ein Tuch, um seine Blöße zu bedecken. Anschließend musste er sich auf den rechteckigen, ebenfalls aus schwarzem Basalt bestehenden Altarblock an der Stirnseite des Raumes legen.

»Wir beginnen mit der rituellen Waschung«, verkündete Gelinian.

»Waschen?« Ruckartig setzte Barlok sich auf. Sein Gesicht zeigte einen solchen Schrecken, dass Warlon sich nur mit Mühe ein Grinsen verkneifen konnte. »Etwa mit Wasser? Von Folter hat vorher keiner etwas gesagt! Ich denke ja gar nicht daran, mich …«

»Ein bisschen Wasser wird Euch schon nicht umbringen«, fiel Tharlia ihm ins Wort. Obwohl er ihr Großonkel war, verwendete sie wie meist bei offiziellen Anlässen oder in Gegenwart anderer die förmliche Anrede. »Hier geht es um Wichtigeres, also stellt Euch nicht so an. Außerdem wird es auch Euren Wunden guttun, wenn sie öfter gesäubert werden.«

»Worauf habe ich mich da bloß eingelassen?«, stöhnte Barlok, ließ sich aber zurücksinken und erhob keinen Protest mehr, als zwei der Magier seine Verbände lösten. Eine Schüssel mit Wasser wurde herbeigeschafft. Sie tränkten Tücher darin und begannen behutsam, seinen Körper damit abzureiben.

»Eure Verletzungen wurden fachgerecht behandelt, aber wir werden uns dennoch ebenfalls um sie kümmern«, sagte Gelinian. »Wenn Eure Seele wieder in Euren Körper zurückkehrt, werdet Ihr vollständig geheilt sein.«

»Wenigstens das hört sich nicht schlecht an«, brummte Barlok. »Ich bin sicher, dass mir dann sehr danach sein wird, Knochenbrechers Schneide auf die Köpfe einer Menge Thir-Ailith niedersausen zu lassen.« Er warf einen Blick zu seiner an der Wand lehnenden Streitaxt.

»Es gibt noch einiges, was Ihr wissen solltet«, sagte Gelinian. »Während der Beschwörung werdet Ihr körperlos sein, aber keine große Veränderung spüren. Ihr werdet Euch ganz normal bewegen wie sonst auch, ohne jedoch Erschöpfung zu empfinden. Feste Hindernisse stellen für Euch kein Problem dar; wenn Ihr sie zufällig berührt, werdet Ihr ohne Widerstand hindurchgleiten und höchstens ein seltsames, etwas unangenehmes Gefühl wahrnehmen. Dagegen wird es Euch vermutlich nicht gelingen, mit Vorsatz durch eine massive Felswand zu gehen. Nicht, weil es nicht möglich wäre, sondern weil sich Euer Geist dagegen sträuben würde, da Ihr Euer ganzes Leben lang die Erfahrung gemacht habt, dass so etwas nicht geht. Das lässt sich nicht innerhalb von ein paar Stunden so einfach ändern.«

»Und wenn ich mit einem Dunkelelben zusammenprallen sollte?«, erkundigte sich Barlok.

»Es wird Euch Unbehagen bereiten, aber er wird durch Euch hindurchgehen. Dennoch solltet Ihr es nach Möglichkeit vermeiden. Es wäre möglich, dass auch er etwas spürt, selbst wenn er sich nicht erklären kann, was es war. Die Gefahr ist äußerst gering, dass er daraus die richtigen Schlüsse zieht, aber sie besteht, und selbst als körperlose Seele seid Ihr nicht unangreifbar.«

Barlok setzte sich erneut ruckartig auf, während seine Augen sich zu schmalen Schlitzen verengten.

»Was soll das bedeuten?«

»Wenn die Thir-Ailith Eure Gegenwart wahrnehmen sollten und sie ähnliche Kräfte wie wir besitzen, dann können sie Euch auch bekämpfen, Euch mit ihrer Magie zumindest Schmerzen zufügen, um Euch zu vertreiben. Und wenn sich viele von ihnen zusammenschließen, können sie Euch möglicherweise sogar töten. Ich weiß zu wenig über ihre Fähigkeiten. Also lasst es erst gar nicht so weit kommen. Wenn Ihr merkt, dass man Euch entdeckt hat, dann flieht auf der Stelle und kehrt hierher zurück. Sobald Ihr Euren Körper berührt, werdet Ihr wieder mit ihm verschmelzen.«

Barlok brummte etwas Unverständliches und legte sich wieder hin. Nur zu gut konnte sich Warlon vorstellen, wie sehr die Worte der Magierin seinen Freund beunruhigten, weniger wegen der Gefahr, getötet zu werden, sondern wegen der unausgesprochenen Möglichkeit, dass die Dunkelelben seine Seele auf irgendeine Art fangen oder sie gar in die unendliche Finsternis schleudern könnten, wie es ihm fast ergangen wäre, als er durch ihre Magie verletzt auf Leben und Tod darniedergelegen hatte.

Aber nachdem er seine Entscheidung einmal gefällt hatte, stand er auch dazu und machte keinen Rückzieher mehr.

»Seid Ihr bereit?«, fragte die Magierin.

Barlok nickte stumm und schloss die Augen.

Gelinian stimmte einen leisen, monoton klingenden Gesang an. Es waren Worte einer fremden Sprache, die Warlon nicht verstand, die ihn aber dennoch seltsam berührten. Sie weckten Erinnerungen an vieles in ihm, was er während seiner Reise an der Oberfläche zum ersten Mal erlebt hatte. Die Melodie war wie das Plätschern eines Bachs, der in kleinen Kaskaden über Fels sprudelte, wie das Rauschen des Windes in den Blättern mächtiger Bäume...

Immer mehr zog der Gesang ihn in seinen Bann, und er merkte, wie er müde wurde und seine Gedanken sich verwirrten. Unwillig schüttelte er den Kopf und streifte den fremden Einfluss ab, der sich wie Blei über seinen Verstand legte und ihn schläfrig zu machen begann.

Wenige Sekunden später endete der Gesang. Barlok war tief und fest eingeschlafen, so tief, dass man genau hinsehen musste, um zu erkennen, dass seine Brust sich überhaupt noch hob und senkte.

»Er befindet sich in Trance«, verkündete Gelinian. »Nun ölt und salbt ihn.«

Die beiden Magier, die Barlok zuvor gewaschen hatten, begannen nun, seinen Körper nacheinander mit verschiedenen Salben und Ölen einzureiben. Die Salben waren äußerst wohlriechend, die Öle hingegen verströmten einen sehr merkwürdigen, fremden Geruch.

Obwohl bislang nichts Bedeutungsvolles geschah, fühlte Warlon ein wachsendes Unbehagen. Ohne die magischen Kräfte der Priesterinnen hätte sein Volk nicht einmal den ersten Angriff der Thir-Ailith überstanden und wäre vermutlich bereits ausgerottet worden. Auch hatte sich seine Einstellung zu den Hexen, wie sie vielfach genannt wurden, vor allem durch die Bekanntschaft mit Ailin verändert. Aber er war Krieger und daran gewohnt, allein auf seine Schnelligkeit, Kampfkraft und Erfahrung zu vertrauen. Alles, was mit Magie zusammenhing, war ihm suspekt, daran hatte sich nichts geändert, und er konnte auch gut verstehen, weshalb Barlok sich so dagegen gesträubt hatte, sich solchen unbekannten Kräften vollständig auszuliefern.

Zehn der Magierinnen und Magier bildeten einen Kreis

um Gelinian und den Altar, fassten sich an den Händen und begannen, leise zu summen. Die Melodie war langsamer und irgendwie düsterer als zuvor, und als das Summen kurz darauf in Gesang überging, entstammten die Wörter wiederum einer fremden Sprache, klangen aber ebenfalls düsterer.

Auch Gelinian fiel in den Gesang ein, während sie ihren Zeigefinger in ein kleines Töpfchen mit irgendeiner roten Substanz darin tauchte und begann, seltsame Symbole und Runen auf Barloks Körper zu malen. Trotz der Trance, in der er sich befand, zuckte er ein paarmal, doch nach einigen Sekunden lag er wieder still.

»Was geht da vor?«, raunte Warlon Tharlia zu, die neben ihm stand, doch sie zog nur die Achseln hoch.

»Diese Art von Magie ist mir völlig unbekannt«, gab sie ebenso leise zurück, um die Zeremonie nicht zu stören. »Ich spüre nur, *dass* etwas geschieht, aber was es ist, darüber weiß ich nicht mehr als Ihr. Seht doch!«

Warlon riss vor Verblüffung die Augen weit auf. Etwas wie ein flüchtiger weißer Nebel stieg von Barloks Körper auf, verharrte einige Sekunden lang über dem Altar und streckte lange Nebelfinger in alle Richtungen aus, dann zerfaserte das Gebilde und löste sich in Nichts auf.

»Die Zeremonie war erfolgreich«, verkündete Gelinian. »Seine Seele wurde vom Körper getrennt und beginnt nun ihre Reise.«

In den frühen Morgenstunden waren weiße Nebel aus dem Fluss und den Wiesen aufgestiegen und hatten sich bis ins Zentrum von Clairborn ausgebreitet, wo sie als helle Gespinste in den Straßen hingen und um die Häuser wogten. Sie beeinträchtigten nicht nur die Sicht, wodurch die Suche nach dem Thir-Ailith, der immer noch nicht hatte aufgespürt werden können, erschwert wurde, auch alle Geräusche klangen seltsam gedämpft und verzerrt.

Bürgermeister Sindilos hielt sich nicht gerade für einen Feigling, doch empfand er die Atmosphäre als unheimlich. Niemand hätte ihm einen Vorwurf gemacht, wenn er ins Rathaus zurückgekehrt wäre und die Tür hinter sich zugesperrt hätte, statt einen der Suchtrupps zu begleiten, aber diese Alternative erschien ihm noch weniger verlockend. Vor den Sorgen, die ihn bedrückten, konnte er sich nicht verschließen.

Er war froh, dass er schon vor Stunden eine Ausgangssperre verhängt hatte, die immer noch galt. Vor dem blutgierigen Ungeheuer schützten auch verschlossene Türen nur wenig, wie sich mittlerweile gezeigt hatte. Mehr als ein halbes Dutzend Tote waren inzwischen gefunden worden, davon die ersten beiden wie Mumien ausgetrocknet, doch alle weiteren offenbar nur zu dem Zweck ermordet, möglichst viel Angst und Schrecken zu verbreiten. Und niemand konnte erahnen, wie viele Tote noch in den Häusern liegen mochten, die bislang nicht entdeckt worden waren.

Aber durch die Ausgangssperre bekamen zumindest nur wenige Einwohner mit, was in dieser Nacht vorging. Widerstrebend hatte Sindilos Lebensmittel für den Transport nach Zarkhadul bereitgestellt, wenn auch weniger als angefordert, da sie sonst für die eigene Bevölkerung nicht ausreichen würden, aber er dachte gar nicht daran, Hunderte oder gar Tausende Zwerge in die Stadt hineinzulassen. Nicht aus Angst vor ihnen, denn er wusste, dass es sich hauptsächlich um Kinder, Alte und Kranke handeln würde, die von den Elben nach Norden verschifft werden sollten. Gerade das bereitete ihm jedoch Sorgen. Es hätte ihm gerade noch gefehlt, dass die Einwohner von Clairborn diese zu Gesicht bekämen und die bislang hauptsächlich durch den Anblick von bewaffneten Zwergenkriegern geschürte Furcht vor den Fremden in Mitgefühl umschlug.

Es war schon schlimm genug, dass er bei der Jagd nach dem Thir-Ailith auf die Priesterinnen angewiesen war – dass es ohne sie überhaupt keine Möglichkeit gab, das Ungeheuer zu stellen und zur Strecke zu bringen. Zusätzlich zu den beiden Priesterinnen, die bereits aus Elan-Tart gekommen waren, hatte Königin Tharlia vier weitere in Clairborn zurückgelassen, die bei der Suche halfen. Alles wäre viel einfacher gewesen, wenn es ihnen gelungen wäre, den Dunkelelben schnell aufzuspüren, und sie die Stadt dann rasch wieder verlassen hätten.

So jedoch würde er nach Erfüllung ihrer Aufgabe unter allen Umständen dem Eindruck vorbeugen müssen, dass sie Clairborn gerettet hätten. Er würde die Aufmerksamkeit darauf lenken, dass die ganze Bedrohung schließlich überhaupt erst durch die Zwerge entstanden war, weshalb es nur recht und billig wäre, wenn diese nun dazu beitrugen, die Stadt zu schützen. Und im Grunde genommen stimmte das ja auch.

Wäre die Situation für ihn nicht ohnehin schon so schwierig gewesen, wäre der Bürgermeister eigentlich sogar froh über die Anwesenheit der Priesterinnen gewesen. Er vermochte nicht einmal zu ahnen, wie viele Tote es sonst bereits gegeben hätte, und – wenn er sich selbst gegenüber ganz ehrlich war – das war auch der Hauptgrund, weshalb er sich einem der Suchtrupps angeschlossen hatte. Es mochte gefährlich sein, durch die Straßen zu streifen, aber in Anwesenheit der Gardisten und vor allem der Priesterin, die den Trupp begleitete, fühlte er sich wesentlich sicherer als anderswo.

Zumindest dachte er das, bis sie einen Torbogen passierten, der sich zwischen zwei Häusern spannte und die Einmündung einer schmalen Gasse in den großen Platz vor dem Rathaus markierte. Ein Luftzug streifte ihn, dann hörte er einen dumpfen Aufprall, und im gleichen Moment brachen zwei Gardisten dicht vor ihm von Schwertern durchbohrt zusammen.

Erst jetzt stieß die Priesterin einen Warnruf aus, als sie die Anwesenheit des Thir-Ailith spürte, der auf dem Torbogen über ihnen gelauert hatte.

Zum ersten Mal konnte Sindilos sehen, in welcher Form ihre Kräfte wirkten. Die Luft kaum einen Meter vor ihm begann zu flimmern, und wie ein Schemen wurde schattenhaft eine menschenähnliche Gestalt sichtbar, die zwei Schwerter in den Händen hielt. Nur mit Mühe konnte Sindilos einen Schrei unterdrücken, denn für zwei weitere Gardisten war die Unsichtbarkeit des Dunkelelben zu spät aufgehoben worden, und sie konnten nicht mehr auf seinen Angriff reagieren. Die Klingen rasten auf sie zu und durchbohrten ihre Kehlen.

Instinktiv zog Sindilos sein Schwert, obwohl er wusste, dass es ihm gegen einen Feind wie diesen nicht viel nützen würde. Vor seiner Zeit als Bürgermeister war er Schmied gewesen, und er war ein großer, bulliger Mann mit gewaltigen Muskeln, aber er hatte niemals eine Ausbildung zum Soldaten durchlaufen und trug die Waffe in erster Linie aus zeremoniellen Gründen.

Dennoch schaffte er es irgendwie, einen Hieb abzuwehren, der ihm sonst ohne Zweifel den Kopf gespalten hätte, doch prallten die Klingen in einem so ungünstigen Winkel aufeinander, dass ihm das Schwert aus der Hand geprellt und er von der Wucht des Angriffs zurückgeschleudert wurde. Es gelang ihm nicht mehr, sich auf den Beinen zu halten, und er stürzte rücklings zu Boden.

Der Thir-Ailith hob sein zweites Schwert, um ihm damit den Todesstoß zu versetzen, doch wurde seine Klinge vom Schwert eines der Gardisten abgefangen. Sofort verlor der Dunkelelb das Interesse an seinem wehrlosen Opfer und wandte sich seinem neuen Gegner zu.

Aber auch die übrigen Gardisten hatten ihren Schock inzwischen überwunden. Gemeinsam rückten sie gegen den Thir-Ailith vor, und obwohl ihr Trupp fast um die Hälfte reduziert worden war, bildeten sie immer noch eine Übermacht. Vor allem aber konnten sie ihren Feind dank der magischen Fähigkeiten der Priesterin nun sehen.

Die Kreatur verhielt sich nicht anders als bei ihren vorherigen Übergriffen auf eine Patrouille: sie schlug blitzschnell zu und tötete mehrere Gardisten, aber statt sich auf einen wenig aussichtsreichen Kampf gegen eine Überzahl einzulassen, floh sie anschließend. Auch jetzt wehrte sie lediglich einige auf sie gezielte Schwerthiebe ab und fuhr dann herum, um aus dem Wirkungskreis der Priesterin zu entkommen und sich wieder in den Schutz der Unsichtbarkeit zu flüchten.

Das jedoch ließ Sindilos nicht zu. Als der Thir-Ailith einen Schritt in seine Richtung machte, griff er blitzschnell zu, trotz seiner Panik von einem plötzlichen, ihm selbst kaum erklärlichen Mut erfüllt, packte eines der Beine des Dunkelelben und hielt es fest. Eine grausame Kälte strömte in seine Finger und kroch seine Arme hinauf, machte sie schwach und kraftlos. Der Bürgermeister schrie auf und musste schon nach kaum mehr als einer Sekunde wieder loslassen, aber sein beherzter Zugriff hatte das Ungeheuer zum Stolpern gebracht.

Die hastige Flucht war vereitelt, und für einige Momente verlor der Dunkelelb den Überblick, war nur damit beschäftigt, das Gleichgewicht zu halten. Es gelang ihm mit knapper Not, einen Schwertstreich zu parieren, aber noch bevor er sich wieder völlig gefangen hatte, prasselten weitere auf ihn herab, und diese konnte er nicht mehr abwehren. Ein Hieb traf ihn an der Schulter und schnitt tief hinein, ein anderer trennte ihm den rechten Schwertarm ab, und ein weiterer spaltete ihm den Schädel. Mit einem Mal war die ganze Luft von einer hellen, fast weißen Flüssigkeit erfüllt, von der ein Teil auf Sindilos niederregnete. Erst nach Sekunden, als die Magie der Bestie erlosch und sie im Tod ihre Unsichtbarkeit verlor, begriff der Bürgermeister, dass es sich um das Blut des Thir-Ailith handelte.

11

DIE SEELENWANDERUNG

Als Barlok die Augen aufschlug und sich aufrichtete, schien sich nichts verändert zu haben, und im ersten Moment war er davon überzeugt, dass die Beschwörung fehlgeschlagen war.

Er erinnerte sich vage, dass er eingeschlafen war. Dumpfe Stimmen hatten ihn in den Schlaf begleitet und schließlich auch wieder daraus erweckt, doch vermochte er nicht zu sagen, ob sie einem Traum oder der Wirklichkeit entstammten.

Gelinian stand nach wie vor neben dem Altar, und er wollte sie schon ansprechen und fragen, was passiert war, als ihm plötzlich bewusst wurde, dass er sich auf bizarre Art doppelt sah. Er hatte den Oberkörper aufgerichtet und lag dennoch weiterhin auf dem Altar. Auch als er die Beine von dem schwarzen Block schwang, schienen diese sich zu teilen, glitten sowohl zur Seite, blieben aber auch weiterhin still liegen.

»Warlon?«

Er sah den jungen Krieger hinter dem Kreis stehen, den die Magierinnen und Magier um den Altar gebildet hatten, doch weder er noch sonst jemand reagierte auf seinen Ruf.

»Die Zeremonie war erfolgreich«, hörte er stattdessen Gelinian sagen. »Seine Seele wurde vom Körper getrennt und beginnt nun ihre Reise.«

Barlok erhob sich vollständig. Er blickte auf seinen nach wie vor reglos auf dem schwarzen Basalt ruhenden und nur ganz flach atmenden Körper und sah anschließend an sich herab. Es war ihm unmöglich, einen Unterschied zu erkennen. Er konnte nicht durch seinen Körper hindurchsehen, und wenn er sich bewegte, fühlte es sich an wie immer. Dies sollte sein Zustand als körperlose Seele sein? Er konnte es kaum glauben. Probeweise streckte er die Hand nach dem Altar aus und hatte das Gefühl, das Gestein ganz wie gewohnt zu berühren.

Der Kreis der Magierinnen und Magier löste sich auf. Barlok trat auf einen von ihnen zu und blieb vor ihm stehen, dann schlug er ansatzlos nach seinem Gesicht und hielt kaum zwei Finger breit vor seinen Augen inne. Der Elb blinzelte nicht einmal, schien ihn tatsächlich nicht sehen zu können. Die Verlockung war groß für Barlok, ihn zu berühren, um herauszufinden, ob er es spüren würde, doch er widerstand der Versuchung. Stattdessen wandte er sich um und ging auf den Ausgang der Tempelhalle zu.

Ihm stand noch eine lange und Gelinians Worten zufolge möglicherweise gefährliche Wanderung bevor – riskanter, als er zunächst gedacht hatte. Es war besser, wenn er seine Aufgabe so schnell wie möglich hinter sich brachte, statt Zeit mit irgendwelchem Unsinn zu vergeuden.

Als die Magierin ihm noch im Palast ihren Plan unterbreitet hatte, hatte er sich vorgestellt, er würde als reines Bewusstsein umherschweben, doch die Wahrheit sah völlig anders aus. Er schien sich zu bewegen wie immer, als würde sein Verstand seinen Muskeln den Befehl erteilen, einen Schritt nach dem anderen zu machen, doch fiel ihm das Gehen wesentlich leichter als sonst, da er kein Gewicht besaß. Und doch war etwas anders, aber das wurde ihm erst bewusst, als er den Vorraum bereits durchquert hatte und den Dunkelturm durch das große Portal verließ: Er atmete nicht.

Für einen kurzen Moment wallte Panik in ihm auf, bis er begriff, dass das in dieser Daseinsform keinerlei Rolle spielte. Er lief ein Stück und begann schließlich sogar zu rennen, ohne die geringste Anstrengung zu verspüren.

Mühelos passierte er den geöffneten Flügel des Südtores. Auch hier bemerkte ihn niemand, weder Zwerge noch Menschen noch Elben, nicht einmal die Priesterinnen oder die Elbenmagier, obwohl er mit Absicht ganz dicht an ihnen vorbeiging.

Etwas schwieriger wurde es, als er die Halle der Helden durchquert hatte und an den schmalen Gewölbebogen gelangte, hinter dem die Treppe begann, die zu den eigentlichen Minen hinabführte. Hier waren zahlreiche Zwergenkrieger und menschliche Soldaten unter dem Kommando von Kriegsmeister Loton und dem einarmigen Kampfführer Thilus damit beschäftigt, Barrikaden zu errichten und andere Hindernisse aufzutürmen, um ihre Chancen beim Angriff der Thir-Ailith zu verbessern.

Gelinian hatte gesagt, dass es für ihn grundsätzlich kein Problem wäre, feste Materie zu durchschreiten, ihn aber auch gewarnt, dass es ihm mit Vorsatz wahrscheinlich nicht gelingen würde, weil sein eigener Verstand ihm dabei im Wege stehen würde. Barlok beschloss, selbst herauszufinden, was nun zutraf. Er griff nach einer der speerartigen Metallstreben. Der Stahl fühlte sich kühl und fest in seiner Hand an. Mit größter Anstrengung versuchte Barlok, ihn mit der Hand zu durchdringen, hielt sich vor Augen, dass sein Körper eigentlich nicht materiell war, aber es nutzte nichts. Zornig versetzte er der Strebe einen Tritt. Sie bebte nicht einmal, aber sein Fuß prallte davon ab. Trotzdem fühlte er keinen Schmerz.

Ihm blieb nichts anderes übrig, als mühsam über das aus Holzbalken, Felsen und Metallstangen bestehende Hindernis hinwegzuklettern. Es war verrückt, dass er diese Klettertour auf sich nehmen musste, obwohl er genau wusste, dass er keinen festen Körper besaß – aber sein Unterbewusstsein suggerierte ihm etwas anderes. Die Barrikaden fühlten sich unter ihm völlig massiv an, und hätten ihn nicht alle anderen ignoriert, weil er für sie nicht existent war, obwohl er dicht an ihnen vorüberkam, hätte er fast vergessen können, was mit ihm geschehen war.

Wenigstens verspürte er keinerlei Erschöpfung, als er das Hindernis schließlich überwunden hatte, sondern konnte seinen Weg unverzüglich fortsetzen. Eine breite Treppe führte hinter dem Durchgang in die Tiefe, nur von Zeit zu Zeit unterbrochen von Absätzen, von denen aus Stollen in die einzelnen unterirdischen Ebenen der Minen abzweigten.

Erst als er bereits einige Stufen hinuntergestiegen war und das Licht hinter ihm verblasste, wurde ihm bewusst, dass er keine Fackel, Laterne oder sonst eine Lichtquelle mit sich führte und auch gar nicht in der Lage gewesen wäre, sie zu tragen. Zwar hatte er das Gefühl, alle Gegenstände anfassen zu können, doch war das nur eine Einbildung, die sein Geist ihm vorgaukelte. In Wahrheit konnte er absolut nichts hochheben oder auch nur festhalten.

Aber das Licht stellte kein Problem dar, wie er bemerkte, als er einige weitere Stufen hinunterging. Je dunkler es um ihn wurde, desto mehr veränderte sich seine Sicht. Es begann ganz langsam mit dem Verblassen der normalen Farben, doch je weiter er ging, desto rascher kehrte sich seine

Wahrnehmung um. Alles zerfloss zu düsteren Grautönen, die kaum noch Schattierungen aufwiesen, doch dann begannen einige von ihnen heller zu werden.

Ungläubig betrachtete Barlok das bizarre Schauspiel, das sich ihm bot. Alle Farben bis auf Grau schienen ausradiert zu sein, doch dieses zeigte sich in Schattierungen, die dem gewohnten Sehen genau entgegengesetzt waren. Alles dunkle Gestein wurde hell, während sich die normalerweise hellen Maserungen dunkel abzeichneten. Als er sich umwandte und zum Durchgang in die von Tageslicht erfüllte Halle der Helden zurückblickte, sah er dort nur einen dunklen Bogen.

Es war eine äußerst ungewohnte Art der Wahrnehmung, aber wenigstens brauchte er sich nicht blindlings voranzutasten, und nach kurzer Zeit gewöhnte er sich sogar einigermaßen daran.

Rasch eilte Barlok weiter. Er wusste nicht, wie viele tausend Mal er diese Treppe schon bewältigt hatte, und obwohl er daran gewöhnt war, war es jedes Mal eine Strapaze gewesen, da es sich um tausende Stufen handelte, die viele hundert Meter tief in die Erde hinabführten. Jetzt jedoch verspürte er die Anstrengung nicht, sondern stieg leichtfüßig eine Treppe nach der anderen hinab.

Manchmal musste er Stollen passieren, wenn die Beschaffenheit des Gesteins es nicht zugelassen hatte, die Treppe auf geradem Weg weiter in die Tiefe zu treiben, und sie sich an einer anderen Stelle fortsetzte. Auf diese Art führte sein Weg Barlok auch an einen der nach allgemeinem Empfinden schönsten Orte der gesamten Tiefenwelt: die Kristalloase. *Shain-Dalara*, wie sie von den Priesterinnen genannt und als heiliger Ort verehrt wurde, weil der Legende nach die Göttin Li'thil selbst sie vor ewiger Zeit erschaffen hatte, als sie auf ihren Wanderungen durch die Tiefe hier gerastet hatte.

Fassungslos und schockiert blieb Barlok stehen, als er die Grotte betrat. Nirgendwo sonst hatten die Dunkelelben Verwüstungen angerichtet, nicht einmal Elan-Dhor selbst schien ihnen dieser Mühe wert gewesen zu sein.

Wohl aber die Kristalloase.

Einst waren hier riesige Kristalle in allen nur denkbaren Farben und unbeschreiblichen Formen gewachsen. Sie waren wie lebende Gebilde aus dem Boden und der Decke gesprossen, und selbst die Wände waren von kristallinen Strukturen bedeckt gewesen, so dass man sich wie im Inneren eines gigantischen Edelsteins vorgekommen war. Nun jedoch war nichts mehr davon übrig.

Fast war Barlok froh, dass er seine Umgebung nur auf verzerrte Art wahrnahm. In kaum vorstellbarer Vernichtungswut war jeder einzelne Kristall zerschlagen worden, so gründlich, dass nur winzige Splitter übrig geblieben waren, die den Boden in einem Durcheinander zahlloser verschiedener Grautöne bedeckten.

Heißer Zorn stieg in Barlok auf. Die unvergleichliche Schönheit dieser Grotte musste die Thir-Ailith schier zur Raserei getrieben haben. Vielleicht war es sogar tatsächlich ein heiliger Ort voller Magie gewesen, der der finsteren Macht der Dunkelelben unerträglich gewesen war, aber was immer nötig war, um Rache dafür zu nehmen, würde er tun, das schwor er sich. Auch für diese Untat würden sie büßen.

Voller Bitterkeit und Hass durchschritt Barlok die Grotte und setzte seinen Weg fort, durch weitere Stollen und über zahllose Treppenstufen in die Tiefe, ohne eine Rast einzulegen. Dennoch fühlte er keinerlei Erschöpfung, als er schließlich die unterste Sohle der Minen erreichte.

Mehrfach war er während seines Marsches an Stellen vorbeigekommen, an denen sein Volk während des Rückzugs Mauern aus tonnenschwerem Felsgestein aufgetürmt oder den Weg sogar durch Sprengungen unpassierbar gemacht hatte. Die Spuren davon waren noch zu sehen, doch alle Hindernisse waren von den Dunkelelben beiseitegeräumt worden. So auch hier, am Übergang zwischen Elan-Dhor und der restlichen Tiefenwelt, der früher stets bewacht gewesen war, um das Eindringen von Gnomen oder Goblins zu verhindern. Die kleine Wachstube war noch immer verschüttet, der Weg selbst hingegen war frei.

Traurig betrachtete Barlok einige Sekunden lang das in die Wand gemeißelte letzte Hoheitszeichen Elan-Dhors, das anzeigte, dass dieses Gebiet zum Reich der Zwerge gehörte: einen mit einer Spitzhacke gekreuzten Hammer. Dann erst ging er daran vorbei.

Die Stollen wurden von hier aus wesentlich unebener, da sie nicht mehr von Zwergenhand bearbeitet waren, sondern sich noch in dem Zustand befanden, in dem sie die Natur geformt hatte. Sie zogen sich in willkürlichen Windungen dahin, stiegen manchmal an und fielen dann wieder steil ab oder umgekehrt, aber die meiste Zeit führte der Weg abwärts.

Barlok durchwanderte Höhlen, passierte unermessliche Abgründe oder überquerte sie auf kaum halbmeterbreiten, geländerlosen Brücken, bis er sich schließlich einer Feuerhöhle näherte. In ihrem Boden klafften zahlreiche Löcher: Schächte, die bis zu unterirdischen Lavaflüssen hinabreichten. In unregelmäßigen Abständen schossen Flammen aus einigen dieser Schächte empor, manchmal nur aus einem, manchmal aus mehreren gleichzeitig. Gewöhnlich war es in einer Feuerhöhle so heiß, dass allein dies ihre Durchquerung schon zu einer Qual machte, ganz abgesehen von der ständigen Gefahr, von einer der unvermittelt auflodernden Flammen erfasst zu werden. Als körperlose Erscheinung nahm Barlok die Hitze jedoch nicht einmal wahr, und selbst, als dicht neben ihm eine meterhohe, durch seine veränderte Wahrnehmung fast schwarz glosende Stichflamme emporloderte, die ihm normalerweise schwere Verbrennungen zugefügt hätte, spürte er sie nicht einmal.

Während der ganzen Zeit seiner Wanderung begegnete er keinem einzigen anderen Bewohner der Tiefenwelt, keinen Gnomen, Goblins oder Schraten, aber auch keinem der hier verbreiteten Ungeheuer wie dem Zarkhan. Offenbar waren sie von den Dunkelelben ausgerottet oder zumindest vertrieben worden. Aber auch einen Thir-Ailith sah Barlok nicht, erst recht nicht die vorrückenden Heerscharen, die er befürchtet hatte. *Wenn* er überhaupt in der Lage war, sie zu sehen, aber ansonsten hätte er sie zumindest gehört oder ihre Anwesenheit auf andere Weise wahrgenommen. Es war unmöglich, dass ganze Heere an ihm vorbeizogen, ohne dass er es bemerkt hätte.

Sie würden kommen, daran hegte er keinen Zweifel, aber zumindest würden den Verteidigern in Elan-Dhor bis zu ihrem Eintreffen noch etliche Stunden Zeit bleiben. Und diese Zeit würden sie auch brauchen. Mit jeder verstreichenden Stunde würden mehr Zwergenkrieger und später auch lartronische Soldaten mit den Elbenschiffen die Mine erreichen und die Verteidigung verstärken.

Nach weiteren zwei Stunden schließlich kam Barlok ans Tiefenmeer. Genau genommen war es kein richtiges Meer, nicht zu vergleichen mit den endlosen Ozeanen an der Oberfläche, von denen Warlon ihm noch vor wenigen Stunden erzählt hatte. Aber wie immer man es bezeichnen mochte, es war auf jeden Fall das mit Abstand größte Gewässer in der gesamten Tiefenwelt. Seine Wasserfläche erstreckte sich gleich über mehrere Höhlen, von denen jede einzelne mit einem Durchmesser von ein bis zwei Meilen so groß war wie die gigantische Wohnhöhle, in der Elan-Dhor lag. Die Gewölbedecke wurde von zahlreichen Säulen aus Granit gestützt.

Während des letzten Stück Weges hatte sich Barlok bereits Gedanken darüber gemacht, wie er das Tiefenmeer überqueren sollte, aber keine Antwort gefunden. Die einstige Fährverbindung von einem Ufer zum anderen mit Flößen war zerstört worden, und er konnte sich nicht vorstellen, dass die Thir-Ailith sie wieder aufgebaut hatten. Und selbst wenn, würde ihm das nichts nutzen, da er die Seile nicht packen konnte, um ein Floß von einem Ufer zum anderen zu ziehen.

Aber entsprechende Gedanken waren völlig unnötig, die Fährverbindung war wie erwartet noch immer zerstört. Die Dunkelelben hatten es nicht nötig, auf solche Hilfsmittel zurückzugreifen. Barlok hatte mit eigenen Augen gesehen, wie sie während der Schlacht zu Tausenden einfach aus dem Wasser gestiegen waren.

Mit einem Gefühl bitterer Verzweiflung blickte er auf die überall noch sichtbaren Spuren des Kampfes, der am Ufer stattgefunden hatte. Zwar waren auch hier keine Leichen mehr zu sehen, aber noch immer durchfurchten die angelegten Feuergräben das Erdreich, und der Boden war übersät mit den zerstörten Überresten der errichteten Barrikaden.

Erinnerungen an den verzweifelten Abwehrkampf stiegen in Barlok auf und drohten ihn zu überwältigen. Erneut meinte er, das Petroleum in den Feuergräben lodern zu sehen und zu erleben, wie sich die Dunkelelben zu Tausenden hineingestürzt hatten und verbrannt waren, um es ohne jede Rücksicht auf ihr Leben mit ihren Körpern zu ersticken; wie sie gegen die Barrikaden angestürmt und sich in ungezählter Menge an ihnen aufgespießt hatten, um es den Nachfolgenden zu ermöglichen, über ihre toten Körper hinweg die Hindernisse zu überwinden. Und diejenigen, die es geschafft hatten, waren wiederum zu Tausenden den Schwertern und Äxten der Zwergenkrieger oder den Pfeilen der zur Unterstützung herbeigeeilten Goblins zum Opfer gefallen.

Dennoch hatte all das sie nicht aufhalten können. Es war die größte Schlacht gewesen, die sein Volk jemals in der Tiefenwelt ausgetragen hatte, doch letztendlich waren die Stellungen der Zwerge von den Horden der Finsternis überrannt worden. Dank Gelinian wusste Barlok mittlerweile, dass sie von Anfang an keine Chance gehabt hatten, weil sie nur gegen Drohnen gekämpft hatten, denen ihr ohnehin kurzes Leben nichts bedeutete. Den Worten der Magierin zufolge hätten die Thir-Ailith wenn nötig auch Hunderttausende oder womöglich gar Millionen von ihnen in die Schlacht schicken können. Ein Heer, dem nichts und niemand auf Dauer widerstehen konnte, und wenn es den Zwergen gelungen war, es zumindest einige Zeit aufzuhalten, dann nur aufgrund der beengten Verhältnisse in der Tiefenwelt.

Barlok verdrängte diese Gedanken und konzentrierte sich wieder auf seine aktuellen Probleme. Wie sollte er das Tiefenmeer überqueren? Im Prinzip wäre es ihm als körperlose Seele vermutlich sogar möglich gewesen, über das Wasser zu gehen, doch er ahnte, dass sein Verstand das nicht zulassen würde, dass er ihm vorgaukeln würde, es wäre nicht machbar, so wie er verhindert hatte, dass Barlok die Barrikaden durchdrang.

Probehalber setzte er einen Fuß auf das Wasser, versuchte sich mit aller Macht vorzustellen, dass es eine massive Fläche wäre, die ihn tragen würde, doch kaum belastete er den Fuß etwas stärker, sank dieser sofort ein und sein Knöchel wurde umspült. Hastig zog Barlok ihn zurück. Der Fuß war trocken, als wäre er gar nicht mit dem Meer in Kontakt gekommen, aber das änderte nichts daran, dass es ihm unmöglich sein würde, sich an der Oberfläche zu halten. Auch schwimmen konnte er nicht. Aufgrund der heftigen Abneigung ihres Volkes gegenüber Wasser hatte keiner der Zwerge diese Kunst jemals erlernt. Wenn Barlok es versuchte, würde er jämmerlich untergehen und ertrinken und…

Mit einem Mal wurde Barlok sein Denkfehler bewusst, und er erkannte, dass es für ihn sehr wohl eine Möglichkeit gab, das Meer zu passieren, obwohl sich alles in seinem Inneren dagegen sträubte. Die Dunkelelben schützten sich durch ihre Magie, wenn sie unter Wasser auf dem Meeresboden langgingen, aber er benötigte nichts dergleichen. Er konnte in seiner gegenwärtigen Daseinsform gar nicht ertrinken, da er nicht einmal atmete!

Dennoch kostete es ihn alle Überwindung, den Fuß erneut ins verhasste Wasser zu setzen, dann noch den zweiten, und dann weiter zu waten, bis ihm das Wasser bis zur Brust reichte. Seine Schritte hinterließen keine Spuren auf der Oberfläche des Meeres, sie kräuselte sich nicht einmal dort, wo er sie direkt zu berühren schien.

Barlok zögerte einen Moment, dann ging er weiter, bis er auch mit dem Kopf vollständig untergetaucht war. Einen kurzen Moment stieg Panik in ihm auf, legte sich aber sogleich wieder, als er merkte, dass das Wasser ihm nichts anhaben konnte, er es nicht einmal richtig spürte. Lediglich seine Sicht veränderte sich ein wenig, alles, was weiter als etwa ein Dutzend Schritte von ihm entfernt war, wurde unscharf.

Nachdem er seine anfängliche Angst und Skepsis überwunden hatte, ging Barlok nun wieder schneller. Der Meeresgrund war nicht eben, es gab auch hier felsige Erhebungen und Vertiefungen, von denen die meisten jedoch mit Sand gefüllt waren. An einigen Stellen wuchsen sogar Pflanzen, hauptsächlich Gewächse mit großen, breiten Blättern. Durch die hohe Feuchtigkeit wucherte an der Decke und an den Wänden der riesigen Höhlen, über die sich das Tiefenmeer erstreckte, besonders viel Glühmoos, das offenbar selbst für die Pflanzen unter der Wasseroberfläche noch genug Licht spendete.

Auch gab es hier vereinzelt Fische in verschiedenen Größen. Zunächst erschreckten sie Barlok noch, obwohl sie sich in keiner Form für ihn interessierten. Er bemühte sich, ihnen nach Möglichkeit auszuweichen, doch nicht immer gelang ihm das, da einige von ihnen dazu neigten, ohne erkennbaren Grund plötzlich die Richtung zu wechseln. Von Zeit zu Zeit kam es deshalb vor, dass einer der Fische direkt durch ihn hindurchschwamm. Wie Gelinian gesagt hatte, verspürte er dabei ein ganz leichtes, unangenehmes Gefühl, doch war es so schwach, dass er es kaum wahrnahm. Nach einiger Zeit gewöhnte er sich sogar daran und kümmerte sich gar nicht mehr um die Fische.

Seine größte Sorge war nun, dass es hier unten für ihn keinerlei Möglichkeit gab, sich zu orientieren und zu sehen, wo er sich befand. Auch konnte er nicht einfach einer eingeschlagenen Richtung folgen, da der Untergrund das nicht zuließ, sondern ihn immer wieder dazu zwang, Hindernissen auszuweichen. Möglicherweise irrte er sogar die ganze Zeit nur blindlings im Kreis herum. Sein sonst fast untrügliches Orientierungsvermögen ließ ihn in dieser Umgebung im Stich.

Als der Boden irgendwann anzusteigen begann und Barlok schließlich sogar den Kopf wieder aus dem Wasser erheben konnte und sich umsah, stellte er jedoch fest, dass er gar nicht einmal so weit von seinem Weg abgekommen war, wie er befürchtet hatte. Er stand auf einer Felsplatte, die der Höhlenwand vorgelagert war, keine hundert Meter von dem flachen Sandstrand mit den blattlosen Baumgewächsen entfernt, der das jenseitige Ufer des Tiefenmeeres kennzeichnete. Mühelos konnte er hinüberwaten, ohne noch einmal mit dem Kopf untertauchen zu müssen.

Die unterseeische Wanderung war erheblich weniger unangenehm gewesen, als er sich vorgestellt hatte, dennoch war Barlok froh, als er endlich wieder trockenen Boden unter den Füßen hatte. Obwohl nicht ein Tropfen Wasser an ihm hängen geblieben war, schüttelte er sich und setzte seinen Marsch dann rasch fort.

Er hatte bereits rund drei Viertel seines Weges zurückgelegt, ohne auf Dunkelelben zu treffen, und war tief in das bislang erst von wenigen Zwergen jemals betretene Gebiet jenseits des Tiefenmeeres vorgedrungen, als er vor sich Schritte vernahm. Es war das Geräusch von Stiefeln auf Fels, vielen Stiefeln, die zwar leise auftraten, aber in dieser Anzahl dennoch nicht zu überhören waren.

Instinktiv blickte sich Barlok nach einem Versteck um, bis ihm einen Augenblick später bewusst wurde, dass dies nicht nötig war.

Die Geräusche wurden lauter, und kurz darauf schien

eine Woge von Helligkeit die Höhle zu durchfluten, in der er sich befand. In Dreierreihen kamen die Thir-Ailith heranmarschiert, gleißend helle Gestalten, noch um ein Vielfaches strahlender als die Hochelben. Aber Barlok wusste, dass es genau umgekehrt war, dass jede Helligkeit, die er sah, in Wahrheit Finsternis war. Und das bezog sich offenbar nicht allein auf die Farben, sondern ihre gesamte düstere magische Ausstrahlung, da die Thir-Ailith von Kopf bis Fuß hell erschienen, auch ihre bleichen Gesichter.

Er wich ein Stück bis an die Höhlenwand zurück, um mehrere Meter Distanz zwischen sich und die vorbeimarschierenden Dunkelelben zu bringen. Offenbar vermochten auch sie im Dunkeln zu sehen, vielleicht auf eine ähnliche Art wie er, da sie keine Lampen oder Fackeln oder sonstige Lichtquellen bei sich trugen.

Ihre bloße Ausstrahlung machte Barlok zu schaffen, die Aura von Bösartigkeit und finsterer Magie, die gerade er aufgrund seiner Vorgeschichte besonders deutlich spürte. Die Wesen vor ihm mochten nur künstlich erschaffene Drohnen ohne eigenen Charakter sein, aber hinsichtlich ihrer Aura unterschieden sie sich zumindest nicht von den echten Thir-Ailith. Eine eisige Kälte griff nach Barlok.

Er versuchte sich gegen ihre Ausstrahlung abzukapseln, hielt sich alles vor Augen, was ihm etwas bedeutete und weshalb er hier war, um mit seinen eigenen positiven Empfindungen einen Schutzwall gegen das Böse zu erzeugen, was bislang stets recht gut geklappt hatte. Auch jetzt merkte er, wie die erdrückende Aura rasch nachließ und seine Gedanken sich wieder klärten.

Diese Armee war auf dem Weg an die Oberfläche. Die Thir-Ailith würden die Heere seines Volkes, der Menschen und der Elben angreifen, und wenn sie es geschafft hätten, würden sie über die Städte an der Oberfläche herfallen und nicht eher ruhen, bis es ihnen gelungen war, jedes Leben auszulöschen, aber das war zumindest im Moment nicht seine Angelegenheit. Es lag nicht in seiner Macht, sich den Kriegern der Dunkelelben entgegenzustellen und sie irgendwie aufzuhalten. Sein Auftrag war ein anderer, vielleicht die einzige winzige Hoffnung, die ihnen gegen diesen unbesiegbar erscheinenden Feind noch blieb.

Immerhin konnte er sich damit trösten, dass es noch viele Stunden dauern würde, bis sie Elan-Dhor erreichten, wenn sie in diesem Tempo weitermarschierten. Es war ihnen gleichgültig, ob sie den Zwergen dadurch mehr Zeit ließen, Verteidigungsstellungen zu errichten, sie würden sie durch ihre schiere Zahl ohnehin überrennen. Auch wussten sie nicht, dass mit jeder verstreichenden Stunde weitere Krieger eintrafen, und hätten sie es gewusst, wäre es ihnen vermutlich auch egal gewesen.

Mehrere Dutzend Reihen der Thir-Ailith waren bereits an ihm vorbeimarschiert, als Barlok die Kraft fand, seine Wanderung fortzusetzen. Sein Weg führte ihn den Dunkelelben genau entgegen, und er wusste, dass er sie für die restliche Strecke neben sich haben würde. Das zu ertragen würde schwer werden, aber er war entschlossen, sich der Herausforderung zu stellen.

Zweifelnd und besorgt blickte Warlon auf den fast wie tot aufgebahrt daliegenden Körper seines Freundes und Mentors hinab. Seine eingeölte Haut sah bleich, fast wächsern aus, und seine Brust hob und senkte sich nur noch so schwach, dass man sehr genau hinschauen musste, um zu sehen, dass er überhaupt noch atmete.

Warlon war sich nicht sicher, was er von alldem halten

sollte, obwohl er es schließlich selbst gewesen war, der Barlok dazu überredet hatte. Der Gedanke, dass sich die Seele des Kriegsmeisters aus seinem Körper gelöst haben und sich nun als reines Geistwesen auf dem Weg in die Tiefe befinden sollte, war so bizarr, dass auch er es sich nicht richtig vorstellen konnte. Zudem bereitete ihm noch Gelinians Äußerung Sorgen, dass selbst diese Wanderung nicht frei von Gefahren war – dass die Möglichkeit bestand, Barlok würde auch in dieser Gestalt entdeckt werden und Angriffen ausgesetzt sein, und als bloße Seele gab es für ihn vermutlich nicht einmal eine Möglichkeit, sich zu verteidigen.

Tharlia, die Priesterinnen und alle Elben bis auf einen der Magier, der über Barlok wachen sollte, waren mittlerweile gegangen. Unter normalen Umständen benötigte ein Zwerg einen knappen Tagesmarsch bis zu der gigantischen vermeintlichen Goldader, hinter der das Reich der Thir-Ailith lag. Selbst wenn alles so reibungslos verlief, wie sie es sich alle wünschten, und auch wenn Barlok in seiner gegenwärtigen Daseinsform keine Rast benötigte und sich möglicherweise sogar schneller als sonst zu bewegen vermochte, würde es viele Stunden bis zu seiner Rückkehr dauern.

Da er hier nichts anderes machen konnte, als sinnlos herumzustehen und zu warten, entschloss sich Warlon, die Tempelhalle nach einem letzten Blick auf Barlok ebenfalls zu verlassen.

Ein Stück vom Dunkelturm entfernt traf er auf einen weiteren Trupp Zwergenkrieger, die Elan-Dhor gerade erreicht hatten. In ihren Augen entdeckte er das gleiche freudige Funkeln über die vorübergehende Rückkehr in ihre Heimat, wie auch er selbst es bei seiner Ankunft vermutlich gezeigt hatte. Noch hegten sie Hoffnung, zumindest diesmal den Sieg erringen zu können.

Eine vermutlich vergebliche Hoffnung, die sie bis in den Tod begleiten würde, denn Königin Tharlia hatte beschlossen, das neue Wissen über die Geheimnisse der Thir-Ailith außer für wenige Eingeweihte geheim zu halten. Es würde höchstens den Kampfgeist der Krieger lähmen, wenn sie erfuhren, dass sie keine Chance hatten, mit militärischen Mitteln einen Sieg zu erringen.

Zu seiner Freude entdeckte Warlon auch Malcorion unter den Neuankömmlingen und eilte auf den wettergegerbten Waldläufer zu.

»Dies also ist eure Heimat Elan-Dhor«, sagte dieser sichtlich beeindruckt und strich sich die dunklen, schulterlang gelockten Haare aus dem Gesicht. »Trotz deiner Beschreibungen hatte ich sie mir längst nicht so prachtvoll vorgestellt.«

»Die Stadt ist noch viel prächtiger, wenn alles hergerichtet ist«, entgegnete Warlon stolz. »Wenn alles sauber und gepflegt ist, die Brunnen sprudeln und die Straßen von quirlendem Leben erfüllt sind. Wenn unvergleichliche Reflexe im Lampenlicht entstehen und magische Feenfeuer über die Fassaden der Häuser tanzen, dann solltest du Elan-Dhor erst einmal sehen.«

»Und ich hoffe, das werde ich. Auf Dauer könnte ich hier nicht leben, da würden mir die Wälder, Wiesen und die Weite, die Pflanzen und Tiere zu sehr fehlen, ganz so wie das Zwergenvolk auf Dauer an der Oberfläche nicht glücklich sein könnte. Aber ich weiß die Schönheit dieses Ortes durchaus zu würdigen und kann gut verstehen, weshalb ihr unbedingt wieder hier leben wollt.«

Sie gingen ein Stück nebeneinander her. Warlon machte ihn auf die Statuen einiger besonders berühmter Krieger oder Könige und auf ein paar außergewöhnlich prachtvolle Häuserfassaden aufmerksam.

»Ich fürchte, vor allem außerhalb der Kriegerkaste wollen viele gar nicht mehr zurück, wie man so hört«, sagte er schließlich. »Sie haben sich bereits mit dem Verlust der Stadt abgefunden, und der Zauber des Namens Zarkhadul verfehlt auch auf viele Krieger seine Wirkung nicht. Elan-Dhor mag prachtvoll sein, aber es kann sich an Schönheit nicht mit Zarkhadul messen, das hat selbst Barlok bestätigt, der dort war. Und er wäre der Letzte, der freiwillig für immer von hier fortgehen würde. Aber unsere Minen sind weitgehend erschöpft, und unser Volk, das einst in verschwenderischem Reichtum schwelgte, verarmt immer mehr.«

»Hm«, brummte Malcorion. »Das ist ein hoher Preis nur für Nostalgie und das Gefühl von Heimatverbundenheit. Es steht mir nicht an, dir oder deinem Volk Ratschläge zu erteilen, aber manchmal muss man etwas aufgeben, so schwer es einem auch fällt, um etwas noch Wertvolleres zu gewinnen.«

Warlon antwortete nicht. Zu gerne hätte er Malcorion erzählt, dass ihnen aller Voraussicht nach wohl ohnehin nichts anderes übrigbleiben würde, dass allerdings weder die Oberfläche noch eine Flucht nach Zarkhadul große Sicherheit bieten würden, doch er hielt sich auch dem Waldläufer gegenüber an das von Tharlia verordnete Schweigen.

»Was hältst du davon, mich ein wenig herumzuführen und mir alles zu zeigen?«

»Gerne«, willigte Warlon ein.

Er führte Malcorion in südlicher Richtung durch die Stadt und wies ihn immer wieder auf Besonderheiten hin, an denen der Waldläufer großes Interesse zu haben schien.

Langsam näherten sie sich so dem Südtor, da auch Warlon sich davon überzeugen wollte, wie weit die Vorbereitungen bereits fortgeschritten waren. Längst nicht alle Zwerge, die Elan-Dhor mittlerweile erreicht hatten, halfen beim Aufbau der Verteidigungsstellungen mit, da sie sich sonst nur gegenseitig behindert hätten. Allerdings hatten die Neuankömmlinge inzwischen diejenigen abgelöst, die zuvor mit den Arbeiten begonnen hatten. Auch die Menschen hatten sich zurückgezogen. Ihre Fähigkeiten auf diesem Gebiet konnten sich mit denen der Zwerge nicht messen, und es war sinnvoller, wenn sie sich stattdessen von dem langen Ritt und dem bereits ausgetragenen Kampf erholten.

Sie gingen weiter in die Halle der Helden, wo der Durchgang in die tieferen Minen, so gut es ging, versperrt wurde.

Zu seiner Überraschung fand Warlon dort auch Ailin vor. Bis auf einige wenige, die sich zu einem magischen Kreis zusammengeschlossen hatten, um bei der Annäherung von Thir-Ailith rechtzeitig Alarm zu geben, befanden sich fast alle Priesterinnen im Dunkelturm, um sich in ihren Zimmern auszuruhen und Kraft für ihre anstrengende Rolle beim bevorstehenden Kampf zu sammeln, so, wie sich auch zahlreiche Krieger in die Kasernen zurückgezogen hatten. Ailin jedoch stand zusammen mit Tharlia, Breesa und drei weiteren Priesterinnen ins Gespräch vertieft etwas abseits. Als sie ihn und den Waldläufer kommen sah, verließ sie die Gruppe und kam auf sie zu.

»Warlon, Malcorion, wie schön, euch zu sehen«, grüßte sie, und unter dem Schleier glitt ein Lächeln über ihr Gesicht, doch sie wurde rasch wieder ernst. »Bislang ist noch nichts von einer Gefahr zu spüren, aber ich fürchte, das ist nur die Ruhe vor dem Sturm.«

»Eine Ruhe, die hoffentlich noch lange andauert«, entgegnete Warlon. »Mit jeder Stunde, die uns bleibt, treffen weitere Krieger ein. Und wir werden jeden von ihnen dringend brauchen, wenn der Sturm einmal beginnt, denn er wird heftiger sein, als wir es uns überhaupt vorstellen können.«

»Ich werde mich allein noch ein wenig umsehen«, sagte Malcorion. »Elan-Dhor ist in der Tat ein Juwel, und ich bin stolz, wenn ich ein wenig dazu beitragen konnte, dass vielleicht schon bald euer ganzes Volk hierher zurückkehren kann.«

Mit raschen Schritten ging er davon. Warlon spürte einen Kloß im Hals. Es war nicht seine Art, zu lügen oder auch nur Informationen zu verschweigen, erst recht nicht vor seinen Freunden, obwohl er einsah, dass es in diesem Fall nicht anders ging. Immerhin stand das Überleben seines gesamten Volkes auf dem Spiel, und vermutlich nicht nur seines eigenen...

Der erste Teil des Weges war Barlok mehr oder weniger bizarr erschienen, einerseits wegen seiner seltsamen Existenzform, aber auch durch die extrem verfremdete Art, seine Umgebung wahrzunehmen.

Die letzten Meilen hingegen waren einfach nur schrecklich.

Viele der Stollen, durch die ihn sein Weg führte, waren nicht sonderlich breit, und die meiste Zeit musste er sich an die Wand gepresst eng an den Thir-Ailith vorbeizwängen. Dabei war schon ihre bloße Nähe für ihn kaum erträglich. Ein namenloses, unmöglich zu benennendes Grauen ging von ihnen aus, das er auch früher schon in ihrer Gegenwart verspürt hatte. Allerdings war er dem zuvor nur in der Schlacht ausgesetzt gewesen, wenn er es aufgrund der Gefahr nicht ganz so deutlich wahrgenommen oder wenigstens die Möglichkeit gehabt hatte, mit der Axt dagegen anzukämpfen.

Hier war dies ausgeschlossen. Stattdessen war er den Ungeheuern fortwährend so nahe, dass es nicht nur gereicht hätte, den Arm auszustrecken, um sie zu berühren, sondern er gemäß Gelinians Warnung die Arme oft sogar zurückziehen musste, um Berührungen zu vermeiden.

Nicht immer gelang ihm das.

An manchen Stellen trennte ihn kaum mehr als eine Handbreit von den Thir-Ailith, sodass eine Berührung geradezu unvermeidlich war, sobald einer von ihnen eine winzige Bewegung zur Seite machte oder auch nur seinen Arm ein wenig ausstreckte.

Wenn dies geschah, kam es zu keiner direkten Berührung, sondern die Körper der Thir-Ailith glitten, wie es die Elbenmagierin vorausgesagt hatte, durch seinen nicht stofflichen, nur in seiner eigenen Vorstellung existierenden Leib hindurch. Jedes Mal empfand er es, als hätte ihn etwas gestreift, das noch um ein Vielfaches kälter als Eis war. Blitzartig breitete sich die unsagbar grausame Kälte in ihm aus, sodass er meinte, selbst als körperlose Wesenheit zu Eis erstarren zu müssen.

Und auch die betroffenen Dunkelelben mussten etwas spüren, ebenfalls ganz so, wie Gelinian gesagt hatte, denn stets stutzten sie und zögerten einen kurzen Moment. Barlok war sicher, dass er dann einen verwirrten Ausdruck auf ihren Gesichtern bemerkt hätte, wenn er mehr als nur hell leuchtende Schemen gesehen hätte. Die richtigen Schlüsse jedoch zog keiner von ihnen, sondern sie marschierten rasch weiter, hielten alles offenbar nur für Einbildung oder achteten zumindest nicht weiter darauf.

Dennoch war Barlok jedes Mal froh, wenn er eine größere Höhle erreichte und sich wenigstens ein Stück von ihnen entfernen konnte, um sich der finsteren Ausstrahlung kurzzeitig zu entziehen. Ununterbrochen dieser Aura ausgesetzt zu sein begann seinen Verstand zu zerrütten, und er hatte fast das Gefühl, sie würde ihm alle Kraft entziehen und ihn lähmen.

Schließlich gelangte er in den Bereich, in dem der von ihm geleitete Erkundungstrupp vor einigen Monaten erstmals Gold entdeckt hatte. Jetzt war nichts mehr davon zu sehen, kein Wunder, hatte das Gestein doch nur durch die Magie der Elben dieses Aussehen angenommen. Mittlerweile war diese Wirkung verflogen. Die Wände, die zuvor in purem Goldglanz erstrahlt waren, leuchteten jetzt in hellem Grau, waren also in Wahrheit dunkel wie ganz normaler Fels.

Barlok eilte weiter und gelangte an die Stelle, wo Warlon die Felswand eingeschlagen und das Bannsiegel dadurch zerstört hatte. Glücklicherweise hatten die Thir-Ailith den ursprünglich nur kleinen Durchbruch erheblich erweitert, sonst hätten sie ihn nur nacheinander passieren können, und für ihn hätte es gar keine Möglichkeit gegeben, hindurchzuschlüpfen. So jedoch stellte auch dies kein Problem dar, zumindest, was den Platz anging.

Dennoch verharrte er an die Wand gedrückt vor dem Durchgang. Sogar die grauenvolle Ausstrahlung der an ihm vorbeimarschierenden Thir-Ailith schien kurzzeitig nachzulassen oder zumindest von einem anderen, noch größeren Schrecken überlagert zu werden.

Direkt nach der Entdeckung der dahinterliegenden Höhle hatte er diese zusammen mit Warlon kurz betreten, und das war ein Erlebnis gewesen, an das er sich nur noch mit Schaudern erinnerte. Seltsamerweise war ihm dieses Gefühl selbst sehr intensiv im Gedächtnis haften geblieben, weniger jedoch die Ursache, die es ausgelöst hatte, obwohl auch das nicht ganz stimmte. Er erinnerte sich an jedes Detail, an alles, was geschehen war, doch erschien ihm im Nachhinein alles wesentlich harmloser, als er es in der konkreten Situation empfunden hatte, weil das Gefühl von Gefahr und Bedrohung durch etwas ungeheuer Fremdartiges einfach nicht richtig greifbar gewesen war.

Wenn er dazu in der Lage gewesen wäre, hätte Barlok tief durchgeatmet, ehe er sich überwand und die Kraft für den entscheidenden Schritt vom Stollen in die Höhle aufbrachte, die den Beginn des Reiches der Dunkelelben darstellte.

Wie befürchtet steigerte sich das Gefühl von starkem Unbehagen, das er ohnehin schon aufgrund der Nähe der Thir-Ailith empfand, auch dieses Mal schlagartig, bis es ganz dicht an der Grenze zur Angst oder gar Panik lag. Dabei gab es auch diesmal keinen erkennbaren Grund dafür, sah man davon ab, dass eine unendlich große Armee der schrecklichsten Kreaturen, auf die Barlok jemals gestoßen war, kaum eine Armlänge von ihm entfernt vorbeimarschierte. Aber das Gefühl ging nicht von ihnen aus, sonst hätte er es schon die ganze Zeit in dieser Intensität verspüren müssen.

Es war die Umgebung selbst, ein von verderblicher Magie verpesteter Odem des Bösen, der hier überall spürbar war. Alles in Barlok drängte danach, diesen Ort augenblicklich wieder zu verlassen, und er musste seine ganze Willenskraft aufbieten, um diesem Drang nicht nachzugeben.

Er erinnerte sich aus seinem ersten Aufenthalt daran, dass der Fels des Bodens und der Wände so dunkel gewesen war, dass er fast schwarz gewirkt und keinerlei Licht zurückgeworfen hatte. Schon nach wenigen Schritten war der Schein der Laterne damals von der Luft selbst aufgesogen worden und vor den Augen der Zwerge zu Dunkelheit zerfasert.

Diesmal gab es kein Licht, doch leuchtete die Höhle dafür umso heller, fast schon grell. Zum ersten Mal konnte Barlok nun erkennen, dass es sich um ein wahrhaft gigantisches, von zahlreichen natürlichen Säulen gestütztes Gewölbe handelte, durch das sich der endlose Heerzug der Thir-Ailith vom einen Ende zum anderen wälzte.

Er gönnte sich ein paar Sekunden Rast in der Hoffnung, dass sein fast panisches Unbehagen abnehmen würde. Doch dem war nicht so, und schließlich zwang er sich weiterzugehen.

Als er das jenseitige Ende erreichte, entdeckte er direkt neben einem bogenförmigen Durchgang eine Art Bild, ein verwirrendes Muster, das in den Fels graviert war. Es hob sich fast weiß vom ohnehin hellen Fels ab. Hastig wandte Barlok den Blick in eine andere Richtung. Eine ähnliche Darstellung hatte er bereits bei seinem ersten Aufenthalt hier unten auf einer der Säulen in der Nähe des Eingangs gesehen und sich fast darin verloren, weil ihn das Bildnis sogleich in seinen Bann geschlagen und Besitz von ihm ergriffen hatte.

Wenn man die Linien nur ein paar Sekunden lang betrachtete, schienen sie sich zu verändern, als wären sie lebendig, und ließen Formen entstehen, die schlicht unmöglich waren und jeden normal arbeitenden Verstand überforderten, ihn immer weiter in einen Abgrund stießen, in dem Wahnsinn und vielleicht noch Schlimmeres lauerte. Einmal schon hätte ihn ein solches Bild beinahe geködert, ein weiteres Mal würde Barlok diesen Fehler nicht begehen.

Ohne dem sinnverwirrenden Bildnis noch einen Blick zu widmen, verließ er die Höhle. Ein regelrechtes Labyrinth von sich kreuzenden und voneinander abzweigenden Stollen erwartete ihn. Obwohl er sich nicht verirren konnte, da er wie jeder Zwerg die Kunst beherrschte, einen einmal gegangenen Weg immer wieder zu finden, würde er wahrscheinlich Tage benötigen, um ohne Hilfe darin zurechtzukommen und einen Weg hindurchzufinden.

Aber er hatte ohnehin beschlossen, dem Heerzug der Dunkelelben weiterhin zu folgen. Auch wenn für Gelinian die Befreiung der gefangenen Elben im Vordergrund stand, wollte Barlok vor allem herausfinden, was es damit auf sich hatte, dass die Thir-Ailith ihre Krieger »erschaffen« konnten, wie es die Magierin ausgedrückt hatte. Was lag da also näher, als ihren Weg bis zum Ursprung zurückzuverfolgen?

Die Gänge waren breit und größtenteils in ihrem natürlichen Zustand belassen worden. Zu seiner Überraschung entdeckte Barlok stellenweise aber auch Spuren künstlicher Bearbeitung. Sie waren nur oberflächlich und zweckmäßig ausgeführt worden, längst nicht so kunstvoll, wie Zwerge es getan hätten, aber dennoch mit einem erstaunlichen Geschick, das Barlok den Dunkelelben nicht zugetraut hätte, wenn sie denn dafür verantwortlich waren. Nicht einmal die Hochelben verstanden sich gut auf die Bearbeitung von Stein, sondern schätzten nur lebende Materialien.

Dennoch – zusammen mit den seltsamen Bildern war dies schon der zweite Hinweis darauf, dass sie in den unterirdischen Höhlen nicht nur hausten, wie sie sie vorgefunden hatten, sondern ihre Umgebung tatsächlich auch umgestalteten. Zumindest die in den Fels gravierten Bilder jedoch zeigten lediglich, wie unglaublich fremdartig und von Wahnsinn durchdrungen ihre gesamte Denkweise war.

Ansonsten jedoch war zumindest bislang von irgendwelchen Bergbauarbeiten nichts zu entdecken. Dafür stieß Barlok immer wieder auf die bizarren Gravuren in den Wänden, manchmal völlig unvorbereitet hinter einer Biegung des Ganges, sodass es ihm schwerfiel, noch rechtzeitig den Blick abzuwenden, bevor sie ihn in ihren Bann ziehen konnten. Aber wenn alles andere, was die Thir-Ailith hier unter der Erde errichtet haben mochten, der gleichen vom Wahnsinn geprägten Ästhetik entstammte, war es vielleicht besser, wenn er erst gar nichts davon zu Gesicht bekam.

Immer wieder mündeten die Stollen, denen er folgte, in Grotten und Höhlen, von denen viele nur klein, manche aber auch so gewaltig wie die Wohnhöhle waren, in der sich Elan-Dhor befand.

Ein kleines Stück hinter einer erneuten Biegung des Stollens, dem er gerade folgte, passierte Barlok einen weiteren großen Torbogen. Kaum hatte er ihn durchschritten, blieb er wie angewurzelt stehen und starrte auf das unglaubliche Bild, das sich ihm bot.

Die Halle, die vor ihm lag, war gewaltig, ein ungeheuerliches Gewölbe, das es fast mit dem des Tiefenmeeres aufnehmen konnte, doch das allein war es nicht, was ihn so aus der Fassung brachte.

Befand er sich überhaupt noch unter der Erde?

Es fiel Barlok schwer, das zu glauben. Vor ihm erstreckte sich ein riesiger Wald mit Baumstämmen, von denen einige mehrere Meter durchmaßen. Hoch ragten sie empor, ehe sich die Stämme immer stärker in Kronen aus zahlreichen Ästen verzweigten und innerhalb der Höhle ein dichtes Blätterdach bildeten. Um die dünneren Bäume wanden sich schlangengleich Treppen, bei anderen, dickeren, schraubten sie sich im Inneren der Stämme nach oben und führten zu in unterschiedlicher Höhe im Geäst verankerten Plattformen, auf denen halbkugelförmige Gebäude errichtet waren. Zwischen den Plattformen spannten sich kühn geschwungene Stege.

Zahlreiche bunte Lichter, die sich als unterschiedlich dunkle Flecken abzeichneten, brannten an den Treppen, den Stegen und den Gebäuden, aber vielfach auch an den Baumstämmen und Ästen.

Barlok wusste nicht, wie lange er nur regungslos dagestanden und die bizarre Baumstadt angestarrt hatte, bis ihm endlich bewusst wurde, dass es sich nicht um einen echten Wald handelte. Zwar hatte er sich im Laufe der letzten Stunden mehr und mehr an die seltsame Art gewöhnt, alles nur in verzerrten, zum größten Teil grell leuchtenden Grautönen zu sehen, aber es war einfach unmöglich, Details richtig zu erkennen. Abgesehen von dem Staunen, das seinen Blick zusätzlich getrübt hatte, musste es wohl an seiner eingeschränkten Sicht liegen, dass ihm erst jetzt bewusst wurde, dass jeder einzelne der Bäume aus Stein gemeißelt war, offenbar in dem Bemühen, den ursprünglichen Lebensraum der in den Wäldern lebenden Elben nachzuahmen.

Das Ergebnis sah ungeheuer beeindruckend aus, aber nachdem Barlok die Illusion einmal durchschaut hatte, begriff er kaum noch, wie er sich überhaupt hatte täuschen lassen können. In den vergangenen Monaten an der Oberfläche hatte er eine Menge echter Bäume gesehen, denen diese zwar nachempfunden waren, mit deren von der Natur geschaffenen Formen sie aber nicht mithalten konnten.

Dennoch – für ein Volk, von dem er bislang geglaubt hatte, dass all sein Denken nur auf Töten und Vernichten ausgerichtet wäre, stellte all dies eine ungeheure Leistung dar, obwohl Zwerge die Arbeit sicherlich noch besser ausgeführt hätten.

Zumindest *anders*.

Irgendetwas an dieser gesamten Stadt störte Barlok. Nicht nur ihre Bauweise wirkte auf ihn befremdlich, da war noch etwas anderes. Immer wieder meinte er etwas zu entdecken, das einfach *unmöglich* war und jeglichem klaren Denken Hohn sprach. Gekrümmte Geraden oder Winkel, die auf unbeschreibliche Art in sich verdreht waren, runde Objekte mit Ecken, Spiralen, die sich geradewegs in die Unendlichkeit zu schrauben schienen…

Sein Verstand weigerte sich schlichtweg, diese Details richtig zu sehen. Wann immer Barlok seinen Blick genauer darauf richtete, konnte er nichts Außergewöhnliches feststellen – alle Formen schienen so zu sein, wie sie sein sollten. Und dennoch bildete er sich nicht bloß etwas ein, da er die Unmöglichkeiten fast augenblicklich wieder an einer anderen Stelle wahrnahm, sobald er eine der Sinnestäuschungen gründlicher betrachtete.

Auf nicht ganz so intensive Weise, aber dafür in viel größerem Umfang erlebte er hier das, was auch die in den Fels gravierten Bilder im Betrachter auslösten, und er fürchtete, wenn er sich zu lange damit beschäftigte, würde es ebenfalls seinen Verstand verwirren und könnte nur im Wahnsinn enden.

Immer wieder meinte er aus den Augenwinkeln huschende Schatten oder sonstige Bewegungen wahrzunehmen, die einfach nicht vorhanden waren, aber es bewegte sich auch tatsächlich etwas in dieser Stadt.

Abgesehen von dem Heereszug der Krieger war eine Reihe Dunkelelben auf den Treppen, Stegen oder auch dem

Boden zwischen den künstlichen Baumriesen zu sehen, bei denen es sich vermutlich nicht nur um für den Kampf geschaffene Drohnen, sondern um echte Thir-Ailith handelte.

Ihr Anblick führte Barlok wieder vor Augen, dass er selbst in dieser körperlosen Existenzform in Gefahr schwebte, wie Gelinian ihm nachdrücklich eingeschärft hatte.

Es kostete ihn alle Selbstüberwindung, weiterzugehen und die Stadt der Thir-Ailith zu betreten.

12

LICHT UND SCHATTEN

»Hast du irgendetwas von Lokin gehört?«, erkundigte sich Ailin. »Seit der Schlacht habe ich ihn nicht mehr gesehen.«

»Ich habe ihn zuletzt vor unserem Aufbruch nach Elan-Dhor getroffen«, sagte Warlon. »Wie Tharlia es versprochen hat, wurde er rehabilitiert und ist nicht länger ein Ausgestoßener. Er darf wieder den Namen seines Hauses tragen und wurde mit allen Ehren erneut in die Kriegerkaste aufgenommen.«

»Das freut mich für ihn. Und was ist mit Barlok? Gibt es schon irgendwelche Neuigkeiten von ihm?«

»Nein.« Warlon schüttelte den Kopf. »Ich war gerade noch bei ihm. Er liegt wie tot in der Tempelhalle. Und wie es um seinen Geist steht oder wo er sich derzeit befindet...« Er zuckte mit den Achseln. »Ich verstehe nichts von diesen Angelegenheiten, und ich möchte auch gar nicht mehr darüber wissen. Diese ganzen übernatürlichen Dinge sind mir nach wie vor äußerst unheimlich.«

»Obwohl es unser Volk ohne die Fähigkeiten des Ordens vielleicht schon gar nicht mehr geben würde? Und außerdem hast erst du Barlok dazu überredet, wie ich gehört habe.«

»Hm, auch unheimliche Dinge müssen eben getan werden, wenn es die Not erfordert.« Warlon schnitt eine Grimasse. »Manchmal gibt es Wichtigeres als das, was man gerne tun oder nicht tun möchte.«

»Ja«, murmelte die Priesterin leise. »Wir alle sind Pflichten und Regeln unterworfen, denen wir nachkommen müssen. Selbst wenn unser Herz manchmal etwas ganz anderes begehrt.«

Warlon warf ihr einen verwirrten Seitenblick zu, während sie ziellos ein Stück nebeneinanderher gingen. Er war nicht mehr ganz sicher, wovon sie sprach. Ihr Gesicht war unter dem Schleier nur undeutlich zu erkennen, aber es zeigte einen traurigen Ausdruck. Als sie seinen Blick erwiderte, wandte er den Kopf rasch ab und schaute stattdessen erneut zum Südtor und den Verteidigungsstellungen hinüber.

»Es scheint gut voranzugehen«, sagte er. »Wenn die Ruhe noch etwas andauert und die Thir-Ailith uns noch ein paar Stunden gewähren, werden wir ihnen zumindest geraume Zeit standhalten können.«

»Li'thil möge es geben. Aber selbst wenn es so sein sollte, habe ich wenig Hoffnung. Die Zukunft liegt dunkel vor mir, und mein Gefühl sagt mir, dass nur wenig gute Aussichten bestehen.«

Warlon schwieg. Er brachte es nicht über sich, Ailin anzulügen, deshalb sagte er lieber gar nichts, und sie schien auch keine Antwort zu erwarten. Stattdessen atmete sie tief durch und fuhr dann fort:

»Wenn dies wirklich die Ruhe vor dem Sturm ist, dann sollten wir uns nicht jetzt schon mit den Gedanken an kommende Schrecken das Herz schwer machen. Sie werden uns noch früh genug einholen, und wer weiß, was danach sein wird. Jetzt sind wir hier in Elan-Dhor, vielleicht zum letzten Mal, und darüber sollten wir uns freuen.«

Sie griff nach Warlons Hand. Im ersten Moment schreckte er vor der unerwarteten Berührung zurück, aber dann nahm er ihre Finger rasch in die seinen. Sie fühlten sich warm und sanft an. Dennoch verspürte er ein vages Unbehagen. Zwar waren die Straßen völlig leer, aber es war bei seinem Volk nicht üblich, Zärtlichkeiten dieser Art in der Öffentlichkeit zu zeigen. Das war es jedoch nicht allein.

»Wir sollten das nicht tun«, murmelte er, brachte es aber zugleich nicht über sich, ihre Hand wieder loszulassen. Zwiespältige Gefühle erfüllten ihn. »Immerhin bist du eine Priesterin von Li'thil.«

»Glaub mir, niemand weiß das besser als ich«, sagte sie mit sanftem Spott. »Aber in unserem Orden gibt es keine Regel, die es verbietet, die Hand eines guten Freundes zu halten. Oder gelten vielleicht für euch Krieger solche Grundsätze?«

Warlon hörte auf, sich gegen etwas zu sträuben, das ihm in Wahrheit ohnehin gefiel. Vielleicht würde er in ein paar Stunden schon tot sein, deshalb war er einfach nur froh, die wenige kostbare Zeit, die ihnen noch blieb, gemeinsam mit Ailin zu verbringen.

Der künstliche Wald, der den Thir-Ailith als Stadt diente, barg bei weitem nicht so viele Behausungen auf den Baumplattformen, wie es für Barlok zu seinem Schrecken zunächst den Anschein gehabt hatte. Im Gegenteil, es mochten nicht mehr als wenige hundert sein.

Das gesamte Zentrum der Stadt wurde von einem riesigen Komplex gebildet, dessen Außenwände aus festem Stein bestanden, auch wenn dieser so bearbeitet war, dass er ebenfalls das Aussehen von Baumstämmen hatte, die miteinander verwachsen waren und dadurch zu massiven Mauern wurden. An der Vorderseite klaffte ein Eingang, auch er einander zugeneigten Stämmen nachgebildet, die sich am Scheitelpunkt zu einem Bogen vereinten.

Und aus diesem Eingang kam der endlose Heerzug der Thir-Ailith herausmarschiert.

Es hätte dessen gar nicht bedurft, um Barlok zu zeigen, dass der Komplex nicht nur das Zentrum der Stadt, sondern auch das Zentrum und der Ursprung der verderblichen Magie des Bösen war, die alles hier beherrschte und durchdrang. Das gesamte Gebäude schimmerte in einem so hellen Grau, dass es fast weiß aussah, und er konnte überdeutlich die schreckliche Macht spüren, die davon ausging.

Barlok wusste, dass er den Komplex früher oder später gewiss würde betreten müssen. Vermutlich würde er nur dort Antworten auf die zahlreichen Fragen finden, um derentwillen er diese Seelenwanderung überhaupt unternommen hatte, aber noch war er nicht bereit dazu. Zu überwältigend war die Aura des Bösen, die das Gebäude umgab, zu stark der Abscheu und die Furcht, die er davor empfand.

Bevor er diesen Schritt unternahm, gab es noch genug anderes, was er erforschen konnte, um dadurch möglicherweise ebenfalls wichtige Hinweise zu erhalten. Vor allem musste er herausfinden, wo sich die gefangenen Elben befanden, wie viele es waren und ob es eine Möglichkeit gab, sie zu befreien, allein schon, um sich nicht den Zorn Gelinians zuzuziehen und zu riskieren, dass ihre Verbündeten sich zurückzogen. Damit hätten sich vermutlich auch die letzten geringen Hoffnungen zerschlagen, und der drohende Untergang würde zur unausweichlichen Sicherheit.

In einem weiten Bogen umging Barlok das Gebäude in der Stadtmitte. Vereinzelt begegneten ihm Dunkelelben, die nur wenige Meter von ihm entfernt vorbeischritten, doch auch sie schöpften keinerlei Verdacht und nahmen seine Gegenwart nicht wahr. Bei ihnen handelte es sich mit größter Wahrscheinlichkeit um echte Thir-Ailith, nicht um nur für den Kampf geschaffene Drohnen, deshalb dürfte die Gefahr, von ihnen entdeckt zu werden, wesentlich höher sein. Aber offenbar fühlten sie sich hier, in ihrem eigenen Herrschaftsgebiet, völlig sicher.

Als er den Komplex fast zur Hälfte umrundet hatte, vernahm er knallende und klatschende Geräusche und vereinzelte Schreie. Barlok ging schneller, und kurz darauf sah er, wie eine Gruppe von knapp einem Dutzend nackter, dunkler Gestalten zwischen den steinernen Baumstämmen hindurch von einer ebenso großen Gruppe Thir-Ailith auf einen weiteren Eingang an der Rückseite des Gebäudes zugetrieben wurde. Die meisten Thir-Ailith hielten Schwerter in den Händen und fungierten offenbar nur als Wachen, aber einer trug eine brennende Laterne, und zwei von ihnen schwangen lange Peitschen, die sie in der Luft knallen und immer wieder auf die Rücken der Unglücklichen niedersausen ließen, wenn diese sich nicht schnell genug bewegten.

Barlok sah, wie eine Peitschenschnur den Rücken einer Frau traf, sich tief in ihre Haut fraß und eine Wunde hinterließ, die sofort zu bluten begann. Die Unbekannte stieß einen Schrei aus und stürzte zu Boden. Zwei weitere Gefangene sprangen sofort herbei und halfen ihr wieder auf. Mühsam und gekrümmt hastete sie weiter.

Es fiel Barlok schwer zu glauben, dass er wirklich Elben vor sich hatte, aber es konnte nicht anders sein. Es musste sich um die Gefangenen handeln, von denen Gelinian gesprochen hatte. Sie wurden von den Thir-Ailith hier wie Mastvieh gehalten – wie sie es in Zarkhadul mit Angehörigen seines Volkes getan hatten. Im gleichen Maße, in dem er die Thir-Ailith durch seine verschobene Sicht als helle Gestalten wahrnahm, erschienen die Elben ihm dunkel.

Allerdings hatten sich die Zwerge in Zarkhadul fast widerstandslos in ihr Schicksal gefügt, weil sie nie etwas anderes kennen gelernt hatten. Dort hatte er niemals so große Wachtrupps gesehen, wenn die Gefangenen ihre Zellen verlassen mussten. Stattdessen hatten die Thir-Ailith sie geistig beeinflusst und ihnen ihren Willen aufgezwungen, was ihnen bei den Elben offenbar nicht gelang, sodass ihnen nichts anderes übrig blieb, als sie mit purer Gewalt unter Kontrolle zu halten.

Kaum dass der Trupp im Inneren des Gebäudes verschwunden war, entdeckte Barlok im Hintergrund der Höhle eine weitere Gruppe aus Gefangenen und Wächtern, die sich näherte. Barlok ging ihr entgegen und daran vorbei, wobei er sich bemühte, die armen, geschundenen Kreaturen nicht anzusehen. An ihrem Schicksal konnte er nichts ändern.

In der rückwärtigen Höhlenwand gab es zwei gleichartige Torbögen, hinter denen sich Stollen erstreckten. Einige Sekunden lang betrachtete er sie unschlüssig. Er wusste nicht, aus welchem davon die Thir-Ailith mit ihren Opfern gekommen waren, und wollte er nicht riskieren, blindlings durch die Stollen zu irren, musste er wohl warten, bis ein weiterer Trupp aus einem der Durchgänge kam.

Stattdessen hörte er plötzlich gedämpfte Schreie, die aus dem linken Torbogen drangen. Barlok zögerte nicht länger, sondern beschloss, diesem Weg zu folgen. Nach wenigen Dutzend Schritten stieß er an eine Abzweigung nach rechts, die er jedoch ignorierte, und wenig später sah er vor sich eine weitere Gruppe Gefangener. Sie war wesentlich größer als die, der er zuvor begegnet war, bestimmt dreißig Elben, die von ungefähr gleich vielen Thir-Ailith bewacht wurden. Und sie kamen ihm nicht entgegen, sondern gingen vor ihm her in der gleichen Richtung.

Dennoch entschied sich Barlok, ihnen zu folgen.

An den Wänden hingen vereinzelt Laternen. Ihren Lichtschein und die unmittelbar davon beleuchtete Umgebung hatte er dunkel wahrgenommen, doch zu seiner Verwunderung bemerkte er, dass sich die Dunkelheit rasch immer weiter ausbreitete. Erschrocken blieb er stehen, bis ihm klar wurde, dass mit einem Mal das Laternenlicht nicht mehr dunkel wirkte, sondern hell wie eh und je zu strahlen begann. Gleichzeitig kehrten auch die Farben wieder in die Welt zurück, und er sah mehr als nur abgestufte Grautöne.

Da es hier nicht mehr völlig finster war, hatte sich sein Sehvermögen von selbst wieder normalisiert. Rasch eilte er weiter, um den Anschluss an die Gruppe vor sich nicht zu verlieren.

Nach einiger Zeit vernahm er über das Knallen der Peitschen und die immer wieder aufklingenden Schreie hinweg noch andere Geräusche, die ihm vertraut waren, auch wenn er sie gerade hier niemals erwartet hätte. Der Stollen mündete in eine weitere riesige Höhle, deren Boden in ungleichmäßig großen und hohen Trassen abfiel. Auch hier brannten überall Laternen und tauchten alles in mattes Zwielicht. Am Grund der Grube und vereinzelt auch auf den Trassen bearbeiteten von Thir-Ailith scharf bewachte Elben das Gestein mit Hacken und luden die losgeschlagenen Brocken dann auf Loren, die von anderen Elben weggezogen wurden. In den Wänden der Höhle klafften etliche Stollen, aus denen ebenfalls immer wieder voll beladene Loren herauskamen, während leere darin verschwanden.

So unglaublich es Barlok auch erschien, aber vor sich sah er ein riesiges Bergwerk, in dem Erz gefördert wurde. Im Hintergrund der Höhle entdeckte er auch gewaltige Schmelzöfen und andere Anlagen zur Gewinnung und Weiterverarbeitung des im Erz enthaltenen Eisens, das dann von Elben zu Schwertern und anderen Waffen geschmiedet wurde. Wie auch immer die Thir-Ailith ihre Armee von Drohnen-Kriegern erschaffen mochten, bei ihrer Bewaffnung waren sie auf ganz herkömmliche Methoden angewiesen.

Die Elbengruppe, der er gefolgt war, wurde über eine Rampe in die Tiefe getrieben, andere Elben ließen zu Tode erschöpft ihre Werkzeuge fallen, um von den Neuankömmlingen abgelöst zu werden. Einige brachen vor Entkräftung an Ort und Stelle zusammen und wurden dafür noch ausgepeitscht.

Entsetzt wich Barlok zurück, er konnte den Anblick nicht länger ertragen. Obwohl keine Angehörigen seines Volkes betroffen waren, war das, was er hier zu sehen bekam, noch weitaus schlimmer als das, was in Zarkhadul geschehen war. Bis sie bei Erreichen des Erwachsenenalters getötet wurden, hatten die gefangenen Zwerge dort in ihren Wohnhöhlen weitgehend friedlich dahinvegetieren können; die einzige Pflicht, die die Dunkelelben von ihnen verlangt hatten, war das Gebot gewesen, sich zu vermehren. Anders als die Elben hier hatten sie jedoch keine Sklavenarbeit verrichten und sich nicht auf grausamste Art zu Tode schuften müssen.

Barlok kehrte zurück in die Wohnhöhle. In der Dunkelheit, die ihn umfing, begann sich sein Sehvermögen wieder zu verändern, und er wählte diesmal den rechten Torbogen. Nach einem kurzen Stück passierte er eine massive Gittertür, die jetzt offen stand, allerdings von einem Dunkelelben bewacht, sodass sie im Ernstfall rasch geschlossen werden konnte.

Dahinter hingen wieder Laternen, und nahezu sofort

kehrte seine Sichtweise, die sich gerade erst zu verändern begonnen hatte, erneut zur Normalität zurück. Auf beiden Seiten waren weitere Gittertüren in die Wände des von zahlreichen Thir-Ailith bewachten Stollens eingelassen. Barlok warf einen Blick durch einige von ihnen und entdeckte dahinter winzige Kammern, in denen Elben in qualvoller Enge eingepfercht waren.

Eine der Türen ein Stück entfernt wurde gerade von einem Thir-Ailith geöffnet. Andere trieben einen Teil der darin eingesperrten Gefangenen heraus. Barlok sah, dass ihre Peitschenschnüre in magischem Feuer düster glühten. Kein Wunder, dass sie so entsetzliche Wunden rissen. Für Menschen würden wahrscheinlich schon ein oder zwei Hiebe tödlich sein, und viel mehr würden wohl auch Zwerge nicht überleben, aber trotz ihrer hageren, schmächtig wirkenden Körper schienen die Elben über eine erstaunliche Widerstandskraft zu verfügen.

Barlok sah, wie einer von ihnen einem Peitschenhieb auswich, sich blitzartig auf einen der Wachposten stürzte und ihm sein Schwert entriss, ehe dieser reagieren konnte. Dann streckte der Elb ihn mit seiner eigenen Waffe nieder.

Sein Angriff war ein Signal für die übrigen Gefangenen. Auch sie stürzten sich auf ihre Peiniger, doch hatten diese sich inzwischen von ihrer Überraschung erholt. Mit brutaler Gewalt schlugen sie den Aufstand nieder. Sie töteten mehrere der Angreifer mit ihren Schwertern, gleichzeitig sausten die Peitschen in wildem Stakkato auf die Rücken der Elben nieder, bis sie ihre Rebellion aufgaben und zurückwichen. Auch der Elb, der das Schwert seines Wächters erbeutet hatte, lag tot am Boden.

Schaudernd wandte Barlok sich um und kehrte in die Baumhalle zurück. Er hatte gewusst, dass ihn Schreckliches erwarten würde, hier unten, im ureigenen Reich der Thir-Ailith, aber nicht, dass es so schlimm werden würde. Keine Kreatur, ob Zwerg, Elb, Mensch, Goblin oder welches Wesen auch immer, hatte ein solches Schicksal verdient, und jeder, der davon wusste und nichts unternahm, machte sich selbst mit daran schuldig.

Aber was sollten er und sein Volk dagegen tun? Zwerge und Menschen waren selbst von der Vernichtung oder der Sklaverei bedroht.

Dennoch zweifelte Barlok nicht daran, dass zumindest Gelinian und ihre Begleiter auf keinen Fall untätig bleiben würden, wenn sie erfuhren, welche entsetzlichen Torturen Angehörige ihres Volkes hier erleiden mussten. Er konnte nur hoffen, dass sie ihr Leben nicht bei irgendeiner sinnlosen, selbstmörderischen Unternehmung opferten und dadurch als Verbündete verloren gingen. Zwar schien Derartiges nicht ihrer Art zu entsprechen, aber wie sie sich in extremen Situationen verhielten, wagte Barlok nicht vorauszusagen.

Langsam und immer noch zögernd näherte er sich dem riesigen Komplex im Zentrum der Baumstadt. Er hatte gehofft, sich an die Ausstrahlung des Bösen und Fremdartigen wenigstens ein bisschen zu gewöhnen oder zumindest sein Schaudern und seine Furcht besser in den Griff zu bekommen, aber davon konnte keine Rede sein. Jeder Stein, jeder Fußbreit Boden schien ein Gefühl der Bedrohung auszuatmen, das umso stärker wurde, je mehr er sich dem Zentrum näherte.

Auch die sonderbaren Trugbilder begannen ihn erneut zu narren – wenn es denn nur Trugbilder waren. Immer wieder meinte er aus den Augenwinkeln Bewegungen wahrzunehmen, wo keine waren, oder sein Blick wurde von architektonischen Unmöglichkeiten angezogen. Es war, als wollten die Häuser, Stege und Steinbäume ihn verhöhnen, indem sie sich ständig veränderten und sich ein Stück weit in die Richtung verschoben, in der der Wahnsinn lauerte, um dann, sobald er hinsah, blitzartig in ihren ursprünglichen Zustand zurückzukehren und Barlok an anderer Stelle erneut irrezuführen.

Es war, als würde er durch einen Gestalt gewordenen Fiebertraum laufen, und jeder Schritt fiel ihm ein bisschen schwerer als der vorige. Alle paar Sekunden überkam ihn ein Schwindelgefühl, und in seinem Kopf erwachte ein leichter, dumpfer Schmerz, je genauer er seine Umgebung in Augenschein zu nehmen versuchte. Die sinnverdrehenden Winkel, Linien und Formen, die er immer wieder zu sehen glaubte, konnte es einfach nicht geben. Sie sprachen jedem gesunden Verstand Hohn, und schon die bloße gedankliche Beschäftigung damit drohte seinen Geist zu verwirren und möglicherweise irreparabel zu schädigen. Bereits jetzt musste er immer wieder benommen den Kopf schütteln.

Barlok entschied, sich dem Gebäude nicht von der Rückseite her zu nähern, da von dort aus die gefangenen Elben hineingeführt wurden und an den Eingängen vermutlich Wachen standen, wodurch sich die Gefahr eines versehentlichen Zusammenstoßes und damit seiner Entdeckung vergrößerte.

Stattdessen nahm er den Weg zurück, auf dem er gekommen war, in gebührender Entfernung an dem Gebäude vorbei, bis er sich widerstrebend dem vorderen Eingang näherte. Mühsam musste er sich zu jedem Schritt zwingen. Huschende Schatten schienen vor ihm aus Winkeln und Nischen zu fliehen und um ihn herum einen spöttischen

Tanz gerade außerhalb seines direkten Sichtfeldes aufzuführen.

Er sollte nicht hier sein, das war kein Ort für einen Zwerg. Das Reich der Thir-Ailith war nicht einfach nur ein bislang unbekannter Teil der Tiefenwelt, sondern bildete eine eigene, völlig fremde Welt, in die er unbefugt eingedrungen war, und seine Anwesenheit hier würde nicht ungesühnt bleiben.

Mit aller Macht bemühte sich Barlok, diese Gedanken zu verdrängen und auch die sinnverwirrenden, trügerischen Veränderungen seiner Umwelt zu ignorieren, so unheimlich diese auch sein mochten. Bis auf knapp zehn Meter hatte er sich dem Eingang inzwischen genähert, doch was dahinter lag, konnte er selbst jetzt noch nicht erkennen, alles verschwamm in äußerst hellen Grautönen.

Unmittelbar vor dem Durchgang zögerte er noch ein letztes Mal, dann trat er mit einem beherzten Schritt an den herausmarschierenden Dunkelelben vorbei über die Schwelle.

Und hinein in den Albtraum.

Grelles Licht, noch viel stärker, als es von außen den Anschein gehabt hatte, umfing ihn und blendete ihn, sodass es ihm unmöglich war, überhaupt noch etwas zu sehen. Aber das war längst nicht das Schlimmste. Viel schlimmer war das, was er fühlte.

Hass, ein grenzenloser, jedes positive Gefühl erstickender Hass auf alles, was lebte.

Vergeltungssucht, das brennende Verlangen, das Geschenk blutiger Rache für jede einstmals selbst erlittene Pein zu überreichen.

Vernichtungswille, der unbändige Drang, alles, was gut und schön war, zu zerstören, jede fremde Ordnung und Moral zu stürzen und nichts als Schrecken und pures Chaos zu verbreiten.

Herrschaftsgier, die tyrannische Sucht, alles, was anders war, zu unterwerfen und zu versklaven.

Mordlust, der ungezügelte Hunger, alles Lebende zu töten, und auszurotten, was nicht unterworfen werden konnte oder selbst versklavt nicht länger von Nutzen war.

All das brach mit der Wucht von Hammerschlägen über Barlok herein, sodass er das Gefühl hatte, unter der schieren Gewalt der finsteren, nur auf Tod und Vernichtung ausgerichteten Empfindungen zermalmt zu werden. Alles um ihn herum war davon durchdrungen. Wenn es so etwas wie das absolute Böse gab, die Essenz alles Verderblichen, dann fand er sich dem hier und jetzt gegenüber. Ein Aufruhr unterschiedlichster Emotionen tobte mit grell lodernder Intensität in seinem Geist.

Furcht.
Angst.
Panik.
Schrecken.
Leid.
Schmerz.
Grauen.
Entsetzen.
Abscheu.
Ekel.

Wahrscheinlich wäre er auf der Stelle zusammengebrochen, wenn er einen Körper besessen hätte. Hilflos und allein stand er dem grellen Licht ausgesetzt, das in Wahrheit schwärzeste Dunkelheit war, und wusste nicht mehr, welche Gefühle seine eigenen waren und welche von außen auf ihn eindrangen. Alles wirbelte in seinem Verstand durcheinander, es gelang ihm nicht mehr, einen klaren Gedanken zu fassen. Die finstere Macht, mit der er es hier zu tun hatte, war einfach unvorstellbar und gewaltig.

Es waren keine Schreie mehr zu hören, nur noch die hallenden, im Gleichklang ertönenden Schritte der Thir-Ailith, dazu ein leises, widerwärtiges, entfernt wie Schmatzen oder Saugen klingendes Geräusch, das alle paar Sekunden erklang, ohne dass Barlok sich erklären konnte, worum es sich handelte.

Inmitten der grellen Helligkeit begann er nun einzelne Abstufungen wahrzunehmen. Eine Schlange geringfügig dunklerer Schatten bewegte sich neben ihm: die in die Schlacht ziehenden Thir-Ailith, die ihm zuvor schon fast weiß vorgekommen waren, sich hier jedoch nicht mit der umgebenden Helligkeit messen konnten.

Aber es gab auch das Gegenteil: Quellen ganz besonders intensiv gleißenden Lichts. Eine davon war gigantisch und nahm den größten Teil der Halle ein, soweit er sie überblicken konnte, eine weitere, deutlich kleinere, befand sich etwas rechts davon. Drei mehr als mannsdicke, grell strahlende Linien erstreckten sich von dort wie sich windende Schlangen zu der riesigen Lichtquelle.

Einzelheiten jedoch vermochte Barlok auch jetzt noch nicht zu erkennen, und ihm blieb auch keine Zeit, weitere Erkundungen anzustellen.

Ein nervenzerreißender Schrei voller Wut und Hass, der auch das Herz des furchtlosesten Kriegers mit nackter, kreatürlicher Panik erfüllt hätte, gellte mit einem Mal unmittelbar in seinem Kopf auf, und ohne eine Spur des Zweifels wusste Barlok, dass er von der fremden Macht, die hier lauerte, entdeckt worden war. Für sie, die womöglich selbst nur eine körperlose Inkarnation des absoluten Bösen war, spielte es keine Rolle, ob er einen Körper besaß oder nicht, ihr Blick durchbohrte alles, und sie nahm seine Gegenwart so deutlich wahr wie er die ihre. Nackt und schutzlos fühlte er sich diesem Blick ausgeliefert.

Mit letzter Kraft, von der Barlok selbst nicht mehr wusste, woher er sie noch nahm, taumelte er zurück. Vermutlich rettete ihn nur die Tatsache, dass er unmittelbar am Eingang stehen geblieben war, denn kaum hatte er die Schwelle rückwärts wieder überschritten, nahm der auf ihm lastende Albdruck deutlich ab und sank auf ein halbwegs erträgliches Maß.

Dafür jedoch brachen andere Empfindungen plötzlich über ihn herein. Eine lautlose, aber dennoch ungeheuer machtvolle Stimme dröhnte mit einem Mal in seinem Geist. Sie sprach keine Worte, die er verstand, trotzdem begriff er ihren Sinn.

Kehre um!
Komm zurück!

Er kannte diese Befehle schon von den Thir-Ailith in Zarkhadul, die auf diese Art Gefangene unter ihren Willen zwangen, und normalerweise gab es gegen ihre suggestiven Befehle keinerlei Widerstand.

Die Stimme hier war noch ungleich machtvoller, und Barlok erkannte die Weisheit von Gelinians Entscheidung, gerade ihn herzuschicken. Als es ihn entdeckt hatte, war das Böse in der Halle offenbar so überrascht gewesen, dass es ihn nicht sofort angegriffen hatte. In seiner unmittelbaren Nähe, das wusste Barlok, wäre es auch ihm nicht gelungen, sich gegen die fremden Befehle zu behaupten.

Trotz seiner Immunität fiel es ihm selbst jetzt noch ungeheuer schwer, dem Zwang, augenblicklich umzukehren, zu widerstehen. Keinem anderen Zwerg wäre das überhaupt gelungen, und Barlok spürte, wie erneut Panik von ihm Besitz ergriff. Er wusste, dass er verloren war, wenn er jetzt unterlag und die fremde Macht Gewalt über ihn erlangte. Wenn sie ihn nicht direkt tötete, was vermutlich eine Gnade wäre, würde sie ihn auf ewig hilflos in diesem Zustand belassen oder ihn ins Nichts schleudern. Sein schlimmster Albtraum würde wahr werden, für ewige Zeiten körperlos umherzutreiben, ohne jemals sterben zu können und zu seinen Ahnen in das Reich der Li'thil einzugehen, um dort Frieden zu finden.

Der Gedanke verlieh ihm noch einmal neue Kraft, sich gegen den fremden Zwang zur Wehr zu setzen. Schritt für Schritt wich er zurück.

Die Krieger-Drohnen reagierten nach wie vor nicht auf seine Anwesenheit. Weitere Thir-Ailith kamen jedoch nun aus dem Gebäude geeilt und verstärkten die suggestiven Impulse, die auf Barlok einstürmten, doch mit äußerster Willensanstrengung gelang es ihm noch einmal, sich gegen den fremden Willen zu behaupten.

Er fuhr herum und begann von Panik getrieben zu laufen, so schnell er nur konnte, als wären sämtliche Dämonen der Unterwelt hinter ihm her.

Und in gewisser Weise stimmte das ja auch.

Mehr als zwei Stunden verbrachte Warlon zusammen mit Ailin, ohne eine Minute davon zu bedauern und ohne dass es ihm einen Moment langweilig wurde. Sie spazierten gemeinsam durch Elan-Dhor und erinnerten sich daran, wie schön die Stadt gewesen war, als hier noch das Leben geblüht und niemand an eine Bedrohung wie die Dunkelelben gedacht hatte, erzählten sich gegenseitig frühere Erlebnisse und ließen sich für kurze Zeit an besonders schönen Plätzen nieder.

Er bedauerte es zutiefst, als die Priesterin sich schließlich von ihm verabschiedete, um zum Dunkelturm zurückzukehren und noch etwas zu ruhen. Wäre es allein nach ihm gegangen, hätten diese Stunden niemals zu Ende gehen müssen, obwohl er wusste, dass zwischen ihnen – selbst wenn sie den Krieg überlebten – niemals mehr als Freundschaft sein würde, so sehr er sich auch etwas anderes wünschte und der Gedanke daran ihn schmerzte.

Aber Ailins Gegenwart hatte ihn für geraume Zeit nahezu alles um sich herum vergessen lassen. Trotz der schrecklichen Lage, in der sie sich befanden, hatte er sich in ihrer Nähe wohl und entspannt gefühlt, und sie hatte ihn sogar mehr als einmal schallend und aus vollem Herzen zum Lachen gebracht, was seit langer Zeit niemandem gelungen war. Außer ihr war ihm in den vergangenen beiden Stunden nichts wirklich wichtig erschienen.

Kaum dass er wieder allein war, kehrten die düsteren Gedanken jedoch zurück, als ob sich ein Schatten über ihn senken, ihn einhüllen und alles Licht ersticken würde.

Zwar hatte er an der großen Schlacht gegen die Dunkelelben am Tiefmeer nicht teilgenommen, aber was ihm bevorstand, war dennoch bei weitem nicht der erste Kampf, in den er zog. Im Gegensatz zu manchen jungen Narren, über die er noch vor wenigen Stunden mit Barlok gesprochen hatte, hatte er dabei nie Freude oder Erregung verspürt, sondern es lediglich als eine gefährliche Pflicht betrachtet, die er am liebsten so schnell wie möglich hinter sich gebracht hatte. Gerade das Warten auf das Unausweichliche hatte er immer als besonders schrecklich empfunden.

Niemals zuvor jedoch waren die Aussichten so hoffnungslos gewesen, die Wahrscheinlichkeit, dass dies die letzte Schlacht sein würde, in die er zog, so groß.

Warlon versuchte, nicht daran zu denken, und schlug den Weg zu den Kasernen ein, die neben dem Prachtbau der Familie Korrilan, der er angehörte, sein zweites Zuhause in Elan-Dhor waren. Er beschloss, sich ebenfalls noch etwas hinzulegen. Seit er an Bord des Elbenschiffes am gestrigen Tag den Kalathun erreicht hatte, hatte er nicht mehr geschlafen. Er bezweifelte auch jetzt, dass er Schlaf finden würde, aber zumindest wollte er seinem Körper etwas Ruhe gönnen. Den meisten anderen Kriegern, die nicht am Aufbau der Verteidigung mitwirkten, war sogar ausdrücklich befohlen worden, sich zur Vorbereitung auf die bevorstehende Schlacht in ihre Quartiere zu begeben und zu ruhen.

Als Kampfführer brauchte er nicht in den normalen Mannschaftsunterkünften zu schlafen, sondern besaß ein eigenes kleines Quartier, das ihm trotz der kahlen Einrichtung Abgeschiedenheit und größere Ruhe bot. Warlon zog lediglich seine Stiefel aus und schnallte die Panzerteile seiner Rüstung ab, dann ließ er sich auf sein Bett fallen und starrte zur Decke hinauf.

Wider Erwarten fielen ihm schon nach wenigen Minuten die Augen zu, und seine Gedanken begannen sich zu verwirren. Ailin, Barlok, die Thir-Ailith, Elan-Dhor, die Elben, Zarkhadul... alles vermischte sich zu einem ungeordneten Reigen, und gleich darauf war er tief und fest eingeschlafen.

13

DIE HALLE DER HELDEN

»Sie kommen!«

Thilus zuckte zusammen, als er den Ruf von Hohepriesterin Breesa vernahm, der durch die Halle der Helden schallte. Er hatte ihn gleichermaßen gefürchtet wie herbeigesehnt, damit das von düsteren Gedanken belastete Warten nach vielen Stunden endlich ein Ende fand. Die Krieger nahmen ihn auf und gaben ihn weiter, und gleich darauf wurden Alarmhörner geblasen. Ihr lauter Klang hallte von den Wänden wider und fand innerhalb von Elan-Dhor ein Echo, als auch in den Kasernen Hörner ertönten.

Noch ein letztes Mal ließ Thilus seinen Blick prüfend umherschweifen, ob alles bereit war. Soweit er sehen konnte, waren alle Verteidigungsanlagen so solide errichtet worden, wie es in den vergangenen Stunden nur möglich gewesen war. Glücklicherweise hatten die Thir-Ailith ihnen genügend Zeit gelassen, alle nötigen Vorbereitungen zu treffen. Nirgendwo entdeckte er mehr Schwachpunkte.

Auch die Krieger selbst schienen bereit zu sein für den Kampf. Nach Kriegsmeister Loton hatte auch Thilus ihnen noch einmal eingeschärft, wie viel auf dem Spiel stand, dass es um alles oder nichts ging. Es war gerade erst einen Tag her, dass sie eine schwere Schlacht geschlagen hatten, doch hatte ihr Kampfgeist anscheinend nicht darunter gelitten. Im Gegenteil, der Sieg am Kalathun, die unverhoffte

Rückkehr nach Elan-Dhor und die Tatsache, dass sie diesen Kampf auf heimatlichem Gebiet führen konnten, hatten ihre Entschlossenheit bis zum Äußersten angefacht.

Eine Entschlossenheit, die lediglich Thilus selbst nicht verspürte. Er hatte sich ungeheuer geehrt gefühlt, dass man ihm das Kommando an der Front übertragen hatte, doch dann hatte Königin Tharlia ihm auch offenbart, wie wenig Aussichten bei diesem Kampf bestanden.

Aber selbst wenn sie mit ihren Waffen keinen Sieg erringen konnten, war er entschlossen, die Stellungen so lange wie möglich zu halten und keinen Fußbreit zurückzuweichen, soweit die Umstände es zuließen.

Es dauerte nicht lange, bis aus dem Durchgang zu den Minen der Tritt schwerer, im Gleichschritt marschierender Stiefel zu hören war, der sich rasch näherte. Kaum eine Minute später waren auf der Treppe jenseits der Barrikade die Umrisse der ersten Thir-Ailith zu erkennen. Die vordersten von ihnen zögerten kurz und hoben einen Arm, um ihre Augen gegen das grelle Licht abzuschirmen, das sie erwartete, doch wurden sie von den Nachfolgenden einfach weitergedrängt.

Zahlreiche Laternen hingen ein Stück von den Barrikaden entfernt, ihre Blenden nur auf einer Seite geöffnet, sodass ihr Lichtschein direkt auf die Treppe gerichtet war. Einige große Spiegel und zum Teil auch einfach nur blanke Metallplatten reflektierten zudem das durch die Lichtschächte hereinfallende Tageslicht in die gleiche Richtung, sodass eine extreme Lichtflut jeden erwartete und blenden musste, der sich von dort näherte.

Gerade für die Thir-Ailith, deren Augen nahezu vollständig an Dunkelheit gewöhnt waren, musste dies fast unerträglich sein. Und die ungeheuerliche Zahl, mit der sie heranrückten, gereichte ihnen dabei zum Nachteil, da sie nicht verharren und abwarten konnten, bis sich ihre Augen an die Helligkeit anpassten. Dadurch waren sie gezwungen, fast blind zu kämpfen.

Der Durchgang selbst wurde von einem Gestell versperrt, das so fest im Fels verankert war, dass es vermutlich sogar dem Ansturm eines wütenden Zarkhans hätte standhalten können. Wie Lanzen ragten in unterschiedlicher Höhe zahlreiche spitze Metallstangen daraus hervor. Von ihren eigenen Artgenossen vorwärtsgeschoben, spießten sich die angreifenden Dunkelelben darauf auf, bevor sie den Verteidigern auch nur nahe genug kamen, um einen Schwerthieb gegen sie zu führen.

Die Zwerge in den vordersten Linien hingegen hatten sich mit langen Speeren ausgerüstet, mit denen sie zusätzlich nach den Thir-Ailith stachen und viele von ihnen töteten. Auf diese Weise starben bereits während der ersten Minuten des Kampfes Dutzende von Dunkelelben, ohne dass ein einziger Zwerg zu Schaden kam oder auch nur in Gefahr geriet.

Allzu lange jedoch hielt dies nicht an. Auch wenn es sich bei den Angreifern nur um seelenlose Kampfdrohnen handelte, die keinerlei Rücksicht auf ihr Leben nahmen, waren sie dennoch ebenso intelligent wie die echten Thir-Ailith, als deren Ebenbilder sie geschaffen worden waren. Auch weiterhin opferten sie sich bedenkenlos, doch waren Schwerter nicht ihre einzigen Waffen. Zwar verfügten sie über keine Abstandswaffen wie Speere, doch trugen sie zumindest Dolche und Messer bei sich, die sie nun nach den Zwergen schleuderten.

Glücklicherweise war ihre Treffsicherheit nicht besonders groß. Das grelle Licht musste sie so stark blenden, dass sie kaum etwas von den Verteidigern sehen konnten. Häufig prallten die Klingen an den Helmen, Brustpanzern oder Kettenhemden ab, doch forderten sie auch Opfer unter den Zwergen, zumal die Waffen so schnell geflogen kamen, dass ein Ausweichen meist gar nicht mehr möglich war.

Erst im letzten Moment sah Thilus eines der Wurfgeschosse auf sich zurasen. Noch bevor er seine Schrecksekunde überwunden hatte, war es bei ihm, verfehlte seinen Kopf jedoch knapp und prallte vom Helm eines hinter ihm stehenden Kriegers ab. Im gleichen Moment rammte ein anderer Krieger dem Thir-Ailith, der den Dolch geschleudert hatte, seinen Speer in die Brust.

Hunderte von ihnen waren mittlerweile gefallen, und ganz wie geplant wurde auch das ein Problem für die Angreifer. Am Tiefenmeer war es ihr selbstmörderischer Ansturm gewesen, der die Barrikaden zunichtegemacht hatte, indem die Dunkelelben irgendwann einfach über ihre toten Artgenossen hinweggeklettert waren. Hier war das hingegen nicht nötig, weil die Barrikade bis zur Decke des Durchgangs reichte, sodass der Wall von Leichen ein zusätzliches Hindernis bildete, durch das sie nicht einmal mehr ihre Dolche schleudern konnten.

Schon nach kurzer Zeit geriet der Angriff ins Stocken und kam dann vorübergehend sogar ganz zum Erliegen. Ein Teil der Dunkelelben wich zurück, um entlang einer der Felswände eine schmale Gasse zu bilden. Andere hoben die Leichen auf oder rissen sie von den Barrikaden und warfen sie die Treppe hinab, als handele es sich um Abfall, nicht um Angehörige ihres eigenen Volkes.

Kaum hatten sie die Leichen aus dem Weg geräumt, setzten sie ihren Angriff mit der gleichen seelenlosen Verbissenheit wie zuvor fort.

Warlon wusste nicht, wie viel Zeit vergangen war, als ihn der laute Schall von Alarmhörnern weckte, aber es musste eine geraume Weile gewesen sein, denn er verspürte die taube Benommenheit, wie sie für langen Schlaf typisch war. Er fuhr in die Höhe und blickte sich verwirrt um. Im ersten Moment wusste er nicht einmal mehr, wo er sich befand, und als er die vertraute Umgebung seines Quartiers erblickte, glaubte er für einen Augenblick sogar, die Flucht vor den Dunkelelben an die Oberfläche und alles, was darüber hinaus passiert war, wäre nichts anderes als ein schrecklicher Albtraum gewesen.

Rasch jedoch holte ihn die Wirklichkeit wieder ein. Ein weiteres Mal erscholl der klare, laute Klang der Alarmhörner, was nur eines bedeuten konnte: Der Feind hatte Elan-Dhor erreicht!

Warlon sprang aus dem Bett, schlüpfte in seine Stiefel und legte in aller Eile seine gepanzerte Uniform wieder an, dann ergriff er seine Streitaxt und stürmte aus dem Quartier. Zahlreiche andere Krieger, die wie er durch den Alarm aufgeschreckt worden waren, hasteten über die Gänge und hinaus auf den großen Exerzierhof. In einer langen Schlange eilten sie zum Südtor.

Dessen rechter Flügel, der repariert worden war, stand weit offen, sodass die Krieger mühelos in die Halle der Helden gelangen konnten. Auch Warlon wollte sich dorthin begeben, doch bevor er ankam, trat ein Laufbote auf ihn zu.

»Königin Tharlia wünscht Euch zu sehen, Kampfführer«, berichtete er. »Sie befindet sich auf dem Wehrgang über dem Tor.«

»Ich habe verstanden.«

Warlon eilte auf eine Treppe zu, die auf den Gang hinaufführte. Er hatte die Königin zusammen mit Gelinian,

Vizegeneral Nagaron sowie den Kriegsmeistern Loton und Sutis bereits dort entdeckt und ohnehin vorgehabt, zunächst mit ihnen zu sprechen. Zum einen interessierte ihn natürlich brennend, zu erfahren, ob es bereits irgendwelche Neuigkeiten über Barlok gab, zum anderen konnte er sich bei seinem Rang nicht einfach blindlings als Einzelkämpfer ins Schlachtgetümmel stürzen. Früher hatte er das Kommando über das dritte Bataillon geführt, doch durch seine monatelange Abwesenheit war das hinfällig geworden, zumal das gesamte Heer nach der verlustreichen Schlacht am Tiefenmeer völlig neu hatte geordnet werden müssen. Vermutlich würde man ihm nun erst ein neues Kommando zuteilen.

»Majestät«, grüßte er und verbeugte sich vor Tharlia. »Ihr habt mich rufen lassen?«

Gleichzeitig warf er einen Blick über die zinnenbewehrte Brüstung. Die gesamte Halle der Helden war voller Krieger, hauptsächlich Zwerge, aber auch einige Kontingente Soldaten der lartronischen Armee waren dort vertreten. Vom südlichen Ende her drangen das Klirren von Waffen und andere Kampfgeräusche, vereinzelt auch Schreie, herüber.

Eine große Gruppe von Priesterinnen, verstärkt durch den Großteil der Elbenmagierinnen und -magier, stand ein gutes Stück abseits des umkämpften Durchgangs zu den Minen, um die Magie der Dunkelelben zunichtezumachen. Warlon fragte sich unwillkürlich, ob sich auch Ailin bei ihnen befand.

»Das habe ich«, sagte Tharlia. »Was Euch im Moment am meisten interessieren dürfte: Von Kriegsmeister Barlok gibt es nichts Neues zu berichten. Sein Zustand ist unverändert, aber das ist auch nicht verwunderlich. Selbst als körperlose

Seele braucht er Zeit, um so weit hinab in die Tiefenwelt und wieder zurückzugelangen, und wir wissen nicht, wie weit er dann noch in das Reich der Thir-Ailith vordringen muss.«

Warlon nickte. Er war sich all dessen bewusst, dennoch war es schwer, so lange Zeit einfach nur abzuwarten, ohne zu wissen, wie es dem Freund ging und was in der Tiefe geschah.

Er hätte sich bedeutend weniger Sorgen gemacht, wenn es sich um eine ganz normale Expedition gehandelt hätte, selbst wenn sie ebenfalls gefährlich gewesen wäre. So jedoch kamen noch die bizarren Umstände dieser Reise hinzu, die er sich nicht einmal in seiner Phantasie richtig vorstellen konnte. Das Wissen, dass Barlok in dieser Daseinsform ausgerechnet bis ins Machtzentrum des gefährlichsten Feindes vordringen sollte, mit dem sie es je zu tun bekommen hatten, trug auch nicht gerade zu seiner Beruhigung bei.

Aber da er ohnehin nichts tun konnte, um seinem Freund beizustehen, drängte er diese Gedanken, so gut es ging, zur Seite. Er war Krieger, und nur wenige hundert Schritte von ihm entfernt tobte eine Schlacht - das war es, was ihn im Moment betraf.

»Ich möchte darum bitten, dass man mir meinem Rang gemäß erneut das Kommando über eine Einheit überträgt«, sagte er förmlich. »Ich werde ...«

»Ihr werdet nichts dergleichen tun«, fiel Tharlia ihm ins Wort.

»Majestät?«

»Das soll keinesfalls eine Herabwürdigung Eurer Leistungen als Kampfführer oder allgemein als Krieger sein, ganz im Gegenteil«, ergriff Loton das Wort. »Aber Eure Fähigkeiten wären bei dieser Art von Schlachtführung vergeudet, deshalb gibt es keinen Grund, Euer Leben unnötig in Gefahr zu bringen.«

»Ich verstehe nicht ganz...« Irritiert ließ Warlon seinen Blick von einem zum anderen wandern. »Ich bin Krieger und scheue die Gefahr nicht.«

»Das wissen wir, und darum geht es nicht«, sagte Tharlia. Mit gedämpfter Stimme fügte sie hinzu: »Aber Ihr wisst, dass wir diesen Krieg auf diese Weise nicht gewinnen können. Unsere einzige Hoffnung beruht darauf, dass Barlok irgendetwas entdeckt, das unser Geschick in diesem Kampf möglicherweise ändern wird. Danach werden wir die Lage neu bewerten und entscheiden, wie wir weiter vorgehen. Dann werden Eure Erfahrung und Eure speziellen Fähigkeiten möglicherweise wesentlich dringender benötigt, deshalb wünsche ich, dass Ihr Euch bis dahin zurückhaltet.«

Warlon biss die Zähne zusammen und ließ seinen Blick erneut über die Brüstung wandern. Viel war von hier aus vom Kampfgeschehen nicht zu sehen, da die Dunkelelben direkt in dem Durchgang am Kopf der Treppe aufgehalten wurden und gar nicht erst in die Halle gelangten. Zumindest bislang schien sich dieser Plan hervorragend zu bewähren.

Das änderte jedoch nichts daran, dass ihm die Situation und vor allem die ihm zugedachte Rolle keineswegs gefiel. Die Vorstellung, dass in seiner direkten Sichtweite eine Schlacht stattfand, bei der es um das Schicksal seines ganzen Volkes ging, an der er aber nicht teilnehmen sollte, war nur schwer zu ertragen.

Anderseits jedoch war er Krieger genug, auch Befehle auszuführen, die ihm nicht gefielen, erst recht, wenn sie von der Königin selbst stammten.

»Wie Ihr befehlt«, murmelte er, verbeugte sich noch einmal und trat ein paar Schritte zur Seite, blieb jedoch auf dem Wehrgang, um das Geschehen wenigstens von hier beobachten zu können, solange er keine andere Order erhielt. Niemand beachtete ihn weiter. Nach einigen Minuten jedoch kam Kriegsmeister Loton zu ihm herüber.

»Ich weiß, wie schwer das für Euch ist«, sagte er. »Aber all unsere Hoffnungen ruhen jetzt auf Barlok. Wenn er scheitert und nichts herausfindet oder womöglich gar nicht zurückkehrt, ist ohnehin alles verloren. Dann mögt auch Ihr noch in den Kampf ziehen, auch wenn Ihr keinen Ruhm ernten werdet, weil niemand mehr da sein wird, Eure Heldentaten zu besingen.«

»Es geht mir nicht um Ruhm, selbst wenn er noch so groß und unvergänglich sein mag, das solltet Ihr wissen, Kriegsmeister.«

»Und dennoch werdet Ihr ihn vielleicht erhalten. Eure Stunde wird kommen, so oder so. Ich spreche jetzt weder als Kriegsmeister noch als Mitglied des Hohen Rates zu Euch, Warlon, sondern als jemand, der Euren bisherigen Werdegang mit großer Aufmerksamkeit verfolgt hat. Es ist nicht üblich, Befehle zu erläutern, statt sie einfach zu erteilen, aber in diesem Fall erscheint es mir wichtig, dass Ihr versteht, welche Gründe uns dazu bewogen haben und worum es geht.« Er räusperte sich. »Es mag Euch schwerfallen, das zu glauben, aber Ihr spielt eine bedeutendere Rolle, als Ihr Euch vorstellt, und wir sind auf Euch angewiesen. Wir *brauchen* Euch. Auch wenn sich Gelinian offener und zugänglicher als die anderen Elben gibt, spüre ich doch, dass sie im Grunde ihres Herzens nicht viel von uns Zwergen hält. Im Moment verfolgen wir gemeinsame Interessen, aber wenn es unterschiedliche Auffassungen gäbe, würde sie ihre eigenen Interessen jederzeit über die unseres Volkes stellen, und das gilt erst recht für die anderen.«

Warlon nickte und stützte sich auf die Brüstung.

»Das denke ich auch. Die Elben leisten uns wichtige Hilfe, doch wir können ihnen nicht richtig vertrauen. Aber was hat das alles mit mir zu tun?«

»Euch scheinen sie aus irgendeinem Grund wesentlich mehr zu schätzen und Euch größere Achtung entgegenzubringen als uns anderen. Vielleicht nur, weil Ihr der erste Zwerg wart, mit dem sie nach langer Zeit wieder Kontakt hatten. Vielleicht aber auch, weil es Euch anscheinend gelungen ist, ihre Königin zu beeindrucken und ihre Gunst zu gewinnen. Etwas in dieser Art klang einmal in Gelinians Worten durch.«

»Ich glaube nicht, dass ich die besondere Achtung der Elben genieße«, sagte Warlon. Unbehaglich musterte er den alten Zwerg mit den grauen Haaren, dem ungewöhnlich schmalen Gesicht und den scharfen Augen und fragte sich, auf welches Ziel dieses Gespräch zusteuerte.

»Oh doch, das tut Ihr, auch wenn es Euch nicht bewusst sein mag, zumindest, soweit es Gelinian betrifft. Sie war es auch, die verlangt hat, dass Ihr an allen wichtigen Beratungen seit ihrer Ankunft teilnehmen sollt. Und dieses Vertrauen, das sie zu Euch hegt, haben wir uns zu Nutze gemacht. Sie hat sehr deutlich geäußert, dass sie die Befreiung der gefangenen Elben als eine Angelegenheit betrachtet, die nur ihr Volk betrifft und an der keine Zwerge beteiligt sein sollen, abgesehen von Barlok, auf den sie als Führer angewiesen ist. Natürlich können wir das nicht einfach hinnehmen. Es geht nicht allein um eine Befreiungsaktion. Möglicherweise hängt auch unser aller Überleben von dem ab, was in der Tiefe geschieht. Falls es überhaupt eine Expedition dorthin geben wird, die auch nur die geringsten Aussichten hat, irgendetwas zu bewirken, müssen deshalb unbedingt auch Zwerge daran beteiligt sein.«

»Und mit mir wäre sie einverstanden?«

»Königin Tharlia hat ihr keine große Wahl gelassen. Sie hat ihr das Schwert an den Hals gesetzt und erklärt, dass sie Barlok nur mitschicken würde, wenn ein Trupp Krieger ihn begleitet. Zähneknirschend hat sich Gelinian schließlich einverstanden erklärt, aber nur unter der Voraussetzung, dass Ihr diesen Trupp kommandiert. Aus diesem Grund können wir unter keinen Umständen riskieren, dass Euch vorher etwas zustößt, ganz abgesehen davon, dass Ihr all Eure Kräfte noch brauchen werdet. Ich denke, das werdet Ihr verstehen.«

Warlon nickte bedächtig. Noch bis vor ein paar Minuten hatte er sich nicht annähernd vorstellen können, dass ihm ungewollt und ohne bewusstes Zutun eine so bedeutende Rolle zugefallen sein könnte. Und glücklich war er damit außerdem ganz und gar nicht, aber nun blieb ihm wohl nichts anderes mehr übrig, als sich, so gut es ging, mit den bereits geschaffenen Tatsachen zu arrangieren.

»Wie groß soll der Trupp sein?«, erkundigte er sich.

»Zehn Zwerge, Barlok und Euch bereits eingerechnet. Neun Krieger und eine Priesterin, damit Ihr zum Schutz nicht ausschließlich auf die Magie der Elben angewiesen seid und unabhängig von ihnen handeln könnt, falls es die Situation erfordert. Tharlia hat sich entschlossen, Euch die Weihepriesterin Ailin zuzuteilen, da sie sowohl Euch als auch den Elben schon bekannt ist.«

Es gelang Warlon nicht, zu verhindern, dass er leicht zusammenzuckte. Bereits bei der Erwähnung, dass eine Priesterin seinem Trupp angehören sollte, hatte sein Herz im ersten Moment schneller zu schlagen begonnen, weil er gehofft hatte, dass es sich um Ailin handeln würde. Schon im zweiten Moment hatte sich dies jedoch geändert, und nun erfüllte es ihn sogar mit Schrecken, als er begriff, in welch ungeheure Gefahr sie dadurch geraten würde. Vor allem aber...

Er kam nicht mehr dazu, den Gedanken zu Ende zu führen.

»Warlon! Loton!«, schrie Gelinian plötzlich, aber ihr Warnruf kam zu spät.

Ein reißendes Geräusch ertönte, als eine Klinge durch das Kettenhemd des Kriegsmeisters schnitt und eine schreckliche Wunde in seine Brust riss. Gleich darauf quoll ihm Blut aus dem Mund, und er brach zusammen.

Die geistigen Befehle zur Umkehr und Aufgabe hämmerten während der gesamten Zeit, in der er sich im Reich der Dunkelelben befand, auf Barlok ein, ohne nennenswert schwächer zu werden. Sie wirkten zermürbend, und obwohl Barlok ihnen widerstand, schienen sie seine Füße zu lähmen und wie Bleigewichte an ihm zu hängen, sodass er das Gefühl hatte, nur langsam voranzukommen, als würde er durch einen zähflüssigen Sumpf waten.

Auch gelang es ihm immer weniger, einen klaren Gedanken zu fassen. Der fremde Zwang überlagerte und erdrückte alles andere. Mühsam taumelte er voran und wäre sich manchmal nicht einmal mehr sicher gewesen, ob er sich wirklich weiterhin dem Ausgang näherte oder den Befehlen doch schon nachgegeben hatte und umgekehrt war, wäre nicht der Heerzug neben ihm gewesen.

Nur ihm hatte er es auch zu verdanken, dass er seinen Weg überhaupt fand. Normalerweise war es für einen

Zwerg unmöglich, sich zu verirren, aber in seinem gegenwärtigen Zustand gelang es ihm nicht einmal, sich richtig auf seine Umgebung zu konzentrieren.

Erst nachdem er den Durchgang in die normale Tiefenwelt schließlich passiert hatte, hörten die Befehle schlagartig auf. So machtvoll sie anscheinend das gesamte von finsterer Magie erfüllte Reich der Dunkelelben zu durchdringen vermochten, nach außen gelangten sie nicht.

Erleichtert blieb Barlok stehen. Gewohnten Verhaltensmustern folgend hätte er sich instinktiv am liebsten gegen die Wand gelehnt, ein paarmal tief durchgeatmet und sich den Schweiß von der Stirn gewischt. Aber natürlich war all das unsinnig und seine Erschöpfung nicht körperlicher, sondern allein geistiger Natur. Nun, nachdem er nicht mehr länger dem Druck von außen ausgesetzt war, klärte sich sein Verstand jedoch rasch wieder.

Was blieb, war das Gefühl von Panik, das sich tief in ihm eingenistet hatte. Er war dem absoluten Bösen begegnet, hatte es wie mit klebrigen Fingern nach sich tasten fühlen, und die schreckliche Stimme war in seinen Gedanken gewesen. So etwas ließ sich nicht einfach abschütteln. Viele wären vermutlich schon bei der geistigen Konfrontation zerbrochen, und ein stärkerer Held würde dieses Schicksal vielleicht später noch erleiden, weil die Erinnerung ihn verfolgte und er nicht damit fertig wurde.

Barlok hoffte, stark genug zu sein, dass ihm dies nicht passieren würde, aber zumindest im Moment stand er noch völlig im Bann des Geschehenen.

Und dann merkte er plötzlich, dass die Gefahr auch jetzt noch längst nicht überwunden war.

Der Feind verfolgte ihn!

Hinter ihm kamen an den Kampfdrohnen vorbei mehr als

zwei Dutzend Dunkelelben aus dem Durchgang gestürmt, und bei ihnen handelte es sich um echte Thir-Ailith, daran gab es für Barlok keinen Zweifel, obwohl sie sich nicht im Mindesten von ihren nur zum Kämpfen erschaffenen Ebenbildern zu unterscheiden schienen. Aber *sie* waren allein seinetwegen hier, auch daran hegte er keinerlei Zweifel, noch bevor sie ein Stück von ihm entfernt verharrten und ein weiteres Mal mit unsichtbaren magischen Klauen nach ihm zu greifen versuchten. Sie wollten unter allen Umständen verhindern, dass er zum Ausgangspunkt seiner Reise zurückkehrte und sich wieder mit seinem Körper vereinigte, um von dem zu berichten, was er gesehen hatte.

Diesmal versuchten sie erst gar nicht, ihn mit suggestiven Befehlen zu beeinflussen. Offenbar hatten sie eingesehen, dass sie damit auch jetzt keinen Erfolg haben würden, wenn dies schon im Zentrum ihrer Macht nicht gelungen war.

Barlok wusste nicht, was genau sie stattdessen taten, aber es war extrem unangenehm. Obwohl er keinen Körper besaß, begannen unsichtbare Kräfte an ihm zu ziehen und ihn in verschiedene Richtungen zu zerren. Gleichzeitig schienen sich zahlreiche imaginäre Nadeln in ihn zu bohren, durch die ihm seine Kraft entzogen wurde.

Mit Entsetzen erkannte er, dass ihm tatsächlich reale Gefahr drohte, ganz wie Gelinian es vorhergesehen hatte. Er fühlte sich *schwinden*, anders konnte er es nicht beschreiben, als würde er geistig substanzloser werden. Wenn sich diese Folter fortsetzte, würde er sich einfach auflösen und im Nichts vergehen.

Aus dem Zerren wurde ein Reißen in alle Richtungen zugleich. Schmerz und Verzweiflung erfüllten ihn. Er besaß nicht einmal die Möglichkeit, sich dagegen zur Wehr zu setzen, indem er seine Feinde seinerseits angriff, wie er es gewohnt war. Seine einzige Hoffnung lag in der Flucht, doch selbst dafür fehlte ihm bereits die Kraft. Ein klebriges, aus fremdartiger Magie gewobenes Netz hielt ihn umklammert und bannte ihn.

Li'thil, hilf!, wandte er sich in seiner Not an die Göttin der Tiefenwelt.

Es war eine rein instinktive Reaktion, über die er gar nicht nachdachte. Natürlich glaubte er nicht, dass er wirklich göttlichen Beistand erhalten würde. Dennoch hatte er für einen Moment tatsächlich das Gefühl, als würde sich der magische Griff der Thir-Ailith lockern und frische Kraft in seinen Geist zurückkehren. Selbst wenn es sich nur um Einbildung handeln mochte, ließ er den Augenblick nicht ungenutzt verstreichen, sondern sammelte noch einmal alle Willensstärke und Entschlossenheit, die er aufbringen konnte, und wich zurück.

Die unsichtbaren Fäden, die ihn fesselten, zerrissen, und er spürte, wie der fremde Einfluss nachließ.

Barlok nutzte die vermutlich letzte Chance, die ihm vom Schicksal gewährt worden war. Mit einer gewaltigen Anstrengung befreite er sich völlig aus dem magischen Netz der Dunkelelben, fuhr herum und floh, so schnell er nur konnte.

Wütendes Fauchen und Zischen erklang hinter ihm, als die Thir-Ailith erkannten, dass ihr bereits sicher geglaubtes Opfer ihnen doch noch entkam, aber bevor sie erneut nach ihm greifen konnten, hatte Barlok sich bereits ein gutes Stück von ihnen entfernt.

Schneller und immer schneller rannte er weiter. In seiner körperlosen Daseinsform war er wesentlich geschwinder als seine Verfolger, zumal ihn die fremde Macht in der Baumhalle mit ihren suggestiven Befehlen jetzt auch nicht mehr zu erreichen und zu bremsen vermochte. Darüber hinaus machte ihm die Anstrengung nichts aus, er spürte keine Erschöpfung und benötigte keine Erholungspausen.

Mittlerweile bemühte er sich auch in keinster Weise mehr, den Kampfdrohnen auszuweichen, was bei seiner Geschwindigkeit auch gar nicht möglich gewesen wäre. Ein äußerst unangenehmes Kältegefühl durchfuhr ihn jedes Mal, wenn er einen von ihnen versehentlich berührte, doch es verging auch rasch wieder.

Während der ganzen Zeit fragte Barlok sich, warum die Thir-Ailith bloß solche Anstrengungen unternahmen, um ihn an einer Rückkehr zu hindern. War es nur die Wut darüber, dass es ihm gelungen war, unbemerkt bis ins Herz ihres Reiches vorzudringen? Denn was hatte er schon entdeckt, dass sie seinen Bericht darüber so entschieden zu verhindern suchten? Zumindest er selbst war sich keiner bedeutsamen Erkenntnis bewusst. Er hatte gesehen, unter welch bestialischen Bedingungen die Elben dort unten litten, aber das war kein Geheimnis, das einen solchen Aufwand rechtfertigte, und im Zentrum der Baumstadt hatte er praktisch nichts erkennen können.

Anderseits konnten das die Thir-Ailith allerdings nicht wissen. War das, was sich in der Halle befand, für sie so ungeheuer bedeutsam, dass sie ihn unter allen Umständen daran hindern wollten, davon zu berichten, ohne zu ahnen, dass er gar nichts zu erzählen wusste? Oder fürchteten sie, dass er irgendwo sonst in ihrem Reich etwas entdeckt hatte, wovon niemand erfahren sollte?

Aber all diese Fragen waren müßig. Antworten würde er nicht darauf finden, so viel er auch grübelte. Fest stand nur, dass er die Thir-Ailith gewaltig aufgeschreckt hatte. Und noch war er ihnen nicht entkommen.

Diesmal durchquerte er auch das Tiefenmeer, ohne einen Moment zu zögern, auf die gleiche Art wie auf dem Hinweg und erreichte bald darauf die untersten Minenstollen von Elan-Dhor. Erst jetzt legte sich seine Panik ein wenig, und er begann, sich etwas sicherer zu fühlen.

Hastig eilte er die zahllosen in den Fels gemeißelten Treppenstufen hinauf, wobei sich die Berührungen mit den Dunkelelben häuften. Das Gefühl eisiger Kälte wich gar nicht mehr von ihm, doch Barlok nahm es hin und ertrug es. Die Vorfreude, schon in kürzester Zeit wieder mit seinem Körper zu verschmelzen und dieser bizarren Zustandsform ein Ende zu setzen, überdeckte alles andere.

Kampfgeräusche drangen an sein Ohr, als er sich dem Ende der Treppe näherte, und Licht fiel in den Schacht hinein. Viel heller, als es an dieser Stelle gewöhnlich vorkam. Das bestätigte sich auch, als seine Augen darauf reagierten und zur normalen Sehweise zurückkehrten. Zuerst glaubte er, es wäre nur eine Nachwirkung der langen Zeit, die er in völliger Dunkelheit verbracht hatte, aber dann erkannte er, dass es keine Einbildung, sondern der Schein von Laternen war, die den Treppenschacht von oben erhellten.

Als er den letzten Absatz erreichte, sah er in ihrem Licht, wie die Thir-Ailith eine wahrhaft schauerliche Aufgabe verrichteten.

Wie schon vor Monaten am Tiefenmeer griffen sie die Verteidigungsstellungen seines Volkes ohne jede Rücksicht auf ihr Leben an. Dutzende, Hunderte von ihnen fanden innerhalb kürzester Zeit den Tod. Einige Dunkelelben waren ausschließlich damit beschäftigt, die Körper ihrer getöteten Artgenossen zur Seite zu zerren und die Treppe hinunterzuwerfen. Nicht weit von Barlok entfernt hoben andere Thir-Ailith die Leichen auf und schleppten sie in einige der abzweigenden Stollen, damit sie den Angriff nicht länger behinderten.

Aber auch für ihn schuf dies neue Probleme. Die beiden linken Drittel der Treppe wurden von den hinaufmarschierenden Dunkelelben eingenommen, auf der rechten Seite hingegen wurden in ununterbrochener Folge Leichen herabgeworfen, sodass die Treppe auf voller Breite blockiert war.

Trotzdem versuchte er es auf der rechten Seite. Im unteren Bereich fiel es ihm noch leicht, den lediglich noch über die Stufen kullernden Körpern auszuweichen oder über sie hinwegzusteigen. Je höher er kam, desto schwieriger wurde es jedoch. Er hatte gerade erst die Hälfte der Treppe überwunden, als gleich zwei Leichen herabgeworfen wurden. Sie überschlugen sich und kamen auf ihn zu. Der ersten vermochte er noch auszuweichen, bei der zweiten gelang ihm das nicht mehr. Sie prallte gegen ihn, riss ihn von den Füßen und mit sich in die Tiefe.

Auch beim zweiten und dritten Versuch erging es ihm nicht besser, so verbissen er sich auch vor Augen hielt, dass er keinen Körper besaß und die toten Thir-Ailith geradewegs durch ihn hindurchfallen könnten.

Aber sein Unterbewusstsein ließ sich in dieser Hinsicht nicht beeinflussen. Es gaukelte ihm mit unerbittlicher Beharrlichkeit vor, die Leichen zu spüren, wenn sie ihn berührten, und reagierte entsprechend darauf, auch wenn dies gar nicht der Fall war.

Niedergeschlagen verharrte Barlok und überlegte. Nun war er so weit gekommen und drohte kurz vor dem Ziel zu scheitern, nur weil ein Teil seines Verstandes sich weigerte, die Besonderheiten dieser Daseinsform anzuerkennen. Glücklicherweise taten die Stürze ihm weder weh, noch konnte er sich dabei verletzen. Er könnte es wieder und wieder versuchen, doch bezweifelte er, dass er Erfolg haben würde, solange der Angriff andauerte, und nichts deutete darauf hin, dass die Thir-Ailith ihn in absehbarer Zeit abbrechen würden.

Es musste eine andere Möglichkeit geben.

Falls seine Verfolger ihm noch auf der Fährte waren, so hatte er einen großen Vorsprung vor ihnen, sodass ihm zumindest von dieser Seite im Moment keine Gefahr drohte. Allerdings konnte auch dieses Problem wieder akut werden, wenn er keinen Weg fand, das letzte Stück Treppe zu überwinden.

Schließlich kam ihm eine Idee. Wenn nur sein Unterbewusstsein ihm vorgaukelte, die Berührungen durch die Thir-Ailith wären real, dann musste er ihm die Möglichkeit nehmen, überhaupt festzustellen, wann eine solche Berührung erfolgte.

Barlok stieg die Treppenstufen ein Stück weit hinauf, dann schloss er die Augen. Obwohl er wusste, dass die Kampfdrohnen ihm nichts anhaben konnten, kostete es ihn gewaltige Überwindung, sich unmittelbar neben dem verhassten Feind blind an der Wand entlang hinaufzutasten, aber es funktionierte. Er konnte hören, wie die Leichen weiterhin mit ekelhaften Geräuschen auf den Treppenstufen aufschlugen, aber er sah nicht mehr, ob oder wann eine von ihnen mit ihm zusammenprallte, ebenso wenig spürte er es. Im Tode verloren die Dunkelelben ihre gesamte Magie und verbreiteten bei einer Berührung nicht einmal mehr das Gefühl von Kälte.

Ohne weitere Probleme erreichte Barlok den Kopf der Treppe und öffnete die Augen wieder. Eine stählerne Barrikade mit zahlreichen daraus hervorstehenden Spießen versperrte den Thir-Ailith den Weg in die Halle der Helden.

Sie schleuderten Dolche auf die dahinter postierten Zwergenkrieger und hieben wie wild mit ihren Schwertern auf die Barrikade ein, ohne sich darum zu kümmern, dass sie nur Sekunden später der Tod ereilte.

Ganz auf der rechten Seite, wo keine Dunkelelben angriffen, kletterte Barlok über die Barrikade. Einige Sekunden lang genoss er das Gefühl, sich wieder auf heimischem Boden und in Sicherheit zu befinden, dann machte er sich auf den Weg zum Dunkelturm. Es ließ sich nicht vermeiden, dass er auch mit einigen Zwergen in der Halle der Helden zusammenprallte, doch nahmen diese keinerlei Notiz davon, waren im Gegensatz zu den Thir-Ailith nicht in der Lage, eine körperlose, fremde Präsenz zu spüren.

Unbeschadet erreichte er die Tempelhalle, wo sein Körper noch immer regungslos und von zwei Elbenmagiern bewacht auf dem Altar lag. Vorsichtig berührte er seine Brust mit der Hand. Im gleichen Moment wurde er von einer Art Sog erfasst. Er fühlte sich herumgewirbelt und auf seinen Leib zu gezogen.

Körper und Seele vereinten sich wieder.

Ohne überhaupt geschlafen zu haben, erwachte Barlok wie aus einem Traum und schlug die Augen auf.

Der Schock, in den ihn der Tod des Kriegsmeisters versetzte, beeinflusste Warlons Reflexe nicht. Er reagierte rein instinktiv, wie er es gelernt hatte, und warf sich zur Seite, noch bevor Loton zusammenbrach. Nur das rettete ihm das Leben. Während er fiel, spürte er den Luftzug einer weiteren Klinge nahe an der Wange, und ein metallisches Klirren ertönte, als sie den stählernen Armschutz an seinem rechten Oberarm streifte, aber davon abglitt, ohne ihn zu verletzen.

Schwer stürzte er zu Boden, wälzte sich aber sofort zur Seite, auch wenn er dadurch bedrohlich nahe an die Kante des Wehrgangs geriet. Eine Schwertklinge hämmerte dicht neben ihm dort auf den Boden, wo er sich hatte fallen lassen, und plötzlich sah er auch den Thir-Ailith, der ihn angriff. Die Gestalt war wie stets nur ein dunkler Schemen, aber ihre Umrisse erschienen wesentlich deutlicher als sonst. Es musste Gelinian sein, die seinen Schleier der Unsichtbarkeit zerriss, und ihre Magie war stärker als die der Priesterinnen.

Warlon vergeudete keine Zeit damit, sich zu fragen, woher das Ungeheuer so plötzlich aufgetaucht war. Auch lag er zu ungünstig, um schnell genug seine Axt vom Gürtel lösen oder sein Schwert ziehen zu können, damit er dem nächsten Angriff begegnen konnte.

Stattdessen trat er mit aller Kraft zu, rammte den Absatz seines Stiefels gegen das Knie der Bestie und zerschmetterte es. Sie stieß ein schmerzerfülltes Fauchen aus. Ihr Bein knickte ein, und es gelang ihr nicht, das Gleichgewicht zu halten. Immer noch fauchend stürzte sie von dem Wehrgang hinab und verschwand in der Tiefe.

Aber sie war nicht allein, wie Warlon feststellte, als er einen raschen Blick in die Runde warf.

Gut ein Dutzend Dunkelelben waren über die Treppe auf den Wehrgang gestürmt. Nicht nur Loton war gefallen, auch mehrere andere Krieger lagen erschlagen in ihrem Blut, hinterhältig getötet von einem Feind, dessen Annäherung sie nicht einmal bemerkt hatten.

Ein weiterer Thir-Ailith sprang auf Warlon zu. Zum Aufstehen blieb ihm keine Zeit mehr, aber es gelang ihm, sein Schwert zu ziehen und mit knapper Not einen Hieb abzuwehren. Dann wälzte er sich zur anderen Seite, weg von der

Kante, und stemmte sich auf die Knie hoch, um in eine etwas günstigere Position zu gelangen.

Der Dunkelelb setzte ihm nach und ließ sein Schwert erneut auf ihn niedersausen. Auch diesmal schaffte es Warlon, den Streich zu parieren, doch trafen die Klingen in so ungünstigem Winkel aufeinander, dass ihm die Waffe aus der Hand geprellt wurde.

Mit schrecklicher Gewissheit erkannte er, dass er verloren war. Der Thir-Ailith brauchte sein Schwert nicht einmal mehr zu einem Hieb zu heben, sondern nur damit zuzustoßen, aber nichts dergleichen geschah. Stattdessen nahm Warlon etwas Kleines, Silbernes wahr, das durch die Luft wirbelte. Zielsicher bohrte sich der Dolch bis zum Heft in die Kehle des Dunkelelben. Mit einem Röcheln brach die Kreatur zusammen und blieb regungslos liegen.

Warlon sprang auf, ergriff sein Schwert wieder und starrte ungläubig zu seiner Königin hinüber, die die Waffe geschleudert hatte. Dann erinnerte er sich an Ailins Worte, dass Tharlia während ihrer Zeit als Hohepriesterin angeordnet hatte, sämtliche Priesterinnen hätten nicht nur wie seit eh und je ihren Geist, sondern auch ihren Körper zu trainieren, wozu auch das Erlernen des Umgangs mit Waffen gehörte. Gerade Ailin hatte ihm schon mehr als einmal bewiesen, dass ihre Fähigkeiten auf diesem Gebiet denen eines Kriegers kaum nachstanden.

Weitere Wachen kamen nun herbeigeeilt, nachdem die Gefahr erkannt war, und stürzten sich auf die Dunkelelben. Ein erbitterter Kampf entbrannte auf dem Wehrgang. Auch Warlon wurde erneut angegriffen und musste sich seines Bartes erwehren, aber wenigstens hatte er nun festen Stand gefunden und konnte sein ganzes Können einsetzen.

»Warlon! Zurück!«, brüllte Tharlia, doch er ignorierte den

Befehl. Er steckte mitten in einem Kampf auf Leben und Tod. Selbst wenn er gewollt hätte, hätte er ihn nicht abbrechen und sich zurückziehen können. Jede noch so kleine Nachlässigkeit oder Schwäche würde der Thir-Ailith ausnutzen, um ihn zu töten.

Funkensprühend klirrten die Klingen aufeinander, blitzschnelle Ausfälle und Paraden wechselten sich ab. Die Kampfkraft der Dunkelelben war der von Zwergenkriegern mindestens ebenbürtig, an Schnelligkeit waren sie ihnen sogar überlegen. Mehr als einmal entging Warlon dem Tod nur um Haaresbreite.

Er wich ein kleines Stück zurück und machte einen halben Ausfallschritt nach links, bewegte sich dann aber stattdessen nach rechts und stieß sein Schwert vor. Der Thir-Ailith durchschaute die Täuschung, und damit hatte Warlon gerechnet. Er verlagerte sein Gewicht erneut auf den linken Fuß und riss sein Schwert herum, so dass es unter der Waffe seines Gegners hindurchglitt, dann stieß er es nach oben und rammte es dem Dunkelelben tief in die Brust.

Sterbend sank die Kreatur zu Boden.

Warlon blickte sich hastig um, aber es war nicht nötig, dass er erneut in den Kampf eingriff. Die noch lebenden Thir-Ailith waren von einer Übermacht Zwergenkrieger umzingelt und wurden schwer bedrängt, binnen weniger Sekunden entschied sich auch ihr Schicksal.

Erleichtert ließ Warlon seine Waffe sinken und gönnte sich einen Moment Pause, um ein paarmal tief durchzuatmen, erst dann wischte er die Klinge seines Schwertes an der Uniform des toten Dunkelelben ab und steckte es in die Scheide zurück.

»Wie... konnte das geschehen?«, stieß Tharlia entsetzt hervor und ließ ihren Blick über das Bild des Schreckens wandern. Deutlich mehr Zwerge als Dunkelelben waren dem heimtückischen Angriff zum Opfer gefallen. »Woher kamen diese Bestien? Wie konnten sie unbemerkt bis hierher gelangen?«

Warlon schaute über die Brüstung in die Halle der Helden hinab. Die Verteidigung am Durchgang zu den Minen hielt nach wie vor stand und wurde von Priesterinnen und Elben gemeinsam überwacht. Es war ausgeschlossen, dass es den Thir-Ailith gelungen war, dort unbemerkt durchzubrechen.

»Ich weiß es nicht, Majestät«, sagte er. »Wahrscheinlich haben sie sich irgendwo in der Stadt verborgen gehalten und auf eine Gelegenheit wie diese gewartet, uns in den Rücken zu fallen.«

Tharlia nickte bedächtig. Völlig überzeugt schien sie von dieser Erklärung nicht zu sein, aber es war die einzige, die einen Sinn ergab.

»Ich werde einige Patrouillen aussenden, die ganz ElanDhor noch ein weiteres Mal durchkämmen sollen, um sicherzustellen, dass sich etwas Derartiges nicht wiederholt«, verkündete sie. »Aber was Euch betrifft, Kampfführer, so habt Ihr meinen Befehl zum Rückzug missachtet. Hat Loton Euch nicht erklärt, wie ungeheuer wichtig Euer Leben für uns alle ist?«

»Das hat er«, sagte Warlon. »Und ich wollte Euren Befehl nicht missachten, aber ich wurde angegriffen. Hätte ich den Kampf abzubrechen versucht, hätte dies mit Sicherheit mein sofortiges Ende bedeutet. Diese Ungeheuer kennen keine Gnade. Mir blieb gar keine andere Wahl.«

»Nun, das spielt jetzt keine Rolle mehr. Ihr lebt und seid unversehrt, nur darauf kommt es an. Ihr werdet...«

Sie brach mitten im Satz ab. Verwundert folgte Warlon

ihrem Blick zur Stadt hinüber. Nun entdeckte auch er den Trupp von drei lartronischen Soldaten, der sich dem Südtor näherte. Mit sich führten sie ein Wesen mit grünlich grauer Haut, das noch gut einen Kopf kleiner als ein Zwerg und in braunes Leder gekleidet war, anscheinend einen Gefangenen.

»Quarrolax!«, stieß er hervor.

14

DER VORSTOSS

Warlon hastete über die Treppe vom Wehrgang hinab, nachdem Tharlia ihm durch ein Nicken ihr Einverständnis gegeben hatte, wobei er über mehrere tote Krieger und Thir-Ailith hinwegsteigen musste, dann eilte er auf die Soldaten zu. Je näher er ihnen kam, desto deutlicher wurde, dass sie den Goblin tatsächlich wie einen Gefangenen behandelten. Grob hielten sie Quarrolax an den Armen gepackt und zerrten ihn mit sich. Er zeterte lautstark, stemmte sich gegen ihren Griff und versuchte zu beißen, zu kratzen und um sich zu treten, aber freilich erfolglos.

Erst als er Warlon erblickte, wurde er ruhiger.

»Was hat das zu bedeuten?«, blaffte der Kampfführer die Soldaten an.

»Wir haben diesen Knirps aufgegriffen, als er vor dem Zugang nach Elan-Dhor herumspioniert hat«, berichtete einer der Uniformierten. Viele der Soldaten fühlten sich unter der Erde nicht besonders wohl, und es gab auch kaum Möglichkeiten, das gesamte Heer in Elan-Dhor unterzubringen, wollte man es nicht auf die Privathäuser verteilen. Auf Befehl Vizegeneral Nagarons lagerte ein großer Teil der Armee deshalb auf den Berghängen außerhalb der Tiefenwelt und wartete auf seinen Einsatz. »Da wir uns bei ihm nicht sicher waren, haben wir darauf verzichtet, ihn zu töten. Er behauptet, dass er zu Eurer Königin will.«

»Lasst ihn sofort los!«, befahl Warlon. »Diese Wesen sind unsere ... Verbündeten.«

Es fiel ihm nicht leicht, das Wort über die Lippen zu bringen. Sein ganzes Leben lang hatte er die Goblins als Feinde betrachtet und mehr als einmal gegen sie gekämpft. Dass all dies angesichts der gemeinsamen Bedrohung durch die Dunkelelben nicht mehr galt, daran musste er sich erst noch gewöhnen. Immerhin hatten die Goblins ihnen bei der Schlacht am Tiefenmeer wertvolle Unterstützung geleistet.

Verwundert kamen die Soldaten seinem Befehl nach. Quarrolax schüttelte sich und warf ihnen finstere Blicke zu.

»Menschen so blöd wie groß sind«, radebrechte er, trat dabei aber rasch zwei Schritte vor, um aus ihrer unmittelbaren Reichweite zu gelangen.

»Es ist gut, ihr könnt gehen«, sagte Warlon. Schulterzuckend wandten die Soldaten sich nach einem letzten skeptischen Blick auf den Goblin um und machten sich auf den Rückweg. Warlon blickte auf das haarlose Wesen hinab, dessen Kopf im Vergleich zum Rest seines schmächtigen Körpers viel zu groß erschien und ständig auf dem dürren Hals hin und her wackelte.

»Also, Quarrolax, was machst du hier?«, fragte er. »Warum bist du hergekommen?«

»Quarrolax kommen, weil erfahren, dass Zwerge in Stadt zurückgekehrt sind und wieder gegen Unsichtbare kämpfen. Goblins auch diesmal wollen anbieten Hilfe.«

Er deutete eine leichte Verbeugung in Tharlias Richtung an, da die Königin mittlerweile dazugekommen war. Warlon fürchtete fast, der Kopf des Goblins würde dabei abbrechen und zu Boden fallen. Gelinian hingegen bedachte er mit einem kaum weniger freundlichen Blick als zuvor die Soldaten. Zwerge schienen nicht die einzigen Bewohner der

Tiefenwelt zu sein, die ein zumindest zwiespältiges Verhältnis zu den Elben hatten, registrierte Warlon.

»Ich danke dir und freue mich, dich zu sehen«, sagte Tharlia. »Ich hatte bereits befürchtet, dass es dem Feind gelungen sein könnte, sämtliches andere Leben in der Tiefenwelt auszulöschen, auch euer Volk.«

»Haben versucht, aber Goblins listig. Wir uns verstecken, Unsichtbare nicht finden. Aber Leben unter Erde schlimm und gefährlich geworden. Wir wieder leben wollen wie vorher, deshalb wir helfen Zwerge besiegen Unsichtbare. Wir kommen mit Bogenschützen.«

»Eure Hilfe wird uns wahrlich willkommen sein.« Tharlia winkte zwei Krieger heran. »Begleitet Quarrolax an die Oberfläche und sorgt dafür, dass er ungehindert mit seinen Begleitern zurückkehren kann!«, befahl sie.

»Auch mit ihrer Hilfe werden wir diesen Kampf nicht gewinnen können«, sagte Warlon, als sich der Goblin entfernt hatte. »Sie sind hervorragende Bogenschützen. Vor allem, falls die Halle der Helden fallen sollte, werden sie uns bei der Verteidigung des Südtores sicherlich wichtige Unterstützung leisten können. Aber auch das kann unseren Untergang nur hinauszögern, wenn wir keinen anderen Weg finden.«

»Ich weiß«, murmelte Tharlia. »Aber selbst ohne Hoffnung auf einen Sieg werden wir zumindest, solange wir können, Widerstand leisten.«

Warlon wandte sich um, weil er Schritte hörte. Ein Elbenmagier kam herbeigeeilt.

»Kriegsmeister Barlok ist zurückgekehrt«, berichtete er, kaum dass er nahe genug gekommen war.

Ungeachtet der weiterhin tobenden Schlacht hatten sie sich erneut im Palast zusammengefunden, lediglich Kriegsmeister Sutis war auf dem Südtor zurückgeblieben. Auch Lotons Leichnam war in den Palast gebracht und in allen Ehren im Thronsaal aufgebahrt worden.

Obwohl diese beiden Ratsmitglieder fehlten, war die Runde diesmal sogar größer als zuvor. Außer Tharlia, Gelinian, Barlok und Warlon hatten sich auch Ailin, Lhiuvan und Nariala sowie zwei weitere Elbenmagierinnen im Beratungssaal eingefunden und nahmen an dem Treffen teil. Wie auch alle anderen Elben war Lhiuvan mittlerweile in die schreckliche Wahrheit eingeweiht worden, was für ihn zweifellos einen gewaltigen Schock bedeutet hatte.

Barlok hatte eine Reihe von Fragen nach seinem Wohlbefinden beantworten müssen. Vor allem Warlon war höchst besorgt gewesen und freute sich unbändig über seine wohlbehaltene Rückkehr.

Aber erst als sich alle im Saal eingefunden und Platz genommen hatten, begann er mit seinem Bericht. So genau wie irgend möglich beschrieb er, was sich während seiner Seelenwanderung ereignet hatte, dennoch unterbrach vor allem Gelinian ihn immer wieder, um Zwischenfragen zu irgendwelchen Details zu stellen. Die meisten davon waren ihm völlig unbedeutend vorgekommen, und an manche konnte er sich gar nicht mehr erinnern oder hatte von Anfang an nicht darauf geachtet.

Zunächst betrafen die Fragen vor allem die seltsamen Reliefs an den Wänden, die Barlok nur unvollkommen beschreiben konnte, dann das genaue Aussehen der steinernen Baumstadt.

Als er von dem Bergwerk und den Bedingungen berichtete, unter denen die Gefangenen dort schuften mussten, konnten sich die Elben offenbar nur noch mit größter Mühe beherrschen. Lhiuvan ballte die Fäuste, als wolle er etwas zermalmen, sprang auf und begann im Raum hin und her zu gehen.

»Ihr habt Recht«, bestätigte Gelinian mit gepresster Stimme Barloks Vermutung. »Die Thir-Ailith können uns geistig nicht beeinflussen, zumindest wäre eine große Zahl für jeden von uns nötig. Keinesfalls aber können sie ganze Gruppen von uns auf diese Art kontrollieren und beherrschen, wie sie es mit den Zwergen in Zarkhadul getan haben. Ebenso wenig können sie uns unsere Identität rauben. Unsere Werte, unser Stolz, unser Freiheitsdrang sind zu tief in uns verwurzelt. Von Geburt an schlummern sie in jedem Elbenkind. Selbst die Äonen der Demütigung, Folter und Sklaverei und die Unzahl seither unter diesen Bedingungen geborener Generationen hat daran nichts ändern können.«

»Kein Wunder, dass es immer wieder zu Widerstand und Rebellionen kommt«, stieß Lhiuvan voller Hass hervor. »Jeder Elb würde lieber sterben, als unter solch bestialischen Umständen sein Dasein zu fristen!«

»Ich fürchte, dass ›Sterben‹ auch der Hauptgrund ist, weshalb überhaupt noch Elben dort unten leben, die keine Thir-Ailith sind«, ergriff Barlok wieder das Wort. »Sie müssen Sklavenarbeit verrichten, das auch, aber in erster Linie benötigen ihre Peiniger sie, weil sie sich von ihrer Lebensenergie ernähren. Aber das haben wir ja ohnehin erwartet.«

Lhiuvan trat an den Tisch, beugte sich vor und schlug mit der Faust wuchtig auf die steinerne Platte.

»Wir dürfen das nicht länger zulassen! Wenn sonst niemand bereit ist, etwas dagegen zu tun, dann werde ich es notfalls allein versuchen, und wenn es mein Leben kostet.«

»Niemand sagt, dass wir uns einfach damit abfinden werden«, entgegnete Gelinian. »Aber bevor wir irgendwelche Pläne schmieden können, benötigen wir alles, was wir an Informationen bekommen können. Also beherrscht Euren Zorn, so berechtigt er auch ist. Setzt Euch lieber und lasst den Kriegsmeister fortfahren.«

Lhiuvan zögerte einen Moment, dann nickte er gezwungen und ließ sich wieder auf sein Sitzkissen sinken, die Kiefer fest aufeinandergepresst.

Barlok berichtete nun, wie er sich dem gewaltigen Komplex im Zentrum der Dunkelelben-Stadt genähert und ihn betreten hatte. Da es kaum etwas gab, was er konkret gesehen hatte und beschreiben konnte, bemühte er sich, vor allem die intensiven Empfindungen des Bösen zu schildern, die auf ihn eingedrungen waren. Dennoch waren die Elben merklich enttäuscht, dass er ihnen trotz vielfachen Nachfragens nicht mehr Informationen liefern konnte. Immerhin machten sie ihm keine Vorwürfe deswegen, sondern sahen ein, dass er nicht anders hatte handeln können.

Barlok beendete seinen Bericht mit der Beschreibung seiner Flucht und der Rückkehr in seinen Körper.

»Ich fürchte, was ich erlebt habe, bietet nicht viele neue Erkenntnisse und wird uns nicht viel helfen«, schloss er. »Deshalb begreife ich auch nicht, weshalb die Thir-Ailith sich so bemüht haben, meine Rückkehr zu verhindern. Aber mehr konnte ich einfach nicht herausfinden. Vor allem vermochte ich keine Schwachstelle dieser Ungeheuer zu entdecken, die unser Geschick in diesem Krieg vielleicht noch einmal wenden könnte.«

»Das kann man so nicht sagen«, widersprach Gelinian zu seiner Überraschung. »Für uns zumindest war Euer Bericht sehr aufschlussreich. Wir wissen nun immerhin, wo genau sich das von den Abtrünnigen geöffnete Tor in eine andere

Daseinsebene befindet. Das muss das Böse gewesen sein, das Ihr wahrgenommen habt. Und anscheinend stammen auch die Kampfdrohnen von dort, möglicherweise sogar aus dieser anderen Ebene.«

»Das bedeutet, wenn es uns gelingt, bis dorthin vorzudringen und das Tor zu zerstören oder sonst wie zu schließen, haben wir eine Chance, die Thir-Ailith von jeglicher Unterstützung aus den tieferen Welten abzuschneiden und ihre Macht zu brechen«, ergänzte Nariala. »Ich glaube nicht, dass es mehr als höchstens einige Tausend von ihnen gibt. Sicher ist jeder einzelne von ihnen ein extrem gefährlicher Kämpfer, aber wenn wir sie der Möglichkeit berauben, unbegrenzt Kampfdrohnen gegen uns ins Feld zu führen, müssten wir sie schlagen können.«

Lhiuvan wurde plötzlich hellhörig. Seine Augen verengten sich zu schmalen Schlitzen. Ein düsteres Feuer schien mit einem Mal darin zu flackern.

»Und dann werden wir diese Bestien für alles büßen lassen, was sie uns und unseren Brüdern und Schwestern angetan haben!«, stieß er hervor. »Dort unten vegetieren Tausende, vielleicht Zehntausende Elben dahin und brennen wahrscheinlich ebenfalls darauf, sich an ihren Peinigern rächen zu können; eine unvorstellbare Armee, wenn es uns gelingt, sie zu befreien. Sie würden unserem Volk neues Blut und neue Kraft verleihen und es aus seiner tödlichen Lethargie reißen!«

Barlok konnte nicht verhindern, dass ihm bei diesen Worten ein leichter Schauer über den Körper rann. Lhiuvan hatte zweifellos Recht, es *würde* eine unvorstellbare Armee sein, mächtiger vielleicht als jede andere, und dieser Gedanke weckte Besorgnis in ihm. Die Elben hatten sich von der Bühne der Welt weitgehend zurückgezogen, aber das dürfte sich erheblich ändern, wenn ihr Volk in diesem Maße zu neuer Macht erstarkte. Inwieweit dies eine Wendung zum Guten hin darstellte, würde sich erst noch erweisen müssen.

Im Moment waren sie Verbündete, aber Barlok erinnerte sich noch gut der langjährigen Verstimmungen zwischen ihren beiden Völkern, und es gab noch viele andere, die den Elben nicht nur freundlich gesonnen waren. Die Abkehr von ihren Lehren und das Streben der jüngeren Völker nach einer eigenen, unabhängigen Entwicklung hatte einst überhaupt erst zur Entstehung der Thir-Ailith geführt und war in einen gewaltigen Krieg gemündet. Es gab keine Garantien, dass sich dergleichen nicht wiederholen würde.

»Immer erst einen Schritt nach dem nächsten«, sagte Gelinian. »Zunächst einmal müssen wir unbemerkt bis in die Tiefe gelangen, die Gefangenen befreien und das Tor zerstören.«

»Und wie wollt Ihr das machen?«, platzte Barlok heraus. »Ihr könnt nicht einfach ins Reich der Dunkelelben hineinspazieren. Habt Ihr mir nicht zugehört? Den gesamten Weg entlang marschieren die Kampfdrohnen der Thir-Ailith. Als körperlose Wesenheit konnten sie mich vielleicht nicht wahrnehmen oder mich zumindest nicht angreifen, aber wenn Ihr auf dieselbe Art in die Tiefe vordringen wollt, könnt Ihr dort nichts ausrichten. Und ansonsten werdet Ihr nicht weit kommen. Die Kreaturen werden Euch kaum einfach unbeachtet an sich vorbeigehen lassen.«

»Vielleicht doch«, sagte Gelinian. »Wir haben uns in den vergangenen Stunden schon verschiedene Pläne für einen Fall wie diesen ausgedacht. Wir Elbenmagier verfügen über deutlich stärkere Kräfte als die Thir-Ailith, das hat sich bereits erwiesen, von den Drohnen gar nicht erst zu sprechen.

Auch wir sind in der Lage, uns vor fremden Blicken zu verbergen und sogar andere in den Schutz der Unsichtbarkeit mit einzubeziehen. Darüber hinaus vermögen wir unser Netz so fest zu weben, dass es von anderen nicht so leicht aufgerissen werden kann.«

»Solange wir nicht zu viele Begleiter mitnehmen«, warf einer der anderen Elbenmagier ein. »Mit jeder weiteren Person wird die Anstrengung größer.«

»So ist es. Aber jeder von uns kann zumindest zwei Begleiter mit in den Mantel der Unsichtbarkeit hüllen, ohne dass die Belastung zu hoch wird«, sagte Gelinian. »Also im Höchstfall vierzig Personen.«

»Verzeiht, aber ich denke nicht, dass Ihr uns auf eine so riskante und wenig aussichtsreiche Expedition begleiten solltet«, sagte Nariala. »Ich denke nicht, dass die Herrin damit einverstanden wäre, wenn ihre Tochter sich in solche Gefahr begäbe.«

Überrascht richteten sich die Blicke aller Zwerge auf Gelinian. Bislang hatte sie mit keinem Wort erwähnt, dass sie die Tochter Illuriens war, der weisesten und ältesten der Elben, ihrer Königin gewissermaßen, auch wenn man solche Titel in ihrem Volk nicht kannte.

»Sollten wir scheitern und die Thir-Ailith frei an die Oberfläche gelangen, wird meine Mutter schon bald viel größere Probleme haben, als meinen Tod zu beklagen«, erwiderte Gelinian. »Meine Kräfte übertreffen die jedes anderen von euch, deshalb werde ich keinesfalls zurückbleiben.« Sie wandte sich direkt an Tharlia. »Da Ihr darauf besteht, dass uns außer Kriegsmeister Barlok noch weitere Angehörige Eures Volkes begleiten, wird diese Expedition wie bereits vereinbart außer uns Magiern dreißig Elben- und zehn Zwergenkrieger umfassen, die von Kampfführer Warlon befehligt werden sollen. Jeder weitere Begleiter würde uns zu stark schwächen und die Erfolgschancen nicht vergrößern, sondern sogar mindern.«

»*Neun* Zwergenkrieger«, korrigierte Tharlia ruhig. »Deshalb habe ich Weihepriesterin Ailin gebeten, an diesem Treffen teilzunehmen. Sie wird ebenfalls mitgehen.«

Diese Ankündigung löste Unruhe unter den Elben aus. Barlok warf einen Blick zu Ailin hinüber. Sie hatte sich während der ganzen Beratung bislang nicht geregt, aber er konnte sehen, dass sie unter ihrem Schleier zu Warlon hinüberblickte.

»Von einer Priesterin war zuvor nicht die Rede«, protestierte Gelinian.

»Und warum stört Euch das?«, entgegnete Tharlia. Sie erhielt keine Antwort und fügte hinzu: »Eure einzige Bedingung war, dass Warlon den Trupp anführt. Wer ihm sonst angehört, sollte meine Entscheidung sein. Und mir erscheint es gut, auch eine Priesterin mitzuschicken. Niemand weiß, was uns konkret erwarten wird.«

»Moment mal«, begehrte Barlok auf, der seinen Ärger nicht länger zurückhalten konnte. »Mir scheint, dass alles bereits vor meiner Rückkehr über meinen Kopf hinweg geplant wurde. Ich verspüre keinerlei Verlangen, noch einmal an diesen entsetzlichen Ort zurückzukehren, erst recht nicht unter diesen Bedingungen. Nur zehn Zwerge, aber insgesamt fünfzig Elben? Diese Vereinbarung wurde ohne mein Einverständnis getroffen.«

»Wir haben lediglich einige grundsätzliche Rahmenbedingungen abgesteckt, für den Fall, dass uns nach Eurem Bericht die Entsendung einer solchen Expedition sinnvoll erscheinen würde«, erklärte Tharlia. »Und so ist es nun gekommen. Die Entscheidung, ob Ihr die Wanderung als körperlose Seele auf Euch nehmen wollt, habe ich Euch überlassen. Diese Expedition jedoch ist vermutlich die letzte winzige Chance, die uns bleibt, und wenn es nicht anders geht, werde ich Euch die Teilnahme befehlen.« Ihre Stimme wurde etwas weicher, und sie lächelte, als sie hinzufügte: »Aber ich denke nicht, dass das nötig sein wird. Ich kenne Euch und weiß, dass Ihr es Euch auf keinen Fall nehmen lassen würdet, daran teilzunehmen.«

Einen Moment lang starrte Barlok sie noch verärgert an, dann lächelte auch er. Tharlia hatte Recht, man würde ihn einsperren müssen, um ihn daran zu hindern.

»Derzeit hält unsere Verteidigung erfolgreich stand«, fuhr sie fort. »Die Thir-Ailith branden dagegen wie Wellen gegen einen Fels und brechen sich daran. Das mag noch eine Weile so andauern, doch fürchte ich, dass wir sie auch auf diese Art langfristig nicht werden aufhalten können. Eile ist also vonnöten. Fühlt Ihr Euch nach den bisherigen Strapazen einem raschen Aufbruch gewachsen, Kriegsmeister?«

Barlok brauchte nicht lange zu überlegen. Die Seelenwanderung hatte ihn geistig angestrengt und ausgelaugt, aber körperlich fühlte er sich so erholt wie schon seit Tagen nicht mehr. Wie es die Magier versprochen hatten, hatten sie seine Verletzungen versorgt, und diese waren so gut verheilt, dass er keinerlei Beschwerden mehr spürte und sogar kaum Narben zurückgeblieben waren.

»Von mir aus können wir sofort aufbrechen«, sagte er. »Allerdings sehe ich da noch ein winzig kleines Problem. Ob unsichtbar oder nicht – wie sollen wir am Durchgang zu den Minen unbemerkt mitten durch die angreifenden Horden der Thir-Ailith gelangen? Selbst im körperlosen Zustand ist mir das kaum gelungen.«

Schweigen folgte seinen Worten.

Obwohl er sich längst daran hätte gewöhnen müssen, konnte Thilus die selbstmörderische Angriffswut der Thir-Ailith nach wie vor nicht fassen. Daran änderte auch sein Wissen nichts, dass sie ausschließlich für den Kampf geschaffene Kreaturen mit ohnehin geringer Lebenserwartung waren. Rücksichtslos stürzten sie sich in Massen in den Tod, als könnten sie es kaum erwarten zu sterben.

Was hier stattfand, war keine Schlacht, sondern ein Gemetzel.

Wie leblose Puppen stapften die Dunkelelben heran, schleuderten – ungezielt, da sie durch das grelle Licht geblendet wurden – ihre Dolche auf die Zwerge und hieben mit ihren Schwertern auf die aus der Barrikade herausragenden Stangen ein, ehe sie entweder davon oder von den Lanzen der Krieger aufgespießt wurden. In jeder einzelnen Minute starben Dutzende von ihnen, Tausende bereits insgesamt, als wären sie in einer perfekten Tötungsmaschinerie gefangen.

Auch unter den Zwergen hatte es Opfer gegeben, aber gemessen an denen der Thir-Ailith war ihre Zahl verschwindend gering.

Und dennoch hatten die Angreifer zumindest einen gewissen Erfolg.

Natürlich widerstand der dicke Zwergenstahl ihren Klingen, aber jeder Hieb verursachte eine winzige Kerbe, und jeder Thir-Ailith kam dazu, zwei- oder dreimal zuzuschlagen, ehe er starb. Mehrere der Spieße waren bereits beschädigt, zwei sogar komplett abgetrennt worden, wenn auch zu einem schrecklichen Preis. Aber was interessierte es seelenlose Kampfmaschinen, wie viele von ihnen starben, wenn ihre Zahl unendlich war?

Sollten die Dunkelelben jedoch glauben, das Hindernis

auf diese Art irgendwann überwinden zu können, so würden sie eine bittere Enttäuschung erleben. Thilus warf einen grimmigen Blick zu den beiden gleichartigen Ersatzbarrikaden, die ein Stück entfernt bereitstanden. Weitere konnten im Notfall innerhalb kurzer Zeit neu hergestellt werden.

Falls die Angreifer ihre Taktik nicht änderten, konnte der Kampf andauern, bis die nächste Generation von Zwergen herangewachsen war oder die Thir-Ailith an der puren Masse ihrer eigenen Leichen erstickten, dachte Thilus spöttisch.

Irgendetwas sagte ihm jedoch, dass es nicht so leicht und harmlos bleiben würde. So primitiv ihr Vorgehen derzeit auch wirkte, er hatte gelernt, dass man die Intelligenz dieser Bestien keinesfalls unterschätzen durfte. Vor Monaten hatte sein Volk schon einmal versucht, sie mit ähnlichen Hindernissen an gleicher Stelle aufzuhalten, und damals war es nur für wenige Stunden gelungen. Allerdings waren die Krieger zu diesem Zeitpunkt auch geschwächt und von der gerade erst verlorenen Schlacht zutiefst demoralisiert gewesen.

Thilus selbst verzichtete darauf, sich aktiv an dem Massaker zu beteiligen. Es war schwer, mit nur einer Hand jemanden mit einem Speer aufzuspießen. Deshalb beschränkte er sich darauf, Kommandos zu geben und dafür zu sorgen, dass ein regelmäßiger Wechsel in den vordersten Reihen stattfand, damit nicht immer nur dieselben Krieger gefordert wurden, während alle anderen sich ausruhten.

Er wandte seinen Blick von der Barrikade ab, als er sah, dass Barlok und Warlon auf ihn zukamen. Ehrfürchtig wichen die Krieger zurück und schufen eine Gasse, durch die die beiden schreiten konnten.

»Wir müssen mit Euch reden, Kampfführer«, richtete Barlok das Wort an ihn, »und ich fürchte, es wird Euch nicht gefallen, deshalb sage ich es direkt ohne Umschweife: Ihr müsst die Barrikade beseitigen und die Thir-Ailith vom Kopf der Treppe vertreiben.«

Fassungslos starrte Thilus ihn an und glaubte, nicht richtig gehört zu haben.

Fast eine halbe Stunde lang hatten sie beratschlagt, wie sich der Vorstoß am besten ausführen ließe, und nachdem Thilus bewusst geworden war, dass sie es völlig ernst meinten, und er auch die Gründe für ihr scheinbar so verrücktes Ansinnen kannte, hatte er eine Reihe von Vorschlägen unterbreitet, wie es seiner Meinung nach am besten gelingen würde.

Ein Stück von dem Durchgang zu den Minen entfernt standen die Elbenmagierinnen und -magier zusammen mit den Elbenkriegern bereit, ebenso Ailin und die Zwergenkrieger, die Warlon zusammen mit Barlok für dieses Unternehmen ausgewählt hatte.

Auch die Goblin-Bogenschützen, die Quarrolax angekündigt hatte, waren mittlerweile eingetroffen. Ein Teil von ihnen hatte sich auf Simsen und Vorsprüngen entlang der Wände postiert, von wo aus sie freies Schussfeld bis direkt zum Torbogen hatten, doch reichte der Platz dort nicht für alle. Die restlichen hatten hinter den vordersten beiden Reihen der Zwergenkrieger Stellung bezogen.

Obrist Valutus hielt sich mit seiner Reiterei ebenfalls im Hintergrund der Halle bereit. Falls es den Dunkelelben wider Erwarten gelingen würde, die Schwächung der Abwehr auszunutzen, um bis in die Halle vorzudringen, sollten die Reiter sie zurücktreiben und niedermachen.

»Ist alles bereit?«, erkundigte sich Thilus.

»Wir sind bereit«, bestätigte Gelinian. An ihre Begleiter,

speziell an die Zwerge gewandt, fügte sie hinzu: »Denkt bei allem, was Ihr tut, stets an das, was ich Euch eingeschärft habe: Ihr seid nicht körperlos wie Kriegsmeister Barlok es war. Das magische Netz vermag euch nur fremden Blicken zu entziehen. Wenn ihr sprecht oder sonstige Geräusche verursacht, wird man Euch hören. Wenn einer der Thir-Ailith euch berührt, wird er die Berührung wie gewohnt spüren, und auch vor Schwerthieben vermag das Netz Euch nicht zu schützen. Vergesst das keine Sekunde lang.«

Gleich darauf verspürte Warlon ein leichtes Kribbeln, und die Umgebung begann für einen Moment vor seinen Augen zu flimmern, ehe sie sich wieder normalisierte. Er vermutete, dass er und seine Begleiter nun für alle außerhalb des magischen Netzes unsichtbar waren. Obwohl die Zwergenkrieger, die den Durchgang verteidigten, wussten, was geschehen würde, entdeckte er doch auf den Gesichtern all jener einen verblüfften Ausdruck, die auf die Stelle blickten, an der er und die anderen sich befanden.

»Los jetzt!«, rief Thilus. »Heizen wir diesen Bestien ordentlich ein!«

Zwei der Krieger öffneten ein kleines Fässchen und kippten die Flüssigkeit darin die Treppe hinab. Ein durchdringender Geruch nach Petroleum breitete sich aus. Die Vorräte, die sie davon noch in der Stadt gefunden hatten, waren stark begrenzt und nur für absolute Notfälle gedacht. Fast alles war bei der Verteidigung der Stadt während der Evakuierung verbraucht worden. Obwohl in der Tiefe riesige Vorkommen davon existierten, gab es keine Möglichkeit, an Nachschub zu gelangen.

Mit seiner Zunderbüchse entzündete einer der Krieger die Flüssigkeit. Auf voller Breite der Treppe raste eine Feuerwalze in die Tiefe. Fauchen und panische Schreie ertönten, als die Thir-Ailith, für die Feuer als einziges Element eine große Gefahr darstellte, zurückzuweichen versuchten. Aber natürlich hatten sie keine Chance. Alle, die sich auf der Treppe und dem nächsttieferen Absatz befanden, wurden von dem Brand erfasst und gingen selbst in Flammen auf.

»Die Barrikade!«, befahl Thilus. In aller Hast wurde die schwere Barrikade von den Kriegern aus ihren Halterungen in der Wand gehoben und zur Seite geschoben. Das Feuer auf der Treppe wurde bereits kleiner.

Der Expeditionstrupp rückte vor.

Kaum waren die letzten Flammen erloschen, drängten sie sich hastig durch die Öffnung in der Verteidigung auf die Treppe hinaus. Kaum auszuhaltende Gluthitze schlug ihnen entgegen. Der Fels selbst strahlte die Hitze ab, aber genau wie die anderen zwang Warlon sich, sie zu ertragen und weiterzuhasten. Verbrannte Leichen, über die sie hinwegsteigen mussten, bedeckten die Stufen.

Sie hatten etwa ein Drittel der Treppe hinter sich gebracht, als auch die Thir-Ailith ihren Angriff wieder aufnahmen, und das mit einer Heftigkeit, die niemand von ihnen erwartet hatte. Nichts war mehr von dem geordneten Marsch geblieben, mit dem sie zuvor vorgerückt waren. Stattdessen kamen sie zischend, fauchend und mit markerschütternden Schreien voller Bosheit und Hass auf den Lippen die Treppe heraufgestürmt.

Die gesamte Treppe.

Warlon erkannte augenblicklich die Gefahr. Die Thir-Ailith kamen direkt auf sie zugestürmt, ein Zusammenprall war unter diesen Umständen unvermeidlich, und selbst wenn die Kreaturen sie nicht sehen konnten, durften sie nicht hoffen, gegen diese Übermacht bestehen zu können.

Selbst ein blindlings geführter Schwerthieb konnte töten, vor allem auf der nur wenige Meter breiten Treppe, wo es kaum Ausweichmöglichkeiten gab.

Auch Gelinian begriff, dass sie nicht die geringste Chance hatten, an den Thir-Ailith vorbeizukommen.

»Zurück!«, befahl sie. »Rückzug!«

Während sie die Treppe wieder hinaufhasteten, flimmerte die Umgebung erneut vor Warlons Augen. Es war nicht vonnöten, dass sie länger unsichtbar blieben.

Glücklicherweise war die Barrikade noch nicht ganz geschlossen worden, sodass sie rasch wieder zur Seite geschoben werden konnte. Sie eilten durch die Öffnung.

Pfeile zischten an ihnen vorbei und mähten die vordersten Reihen der Thir-Ailith hinter ihnen nieder. Das verschaffte den Verteidigern genügend Zeit, die Barrikade wieder richtig in ihren Halterungen im Fels zu verankern, aber das bekam Warlon nur am Rande mit. Tiefe Niedergeschlagenheit erfüllte ihn.

Ihr Vorstoß war gescheitert. Die Dunkelelben blockierten die Treppe; es gab keinerlei Möglichkeit, an ihrem gewaltigen Heer vorbei in die Tiefe zu gelangen.

Damit war auch die winzige Hoffnung vereitelt, den Feind im Zentrum seiner Macht schlagen zu können und das Tor, das offenbar die Kraftquelle der Thir-Ailith darstellte, zu schließen.

15

VERZWEIFLUNG

»Es ist zum Verrücktwerden«, stieß Barlok hervor. »Ich könnte mir alle Barthaare einzeln ausreißen. Soll denn wirklich alles umsonst gewesen sein?«

Niemand antwortete ihm. Resignation hatte sich über den gesamten Expeditionstrupp gelegt, und alle schienen in düsteres Grübeln verfallen zu sein, selbst Königin Tharlia, die mit in die Halle der Helden gekommen war, um sie zu verabschieden. Sie hatten sich in eine Ecke der riesigen Höhle zurückgezogen, eigentlich, um sich zu beraten, doch im Grunde schwiegen sie sich nur an.

Jeder von ihnen wusste, was der Fehlschlag zu bedeuten hatte. Wenn sie schon auf den allerersten Metern der geplanten Strecke keine Möglichkeit fanden, an den angreifenden Thir-Ailith vorbeizugelangen, gab es keinerlei Hoffnung mehr, ihr Ziel zu erreichen.

Darüber hinaus mussten sie die Engstelle auch noch unbemerkt überwinden. Bei einem offenen Angriff würde es ihnen vielleicht gelingen, die Thir-Ailith zurückzudrängen, aber sie konnten dann nicht einfach verschwinden, ohne dass der Feind es bemerkte.

»Und es gibt wirklich keinen anderen Weg in die Tiefe?«, fragte Lhiuvan. Von den Elben war er derjenige, der sich bislang noch am wenigsten mit dem Fehlschlag abfinden wollte.

Durch Thilus hatte Barlok von Aliriels Tod in Zarkhadul erfahren – der Frau, die für den Elbenkrieger offenbar weit mehr als nur eine Waffenschwester gewesen war. Ihr Verlust hatte ihn verändert. Anfangs war er noch hochmütiger als die meisten anderen Angehörigen seines Volkes gewesen, vor allem aber hatte er die Notwendigkeit nicht eingesehen, den Zwergen in ihrem Kampf beizustehen. Seit dem Tod seiner Gefährtin hingegen schien er nur noch von dem Gedanken an Rache erfüllt zu sein, kannte kein anderes Ziel mehr, als die Abtrünnigen seines Volkes zu vernichten.

»Früher hatten wir noch den Lastenkorb, mit dem wir Erze und andere schwere Güter zur Weiterverarbeitung aus der Tiefe heraufgeholt haben«, beantwortete Tharlia seine Frage. »Aber wir haben ihn schon bei unserer Flucht vor einigen Monaten zerstört und den Schacht verschüttet. Wenn es überhaupt noch möglich ist, würde es Wochen dauern, ihn wieder freizulegen. Damit scheidet diese Möglichkeit ebenfalls aus. Es gibt nur den Weg an den Thir-Ailith vorbei.«

»Und wenn wir uns einen neuen schaffen?«, hakte Lhiuvan nach. »Ihr Zwerge seid schließlich Bergleute. Da dürfte es euch doch möglich sein, ein Loch in den Boden zu hacken, um zu der nächsttieferen Ebene zu gelangen.«

»Von der nächsttieferen Ebene trennen uns gut fünfzig Meter massiver Granit«, sagte Barlok mit sanftem Spott. »Wenn du glaubst, du kannst dich da hindurchgraben, bitte sehr, eine Hacke und eine Schaufel werden sich bestimmt finden lassen.«

Der Elbenkrieger warf ihm einen finsteren Blick zu, wohl weniger wegen des Spotts, sondern weil Barlok es wagte, ihn zu duzen. Aber da auch Lhiuvan seinen Titel einfach missachtete und bei allen Zwergen außer Königin Tharlia ebenso verfuhr, sah Barlok gar nicht ein, warum er ihm gegenüber die ehrenvolle Anrede benutzen sollte.

»Das bringt uns alles nicht weiter«, ergriff Gelinian wieder das Wort. »Wenn es keinen anderen Weg gibt und wir auch keinen schaffen können, dann müssen wir eben irgendwie doch über die Treppe hinabgelangen.«

»Was aber ebenfalls unmöglich ist, wie sich gezeigt hat«, sagte Nariala. »Wir sind in einem tödlichen Kreis gefangen, aus dem es offenbar keinen Ausweg gibt.«

Wieder kehrte für einige Sekunden resigniertes Schweigen ein.

»In einem Punkt zumindest hat Lhiuvan völlig Recht«, sagte Barlok schließlich. »Könnten wir auch nur auf die nächsttiefere Ebene gelangen, wäre uns schon sehr geholfen. Die Treppe bildet nur hier oben in der unmittelbaren Kampfzone ein Nadelöhr. Das habe ich schon während meiner körperlosen Reise zu spüren bekommen. Dieser Teil war schwerer zu überwinden als der gesamte Rest des Weges. Weiter unten blieb neben den marschierenden Thir-Ailith genügend Platz, dass ich mich an ihnen vorbeidrücken konnte. Auch wir könnten das mit entsprechender Vorsicht schaffen, wenn wir nur erst einmal bis dorthin gelangen würden.«

»Das heißt, wir müssten die Kampfzone verlegen, zumindest für kurze Zeit«, griff Warlon den Gedanken auf und war damit der Erste, der verstand, worauf Barlok hinauswollte. Nicht umsonst kannten sie sich schon so lange und so gut. Nun machte es sich bezahlt, dass er dem jungen Kampfführer alles beigebracht hatte, was er selbst wusste. »Nur so lange, bis wir den ersten Abschnitt der Strecke passiert haben. Ein Sturmangriff, mit dem wir diese Bestien so weit zurückdrängen, dass wir unbemerkt eine tiefere Ebene erreichen und uns vorübergehend in den Stollen verbergen können.«

»Aber wie sollen wir das machen?«, warf Thilus ein. »Da wir aus einer höher gelegenen Position angreifen würden, hätten wir auf der Treppe einen Vorteil, aber dafür könnten auf dem engen Raum nur wenige von uns nebeneinander kämpfen, und damit geraten wir ins Hintertreffen. Wir wären zu wenige, um so starke Kämpfer wie die Thir-Ailith zurückzudrängen.«

»Auf ebener Fläche könnte uns dabei die lartronische Reiterei von großem Nutzen sein«, sagte Warlon nachdenklich. »Für Valutus und seine Männer wäre es wahrscheinlich kein großes Problem, die Thir-Ailith einige hundert Meter zurückzuwerfen. Aber die Pferde können nicht die engen Stufen hinunter und wieder herauf reiten.«

»Nein, ich fürchte auch, dass wir das Kampfgebiet nicht weiter in die Tiefe verlagern können«, stimmte Barlok zu. Gespannt wartete er auf eine Reaktion seiner Zuhörer. An Warlons grimmigem Lächeln erkannte er, dass dieser verstanden hatte, worauf er hinauswollte, während die anderen in seinen Worten offenbar nur den Ausschluss einer weiteren Möglichkeit erkannten, ohne die Andeutung zu durchschauen, die sich dahinter verbarg. Nach einigen Sekunden jedoch riss Thilus erschrocken die Augen weit auf.

»Das ... das könnt Ihr nicht wirklich meinen!«, keuchte er. »Ihr wollt doch nicht ernsthaft vorschlagen, dass wir unsere Verteidigung am Durchgang freiwillig aufgeben und sie bis in die Halle der Helden vordringen lassen!«

Erst jetzt wurden auch die anderen aufmerksam.

»Wovon sprecht Ihr?«, fragte Tharlia irritiert. »Habe ich etwas nicht mitbekommen?«

»Barlok meint, wenn wir die Thir-Ailith nicht zurückwerfen können, um das Kampfgebiet in die Tiefe zu verlegen, dann sollten wir sie stattdessen so weit vordringen lassen, dass die Kämpfe in der Halle stattfinden«, sagte Thilus immer noch ungläubig schockiert. »Aber das wäre völliger Wahnsinn! Bislang hält unsere Verteidigung, und wie es aussieht, können wir diese Bestien dort noch lange Zeit aufhalten. Wir haben kaum eigene Verluste, während sie keinen Schritt weiter vordringen.«

»Und wenn für jeden Toten auf unserer Seite Tausende von ihnen sterben, so werden sie am Ende doch siegen«, sagte Barlok. »Wir müssen endlich aufhören, auf dieser alten Denkweise zu beharren, dass jeder Vorteil uns einem Erfolg näher bringt. Wir *können* auf diese Art nicht gewinnen, darüber waren wir uns doch schon lange einig. Vorteile nutzen uns nichts, es gibt nur einen vollständigen Sieg oder eine totale Niederlage. Und einen Sieg können wir – wenn überhaupt – nur in der Tiefe erringen. Wir müssen dorthin, koste es, was es wolle. Es spielt keine Rolle, ob wir dafür irgendwelche Vorteile opfern, die unser sicheres Ende ohnehin nur etwas hinauszögern.«

»Ich fürchte, Ihr habt Recht und zugleich auch doch wieder nicht Recht«, entgegnete Tharlia. »Wenn es nur um einen kurzzeitigen Vorteil von ein paar Stunden ginge, würde ich Euch, ohne zu zögern, zustimmen, dann würde sich jedes Risiko lohnen. Aber wie Kampfführer Thilus schon sagte, können wir den Durchgang vermutlich noch sehr lange halten. Selbst wenn es gelingen sollte, die Thir-Ailith von ihrer Kraftquelle abzuschneiden und das Tor zu zerstören – was würde es nützen, wenn sie in der Zwischenzeit hier unsere Verteidigung überrennen und unser Volk abschlachten? Der Preis wäre zu hoch.«

»Ein Preis, den wir ohnehin zahlen müssen, sei es auch

langsam und schleichend«, ereiferte sich Barlok. »Aber dann würden wir das Opfer dafür erbringen, dass wenigstens der Rest unseres Volkes in Zarkhadul gerettet wäre, der sonst auch zum Tode verdammt ist.« Er machte eine kurze Pause, um sich seine nächsten Worte zurechtzulegen. »Außerdem spreche ich nicht davon, unsere Verteidigung am Durchgang völlig aufzugeben. Wenn unsere Truppen zum Schein zurückweichen und wir es schaffen, an den Thir-Ailith vorbei die Treppe zu nehmen, könnt Ihr die Ungeheuer wieder zurückdrängen, und die Barriere muss neu errichtet werden.«

»Falls uns das überhaupt gelingen sollte, dann nur unter schrecklichen Opfern«, sagte Thilus.

»Wir sprechen nur von ein paar Minuten, die wir brauchen, um selbst auf die Treppe zu gelangen. Um die Thir-Ailith niederzumachen, die bis dahin eingedrungen wären, wären Obrist Valutus und seine Reiterei ideal geeignet. Auf dem ebenen Boden der Halle kämen alle ihre Vorteile voll zum Tragen. Bei einem Sturmangriff würden sie die Ungeheuer unter sich zermalmen.«

»Dadurch hielte sich auch die Zahl der Opfer in Grenzen«, ergänzte Warlon. »Aber ich fürchte, dass der Plan aus einem ganz anderen Grund keinen Erfolg hätte: Sobald die Verteidigung an der Barriere ins Wanken gerät und fällt, wenn auch nur zum Schein, müssen wir damit rechnen, dass die Thir-Ailith sofort mit geballter Macht vordringen. Das bedeutet, mit größter Wahrscheinlichkeit würde es uns gar nicht gelingen, durch den Torbogen zu gelangen. Vielleicht vier oder fünf von uns, ehe der Angriff richtig beginnt, aber kein so großer Trupp. Und auch diejenigen, die bis zur Treppe kommen, würden die tieferen Ebenen nicht ungeschoren erreichen, weil die Thir-Ailith wie beim ersten

Versuch die gesamte Breite der Stufen für einen geballten Angriff ausnutzen werden.«

Widerwillig musste Barlok sich eingestehen, dass Warlon damit vermutlich Recht hatte. Sobald die Verteidigung an der Barriere ins Wanken geriet, würden die Ungeheuer ihre ganze Macht zu einem heftigen Angriff aufbieten und die Treppe wiederum vollständig blockieren.

Erneut kehrte bedrücktes Schweigen ein. Sie waren wieder am gleichen Punkt angelangt wie zuvor, alle erwogenen Möglichkeiten hatten sich als nicht durchführbar erwiesen und die Hoffnung lediglich kurz aufkeimen lassen, nur um anschließend umso tiefere Verzweiflung zu hinterlassen.

So bitter und niederschmetternd die Erkenntnis auch war, aber es schien keinerlei passierbaren Weg zu ihrem Ziel zu geben.

Vizegeneral Nagaron hatte sich seinen Plan lange und gründlich überlegt, dazu hatten ihn allein schon die Umstände gezwungen. Auf keinen Fall hatte er riskieren wollen, die Gunst der Elben zu verlieren, solange nicht seine gesamte Armee mit den Elbenschiffen zu den südlichen Ausläufern des Schattengebirges gebracht worden war. So hatte er zumindest abwarten müssen, bis auch der letzte Trupp eingetroffen war.

Auf jeden Fall dachte er gar nicht daran, seine Armee in einem sinnlosen Krieg unter der Erde zu verheizen. Seine Truppen stellten dort im Grunde nur eine Verstärkung des Zwergenheeres dar, während alle wichtigen Entscheidungen hauptsächlich von Zwergen und Elben getroffen wurden.

Das war seiner und der ruhmreichen lartronischen Armee absolut unwürdig. Mit fast zehntausend Mann zählte sie weitaus mehr Soldaten als das Zwergenheer, und wenn die Umstände anders gewesen wären, hätte er das Oberkommando führen sollen. Aber da der Kampf ausgerechnet unter der Erde in der Zwergenstadt stattfand und er weder die dortigen Örtlichkeiten kannte, noch etwas von den besonderen Taktiken verstand, die in einer solchen Umgebung angebracht waren, nutzte ihm seine Befehlsgewalt über die größte Streitmacht im Kampfgeschehen wenig. Er hatte dem widerlichen Höhlensystem den Rücken gekehrt und sich zu seinen Truppen an der Oberfläche gesellt, sobald ihm seine Entbehrlichkeit klar geworden war.

Ruhm konnte er bei dieser Art von Kampf nicht ernten, aber dafür alles verlieren, was er in seinem Leben bislang erreicht hatte, wenn die Schlacht schlecht ausging. Er wäre für alle Zeiten erledigt, wenn er an den Hof von Teneret zurückkehrte und dem König berichten müsste, dass er eine ganze Armee in den Untergang geführt hatte, indem er sie eine Zwergenstadt verteidigen ließ.

Soweit würde es nicht kommen.

Sein Auftrag lautete, in dieser Provinz des Reiches für Ruhe zu sorgen und die menschlichen Siedlungen hier vor eventuellen Gefahren zu beschützen, nicht aber, sich in die Kriege anderer hineinziehen zu lassen. Sollte das Zwergenheer ruhig überrannt werden, dann war wenigstens auch dieser mögliche Unruheherd beseitigt.

Obwohl sie sich gegen den gemeinsam Feind verbündet hatten, hegte Nagaron keine besonders große Sympathie für die Zwerge. Ganz offenkundig war schon lange das Zeitalter der Menschen angebrochen. Völker wie Zwerge und auch Elben stellten nur noch Relikte aus vergangener Zeit dar, die ohnehin dem Untergang geweiht waren, daran gab es für ihn keinen Zweifel.

Mittlerweile war seine gesamte Armee eingetroffen, und er brauchte keine Rücksicht mehr darauf zu nehmen, sich das Wohlwollen der Elben zu erhalten. Den größten Teil seiner Truppen hatte er bei ihrer Ankunft gar nicht erst unter die Erde geschickt, sondern ihnen befohlen, sich auf den Berghängen in Bereitschaft zu halten. Wenn, dann würden sie unter freiem Himmel kämpfen und auf offenem Feld, wie es die Art seines Volkes war.

Falls die Zwerge scheiterten, war das seine große Gelegenheit, als Retter in die Bresche zu springen, wenn es stattdessen *ihm* gelang, die Bedrohung aufzuhalten und diese angeblich unbesiegbaren Dunkelelben zu schlagen, um sie anschließend in ihre finsteren Höhlen zurückzutreiben. An fast zehntausend tapferen lartronischen Soldaten würde so schnell kein Feind vorbeikommen.

Zunächst aber musste er vor allem seine noch immer in den unterirdischen Höhlen wartende Kavallerie zu sich holen, bevor sie womöglich in unnötige Kämpfe verwickelt wurde. Jetzt, da er nicht mehr auf die Gunst anderer angewiesen war, war der richtige Zeitpunkt dafür gekommen.

Er schickte einen Boten mit entsprechenden Befehlen los, die Obrist Valutus überbracht werden sollten.

Auch nach Minuten hielt das bedrückte Schweigen noch an. Lediglich Thilus hatte sich von ihnen entfernt und war wieder zum Kampf an der Barriere zurückgekehrt, weniger, weil er dort unbedingt gebraucht wurde, sondern hauptsächlich, um der niedergeschlagenen Stimmung zu entkommen, wie Barlok vermutete.

Noch immer zermarterte er sich den Kopf nach einem Ausweg aus dem Dilemma, aber erfolglos. Sie verteidigten mit aller Macht den einzigen Weg, durch den die Thir-

Ailith ins Freie gelangen konnten, aber dadurch konnten sie selbst ihn auch nicht benutzen, um die Gefahr möglicherweise vollends zu bannen.

Barlok blickte auf, als er sah, wie sich einer der Goblins näherte. Es war Quarrolax.

»Zwerge und Elben wollen gehen in Tiefe«, sagte er. »Warum? Tiefwelt nix guter Ort mehr.«

»Uns bleibt keine andere Wahl«, antwortete Tharlia. »Keiner von uns will dorthin, aber wir müssen.«

»Warum?«, fragte der Goblin noch einmal. »Ihr haben gute Verteidigung. Ihr nicht solltet riskieren, gefährlich. Und auch Tiefwelt nur noch gefährlich. Unsichtbare patrouillieren und töten jeden. Bereits viele Goblins tot.«

»Trotzdem müssen wir dorthin«, sagte Tharlia. »Wir glauben, dass wir zumindest eine kleine Möglichkeit gefunden haben, die Macht der ... Unsichtbaren dort zu brechen. Wenn wir ...«

Barlok zuckte plötzlich zusammen, als ihm mit Verspätung bewusst wurde, was der Goblin gerade gesagt hatte – oder vielmehr, was sich hinter seinen Worten verbarg.

»Was hast du gerade gesagt?«, fiel er Tharlia ohne Rücksicht auf ihre Stellung aufgeregt ins Wort.

»Quarrolax sagen, dass Tiefwelt gefährlicher Ort geworden ist.«

»Und du sagtest, viele Goblins wären bereits dort getötet worden! Das bedeutet, es gibt noch offene Wege dorthin, die ihr gehen könnt! Und da du mit den anderen Bogenschützen hierhergekommen bist, kann man auch von hier aus dorthin gelangen!«

Quarrolax schwieg. Für einen Moment blitzte Schrecken in seinen Augen auf, dann senkte er rasch den Blick wie jemand, der bei etwas Verbotenem ertappt worden war.

»Ihr glauben, können wirklich besiegen unsichtbare Ungeheuer in der Tiefe?«, fragte er nach einigen Sekunden.

Barlok wollte antworten, doch Tharlia gebot ihm mit einer raschen Handbewegung, zu schweigen.

»In unserer Verzweiflung ist die Verlockung groß, dich zu belügen«, sagte sie. »Aber ich will ehrlich sein. Die Wahrheit ist, dass wir es selbst nicht wissen. Wir haben herausgefunden, wie wir den Thir-Ailith – so werden diese Wesen genannt – vermutlich einen schweren Schlag versetzen können. Vielleicht schwer genug, um ihre Macht völlig zu brechen und sie zu vernichten, aber das ist nur eine vage Hoffnung.« Sie zögerte kurz, dann fügte sie hinzu: »Ich will auch nicht verschweigen, dass unsere Aussichten auf Erfolg sehr gering sind. Wir müssen bis tief ins Reich der Thir-Ailith vordringen und uns dort gegen ihre geballte Macht behaupten. Aber es ist die einzige Chance, die wir noch sehen.«

Einige quälend lang erscheinende Sekunden blickte der Goblin sie mit seinen großen, runden Augen an, dann nickte er langsam.

»Kleine Chance ist besser als keine Chance, auch wenn große Gefahr«, sagte er. »Quarrolax wird euch auf Wegen in Tiefe führen, die nur Goblins kennen. Wenn bereit, können gehen sofort.« Er drehte sich um und machte ein paar Schritte, dann blickte er über die Schulter zurück. »Kommen. Folgen Quarrolax.«

16

DURCHS LAND DER GOBLINS

»Wirst du keine Schwierigkeiten bekommen, wenn du uns über geheime Gänge deines Volkes führst? Was wird euer Häuptling dazu sagen?«, erkundigte sich Warlon.

»Alter Häuptling tot«, erwiderte der Goblin. »Quarrolax jetzt Häuptling. Und Quarrolax sagen, dass gehen auf Goblin-Wegen ist gut.«

Die Aussicht, wider Erwarten doch noch in die Tiefe gelangen zu können, hatte sie beflügelt, obwohl vor allem die Elben zunächst äußerst skeptisch gewesen waren. Rasch hatten jedoch auch sie eingesehen, dass ihnen gar keine andere Wahl blieb, als diese Gelegenheit zu ergreifen.

Sie hatten sich Quarrolax angeschlossen und gemeinsam mit ihm Elan-Dhor verlassen. Nun führte er sie auf kaum erkennbaren, selbst den Zwergen fremden Gebirgspfaden an den Hängen des Tharakol entlang nach Osten.

»Hoffen wir nur, dass diese Wege nicht geradewegs in eine Falle führen«, brummte Barlok so leise, dass nur Warlon es hören konnte. »Das interessiert mich viel mehr, als ob dieser Wicht deshalb irgendwelchen Ärger bekommt.«

»Unsinn, was hätten sie denn davon?«, entgegnete Warlon. »Wenn sie uns tot sehen wollten, bräuchten sie nur zu warten, bis die Thir-Ailith ihnen diese Arbeit abnehmen. Warum sollten sie einen solchen Aufwand betreiben, um sich unserer zu entledigen?«

»Vielleicht geht es ihnen ja gar nicht um uns, sondern um die Elben. Hast du nicht bemerkt, wie sie sich gegenseitig beäugt haben? Ihre beiden Völker sind einander so wenig freundlich gesonnen, wie auch wir ihnen nicht zugetan sind. Eine phantastische Dreierkonstellation!«

»Und dennoch sind wir jetzt Verbündete und kämpfen zusammen gegen einen gemeinsamen Feind. Die Goblins werden von den Thir-Ailith ebenso bedroht wie wir. In den vergangenen Monaten vielleicht sogar noch stärker, da sie weiterhin in der Tiefenwelt gelebt haben.«

»Ja, und genau das ist auch einer der Punkte, die mir zu denken geben. Wie haben sie das über Monate hinweg geschafft? Die Dunkelelben hätten sie längst aufspüren und vernichten müssen.«

»Ihre Stadt liegt gut versteckt, das haben wir doch selbst schon festgestellt. Auch wir haben sie noch nicht entdecken können.«

»Wir können uns auch nicht unsichtbar machen und ihnen unbemerkt folgen, wenn wir einen von ihnen bemerken«, sagte Barlok. »Anderenfalls hätten wir vermutlich keine Woche dafür gebraucht.«

Ungläubig blickte Warlon ihn an.

»Denkst du etwa, dass sie mit den Thir-Ailith gemeinsame Sache machen könnten?«

»Ich traue diesem verschlagenen Pack alles zu. Wir haben genügend schlechte Erfahrungen mit ihnen gesammelt.«

»Aber nicht so etwas.« Warlon schüttelte den Kopf. »Am Tiefenmeer haben sie sich als loyale Verbündete erwiesen, und auch jetzt stehen sie uns wieder zur Seite, das haben sie bereits gezeigt.«

»Pah, sie haben mit ihren Pfeilen ein paar von diesen verdammten Drohnen abgeschossen, deren Anzahl unbegrenzt ist. Ein kleiner Preis, um sich damit unser Vertrauen zu erschleichen.« Barlok zuckte die Achseln. »Außerdem müssen sie sich ja nicht unbedingt freiwillig auf die Seite des Feindes gestellt haben. Sie könnten von den Thir-Ailith geistig versklavt worden sein.«

»Dann hätten Gelinian und die anderen Magier das sofort bemerkt.« Noch einmal schüttelte Warlon den Kopf. »Dein Misstrauen in allen Ehren, aber ich glaube, in diesem Fall übertreibst du es. Ich denke, sie sind einfach nur verzweifelt, weil sie durch die Dunkelelben ebenso von der Ausrottung bedroht werden wie wir, und wollen uns deshalb helfen.«

»Quarrolax will helfen. Nix führen in Falle«, bestätigte ihr Führer und bewies, dass er zumindest einen Teil ihres Gesprächs aufgeschnappt hatte, obwohl sie sich lediglich flüsternd unterhalten hatten. Ihnen war nie aufgefallen, was für scharfe Ohren die Goblins hatten. Verlegen senkte Warlon den Blick, aber Quarrolax schien ihnen ihr Misstrauen nicht übelzunehmen. »Bald gehen durch Eingang in Berg«, fügte er hinzu.

Tatsächlich endete kurz darauf der Hang, den sie auf einem schmalen Sims am Rande eines mehr als hundert Meter tiefen Abgrunds passiert hatten, und sie erreichten eine jäh aufklaffende Schlucht. Ein Pfad führte steil in die Tiefe. Immer wieder rutschten sie auf lockerem Geröll aus und schlitterten mehr hinab, als dass sie gingen. Selbst die sich sonst so elegant bewegenden Elben hatten große Schwierigkeiten, und immer wieder stieß einer von ihnen einen verärgerten Laut aus.

Als sie den Grund der Schlucht schließlich erreicht hatten, gingen sie einige hundert Meter entlang eines kleinen Bachs auf ebener Erde, ehe Quarrolax sie auf einen kaum weniger steilen und beschwerlichen Pfad führte. Mühsam kraxelten sie ihn hinauf, was sich als noch beschwerlicher als der Abstieg zuvor erwies.

Schließlich blieb Quarrolax stehen und drehte sich feixend zu ihnen um.

»Goblin-Wege gut versteckt«, sagte er mit einem breiten Grinsen. »Ihr nicht einmal haben bemerkt.«

Er führte sie wieder ein kleines Stück zurück und dann halb um einen Felsblock herum. Dahinter klaffte ein schmaler Riss in der Bergwand, gerade breit und hoch genug, dass ein Zwerg aufrecht darin stehen konnte. Warlon musste zugeben, dass der Eingang so versteckt lag, dass man ihn wirklich nur durch Zufall entdecken konnte, oder bei einer äußerst gründlichen Suche, wie sie ohne irgendwelche Anhaltspunkte, an welcher Stelle man ungefähr zu suchen hatte, in dieser Umgebung gar nicht möglich gewesen wäre.

Warlon zwängte sich als Erster hinter dem Goblin in den Spalt, allerdings konnte er sich nur seitlich vorwärtsschieben und musste dabei den Bauch einziehen. Dennoch glaubte er ein paarmal, stecken zu bleiben, doch dazu kam es nicht, und nach knapp zehn Metern mündete der Riss bereits in eine Höhle.

Die schlanken, geschmeidigen Elben konnten zwar auf geradem Weg hindurchgehen, mussten sich allerdings tief dabei bücken und fühlten sich, ringsum so eng von den Felsen umgeben, sichtlich unwohl.

Die Höhle, die sie erreicht hatten, war gerade groß genug, dass sie alle darin Platz fanden. Durch mehrere kaum faustgroße Löcher in der Wand über dem Eingang fiel etwas Licht herein. Nachdem seine Augen sich daran gewöhnt hatten, stellte Warlon irritiert fest, dass sie keinen weiteren Ausgang mehr besaß. Erschrocken fuhr er herum und warf einen Blick zum Eingang. Möglicherweise hatte Barlok ihn mit seinem Misstrauen schon angesteckt, aber für einen Moment glaubte er tatsächlich an eine Falle und befürchtete, dort bewaffnete Goblins auftauchen zu sehen oder das Geräusch fallender Felsbrocken zu hören, die den Zugang versperrten und sie von der Außenwelt abtrennten.

Nichts dergleichen geschah.

Stattdessen trat Quarrolax auf die hintere Wand zu, tastete einen Moment lang daran herum – und schob einen scheinbar tonnenschweren Teil der Felswand ohne sonderlich große Anstrengung zur Seite. Lediglich ein leises Scharren war zu hören.

»Das … ist doch nicht möglich«, keuchte Barlok. »Ich glaube das einfach nicht!«

Warlon trat weiter vor. Im Übergang zwischen der Höhle und dem sich dahinter erstreckenden Stollen war eine dünne Schiene in den Boden eingelassen. Das Wandteil bestand aus einer nur wenige Zentimeter dicken Felsplatte, die auf kleinen Rädern innerhalb dieser Schiene hin und her bewegt werden konnte. Selbst wenn jemand den Spalt im Fels entdeckte und in die Höhle eindrang, würde er sie nach einem flüchtigen Rundblick wieder verlassen, weil kein Weg von hier aus weiterzuführen schien.

Seine Achtung vor den Goblins stieg. Bislang hatte er sie, genau wie die anderen Zwerge, für ein ähnlich primitives Volk wie die Gnome gehalten. Zwar war bekannt gewesen, dass sie im Gegensatz zu diesen eine eigene Stadt besaßen, in der sie lebten, statt nomadenhaft in der Tiefenwelt herumzuziehen, doch hätte er ihnen niemals zugetraut, Konstruktionen wie diese zu bauen.

Auch Barlok betrachtete die Schiene und die Felsplatte mit den Rädern darunter genau.

»Ich werde nie wieder darauf vertrauen, dass eine Felswand auch wirklich nur eine Felswand ist, wenn wir das hier überstehen«, brummte er. »Jedenfalls nicht, wenn wir es nochmal mit diesem Pack von Quälgeistern zu tun bekommen.«

»Wenn sie alle Stollen, die zu ihrer Stadt führen, auf ähnliche Weise gesichert haben, ist es kein Wunder, dass wir niemals welche entdeckt haben«, ergänzte Warlon.

Quarrolax entzündete mit Feuersteinen die Dochte zweier Laternen, die hinter dem geheimen Durchgang auf dem Boden standen. Eine reichte er an einen der Elben weiter, die andere behielt er selbst.

»Weitergehen, nix gaffen«, sagte er noch immer grinsend. Die Verblüffung der Zwerge und Elben schien ihn köstlich zu amüsieren, doch nun wurde er wieder ernst. »Wir nix haben Zeit zu verlieren.«

Er wartete, bis auch der Letzte von ihnen den Stollen betreten hatte, dann schob er die Felswand wieder an ihren Platz zurück. Erneut ertönte nicht mehr als ein leises Scharren, gefolgt von einem ebenfalls leisen Knacken, als sie wieder an ihren vorigen Platz glitt und den Weg hinter ihnen versperrte.

Eine der unangenehmen Eigenschaften der Macht war, dass man sie allzu oft delegieren musste. Das galt in umso größerem Ausmaß, je umfassender die Machtfülle war, die man besaß, sodass diese durch die Übertragung von Aufgaben automatisch auf der eigenen Seite wieder schrumpfte, so weit sie an anderer Stelle wuchs, bis schließlich fast nur noch die Entscheidungsmacht darüber übrig blieb, an wen welche Aufträge zu vergeben waren. Macht fraß sich selbst, wenn man nicht die Gebote klarer Vernunft missachten wollte.

Jedenfalls empfand Tharlia es so, und gerade jetzt überwältigte sie dieses Gefühl, sodass sie sich beinahe nutzlos vorkam. Ihr Leben galt als zu wichtig, als dass sie es in Gefahr bringen durfte. Weder konnte sie sich aktiv am Kampf beteiligen, obwohl sie ebenso gut wie viele Krieger eine Waffe zu führen verstand, noch hatte sie den Expeditionstrupp in die Tiefe begleiten können, wie sie es am liebsten getan hätte. Es gab für sie keinen Zweifel, dass sich ihrer aller Schicksal dort unten entscheiden würde, aber wie diese Entscheidung ausfiel, hing allein von anderen ab.

Ihr Schicksal als Königin war es, nahezu tatenlos darauf zu warten, zu welcher Seite sich die Waage letztlich neigen würde. Sie war nicht viel mehr als eine Symbolfigur, zu der die Krieger aufschauen konnten und deren Gegenwart ihnen Kraft verleihen mochte.

Nicht einmal in den magischen Kreis der Priesterinnen, die mit ihren Fähigkeiten die Unsichtbarkeit der Thir-Ailith aufhoben, konnte sie sich einreihen, wie sie es früher als Vorsteherin des Dunkelturms getan hätte. Stattdessen hatte sie nur anordnen können, den Kreis zu vergrößern, nachdem die Elbenmagierinnen und -magier ihn verlassen hatten. Deren Kräfte waren weitaus beeindruckender als die der Priesterinnen, wie Tharlia eingestehen musste, und ihr Aufbruch in die Tiefe hatte eine erhebliche Lücke hinterlassen.

Vor allem gelang es den Priesterinnen allein nicht, den Mantel der Unsichtbarkeit völlig zu zerreißen, in den sich die Thir-Ailith hüllten, aber um gegen die Bestien zu kämpfen, reichte es auch, sie zumindest schemenhaft sichtbar zu machen, sobald sie sich der Barriere näherten.

Noch immer war diese nahezu mühelos und ohne Verluste auf Seiten der Zwerge zu halten. Unermüdlich brandeten die Thir-Ailith dagegen an, nur um sich an ihren langen Stacheln aufzuspießen oder von den Speeren der Zwergenkrieger durchbohrt zu werden, und starben in kaum vorstellbarer Zahl.

Aber so erfolgreich die Verteidigung auch erscheinen mochte, konnte Tharlia dennoch nicht richtig daran glauben, dass dies lange genug so bleiben würde, bis in der Tiefe eine Entscheidung gefallen war.

Auch bei der Schlacht am Tiefenmeer war der Kampf zunächst geraume Zeit gut für ihr Volk verlaufen, bis die Magier der Dunkelelben eingegriffen und mit ihrer Macht die Brände in den eigens angelegten Feuergräben erstickt und mit einer Wolke aus Dunkelheit ihren Kampfdrohnen den Weg geebnet hatten, um die Linien der Verteidiger zu durchdringen.

Auch ein simples Gestell aus Stahl würde die Thir-Ailith nicht auf Dauer aufhalten können. Diese Vorstellung war einfach zu vermessen, selbst wenn es mit dem Mut und der Stärke von Zwergenkriegern verteidigt wurde.

Tharlias Kräfte waren zwar längst nicht mehr so stark wie zu ihrer Zeit als Hohepriesterin von Li'thil, dennoch meinte sie überdeutlich spüren zu können, wie sich ein Unheil näherte und über ihnen zusammenbraute. Sie wusste nicht einmal zu sagen, ob es einfach die Nähe der Thir-Ailith war, die sie spürte, oder ein allgemeines Unbehagen, die Vorahnung einer noch verhüllten Gefahr, die von innen an ihr nagte.

Aber was es auch war, es würde kommen.

Bald.

Die Stollen waren nicht allein von der Natur geformt worden, wie Warlon schon bald erkannte. An vielen Stellen waren die Wände mit Werkzeugen bearbeitet worden, manche Durchbrüche und kurze Verbindungsstollen waren sogar komplett künstlich geschaffen worden. Längst nicht so gründlich und auch nicht so kunstvoll, wie es bei Zwergen der Fall gewesen wäre, doch stellte es eine weitere Überraschung dar, dass Goblins überhaupt solche Arbeiten ausführten. Nirgendwo sonst in der Tiefenwelt waren bislang entsprechende Spuren ihres Wirkens entdeckt worden. Ihre Aktivitäten erstreckten sich offenbar ausschließlich auf ihr eigenes, den Zwergen bislang verborgen gebliebenes Reich.

Im Grunde, stellte er fest, war dies alles ein bizarres Trauerspiel, dessen ganzes Ausmaß sich erst jetzt offenbarte, da sie im Begriff standen, alles zu verlieren. Seit vielen Jahrtausenden lebten ihre beiden Völker gemeinsam als unmittelbare Nachbarn in der Tiefenwelt unterhalb des Tharakol, und doch kannten sie einander kaum. Vermutlich wussten sogar die Goblins mehr über sein Volk als umgekehrt, dachte er. Seit ewigen Zeiten waren sie viel zu sehr damit beschäftigt gewesen, gegeneinander Krieg zu führen, als dass sie sich jemals die Zeit genommen hätten, den anderen genauer kennen zu lernen.

Die Goblins hatten genau wie die Gnome und die Schrate schon hier gelebt, ehe die ersten Zwerge ihren Fuß in das Schattengebirge gesetzt hatten, und betrachteten diese deshalb als Eindringlinge, die ihnen ihr eigenes Territorium streitig gemacht und sie aus großen Teilen davon vertrieben hatten.

Ohne einmal zu zögern und sich orientieren zu müssen, fand Quarrolax seinen Weg durch das Labyrinth von Gängen und Höhlen. Warlon wusste nicht, ob Goblins eine ähnliche Fähigkeit besaßen wie Zwerge, niemals einen Weg zu vergessen und sich überall sofort zurechtzufinden, wo sie einmal gewesen waren, oder ob Quarrolax sich hier einfach nur sehr gut auskannte.

Angesichts des neuen Lichts, in dem er die Goblins zu betrachten begann, hätte er gerne einmal ihre Stadt gesehen, doch nahm er an, dass das Vertrauen dieser Wesen zu ihnen so weit nicht reichen würde, sondern Quarrolax sie im größtmöglichen Abstand daran vorbeiführen würde.

Einige Male passierten sie weitere Felstüren, die so gut getarnt waren, dass Warlon sie erst entdeckte, wenn Quarrolax sie öffnete. Gelegentlich vernahm er weiter vorne das Geräusch leiser, trippelnder Schritte oder nahm aus den Augenwinkeln eine huschende Bewegung in einem Nebengang wahr. Ansonsten jedoch bekam er geraume Zeit keine anderen Goblins zu sehen.

Schließlich jedoch erreichten sie das Ende eines Stollens. Zwei Goblins hielten dort neben einem Loch im Boden Wache. Mit finsteren Gesichtern starrten sie ihnen entgegen, sagten jedoch kein Wort.

Als sie nahe genug herangekommen waren, erkannte Warlon, dass das Loch der Einstieg zu einem Schacht mit spiegelglatten Wänden war. An einem Seil hing in einigen Metern Tiefe eine Art Deckel. Einer der Goblins zog ihn herauf, und Warlon sah zu seiner Verblüffung, dass es sich lediglich um einen mit dünnem Tierfell bespannten Reif handelte.

»Wenn Unsichtbare entdecken Schacht und versuchen hochzuklettern, dann bewegen Fell und Goblins sehen«, erklärte Quarrolax. »Sonst nicht möglich, bemerken unsichtbare Feinde rechtzeitig.«

»Recht einfallsreich«, gab sogar Barlok zu, der die letzte Zeit über ziemlich still gewesen war. Für ihn musste das alles noch viel schwieriger sein. Warlon hatte zwar an diversen Kämpfen gegen die Goblins teilgenommen, doch hatte es sich zumeist nur um kleine Scharmützel gehandelt. Zudem existierte seit Jahren ein Friedensvertrag zwischen ihren Völkern, auch wenn die Goblins dank der schwachen Herrschaft von König Burian oft genug dagegen verstoßen und Überfälle auf Patrouillen und einzelne Zwerge durchgeführt hatten.

Barlok hingegen war wesentlich älter, und für ihn war es wohl nicht allzu lange her, dass die Goblins noch eine echte Bedrohung für Elan-Dhor dargestellt hatten und Kriege gegen sie an der Tagesordnung gewesen waren. Er selbst hatte entscheidend daran mitgewirkt, diese Gefahr zu begrenzen, aber der Hass und das Misstrauen gegen dieses Volk waren tief in ihm verwurzelt.

Sie nun plötzlich als Verbündete zu betrachten fiel ihm nicht leicht.

»Und wie kommen wir da runter?«, fragte er. »Ich sehe keine Leiter, und fliegen können wir nicht.«

Wortlos ließ einer der Goblins ein dickes, an einem in die Wand eingelassenen Ring befestigtes Seil in den Schacht hinab. In regelmäßigen Abständen waren Knoten hineingewirkt, die das Klettern erleichtern sollten. Dennoch war es ein ordentliches Stück Arbeit, bis sie schließlich den Boden erreichten, obwohl der Schacht nicht mehr als zehn, fünfzehn Meter tief war.

Und er blieb nicht der einzige.

Noch mehrfach gelangten sie an ähnliche Schächte von unterschiedlicher Tiefe. Warlon begriff, dass es sich um ein kaum zu überwindendes Verteidigungssystem handelte. Die Schächte würden gegen jeden Angreifer leicht zu halten sein, selbst ein so schrecklicher Feind wie die Thir-Ailith würde größte Mühe haben, sie zu überwinden, wenn er sie entdeckte. Dies jedoch hatten die zusätzlich zumeist in der Nähe angebrachten Felstüren bislang offenbar erfolgreich verhindert.

Nach einiger Zeit begann es wärmer zu werden. Der Widerschein von flackerndem Feuer tanzte vor ihnen über die Wände des Ganges. Warlon vermutete zunächst, dass sie sich einer Feuerhöhle näherten, wie sie in verschiedenen Regionen der Unterwelt auftraten, doch dann drang ein leises Rauschen und Plätschern an seine Ohren, das lauter wurde, je weiter sie gingen, und nicht dazu passte. Gleichzeitig stieg ihm der Geruch von Petroleum in die Nase.

»Was ist das?«, fragte er Quarrolax, doch der Goblin antwortete nicht.

Der Stollen mündete in eine große Höhle, in der sich ihnen ein wahrhaft atemberaubender Anblick bot. Wie gebannt blieb Warlon im Durchgang stehen und starrte auf das unglaubliche Bild, vor Staunen unfähig, auch nur einen Schritt weiterzugehen. Etwas Vergleichbares hatte er noch niemals zuvor gesehen. Neben ihm sog Barlok scharf die Luft ein.

Zunächst schien es ihm, als ob die Wände der Höhle selbst brennen würden, doch dann erkannte Warlon, dass die Wahrheit noch viel phantastischer war. Dicht unter der Decke der Höhle ragten zahlreiche Becken ein Stück aus der Wand. Flammen loderten darin, und Petroleum floss über die Ränder, um brennenden Wasserfällen gleich in die Tiefe zu stürzen. Dort sammelte es sich in weiteren, eindeutig künstlich angelegten Becken unterschiedlicher Form und Größe, die sich durch die Höhle zogen und aus denen ebenfalls Flammen aufloderten.

»Die Flammenfälle von Namodel«, verkündete Quarrolax voller Stolz, aber auch mit Ehrfurcht.

Warlon überwand nur mühsam seine Erstarrung. Am liebsten hätte er stundenlang auf die brennenden Petroleumfälle gestarrt. Etwas geradezu Hypnotisches ging von ihnen aus, als würden die Flammen selbst in der Luft tanzen, manchmal absinken und dann wieder aufsteigen.

Langsam gingen sie weiter. Der Weg schlängelte sich zwischen den brennenden Becken hindurch, war aber so breit, dass sie genügend Abstand halten konnten, um die Hitze nicht allzu unangenehm zu spüren.

Warlon bedauerte es, als sie nach einiger Zeit den jenseitigen Ausgang erreichten. Noch einmal wandte er sich um und warf einen Blick zurück zu den Flammenfällen, prägte sich ihren Anblick fest ein, da er nur wenig Hoffnung hatte, sie jemals in seinem Leben wiederzusehen.

Im ersten Moment schien ihn nach der Helligkeit in der Höhle tiefe Dunkelheit zu umfangen, als er in den Stollen trat.

17

VERRAT

»Der Vizegeneral befiehlt, dass ich mit der gesamten Reiterei unverzüglich an die Oberfläche zurückkehre. Angeblich sind wir bei einer eventuellen Verteidigung von Clairborn und anderer Städte unverzichtbar«, las Tharlia laut vor. »Der Rückzug soll auf direktem Weg erfolgen, möglichst, ohne bemerkt zu werden. Ich befürchte das Schlimmste. Obrist Valutus.«

Ungläubig ließ sie das Schreiben sinken, das Thilus ihr gerade überbracht hatte. Auf seinem Gesicht zeigte sich dieselbe Fassungslosigkeit, die auch Tharlia empfand.

»Wie ich schon sagte, es lag am Eingang der Hellhöhlen. Die Höhlen selbst sind verlassen. Einer der Krieger fand das Blatt und brachte es mir, aber er konnte es ebenso wie ich nicht lesen. Ich habe gleich befürchtet, dass es unangenehme Nachrichten enthält, deshalb habe ich es sofort zu Euch gebracht, doch das ist...« Er verstummte einen Moment und schüttelte den Kopf. »Ich begreife nur nicht, welchen Sinn das alles haben soll. Warum zieht Nagaron seine Truppen an die Oberfläche zurück?«

»Aus persönlichem Ehrgeiz«, stieß Tharlia hervor, zerknüllte die Nachricht und ballte die Fäuste. »Dieser verdammte Narr. Ich wusste, dass ich ihm nicht trauen kann. Er ist auf seine Art ein schlimmerer Fanatiker als Sindilos oder ein paar seiner Spießgesellen in Clairborn. Er ist nicht in der Lage, über einen Felsgrat hinauszusehen, sondern beurteilt alles nur nach dem persönlichen Vorteil, den er dabei gewinnen kann. Was danach passiert, interessiert ihn nicht, und deshalb bezieht er die längerfristigen Auswirkungen seiner Entscheidungen nicht in sein Handeln ein.«

»Ich fürchte, ich verstehe nicht, was Ihr meint.«

»Dieser Mistkerl sieht keinen persönlichen Vorteil für sich darin, hier mit uns zu kämpfen. Lieber schert er aus der gemeinsamen Verteidigung aus. Er ist so überheblich, dass er noch immer glaubt, die Dunkelelben schlagen zu können. Wenn wir hier siegen, wird er sich den Erfolg mit anrechnen, weil er einen winzigen Teil seiner Truppen in Elan-Dhor zurückgelassen hat. Werden wir jedoch von den Thir-Ailith überrannt, will er sich ihnen an der Oberfläche zum Kampf stellen. Er denkt, wenn er dort siegt, fällt aller Ruhm für diesen Erfolg auf ihn allein. Und wenn nicht, dann kann man ihm keinen Vorwurf machen, weil er alles zur heldenhaften Verteidigung der Städte unternommen hat. Er erkennt vermutlich nicht einmal, dass er dadurch möglicherweise unser aller Ende heraufbeschwört.«

»So ein Irrsinn! Wie kann so jemand bloß ein so verantwortungsvolles Kommando übertragen bekommen?«

»Weil er überaus geschickt und skrupellos ist und die weiteren Folgen seines kurzsichtigen Handelns meist erst später sichtbar werden, ohne dass man sie ihm noch zuschreibt. Kommt mit, wir müssen mit ihm reden. Wenn die Barriere fallen sollte, ist die Reiterei unsere einzige Hoffnung, die Thir-Ailith noch einmal zurückwerfen zu können.«

In aller Eile gab Thilus ein paar Befehle für die Zeit seiner Abwesenheit und stellte eine Eskorte von zehn Kriegern zusammen, die als Geleitschutz für die Königin dienen sollten.

»Denkt Ihr wirklich, dass das nötig ist? Ich glaube nicht, dass Nagaron es wagen würde, irgendetwas gegen mich zu unternehmen.«

»Sicher ist sicher«, sagte Thilus, während sie dem Ausgang zur Oberfläche entgegeneilten. »Dieser Kerl hat uns verraten und fällt uns in den Rücken. Ich traue ihm keinen Schritt mehr über den Weg.«

»Wenn es mir überhaupt gelingt, ihn umzustimmen, dann wird es sicher äußerst schwer werden. Ich muss ihm etwas anbieten, das seinem persönlichen Ehrgeiz dienlicher ist als sein jetziges Vorhaben. Aber was das sein könnte, weiß ich nicht.« Tharlia seufzte. »Immerhin werden wir voraussichtlich nicht ganz allein dastehen. Valutus scheinen die Befehle auch nicht gefallen zu haben. Ich denke, er hat eine Menge riskiert, als er die Botschaft hinterließ.«

Sie gelangten zu dem Stollen, der zum geöffneten Zugang führte, und traten kurz darauf ins Freie. Rasch blickte Tharlia sich um.

Ein beträchtlicher Teil der lartronischen Armee hatte die Hänge des Tharakol gar nicht erst erklommen, sondern direkt in der Ebene am Fuße des Berges ein provisorisches Lager aufgeschlagen. Andere waren auf etlichen der einigermaßen ebenen Flächen am Hang untergekommen. Auch das Plateau direkt vor dem Zugang war voller Soldaten.

Ein schnauzbärtiger, älterer Offizier trat den Zwergen entgegen und verbeugte sich vor der Königin.

»Seid gegrüßt, Majestät. Darf ich fragen, was Euch hierherführt?«

Obwohl seine Anrede höflich war, verschlug die Dreistigkeit seiner Frage Tharlia für einen Moment die Sprache.

»Wir wünschen Vizegeneral Nagaron in einer dringenden

militärischen Angelegenheit zu sprechen. Führt uns unverzüglich zu ihm!«, sagte Thilus an ihrer Stelle.

»Ich bedaure, aber der Vizegeneral ist momentan für niemanden zu sprechen.«

»Ist das so?«, fuhr Tharlia den Soldaten scharf an. »Dann soll er mir das selbst sagen. Was könnte es mitten in einer Schlacht wohl so Dringendes zu erledigen geben, dass er keine Zeit hat, sich mit seinen Verbündeten zu beraten? Geht mir aus dem Weg!«

Der Offizier bewegte sich nicht.

»Es tut mir leid, aber auch das kann ich nicht. Ich habe Auftrag, niemanden aus dem Berg herauszulassen.«

Tharlia stieß einen keuchenden Laut aus und starrte den Mann ungläubig an. Selbst Nagaron hätte sie nicht für so gewissenlos gehalten.

»Eure Aufträge interessieren uns nicht!«, blaffte Thilus. »Ihr scheint zu vergessen, mit wem Ihr sprecht. Gebt augenblicklich den Weg für die Königin frei!«

Demonstrativ legte er die Hand auf den Knauf seines Schwertes, doch im gleichen Moment rückten mehrere Dutzend Soldaten hinter dem Offizier näher.

»Dieses ganze Land, auch das Schattengebirge, ist lartronisches Hoheitsgebiet«, sagte er. »Als Abgesandter des Königs besitzt der Vizegeneral hier volle Befehlsgewalt, und sein Befehl lautet, den Zugang zu bewachen und niemanden herauszulassen. Ich denke, Ihr solltet besser umkehren.«

»Das werden wir«, stieß Thilus hervor. »Aber wir werden wiederkommen, und dann wird sich zeigen, ob Ihr es tatsächlich wagt, einem entschlossenen, bis an die Zähne bewaffneten Zwergenheer den Weg zu versperren. Wir ...«

»Ich bin sicher, dass es sich nur um ein Missverständnis

handelt«, fiel Tharlia ihm ins Wort. »Lasst dem Vizegeneral ausrichten, dass ich ihn unbedingt so schnell wie möglich sprechen muss, dann werden wir weitersehen. Gehen wir!«

Ohne einen Abschiedsgruß drehte sie sich um und trat zurück in den Stollen. Nach kurzem Zögern und einem drohenden Blick in Richtung des Offiziers folgte Thilus ihr mit der Eskorte.

»Bei meinem Bart, was hat das zu bedeuten?«, polterte er, kaum dass sie außer Hörweite waren. »Glaubt dieser blasierte Dummkopf tatsächlich, uns hier einsperren zu können? Wir sollten ihn und seine Männer die Hänge hinabjagen!«

»So weit kommt es noch, dass wir unsere Kräfte im Kampf gegeneinander aufreiben, statt sie gegen die Dunkelelben zu bündeln«, entgegnete Tharlia scharf. »Ich habe damit gerechnet, dass Nagaron sich weigern wird, mit mir zu sprechen, obwohl ich nicht geglaubt hätte, dass er uns wirklich den Zutritt an die Oberfläche verwehrt. Aber auch das ergibt einen Sinn. Er will uns so lange wie möglich als Puffer zwischen sich und den Thir-Ailith haben. Nun bleibt uns gar nichts anderes mehr übrig, als mit aller Verzweiflung bis zum letzten Mann zu kämpfen. Wir sind eingeschlossen.«

Viele Stunden waren sie schon durch Bereiche der Tiefenwelt gewandert, die Barlok noch niemals zuvor betreten hatte. Das von den Goblins beanspruchte und bewachte Gebiet hatten sie schon längst verlassen, jedenfalls hatte er seit geraumer Zeit keinerlei Spuren künstlicher Bearbeitung mehr an den Wänden entdeckt, und auch die letzte Felstür lag bereits weit hinter ihnen.

Seiner Schätzung zufolge mussten sie sich mittlerweile sogar unterhalb des Tiefenmeeres befinden. Seit es entdeckt worden war, suchte sein Volk nach Pfaden, auf denen man es umgehen konnte, hatte aber niemals welche gefunden. Den Goblins jedoch schien das gelungen zu sein. Und da sie irgendwann wieder in bereits bekannte Gebiete gelangen mussten, bedeutete das, dass auch sein Volk diese Wege künftig kennen würde.

Wenn es überhaupt weiterhin in der Tiefenwelt überleben konnte, schränkte Barlok sich in Gedanken gleich darauf ein. Immerhin waren sie während ihrer gesamten Wanderung bislang noch nicht auf Thir-Ailith gestoßen.

»Diese unterirdischen Stollen und Höhlen sind furchtbar«, sagte Lhiuvan neben ihm. »Wie kann Euer Volk hier bloß leben? Allmählich verstehe ich, wie sich die Abtrünnigen so verändern konnten. Wahrscheinlich würde es auch mir nicht anders ergehen, wenn ich hier eingesperrt wäre.«

Barlok hatte sich zurückfallen lassen, seit vor einiger Zeit nach einer Rast Ailin, die sich zuvor bei den Magierinnen und Magiern aufgehalten hatte, zu Warlon und ihm fast an die Spitze des Trupps vorgerückt war. Er wollte, dass sich die beiden ungestört unterhalten konnten. Sollten sie die vielleicht letzten Stunden genießen, in denen das noch möglich war.

Stattdessen hatte er sich zu den Elbenkriegern gesellt und war zu seiner Überraschung dort ausgerechnet von Lhiuvan angesprochen worden. Nur stockend war ein Gespräch in Gang gekommen, zu stark waren die gegenseitigen Vorbehalte. Aber wie Barlok bereits zuvor vermutet hatte, stellten sie recht bald eine Reihe von Gemeinsamkeiten fest. Lhiuvan war wie er ein Krieger mit klaren Standpunkten, kein Freund unverbindlicher Diplomatie, wie vor allem Gelinian sie bis zur Perfektion entwickelt zu haben schien.

Barlok hatte von verschiedenen Schlachten erzählt, an denen er teilgenommen hatte, und offenbar war es ihm mittlerweile gelungen, Lhiuvans Achtung zu erwerben. Zumindest verwendete der Elb ihm gegenüber nun die ehrenvolle Anrede, was Barlok auf gleiche Art quittierte.

»Das sind eben grundsätzliche Unterschiede zwischen unseren Völkern. Manches hat mir an der Oberfläche sehr gut gefallen, aber ich könnte dort genauso wenig dauerhaft leben. Zwerge sind nun einmal für ein Dasein unter der Erde geschaffen, es ist unsere Natur.«

»Und unsere Natur gibt vor, dass wir die Sonne, den Mond und die Sterne brauchen. Wir benötigen Weite um uns herum, den Wind, die Pflanzen und die Vielzahl an Lebewesen, die es dort gibt. Ach, wenn ich an die ruhmreichen Zeiten meines Volkes zurückdenke, an die wunderbaren Orte, die wir Elben geschaffen haben und nach denen mein Herz sich immer noch sehnt, obwohl sie längst vergangen sind.« Er seufzte. »Aber selbst wenn es sie noch gäbe, würde ich sie niemals mehr mit Aliriel aufsuchen können.«

»Ich verstehe Euren Schmerz und Euren Wunsch nach Rache gut«, erwiderte Barlok. »Auch mir ging es einst so. Vor langer Zeit habe ich geheiratet und mein eigenes Haus gegründet, bis … Ach nein, ich kann selbst jetzt noch nicht darüber sprechen, ohne den Schmerz erneut wachzurufen.«

Lhiuvan drang nicht weiter in ihn, sondern wechselte stattdessen nach einigen Sekunden das Thema.

»Es ist zu vermuten, dass viele tausend Elben von den Thir-Ailith als Sklaven gehalten werden, auch wenn Ihr nur wenige von ihnen gesehen habt«, sagte er. »Aber wenn es uns gelingt, sie zu befreien, wird das wie ein Jungbrunnen für unser Volk sein. Vielleicht sind wir doch noch nicht zum Aussterben verurteilt, sondern können uns zu einer neuen Blüte emporschwingen. Und wenn es uns gelingt, den Feind zu besiegen, wird voraussichtlich auch das Zwergenvolk durch die Reichtümer Zarkhaduls besseren Zeiten entgegengehen.«

»Ja«, brummte Barlok. »Ich hoffe nur, dass wir dann auch weiterhin keine Feinde mehr sind.«

»Wir waren niemals Feinde, sondern hatten vor allem ein falsches Bild voneinander«, korrigierte Lhiuvan. »Es machte mich fast rasend, über einen so langen Zeitraum hinweg mit ansehen zu müssen, wie mein einst so mächtiges Volk immer mehr dahinsiecht. Daraus erwuchs Verbitterung darüber, wie andere Völker zunehmend an Bedeutung gewinnen.«

»Was aber hauptsächlich für die Menschen gilt.«

»Ja. Euer Volk ist noch nicht ganz so tief gesunken wie meines, aber es hat seinen Zenit auch schon lange überschritten. Dennoch weckte die Verbitterung Zorn in mir und Neid auf alle, denen es besser als uns erging. Mittlerweile aber weiß ich, dass die Zwerge unser Schicksal in vielerlei Hinsicht teilen. Und ich habe feststellen müssen, dass auch bei Euch Stolz und Ehre zu finden sind, während ich zuvor dachte, dass Gier die einzige Antriebsfeder Eures Tuns ist.«

Ein leichtes Unbehagen überfiel Barlok. Der Elb verhielt sich ihm gegenüber völlig anders, als Warlon ihn beschrieben hatte – eine Kehrtwendung, die in dieser Radikalität kaum glaubhaft erschien, doch schon Lhiuvans nächste Worte zerstörten diesen Eindruck wieder.

»Das ändert jedoch nichts daran, dass unsere Völker grundverschieden sind und es weitaus mehr Trennendes als Verbindendes zwischen uns gibt«, sagte er. »Vermutlich wäre unser aller Schicksal anders verlaufen, wenn die Zwerge sich nicht gemeinsam mit so vielen anderen Völkern einst von uns abgewandt hätten. Schon da wurde der Keim des Verderbens gesät. Ohne diesen Verrat gäbe es auch die Thir-Ailith nicht.«

»Man kann es wohl kaum Verrat nennen, wenn ein Volk sich nicht länger von anderen gängeln lässt, sondern seinen eigenen Weg gehen will«, widersprach Barlok heftig.

»Wir haben nur versucht, zu helfen und zu lehren. Und wohin Euer Weg Euch nach einer kurzen Blütezeit geführt hat, seht Ihr ja selbst. Ihr habt Euch gegen uns entschieden, und manche Völker, die es nicht einmal mehr gibt, haben uns in ihrem Hochmut sogar mit Krieg überzogen. Nennt Ihr es, wie Ihr wollt, ich nenne es Verrat. Das können wir niemals verzeihen, und deshalb können unsere Völker auch niemals Freunde werden.«

Zorn loderte in Barlok auf, aber bevor es zu einem offenen Streit kommen konnte, verzichtete er lieber darauf, überhaupt etwas zu sagen. Vorübergehend hatte der Elb seine Arroganz und seine zur Schau gestellte Überlegenheit, die Warlon so oft beschrieben hatte, verbergen können, doch schlummerten diese Regungen auch weiterhin in ihm und beherrschten nach wie vor sein Denken.

Eine Weile gingen sie schweigend nebeneinander her, bis Quarrolax an der Spitze ihres Trupps in einer kleinen Grotte plötzlich stehen blieb und ihnen mit einer Geste bedeutete, ebenfalls anzuhalten.

»Unsichtbare nun nicht mehr weit«, erklärte er. »Nur noch ein Stück weiter durch Gang gehen, dann auf sie stoßen. Quarrolax nun umkehren. Hoffen, Ihr haben Erfolg und Tiefenwelt bald wieder frei von Ungeheuern.«

»Wir danken dir für deine Hilfe«, erwiderte Warlon. »Ohne dich hätten wir es niemals bis hierher geschafft.«

»Töten Unsichtbare ist besser als Dank«, sagte Quarrolax, dann eilte er wieselflink davon, den Gang zurück, durch den sie gekommen waren.

»Ihr habt es gehört«, sagte Gelinian. »Es wird Zeit, uns erneut zu tarnen. Haltet Euch von nun an dicht beieinander, sprecht nicht mehr laut und passt vor allem auf, dass Ihr die Thir-Ailith nicht berührt.«

Die Umgebung begann für wenige Sekunden auf schon bekannte Art zu flimmern, als die Elben erneut ihr magisches Netz woben. Einer der Krieger löschte die ihnen noch verbliebene Laterne und stellte sie ab, dennoch wurde es nicht dunkel. Stattdessen begann Barlok wie schon bei seiner Seelenwanderung alles, was außerhalb des magischen Netzes lag, in Grautönen zu sehen.

Noch vorsichtiger als bisher drangen sie weiter vor. Schon bald war das Hallen schwerer Stiefeltritte zu hören, dann mündete der Stollen in eine Höhle. Ein Stück vor ihnen wälzte sich der endlose Heerzug der Kampfdrohnen dahin.

Barlok war überrascht, wie weit sie bereits vorgedrungen waren. Die Höhle lag nicht einmal mehr ein Dutzend Meilen von dem Durchgang entfernt, der mit dem Siegel verschlossen gewesen war und hinter dem das Reich der Thir-Ailith begann.

Er konnte ein Gefühl der Beklemmung nicht völlig unterdrücken bei der Vorstellung, ein weiteres Mal – und diesmal in körperlicher Form – in das Zentrum des absolut Bösen vorzudringen, dem er zuvor erst mit knapper Not entkommen war.

18

DER FEIND IM RÜCKEN

Bereits als er sich dem Ende des Stollens nach Elan-Dhor näherte, vernahm Thilus Schlachtenlärm, was im Grunde unmöglich war. Der Kampf an der Barriere fand viel zu weit entfernt statt, als dass der Lärm bis hierher hätte dringen können, und da die Angriffe sehr einseitig erfolgten, hatte der Kampf auch anders geklungen.

Alarmiert wechselte er einen Blick mit Tharlia und begann dann zu laufen. Von der erhöht liegenden Plattform am Ende des Ganges aus hatte er einen guten Blick über die gesamte Stadt. Sofort erkannte er, dass der Kampf am Südtor stattfand, allerdings nicht jenseits davon, in der von hier aus nicht sichtbaren Halle der Helden, sondern auf der stadtwärts gelegenen Seite, was bedeutete, dass das Tor bereits gefallen sein musste.

Aber wie konnte das in den wenigen Minuten geschehen?, dachte er entsetzt, denn länger war er nicht aus Elan-Dhor fort gewesen.

Ein Krieger kam auf ihn zugehastet und verbeugte sich rasch vor Tharlia, die neben Thilus trat, während der Bote bereits seine Meldung herunterspulte.

»Die Thir-Ailith ... sie sind uns in den Rücken gefallen«, stieß er hervor. »Wir wissen nicht, woher sie gekommen sind. Sie waren plötzlich da und stürzten sich in großer Zahl von hinten auf uns. Es hat zahlreiche Opfer gegeben, ehe überhaupt genügend Priesterinnen zur Stelle waren, um sie sichtbar zu machen. Wäre nicht gerade eine neue Gruppe vom Dunkelturm zum Tor unterwegs gewesen, wären unsere Verluste noch verheerender ausgefallen.«

»Wie viele Thir-Ailith?«, fragte Thilus knapp.

»Das ist unmöglich zu schätzen, weil die Priesterinnen nur einen kleinen Teil von ihnen sichtbar machen können. Aber es sind viele, ein ganzes Heer.«

»Aus welcher Richtung kommen sie?«

»Soweit wir feststellen konnten, von Osten, aus Richtung der großen Schmieden und Fertigungsstätten.«

»Der Lastenaufzug!«, stieß Thilus zeitgleich mit Tharlia hervor. »Verdammt!«, fügte er noch hinzu.

Der Aufzug war während ihres Rückzugs vor einigen Monaten durch eine schwere Explosion in der dritten Tiefenebene verschüttet worden. Den darüber liegenden Teil des Schachtes hatten sie mit großen Felsbrocken vollständig gefüllt und damit blockiert. Während der Verteidigungsvorbereitungen hatten sie selbstverständlich auch ihn kontrolliert und unverändert vorgefunden. Dennoch musste es den Thir-Ailith gelungen sein, auf der Ebene unterhalb der Stadt in den Schacht einzudringen und ihn heraufzuklettern. Es war der einzige mögliche Zugang, den es im Osten der Stadt gab.

Auch die Gruppe Dunkelelben, die Kriegsmeister Loton auf dem Wehrgang über dem Südtor getötet hatte, hatte sich vermutlich nicht irgendwo in Elan-Dhor versteckt gehalten, wie Thilus jetzt bewusst wurde. Stattdessen hatte es sich wohl um einen Spähtrupp gehandelt, der diesen Weg erkundet hatte.

»Wer organisiert die Verteidigung?«

»Kriegsmeister Sutis.«

Thilus hatte nichts anderes erwartet. Der Kriegsmeister

war nicht nur der ranghöchste Offizier, sondern hatte sich auch in unmittelbarer Nähe des Kampfgebietes befunden, wenn er auf dem Wehrgang über dem Tor geblieben war. Er war ein alter Haudegen und guter Krieger, der im Laufe seines Lebens Großes geleistet hatte, aber er war kein besonders guter Stratege. Auf diesem Gebiet war Loton ihm stets weit überlegen gewesen, von Barlok gar nicht erst zu sprechen.

Thilus begann zu laufen, eilte auf schnellstem Wege zum Südtor. Obwohl der Kampf bereits in dessen unmittelbarer Nähe mit erbarmungsloser Heftigkeit tobte, erreichte er es unbeschadet und stieg auf den Wehrgang hinauf, um sich erst einmal einen Überblick zu verschaffen.

Es sah nicht gut aus, wie er augenblicklich feststellte. Immerhin war die Verteidigung an der Barriere noch ebenso standhaft, wie er sie verlassen hatte. Wenn es den Thir-Ailith gelungen wäre, zum jetzigen Zeitpunkt auch dort durchzubrechen, hätten sie das Zwergenheer von zwei Seiten in die Zange nehmen können, und Elan-Dhor wäre verloren gewesen, doch wenigstens das war nicht geschehen. Allerdings war das auch schon der einzige Lichtblick.

Der Kampf gegen die Dunkelelben, die das Heer von der Stadt aus angriffen, stand wesentlich weniger gut, obwohl er erst vor wenigen Minuten entbrannt sein konnte. Immer mehr Truppenteile kehrten durch das Tor auf den freien Platz dahinter zurück, um sich den Angreifern zu stellen, doch warf Sutis sie mehr oder weniger blindlings in die Schlacht.

Kaum dass er Thilus erblickte, kam der Kriegsmeister auf ihn zu.

»Sie sind urplötzlich aufgetaucht und uns in den Rücken gefallen«, stieß er hervor. »Wir wissen nicht, woher...«

»Sie kommen aus dem Aufzugsschacht«, fiel Thilus ihm ins Wort. »Da sie ihn stets nur in kleiner Zahl gleichzeitig heraufklettern können, müssen sie sich heimlich gesammelt haben, bis genug von ihnen in der Stadt waren.«

»Wo ist die lartronische Reiterei? Wir bräuchten sie dringend, um die Reihen des Feindes zu durchbrechen und ihn zurückzutreiben. Ich habe nach Valutus geschickt, aber man berichtet mir, dass die Hellhöhlen leer sind.«

Thilus biss für einen Moment die Zähne fest zusammen. Nagarons Verrat war zu einem denkbar ungünstigen Zeitpunkt erfolgt. Jetzt wäre ihnen die Reiterei in der Tat von größtem Nutzen gewesen.

»Sie steht uns im Moment nicht zur Verfügung, aber es wäre zu kompliziert, das jetzt zu erklären. Wir müssen ohne sie auskommen.«

Laut brüllte Thilus Befehle und schickte in aller Eile Meldegänger aus, die den durch das Tor heranströmenden Truppenverbänden mitteilten, wo sie Position beziehen sollten, und formte so eine Schlachtordnung mit einem Zentrum und zwei wehrhaften Flanken, um eine effektive Verteidigung aufzubauen.

Sutis ließ ihn gewähren, schien sogar froh, dass diese Bürde von ihm genommen wurde, da auch er selbst um seine Schwäche auf diesem Gebiet wusste.

Binnen weniger Minuten gelang es Thilus, eine zumindest grobe Ordnung in das wilde Kampfgetümmel zu bringen. Zangenförmig ordnete er die Truppen auf dem Platz an, um es den Thir-Ailith zu erschweren, die Linien zu umgehen. Zugleich war es den Verbänden an den Seiten auf diese Art möglich, sie immer wieder von den Flanken her anzugreifen.

Die Bogenschützen der Goblins ließ er auf den Wehrgang rufen, damit sie von hier aus freies Schussfeld hatten und die Zwergenkrieger überall dort mit einem Pfeilhagel unterstützen konnten, wo ihre Reihen zu wanken begannen.

Seine Strategie verlangsamte den Vorstoß des feindlichen Heeres und brachte ihn für einige Minuten völlig zum Erliegen, doch immer neue Horden von Dunkelelben kamen herangestürmt, und schon nach kurzer Zeit wurden die Linien der Verteidiger durch ihre rücksichtslose Angriffswut erneut zurückgedrängt.

Genau die Art von Kampf, wie er nun entbrannt war, bot den Thir-Ailith alle Vorteile und hätte unter allen Umständen vermieden werden müssen: eine Schlacht auf offenem Gelände. Selbst wenn es den Bestien gelungen wäre, die Barriere zu überwinden und die Halle der Helden einzunehmen, wäre dies weniger schlimm gewesen, da sich das Zwergenheer dann immer noch hinter dem Südtor hätte verschanzen können.

So jedoch musste es sich dem Feind ohne jegliche Deckung stellen, und so verbissen sich die Krieger auch mit ihren Äxten und Schwertern zur Wehr setzten, den ohne jede Rücksicht auf ihr Leben vorstürmenden Thir-Ailith waren sie bei dieser Art von Schlacht nicht gewachsen.

Thilus hielt es nicht länger auf dem Wehrgang. Wenn er schon sterben musste, dann wollte er wenigstens im Kampf fallen.

Er stürmte die Treppe hinab, zog sein Schwert und stürzte sich mitten ins erbittertste Getümmel.

Die letzten Meilen ihres Marsches stellten für Warlon das Schlimmste dar, was er jemals in seinem Leben durchgemacht hatte.

Ihr Weg führte sie in entgegengesetzter Richtung unmittelbar an dem Heerzug der Thir-Ailith vorbei; an manchen Stellen so nah, dass er teilweise nicht einmal den Arm hätte auszustrecken brauchen, um sie zu berühren, sondern lediglich einen Finger abspreizen hätte müssen. Genau das jedoch durfte auf keinen Fall geschehen, wie er nur zu gut wusste, so allgegenwärtig die Gefahr einer versehentlichen Berührung auch war.

Hinzu kam eine ungeheure Selbstbeherrschung, die er aufbringen musste, um die verhassten Feinde unmittelbar neben sich nicht einfach mit seinem Schwert niederzustrecken. Dies musste noch um ein Vielfaches schlimmer sein als die körperlose Wanderung, die Barlok unternommen hatte und auf der ihm wenigstens diese Verlockung erspart geblieben war.

Einzeln mussten sie hintereinander her gehen, und mehr als einmal waren so enge Durchgänge zu passieren, dass sie sich nur stückchenweise seitlich an den Thir-Ailith vorbeiquetschen konnten, kaum einen Fingerbreit von ihnen entfernt.

Aber nicht nur eine Berührung wäre verhängnisvoll gewesen, sondern auch jedes noch so leise Geräusch. Schon ein zu lauter Atemzug hätte eine Katastrophe heraufbeschwören können. Dabei pochte allein Warlons Herz schon so wild, dass er Angst hatte, die Schläge würden so laut wie das Hämmern beim Schmieden eines Schwertes auf dem Amboss dröhnen.

Er wusste nicht zu sagen, wie lange sie für die letzten Meilen ihres Weges benötigten, sicherlich mehrere Stunden, die ihm wie Tage vorkamen, ehe sie endlich den Durchbruch zum eigentlichen Reich der Dunkelelben erreichten. Unwillkürlich ballte Warlon die Fäuste. Hier hatte alles begonnen. Hier hatte er selbst die Wand einschlagen lassen und dabei unwissentlich eines der Elbensiegel gebrochen, woraufhin das ganze grauenvolle Verhängnis erst seinen Lauf genommen hatte.

Wie Barlok berichtet hatte, war der zuvor nur schmale Durchbruch von den Thir-Ailith erweitert worden, sodass auch ihr Trupp ihn nun passieren konnte.

Kaum hatte er die dahinter liegende Höhle betreten, verspürte Warlon am eigenen Leib, wovon Barlok ihm erzählt hatte – die alles durchdringende Aura des Fremden und absolut Bösen. Ansatzweise hatte er sie auch schon wahrgenommen, als er bereits vor Monaten, unmittelbar nach dem Durchbrechen der Wand, in die Höhle eingedrungen war, doch war sie zu diesem Zeitpunkt nicht annähernd so stark gewesen, und sein Aufenthalt hatte nur wenige Minuten gewährt.

Nun war sie erdrückend wie ein unsichtbares Gewicht, das plötzlich auf ihm lastete. Bislang hatte er sich trotz des Berichts seines Freundes nicht vorstellen können, dass es so etwas wie das absolute Böse überhaupt gab, da für ihn Begriffe wie Gut und Böse lediglich Bezeichnungen für unterschiedliche Werte, Ideale und Standpunkte dargestellt hatten.

Im Hinblick auf alle anderen Lebewesen mochte dies auch zutreffen, aber nicht hier. Was er spürte, war ein Brodem aus absoluter Lebensverneinung, aus Hass und Mordlust – und er war nicht der Einzige, dem es so erging. Er sah, wie auch Gelinian, die direkt vor ihm war, erschauerte.

Selbst Barlok schien von der Stärke dieser alles durchdringenden Aura des Bösen überrascht zu sein, wie Warlon sah, als sie sich ein paar Schritte abseits des Heereszuges sammelten, nachdem sie alle die Höhle betreten hatten. Offenbar hatte diese Ausstrahlung in den vergangenen Stunden noch erheblich zugenommen.

»Der Hauch der tieferen Welten, in denen nur Finsternis und Verderben lauern«, wisperte Gelinian. »Nun gibt es keinen Zweifel mehr, dass die Thir-Ailith ein Tor dorthin geöffnet haben. Es muss sehr weit offen stehen, wenn sich das Böse bereits so stark hier ausbreiten konnte, dass die Welten einander fast angeglichen sind. Entweder haben sie mittlerweile die Kontrolle darüber verloren, oder sie nehmen es willig in Kauf, selbst wenn sie dabei Gefahr laufen, auch ihr eigenes Schicksal zu besiegeln. Wenn wir das Tor nicht schließen, werden wir es bald mit noch viel entsetzlicheren Feinden als den Thir-Ailith zu tun bekommen.«

Unter anderen Umständen hätten ihre Worte vermutlich nur pathetisch geklungen, aber hier, da er das Böse selbst spüren konnte, fühlte Warlon einen eisigen Schauer über seinen Rücken laufen.

»Und ich bleibe dabei, Ihr begeht einen verhängnisvollen Fehler«, sagte Valutus. »Es gibt keine besseren Orte, um die Thir-Ailith aufzuhalten, als wir sie in Elan-Dhor vorgefunden haben. Auf freiem Feld, in einer offenen Schlacht, haben unsere Truppen nicht die geringste Chance gegen sie.«

»Demnach zweifelt Ihr an der Schlagkraft der ruhmreichen lartronischen Armee?«, fragte Nagaron lauernd und nippte an einem Krug Bier. »Sprecht nur weiter, aber passt auf, dass Ihr Euch nicht um Kopf und Kragen redet.«

Zornig starrte Valutus den Vizegeneral an, der es sich ihm gegenüber auf einigen Kissen in einem Zelt gemütlich gemacht hatte, als befänden sie sich auf einem Ausflug und nicht im Krieg.

»Ich bin selbst ein Teil dieser Armee und kenne ihren

Ruhm und auch ihre Schlagkraft genau, aber auch ihre Grenzen. Gegen einen so übermächtigen Feind mit unerschöpflichem Nachschub können auch wir nicht bestehen. Die Thir-Ailith können hunderttausend Krieger aufmarschieren lassen oder auch eine Million, wenn es nötig sein sollte. Wie wollt Ihr die schlagen?«

Nagaron lächelte herablassend.

»Ihr glaubt doch nicht ernsthaft diese Ammenmärchen, die die Elben und Zwerge erzählen? Es gibt keine unendlich große Armee. Das Heer der Thir-Ailith mag gewaltig sein, aber deshalb hat es trotzdem eine Zahl, und diese dezimiert sich während jeder Minute, die wir hier miteinander sprechen. Möglicherweise gelingt es ja wider Erwarten sogar den Zwergen und Elben allein, die Dunkelelben zu besiegen. Dies ist ihr Krieg. Warum sollte ich das Leben lartronischer Soldaten dabei in Gefahr bringen? Ich brauche unsere Armee, um meinem eigentlichen Auftrag nachzukommen, und der lautet, unsere Städte hier in der Umgebung zu schützen.«

Valutus atmete tief durch. Der Vizegeneral war so aalglatt, dass es ihm einfach nicht gelang, ihn mit Worten in die Ecke zu drängen und ihm begreiflich zu machen, welchen fatalen Fehler er beging.

»Gesetzt den Fall, Ihr habt Recht: Selbst wenn das Heer der Dunkelelben nicht mehr größer ist als unser eigenes, nachdem es die Verteidigung der Zwerge überrannt hat, wie wollt Ihr dann dagegen kämpfen? Diese Kreaturen sind unsichtbar, wie Ihr Euch wohl erinnern werdet.«

»Dafür wurden bereits Vorkehrungen getroffen. Ich habe Boten ausgeschickt, die die in Clairborn verbliebenen Priesterinnen hierherbringen sollen. Dort werden sie ohnehin nicht mehr gebraucht. Eigentlich müssten sie jeden Moment eintreffen. Sie mögen nicht begeistert sein von meinen Entscheidungen, dennoch werden sie sich nicht weigern, uns zu helfen, weil sie wissen, welche fatalen Folgen dies für unzählige Unschuldige hätte. Ihr seht, ich habe bereits alles bedacht.«

Wie zur Bestätigung seiner Worte betrat eine Wache das Zelt und meldete die Rückkehr des Trupps. Zusammen mit dem Vizegeneral ging Valutus hinaus, und sie blickten den sich nähernden Reitern entgegen, die nur undeutlich zu erkennen waren, obwohl Valutus seine Augen zum Schutz gegen das grelle Sonnenlicht mit den Händen abschirmte, bis der Trupp heran war und die Reiter ihre Pferde zügelten.

Ungläubig starrte Valutus den Mann an ihrer Spitze an, während Nagaron neben ihm einen erstickten Laut ausstieß.

Thilus kam es vor, als wäre die Zeit um mehrere Monate zurückgedreht und er erlebe erneut den Albtraum, in den er schon einmal gestoßen worden war. Im direkten Kampf gegen die Thir-Ailith fühlte er sich wieder in die Schlacht am Tiefenmeer versetzt, als hätte sich alles, was seither passiert war, niemals ereignet.

Er hatte seine Umgebung nahezu vergessen, nichts anderes als sein Schwert, die Krieger neben ihm und der heranstürmende Feind existierten mehr für ihn. Wieder und wieder wehrte er Hiebe ab, die auf ihn niederprasselten, und schlug seinerseits mit seiner Klinge zu oder stieß sie vor. Mehrere Thir-Ailith hatte er bereits getötet, ohne sich ihre Zahl gemerkt zu haben.

Er befand sich wie in einem Rausch. All sein Hass auf die Ungeheuer, seine Verbitterung über Nagarons Verrat, die Verzweiflung und Wut, die er empfand, ließ er in diesen Kampf einfließen.

Er wehrte einen weiteren Hieb ab, entdeckte für einen Moment eine Lücke in der Deckung des Dunkelelben und bohrte ihm seine Klinge durch die Kehle.

Ein Stück entfernt erhaschte er einen Blick auf Malcorion zwischen den Zwergenkriegern. Der Waldläufer kämpfte ebenso verbissen wie er selbst, obwohl dies im Grunde nicht sein Kampf war. Wie einer der berüchtigten Berserker aus den unerforschten Gebieten nordwestlich des Schattengebirges wütete er unter den Dunkelelben, um Rache für den Tod seiner Familie an ihnen zu nehmen.

Thilus wandte den Blick wieder von ihm ab. Er verspürte weder Schwäche noch Schmerz, und mit seinem Ungestüm fachte er auch den Kampfgeist der anderen Krieger um sich herum noch einmal an. Dennoch konnte auch er nicht verhindern, dass sie Stück für Stück immer weiter zurückgedrängt wurden.

Er begriff, dass das Ende gekommen war, nicht nur sein eigenes, sondern das des gesamten Zwergenheeres. Sie konnten die Thir-Ailith nicht mehr zurückdrängen, sondern wurden stattdessen von diesen zum Rückzug getrieben. Sobald der Feind erst einmal durch das Tor in die Halle der Helden gelangte, würde er die Barrikade beseitigen, und dann würde die finstere Flut vollends über die letzten noch verbliebenen Verteidiger hinwegschwappen.

Und alles nur wegen dieses Dummkopfs Nagaron! Die lartronische Reiterei hätte die Linien der Thir-Ailith durchbrechen und diese auseinandertreiben können, dann wäre es möglich gewesen, sie zurückzuschlagen und zu verhindern, dass noch mehr von ihnen durch den Schacht eindringen konnten. So hingegen…

Der Gedanke verlieh Thilus noch einmal neue Kraft. Ungestüm drang er auf eine der schemenhaft sichtbaren Gestalten vor sich ein, die gerade einen anderen Krieger niedergestreckt hatte. Klirrend und Funken schlagend prallten ihre Klingen aufeinander.

Zu seinem Schrecken machte sich nun doch allmählich Erschöpfung in ihm breit, und sein Arm begann lahm zu werden. Die Präzision, mit der er sein Schwert normalerweise zu führen vermochte, ließ langsam, aber sicher nach. Noch gelang es ihm zwar, die Schwerthiebe des Dunkelelben abzuwehren, aber jeder Schlag und jede Parade raubte ihm ein weiteres winziges bisschen seiner Kraft.

Das Blut rauschte in seinen Ohren, und er vermeinte fernen Donner zu hören, doch kümmerte er sich nicht darum. Die Reihen der Thir-Ailith gerieten plötzlich ins Wanken, und auch der Dunkelelb, gegen den er kämpfte, wich ein Stück zurück. Thilus nutzte seine Unaufmerksamkeit, um ihm den Kopf abzuschlagen.

Sofort wollte er auf einen weiteren Gegner eindringen, als zwei, drei Dunkelelben vor ihm plötzlich zur Seite geschleudert wurden. Ein riesiges braunes Ungeheuer raste zwischen ihnen hindurch und hätte auch ihn fast noch umgerissen, preschte dann aber dicht an ihm vorbei.

Es dauerte Sekunden, bis Thilus bewusst wurde, dass es sich um ein Pferd mit einem Reiter handelte. Weitere Reiter in lartronischer Uniform waren plötzlich um ihn herum und trieben die völlig überraschten Thir-Ailith auseinander. Die meisten Feinde wurden schlichtweg niedergeritten, der Rest wurde von den Reitern erschlagen oder mit Speeren durchbohrt.

Fassungslos ließ Thilus sein Schwert sinken, das mit einem Mal ein Tonnengewicht zu haben schien. Mit jäher

Wucht brach plötzlich die Erschöpfung über ihn herein und überwältigte ihn. Er taumelte, und es gelang ihm nicht einmal mehr, seine Waffe länger zu halten. Klirrend fiel das Schwert zu Boden.

Für einen Moment schloss er die Augen. Als er sie wieder öffnete, zügelten gerade zwei Reiter ihre Pferde vor ihm. Einer von ihnen war Valutus, der andere ein älterer Mann mit eisgrauen Augen und einem fast zwergenmäßig langen und dichten Bart.

»Sieht so aus, als wären wir gerade zur rechen Zeit gekommen«, sagte der Obrist, dann deutete er auf den Reiter neben sich. »Das hier ist General Morakow, der Oberkommandierende der lartronischen Armee.«

»Ich selbst wurde vom König ausgesandt, in dieser Provinz für Ordnung zu sorgen«, erklärte der General. »Leider warf mich eine Krankheit nieder und zwang mich, das Kommando an Nagaron zu übertragen und selbst in Gormtal zu bleiben. Eine überaus bedauerliche Wendung, wie ich nun erfahren musste. Nach meiner Genesung machte ich mich heute Morgen auf den Weg nach Clairborn. Die Zeit war bislang zu knapp, um mir alles berichten zu lassen, was sich zugetragen hat, und auch jetzt bleibt uns nicht genug Zeit zum Reden. Wir werden dies später nachholen. Aber seid Euch von nun an des uneingeschränkten Beistandes unserer Armee versichert. Ich habe Vizegeneral Nagaron seines Kommandos enthoben und selbst wieder die Befehlsgewalt übernommen.« Es blitzte in seinen Augen auf. »Lasst uns gemeinsam diese abscheulichen Bestien in den Abgrund zurücktreiben, aus dem sie hervorgekrochen sind!«

19

IM ZENTRUM DES BÖSEN

»Das gefällt mir nicht«, murmelte Warlon leise. »Es ist alles irgendwie … *zu einfach*. Ich kann mir gar nicht vorstellen, dass es wirklich so leicht ist, mitten ins Reich der Thir-Ailith zu spazieren. Nicht einmal eine Wache, nichts.«

Auch den letzten Teil ihres Marsches hatten sie ohne größere Schwierigkeiten hinter sich gebracht. Abgesehen von der endlosen Kolonne der an ihnen vorbeimarschierenden Kampfdrohnen waren sie während der gesamten Zeit keinem einzigen Thir-Ailith begegnet, und die Stollen hier unten waren glücklicherweise ziemlich breit. So war selbst die Gefahr eines versehentlichen Zusammenstoßes deutlich geringer als zuvor gewesen.

Kurz vor ihrem Ziel waren sie nun in einen Seitenstollen eingebogen, um eine letzte kurze Rast einzulegen. Da sie sich etwas abseits des Heereszuges befanden, brauchten sie keine absolute Stille mehr zu wahren.

Zwar hatte Warlon nur leise zu Ailin und Barlok gesprochen, aber Gelinian hatte seine Worte dennoch aufgeschnappt.

»Wer sollte schon so verrückt sein, so etwas zu tun, und wer hätte überhaupt die Möglichkeit dazu, ohne von den Kampfdrohnen sofort entdeckt zu werden?«, entgegnete sie. »Ich glaube, in dieser Hinsicht unterschätzen die Thir-Ailith sogar unsere Kräfte.« Sie schüttelte den Kopf. »Dass wir eine Seelentrennung vorgenommen und eine körperlose Seele gewissermaßen als Spion hergeschickt haben, ist eine Sache, aber ich glaube, sie können sich nicht im Entferntesten vorstellen, dass wir uns tatsächlich direkt hierher in die Höhle des Löwen wagen.«

»Aber wo sind sie alle?«

Die Magierin verzog das Gesicht.

»Die Abtrünnigen haben sich mit Mächten eingelassen, die auch für sie kaum zu beherrschen sind. Um so viele Kampfdrohnen zu erschaffen, mussten sie das Tor nun noch weiter öffnen. Es dürfte ihre gesamte Kraft erfordern, es unter Kontrolle zu halten, deshalb vermute ich, dass sich fast alle dort versammelt haben, ähnlich wie auch schon in Zarkhadul, wodurch Ihr sie fast alle auf einmal töten konntet.« Die letzten Worte hatte sie an Barlok gerichtet.

»Einschließlich dieses Riesenungeheuers«, ergänzte er.

»Wir sollten nicht zu lange rasten, sondern weitergehen. Jede Minute vergrößert die Gefahr, nicht nur für uns, sondern vor allem für den Rest Eures Volkes«, sagte sie, ohne auf seine Worte einzugehen. Es war unverkennbar, dass sie nicht über dieses Thema reden wollte.

Bereits als Barlok davon erzählt hatte, hatte die Beschreibung der steinernen Baumstadt Warlon fasziniert. Sie mit eigenen Augen zu sehen war das Einzige, was an der gefährlichen Reise in die Tiefe eine kleine Verlockung für ihn dargestellt hatte. Als sie sie wenige Minuten später jedoch erreichten und er sie vor sich sah, verspürte er nichts mehr von dieser Faszination.

Zu erdrückend war die Aura des Bösen, die aus ihrem Zentrum hervorquoll und hier noch deutlicher spürbar war. Anders als bei Barloks erstem Aufenthalt waren zumindest im Augenblick keine Dunkelelben zu sehen.

»Lange können wir den magischen Schutz nicht mehr aufrechterhalten«, presste Nariala hervor.

»Das wird auch nicht nötig sein. So oder so werden wir unsere Tarnung bald aufgeben müssen«, entgegnete Gelinian. »Wir müssen uns jetzt entscheiden, wie wir vorgehen. Versuchen wir zuerst, das Tor zu schließen und die Thir-Ailith von dieser Kraftquelle abzuschneiden, auch auf die Gefahr hin, dass wir allein zu schwach dafür sind? Oder versuchen wir vorher zumindest einen Teil der Gefangenen zu befreien und greifen die Thir-Ailith dann mit ihrer Unterstützung an? Dann besteht die Gefahr, dass der Feind unsere Anwesenheit vorzeitig entdeckt und wir erst gar nicht mehr an ihn herankommen.«

Am liebsten wäre es Warlon gewesen, wenn sie sich dem Tor und damit dem Zentrum der finsteren Macht, die ihren Ursprung in dem großen Gebäude im Mittelpunkt der Stadt hatte, nicht weiter nähern müssten, aber er wusste, dass ihnen gar nichts anderes übrigbleiben würde. Deshalb waren sie schließlich hier. Es ging nur darum, ob sie die direkte Konfrontation früher oder später suchten.

»Da!«, stieß Lhiuvan gedämpft hervor und deutete zum anderen Ende der Stadt hinüber. Eine Gruppe nackter Elben wurde dort gerade schwer bewacht mit Peitschen auf das Gebäude zu getrieben. Sie waren zu weit entfernt, als dass Warlon Einzelheiten erkennen konnte, doch selbst so erfasste ihn Mitleid mit den gequälten Gefangenen, zumal er sich nach Barloks Schilderungen aus Zarkhadul lebhaft vorstellen konnte, welches Schicksal sie erwartete.

Für die Elben musste der Anblick ungleich schlimmer sein und gab den Ausschlag bei ihrer Entscheidung. Die Gruppe war zu weit entfernt, als dass sie sie noch rechtzeitig vor Erreichen des Gebäudes einholen und retten hätten können, aber das Abschlachten weiterer Opfer würden sie nicht mehr zulassen.

In einem Bogen umgingen sie mit raschen Schritten das Gebäude und beobachteten, wie ein Trupp Thir-Ailith es durch den hinteren Eingang wieder verließ und in dem rechten Stollen der Höhlenwand verschwand, vermutlich, um weitere Opfer aus ihren Kerkern zu holen. Dazu jedoch würde es nicht mehr kommen.

In der Nähe der Stollen verharrte der Expeditionstrupp. Sie brauchten nicht lange zu warten, bis sich die Thir-Ailith mit einer weiteren Gruppe Gefangener näherten.

Als sie sich auf gleicher Höhe befanden, schienen die Elbenkrieger geradezu zu explodieren. Mit vor Hass verzerrten Gesichtern stürzten sie sich auf die Thir-Ailith und mähten sie mit ihren Schwertern regelrecht nieder, ohne dass diese auch nur eine Chance hatten, den Tod zu erahnen, der sie Augenblicke später ereilte. Binnen zwei, drei Sekunden lagen sämtliche Dunkelelben erschlagen in ihrem Blut auf dem Boden.

Selbst die Gefangenen reagierten entsetzt auf den plötzlichen Tod ihrer Peiniger, vor allem aber wohl, weil das Verhängnis sie scheinbar aus dem Nichts heraus getroffen hatte. Lhiuvan wechselte einen raschen Blick mit Gelinian, und als diese nickte, trat er einen Schritt vor. Gleich darauf nahm Warlon ihn nur noch in ebenso dunklem Grau wie die Gefangenen wahr, als ihn die Magier aus ihrem Unsichtbarkeitsnetz entließen.

Die Gefangenen erschraken noch mehr, als er so plötzlich vor ihnen auftauchte, und wichen zurück, doch er redete beruhigend auf sie ein. Rasch begriffen sie, dass ihnen von ihm keine Gefahr drohte, sondern dass er gekommen war, um sie zu retten. Auf seine Aufforderung hin bückten sie sich und nahmen die Waffen der toten Thir-Ailith an sich.

Nach kaum einer Minute wandte er sich wieder um.

»Ich werde mit ihnen gehen. In dem Zellentrakt sollen sich nur noch ein paar Wachen befinden. Mit denen sollten wir fertig werden.«

»Einverstanden«, erwiderte Gelinian. »Aber versucht...« Sie unterbrach sich. »Achtung, es kommt jemand! Zurück an die Wand!«

Auch Warlon vernahm nun das Geräusch schwerer, mahlender Räder, das sich aus dem linken Stollen näherte. Zusammen mit den befreiten Elben wich Lhiuvan an die Höhlenwand zurück, damit sie nicht sofort entdeckt wurden.

Kurz darauf kam ein halbes Dutzend weiterer schwer bewachter Elbensklaven aus dem Stollen heraus, die einen großen Karren zogen, der bis obenhin mit Schwertern beladen war, die für die Bewaffnung der Kampfdrohnen gedacht schienen.

Diesmal brauchten die Elbenkrieger gar nicht selbst zu handeln. Von dem unbändigen Wunsch beseelt, sich an ihren Peinigern zu rächen, sprangen die befreiten Sklaven auf diese zu. Die Thir-Ailith waren auf einen Angriff aus dieser Richtung nicht gefasst. Kaum einer von ihnen kam dazu, sich überhaupt zu wehren, ehe er niedergestreckt wurde.

Gleichzeitig spürte Warlon, wie sich etwas an der finsteren Aura änderte, die auf ihnen lastete.

»Wir sind entdeckt worden«, stieß Gelinian hervor. »Jetzt bleibt uns nur noch schnelles und entschlossenes Handeln. Lhiuvan, schickt alle befreiten Gefangenen sofort zu unserer Unterstützung! Ich fürchte, wir werden jede erdenkliche Hilfe brauchen.«

Noch während sie sprach, fuhr sie herum. So schnell,

dass die Zwerge Mühe hatten, ihnen zu folgen, eilten die Elben auf den durch ihre veränderte Wahrnehmung in strahlendem Weiß gleißenden Eingang des Gebäudes zu und stürmten hindurch – geradewegs hinein in den schlimmsten nur denkbaren Albtraum.

Wie Thilus vermutet hatte, gelang es der lartronischen Reiterei trotz der Übermacht der Thir-Ailith innerhalb kurzer Zeit, deren Angriffsformation zu durchbrechen und die meisten von ihnen zu töten. Die übrigen wurden zerstreut, so dass sie leichte Opfer für die Äxte und Schwerter der Zwergenkrieger waren oder den lartronischen Soldaten zum Opfer fielen, die den Reitern zu Fuß gefolgt waren.

Anschließend postierte Thilus eine Abteilung Krieger und einige Priesterinnen am Aufzugsschacht. Weitere Dunkelelben, die zwischen den Steinbrocken heraufzuklettern versuchten, konnten hier leicht mit Speeren zurückgetrieben oder getötet werden.

Erst als diese Gefahr gebannt war, kehrte Thilus zum Südtor zurück, wo Valutus und Morakow bereits auf der Wehrmauer eingetroffen waren und mit Königin Tharlia und Sutis sprachen.

Die Goblins hatten die Mauer hingegen wieder verlassen. Sie nutzten die Gelegenheit, um zwischen den Leichen fehlgegangene Pfeile aufzusammeln oder sie aus den Körpern der getöteten Dunkelelben herauszureißen, um ihre Vorräte aufzufüllen.

Starke Verbände lartronischer Fußtruppen rückten mittlerweile wieder in Elan-Dhor ein. Sie ersetzten die vom Kampf geschwächten Zwergenkrieger und nahmen den Platz fast aufgeriebener Zwergenbataillone in der Halle der Helden ein.

Zusätzlich zu den Goblins eilten auch zahlreiche Zwergenkrieger auf dem Schlachtfeld hin und her. Sie suchten nach Verwundeten, die nicht mehr aus eigener Kraft aufstehen konnten, um sie zu den Häusern der Heilung zu bringen, die von den Heilern bereits vor der Schlacht wieder hergerichtet und in Betrieb genommen worden waren, um die Verletzten zu versorgen.

Andere schafften die gefallenen Krieger beiseite. Jetzt blieb keine Zeit, die Toten zu bestatten, aber sie wurden zumindest in allen Ehren abseits hingelegt, während die Leichen der Thir-Ailith lediglich auf einen Haufen geworfen wurden.

Thilus stieg die Treppe zum Wehrgang hinauf. Noch immer fühlte er sich erschöpft, aber langsam begann sein Körper sich wieder von den Strapazen zu erholen, und frische Kraft strömte durch seine Glieder.

Dazu trug vor allem auch die überraschende Wendung in der Haltung der lartronischen Armee bei. Vorher war Thilus' Geist von Verzweiflung erfüllt gewesen. Sein Volk allein hätte die Thir-Ailith nicht auf Dauer aufhalten können, das hatte sich schon einmal gezeigt. Und soeben hatte sich erwiesen, wie extrem anfällig die Verteidigung gegen jedes unvorhergesehene Ereignis war. Ohne das Eingreifen von Valutus und seiner Reiterei wären ihre Stellungen vermutlich schon vernichtet worden.

So jedoch erfüllte Thilus neue Hoffnung. Gemeinsam mit den Menschen würden sie vielleicht noch lange Zeit standhalten können, zumindest lange genug, dass Barlok und die Elben ihren Auftrag in der Tiefe erfüllen konnten.

»... mich für das Verhalten von Vizegeneral Nagaron entschuldigen«, hörte er Morakow sagen, als er den Wehrgang erreichte. »Es war unverantwortlich und kurzsichtig. Ich werde persönlich dafür sorgen, dass er dafür zur Verantwortung gezogen wird.«

»Lassen wir wenigstens für den Moment ruhen, was gewesen ist«, entgegnete Tharlia. »Wenn er gegen die Gesetze Eures Landes verstoßen hat, dann richtet ihn dafür, nachdem dies alles beendet ist, aber nun sollten wir uns auf das Hier und Jetzt konzentrieren.«

»Ihr habt Recht. Selbst über diese Ungeheuer, gegen die wir hier kämpfen, weiß ich kaum etwas, außer dass sie sich unsichtbar machen können. Und noch viel weniger ist mir bekannt, wie man sie am wirkungsvollsten bekämpft oder was es über den bisherigen Verlauf der Schlacht und Eure Taktiken zu wissen gibt.«

Mit Rücksicht auf sein Alter und die gerade erst überstandene Krankheit schlug Tharlia ihm vor, sich zu einer Beratung in den Palast zurückzuziehen, doch Morakow lehnte entschieden ab.

»Während einer Schlacht verlässt ein General seine Truppen nicht um einiger Annehmlichkeiten willen. Hier ist der richtige Platz, von dem aus ich alles beobachten kann. Sprechen wir hier.«

Seine Einstellung nötigte Thilus Respekt ab, und auch Tharlia versuchte nicht länger, ihn umzustimmen.

»Wie Ihr wünscht«, sagte sie nur.

Rund zwei Stunden lang berichtete vor allem Thilus ihm alles, was sie über die Thir-Ailith herausgefunden hatten und was sich in den vergangenen Monaten ereignet hatte, von den ersten Zusammenstößen mit ihnen, der Flucht aus Elan-Dhor, der Expedition zu den Elben, bis hin zu der Schlacht um Zarkhadul und den schrecklichen Folgen, die sich aus dem Sieg und dem Entkommen einiger Dunkelelben ergeben hatten.

Auch die Spannungen mit Clairborn, die zur Belagerung des Ortes geführt und die lartronische Armee überhaupt erst auf den Plan gerufen hatten, verschwiegen sie nicht. Morakow hörte sich alles mit größtem Interesse an und verbarg auch nicht den Schrecken, mit dem manches ihn erfüllte.

»Das klingt alles noch wesentlich schlimmer, als ich befürchtet habe«, sagte er, als sie geendet hatten. »Lassen wir die Auseinandersetzungen zwischen Clairborn und Elan-Tart zunächst einmal außen vor, dazu will ich erst die Darstellung von Bürgermeister Sindilos hören. Aber dass Nagaron Euer Heer am Kalathun angegriffen hat und Euch zuletzt sogar am Verlassen des Tharakol hindern wollte, ist unentschuldbar.«

Auf seine Bitte hin führte Thilus ihn in die Halle der Helden, damit er sich persönlich ein Bild von den Kampfhandlungen an der Barriere machen konnte. Die selbstmörderische Raserei, mit der die Thir-Ailith gegen das Hindernis anstürmten und ihr Leben opferten, erschütterte ihn sichtlich. Mehr als der Kampf zuvor zeigte ihm dies, mit was für Bestien sie es zu tun hatten.

»Es ist unfassbar«, stieß er hervor. »Und sie sollen nur künstliche Kreaturen sein, von denen beliebig viele geschaffen werden können?«

»Das behaupten jedenfalls die Elben, aber alle Erfahrungen, die wir bislang mit ihnen gemacht haben, scheinen das zu bestätigen. Fragt mich nicht, wie so etwas möglich ist. Dergleichen übersteigt meine Vorstellungskraft, und ich versuche, nicht groß daran zu denken. Ich kümmere mich nur darum, sie möglichst lange aufzuhalten, wenn schon kein Sieg über sie möglich ist.«

»Und das mit großem Erfolg, wie mir scheint. Eure Verteidigung ist sehr wirkungsvoll und steht fest.«

»Solange sie nicht wie vorhin umgangen wird«, sagte Thilus und verzog das Gesicht. »Aber auch so fällt es mir schwer zu glauben, dass alles auf Dauer so einfach sein soll. Seit mehr als einem Tag rennen sie nun bereits erfolglos gegen die Barriere an und sterben zu Tausenden. Wenn es unserem Expeditionstrupp nicht gelingt, in der Tiefe zu erledigen, was immer die Elben dort vorhaben, um diese Gefahr zu bannen, werden sie irgendwann einen Weg finden, dieses Hindernis niederzureißen.«

»Ich wüsste nicht, wie, aber ich will mit Euch hoffen, dass Euer Trupp Erfolg hat und die Barriere wenigstens so lange standhält.«

Sie machten sich auf den Rückweg zum Tor, doch gerade, als sie es durchschritten, erklangen hinter ihnen erschrockene Rufe und gleich darauf Alarmschreie.

Der Anblick, der sich Warlon bot, als er ins Innere des Gebäudes trat, entsprach fast exakt dem, was er sich nach Barloks Beschreibung vorgestellt hatte. Die Halle war von gleißender Helligkeit erfüllt, die von einer ungeheuer großen Quelle in der Mitte des Raumes ausging und diesen beinahe ganz einnahm, sowie einer deutlich kleineren, die aber fast noch greller strahlte, an der linken Wand. Drei hin und her zuckende Schläuche aus Blitzen, die wie kaltes Feuer loderten, verbanden die beiden Quellen miteinander.

Worauf Warlon allerdings selbst die Worte des Kriegsmeisters nicht hatten vorbereiten können, war die ungeheure Intensität, mit der die Ausstrahlung des Bösen über ihn hereinbrach. Eine schreckliche, zeitlose Ewigkeit lang, die in Wahrheit wohl nur Sekunden währte, fühlte er sich völlig davon durchdrungen und mit ihr verschmolzen. Es gab keine Distanz mehr, nichts, das ihn von der finsteren

Macht trennte, mit der er konfrontiert wurde. Er selbst war es, der den Hass auf alles Lebende verspürte, die Mordlust, die Gier nach Vergeltung, den Wunsch, zu zerstören, sein Schwert und seine Axt in fremdes Fleisch zu graben, Sehnen zu zerteilen und Knochen zu zerschmettern.

Dann plötzlich ließen diese Empfindungen nach. Sie schwanden nicht völlig, sanken jedoch auf ein erträgliches Maß herab, und Warlon wurde sich wieder seiner selbst bewusst. Ekel vor den eigenen Gefühlen erfüllte Warlon. Es waren nicht seine Empfindungen gewesen, die er gespürt hatte, sondern von außen eingegebene Impulse. Dennoch hatte er sie empfunden und die Finsternis in sich gespürt, fühlte sich innerlich schmutzig und besudelt davon.

Allein der Zauber der Elben hatte ihn aus dem fremden Bann befreit, seine eigene Kraft hätte dazu nicht ausgereicht. Als er sich hastig umblickte, entdeckte er den gleichen Schrecken, den er empfand, auch auf den Gesichtern der anderen Zwerge, selbst auf dem von Barlok. Beim letzten Mal hatte dieser dem fremden Einfluss aus eigener Kraft trotzen können, aber jetzt war es ihm offenbar nicht mehr gelungen. Die Macht des Bösen hatte noch zugenommen.

Anders als Barlok zuvor befanden sie sich am hinteren Ende der gigantischen Halle, wo sich auch die meisten Thir-Ailith aufhielten. Erst jetzt bemerkte Warlon sie als helle, angesichts des grellen Gleißens geradezu winzige Flecken. Es mussten Hunderte sein, und sie hatten die Eindringlinge ihrerseits längst gesehen und stürzten sich auf sie.

Im gleichen Moment wurde es dunkel um Warlon, als die Elben ihr magisches Netz zusammenbrechen ließen, das ihm bisher die Fähigkeit verliehen hatte, selbst in der Dunkelheit in umgekehrten Grautönen sehen zu können. Nun senkte sich Finsternis wie ein Tuch aus Schwärze über ihn und hüllte ihn ein.

Allerdings nur für einen kurzen Moment.

»Schließt Eure Augen!«, rief Gelinian. Warlon fand kaum Zeit, dem Befehl nachzukommen, als ein Licht aufloderte, wie er es noch nie gesehen hatte. Von einer Sekunde auf die andere wurde es hell, so unerträglich hell, dass selbst das Gleißen zuvor sich dagegen nur wie der matte Schein einer erlöschenden Laterne ausnahm. Eine Sonne, tausendmal heller noch als die Sonne am Himmel der Oberfläche, schien in der Halle aufzugehen und alles mit ihrem sengenden Licht zu verzehren.

Warlon stöhnte vor Pein. Sogar durch seine geschlossenen Lider fraß sich das Licht und schien seine Augenhöhlen auszubrennen, auch dann noch, als er die Hände nach oben riss und sein Gesicht damit schützte.

Schreie drangen an seine Ohren, grell, schrill und von unerträglichem Leid verzerrt, aber sie erklangen auch in seinem Kopf, was um ein Vielfaches schlimmer war, da er das Gefühl hatte, sie würden seinen Geist wie Säure zerfressen.

Nach wenigen Sekunden ließ die Helligkeit schließlich nach, und Warlon wagte es, die Augen wieder zu öffnen. Sie begannen zu tränen, und er musste ein paarmal blinzeln, um den Tränenfilm zu vertreiben, erst dann konnte er sich umschauen. Noch immer hing die künstliche Sonne drei, vier Dutzend Meter hoch in der Luft, doch schmerzte ihr Licht nicht länger, sondern war nun gut erträglich.

Zum ersten Mal sah er seine Umgebung so, wie sie wirklich war. Seinen Begleitern ging es nicht anders. Entsetzte Schrei erklangen um ihn herum, und auch Warlon selbst konnte den Schrei nur mit Mühe unterdrücken, der angesichts des scheußlichen Bildes, das sich ihm bot, in seiner Kehle aufstieg.

Er hatte sich geirrt. Das Gleißen, das er zuvor wahrgenommen und das den Großteil der Halle erfüllt hatte, stammte nicht aus einer, sondern aus mehreren Quellen. Drei titanische, nackte Ungeheuer, die aufgrund der noch entfernten, vagen Ähnlichkeit mit ihren einstmals elbischen Leibern umso entsetzlicher wirkten, lagen vor ihm, durch ihr eigenes unvorstellbares Gewicht an den Boden der Halle gefesselt. Monster, die zu solch absurder, überdimensionaler Größe aufgebläht waren, dass Warlon selbst sich bei ihrem Anblick winzig wie eine Steinlaus fühlte.

Er war nicht in Zarkhadul gewesen, aber so ähnlich, nur längst nicht so gigantisch, musste das Ungeheuer dort gewesen sein, das Barlok getötet hatte; nur ein schwacher Abklatsch des vor ihm lauernden Schreckens. Vielleicht war es noch im Entstehen begriffen gewesen und hätte eines Tages genauso werden sollen.

»Königinnen!«, stieß einer der Elben voller Entsetzen hervor.

»Ja, Königinnen«, wiederholte Gelinian erschüttert. »Und Mütter. Ich habe es befürchtet, aber bis zuletzt nicht glauben wollen. Nun wissen wir, woher die Drohnen stammen und wie sie erschaffen werden.«

Erst als Warlon seinen Blick weiter an den titanischen Leibern herabwandern ließ, begriff er, was sie meinte. Die Drohnen stammten nicht aus dem Tor, wie sie zunächst vermutet hatten, sondern wurden hier, vor seinen Augen *geboren*. Die riesigen Ungeheuer lagen in unaufhörlichen Geburtswehen. Aus zahlreichen Körperöffnungen sonderten sie bebende und glibbernde Gebilde ab, die in allen Farben schillerten.

Eine dieser beutelartigen Strukturen wurde von innen zerrissen, und taumelnd erhob sich ein Thir-Ailith aus der Hülle. Er war waffenlos, trug jedoch bereits die schwarze, lederartige Kleidung – ein organisches Material, das direkt mit ihm im Leib eines der Königinnenmonster herangewachsen war.

Mit unsicheren Schritten, die jedoch mit jeder Sekunde fester wurden, trat er an einen riesigen Berg aufgehäufter Schwerter nahe einer Wand und ergriff eines davon. Statt sich jedoch wie die anderen Drohnen zuvor dem vorderen Eingang zuzuwenden, um den langen Marsch nach Elan-Dhor zu beginnen, näherte er sich, vom Willen der Königinnen gelenkt, Warlon und seinen Begleitern. Andere Drohnen taten es ihm gleich.

Und sie bildeten nicht die einzige Gefahr.

Die grelle Helligkeit der künstlichen Sonne hatte die Thir-Ailith geblendet zu Boden stürzen lassen und vielen das Bewusstsein geraubt, jedoch nicht allen. Diese rückten nun ebenfalls erneut gegen sie vor, und auch einige der übrigen begannen sich bereits wieder zu regen.

Gegen diese erdrückende Übermacht hatte ihr kleiner Trupp keine Chance, dennoch packte Warlon sein Schwert fester und machte sich kampfbereit.

20

DAS TOR

Erschrocken starrte Thilus, als er wieder an der Barriere angekommen war, auf den schwarzen Brodem, der fast wie Rauch die Treppe aus den Minen heraufkroch. Der Angriff der Kampfdrohnen war zum Erliegen gekommen, sie hatten sich sogar ein Stück zurückgezogen, aber Thilus war sich sicher, dass sie es hier mit einer ungleich schlimmeren Teufelei zu tun hatten. Nur undeutlich konnte er jenseits des Brodems auf dem nächstliegenden Absatz der Treppe eine dicht zusammenstehende Gruppe Dunkelelben erkennen, und er zweifelte nicht daran, dass es sich um echte Thir-Ailith handelte, nicht nur um Drohnen, und sie die Urheber der emporwallenden Schwärze waren.

Er riss einem der Krieger neben sich den Speer aus der Hand und schleuderte ihn in die Tiefe, doch seine Kraft reichte nicht aus. Ein gutes Stück vor den Thir-Ailith fiel die Waffe klappernd auf die Treppe. Er öffnete den Mund, um die Goblins mit ihren Bögen herbeizurufen, schloss ihn dann aber wieder. Der Brodem wallte inzwischen so dicht, dass er den Treppenabsatz verbarg und die Thir-Ailith seinen Blicken entzog.

Immer höher stieg die Schwärze, tastete wie mit rauchigen Fingern über die Barriere. Wo die Finger den Stahl berührten, wurde er matt und färbte sich ebenfalls dunkel. Allerdings nur für Sekunden, dann begann er in düsterem, rötlichem Glanz zu glühen. Rasch breitete sich die Glut aus und wurde dabei heller.

Hitze schlug Thilus und den Kriegern neben ihm entgegen, nahm rasch zu und trieb sie zurück. Er fluchte wild. Noch vor wenigen Minuten hatte er darüber gesprochen, dass er nicht daran glaubte, die Thir-Ailith würden sich damit begnügen, auf Dauer nur sinnlos gegen die Barriere anzustürmen, und schon wurden seine Worte wie zum Hohn bestätigt.

Die gesamte Barriere hatte inzwischen zu glühen begonnen, und die Hitze nahm immer weiter zu. Das Ziel der Thir-Ailith war es offenbar, sie zum Schmelzen zu bringen, damit sie freie Bahn hatten. Und viel fehlte dazu nicht mehr, wie er erkannte. An einigen Stellen begann sich der Stahl bereits zu verbiegen und tropfte flüssig zu Boden.

Priesterinnen eilten herbei. Sie bildeten einen magischen Kreis und versuchten, dem entgegenzuwirken. Es gelang ihnen, den schwarzen Brodem zurückzudrängen, doch nur für wenige Sekunden, dann kroch er erneut empor.

Ein Teil der Barriere brach unter dem eigenen Gewicht zusammen, als einige Stützstreben in der Glut weich wurden und sich verformten. Eine Lache aus flüssigem Stahl breitete sich auf dem Boden aus.

Thilus schickte die Priesterinnen fort. Sie waren den Kräften der Thir-Ailith nicht gewachsen und würden hier höchstens den Tod finden. Anschließend formierte er die Krieger geringfügig um. Die Dunkelelben würden kommen, sobald das Hindernis vollends beseitigt war und sich der Stahl abgekühlt hatte, aber auch ohne den Schutz der Barriere war er entschlossen, den Durchgang so lange wie möglich zu verteidigen.

Wieder sackte ein Teil der Barriere in sich zusammen.

Der gesamte Stahl glühte inzwischen und zerfloss zusehends zu einem formlosen Klumpen.

Die schwarzen Finger ließen ab davon, der Brodem wich wieder die Treppe hinab. Sehnsuchtsvoll warf Thilus einen Blick zu der bereitstehenden Ersatzbarriere, doch ließ die Hitze es nicht zu, dass sie diese anstelle der alten im Durchgang verankerten. Wahrscheinlich würden die Überreste sich nicht einmal mehr bewegen lassen, da einige ihrer Stützen bereits im verflüssigten und nun rasch wieder erkaltenden und hart werdenden Stahl feststeckten.

Einige Thir-Ailith näherten sich bereits dem Durchgang. Mit weiten Sprüngen setzten sie über die Reste der Barriere hinweg, doch gelang es den Zwergenkriegern und lartronischen Soldaten mühelos, sie zu töten, ehe sie zu einer Gefahr werden konnten.

Wenige Sekunden später jedoch kamen weitere die Treppe heraufgeeilt, der Beginn des befürchteten Sturmangriffs.

Thilus durchbohrte einen der Dunkelelben mit seinem Schwert, während dieser über die Reste der Barriere sprang. Dieser Sprung war der Moment, in dem sie am verletzlichsten waren, weil sie sich kaum wehren konnten, aber der Stahl kühlte nun immer rascher ab.

Schon wenige Minuten später drängten die Thir-Ailith einfach so darüber hinweg. In ununterbrochener Folge stürmten sie mit Urgewalt gegen die Verteidigung der Zwerge an. Noch hielt diese stand, aber sie geriet bereits hier und da ins Wanken.

Thilus machte sich nichts vor, so bitter diese Wahrheit auch war. Wie ein Keil drangen die Thir-Ailith in die Abwehrlinien ein und drängten diese langsam, aber beständig zurück, auch wenn es ihnen noch nicht gelang, sie zu durchbrechen – aber das war nur eine Frage der Zeit. Nun konnten die Dunkelelben nicht mehr erschlagen werden, bevor sie die Halle erreichten, sondern verwickelten die Zwerge in Einzelgefechte, was es den Nachfolgenden ermöglichte, wieder ein kleines Stück weiter vorzudringen. Schon hatten sie trotz des erbitterten Widerstandes einen Streifen von zwei, drei Metern Durchmesser hinter dem Durchgang erobert.

Ein Thir-Ailith tötete einen Zwerg unmittelbar neben Thilus und griff diesen noch aus derselben Bewegung heraus an. Nur mit knapper Not konnte er den fast waagerecht gegen seinen Hals geführten Streich abwehren, den er erst im letzten Moment kommen sah, aber die bloße Wucht des Hiebes trieb ihn zurück.

Eine Axt tötete den Thir-Ailith, doch kurz darauf geschah das Unvermeidliche. Die bereits zu einem breiten V verformte Verteidigungslinie der Zwerge und Menschen wurde an einer Stelle durchbrochen, nur wenige Sekunden später an einer zweiten.

Dutzende, hunderte Dunkelelben drangen in die Lücken vor, zersplitterten die Verteidigung weiter. In immer größeren Mengen stürmten sie in die Halle, und der Abwehrkampf verwandelte sich mehr und mehr in ein reines Rückzugsgefecht.

Wild hieb Thilus mit dem Schwert um sich. Er schlug einem Thir-Ailith den Kopf ab, und kurz darauf gelang es ihm, einem weiteren seine Klinge in die Brust zu stoßen, aber er merkte, dass seine bereits aus dem vorhergehenden Kampf geschwächten Kräfte immer rascher nachließen. Ein Hieb schmetterte ihm das Schwert aus der Hand, und dass er den Angriff des Dunkelelben überlebte, hatte er nur den beiden Zwergen neben sich zu verdanken, die dessen nachfolgenden Hieb mit ihren Waffen abfingen und Thilus so Gelegenheit gaben, sich zurückzuziehen.

Die Halle der Helden war verloren, daran gab es keinen Zweifel mehr, wie er feststellte, als er sich von einer halbwegs sicheren Position aus umblickte. Zu mehr als einem Drittel befand sie sich bereits in der Hand des Feindes, und obwohl immer neue Streitkräfte durch das Südtor hereileilten, waren weder die Zwergenkrieger noch die menschlichen Soldaten in der Lage, verlorenes Terrain zurückzuerobern.

Ein Hornsignal ertönte, das zum Rückzug blies. Das Donnern von Pferdehufen auf dem Felsboden war zu hören. Die lartronische Reiterei kam herangepreschnt, brach in die Reihen der Thir-Ailith ein und trieb diese noch einmal zurück, doch Thilus machte sich keine falschen Hoffnungen. Gegen die gewaltige Übermacht der Feinde, die mittlerweile in die Halle vorgedrungen waren, hatten auch die Reiter keine Chance. Sie verschafften lediglich den Fußtruppen ein klein wenig Zeit, sich halbwegs geordnet zum Südtor zurückzuziehen, dem letzten Bollwerk, das Elan-Dhor nun noch von den angreifenden feindlichen Horden trennte.

Die Elbenmagierinnen und -magier hatten sich hinter die Krieger zurückgezogen und die Hände erhoben. Funken sprangen von ihren Fingerspitzen zu der künstlichen Sonne empor, und Blitze zuckten aus dieser mitten zwischen die heranstürmenden Thir-Ailith herab und erschlugen Dutzende von ihnen, ohne ihren Angriff dadurch jedoch auch nur ins Stocken zu bringen.

Warlon duckte sich unter einem Schwerthieb hindurch und wehrte einen weiteren ab. Mit seiner Klinge fügte er dem Dunkelelben einen klaffenden Schnitt am Schwertarm zu und verschaffte sich dadurch ein wenig Luft.

An seiner rechten Seite kämpfte Barlok, links von ihm

Ailin. Er hätte es lieber gesehen, wenn sie sich im Hintergrund gehalten hätte, doch wusste er, dass sie sich darauf nicht einlassen würde. Jedes Schwert zählte, und sie verstand mit dem ihren virtuos umzugehen.

Dennoch hatten sie keine Chance, der angreifenden Übermacht aus Thir-Ailith und Kampfdrohnen standzuhalten, und wurden immer weiter zurückgedrängt – bis vom Eingang her wütendes Kampfgeschrei ertönte. An der Spitze einer Gruppe befreiter Elbensklaven kam Lhiuvan in die Halle gestürmt. Dutzende von Elben, die sich mit den Schwertern aus dem abgefangenen Transportkarren bewaffnet hatten, stürzten sich mit unvergleichlichem Hass auf die Thir-Ailith, und immer noch quollen mehr durch den Eingang herein, bis es Hunderte von ihnen waren. Und dabei handelte es sich wahrscheinlich nur um die Sklaven, die in einer einzigen Wohnhöhle eingepfercht gewesen waren.

Die Königinnen ließen ein zorniges Kreischen und Fauchen hören. Warlon vernahm ihre Stimmen in seinem Geist, die ihn ohne Unterlass mit dem Befehl bombardierten, sich zu ergeben, doch wurden diese Weisungen von den Elben so stark abgemildert, dass er ihnen ohne große Mühe widerstehen konnte.

»Treibt sie zurück!«, schrie Gelinian, um den Lärm zu übertönen. »Wir müssen das Tor erreichen, das ist unsere einzige Chance!«

Das Tor!

Bislang hatte Warlon nur einen flüchtigen Blick darauf geworfen. Es musste sich um die zweite, kleinere Quelle gleißenden Lichts handeln, die er anfangs mit seiner veränderten Wahrnehmung gesehen hatte und die durch Fäden von Energie mit den Königinnen verbunden war.

Jetzt konnte er dort nur Schatten entdecken, einen mehrere Meter durchmessenden Kreis aus absoluter Finsternis, die noch schwärzer als der ohnehin dunkle Stein der Wand war.

Dies sollte der Durchgang zu einer anderen Welt, einer völlig fremdartigen Daseinsebene sein? Die Quelle der Macht der Thir-Ailith, durch die all das unvorstellbare Leid verursacht worden war?

Die Angriffswut der Elben war so groß, dass es ihnen tatsächlich gelang, ihre Feinde langsam, aber beständig zurückzudrängen, obwohl nun auch immer mehr der Drohnen, die sich bereits auf den Weg nach Elan-Dhor gemacht hatten, umkehrten und die Halle wieder betraten, um in den Kampf einzugreifen.

Die Magier richteten ihre Kräfte nun nicht mehr gegen die Thir-Ailith, sondern gegen das Tor selbst. Blitz auf Blitz löste sich aus der künstlichen Sonne und schlug in die Schwärze ein. Das Gebilde begann zu wabern und zu pulsieren, blähte sich manchmal nach außen auf und beulte sich gleich darauf nach innen ein. Vielfarbige Schlieren begannen es zu durchziehen.

Weitere befreite Sklaven drangen in die Halle ein, trieben die Verteidiger zurück. Die Königinnen wälzten sich hin und her und schlugen um sich, doch konnten sie nicht viel ausrichten.

Kaum eine Minute später tauchten weitere Sklaven auf, aber diesmal handelte es sich nicht um Elben. Für einen Moment vergaß Warlon alles andere um sich herum. Fassungslos starrte er die Gestalten an, die in das Bauwerk gestürmt kamen.

Es waren Zwerge!

Zweihundert, dreihundert Zwerge stürzten sich auf die

zahlenmäßig mittlerweile stark dezimierten Thir-Ailith. Aber wie war das möglich? Zwerge hatten erst lange nach der Verbannung der Abtrünnigen erstmals ihren Fuß in das Schattengebirge gesetzt.

Es dauerte nur Sekunden, bis Warlon auf die im Grunde ganz simple Antwort kam. Es musste sich um die Nachkommen von Bewohnern Zarkhaduls handeln, die vor tausend Jahren in die Tiefe verschleppt worden waren, als die Thir-Ailith über die Mine hergefallen waren.

Für Sekunden war er durch den Anblick und seine Verblüffung abgelenkt gewesen, und nicht nur ihm erging es so. Er sah einen riesigen Schatten heranrasen, versetzte Ailin instinktiv einen Stoß, der sie zu Boden schleuderte, und ließ sich selbst fallen, nur Sekundenbruchteile, ehe der Arm einer der Monsterkreaturen dicht über ihn hinwegstrich und Barlok und einen weiteren Zwergenkrieger traf und wie Puppen durch die Luft schleuderte.

Während der Krieger gegen die Wand prallte, daran entlang zu Boden glitt und mit zerschmetterten Gliedern liegen blieb, wurde Barlok geradewegs auf das Tor selbst zugewirbelt. Dicht davor prallte er zu Boden, schien aber nicht ernsthaft verletzt zu sein, denn schon Sekunden später richtete er sich benommen wieder auf.

»Nein!«, brüllte Warlon von bodenlosem Entsetzen erfüllt, als er sah, wie sich das Tor erneut aufblähte. Die Schwärze berührte den Zwerg, wodurch er vom Sog des Tores erfasst wurde.

Lhiuvan war der Einzige, der mitbekam, was geschah, und nahe genug stand, um eingreifen zu können. Er sprang vor, packte Barloks Hand, als dieser bereits halb von der Schwärze aufgesogen worden war, und versuchte, ihn zurückzureißen.

Seine Kraft reichte nicht aus. Stattdessen wurde er selbst vorwärts gezerrt, als die Schwärze Barlok verschlang. Schon verschwanden die ausgestreckten Hände des Elben in dem Tor, dann ließ er los, kämpfte mit letzter Kraft gegen den Sog an und taumelte schließlich zurück.

Das Tor glättete sich, als wäre nichts geschehen, und wieder schlugen zahlreiche Blitze gleichzeitig darin ein. Die Schlieren, die es durchzogen, verwandelten sich für einen Moment in eine grelle Explosion aller nur denkbaren Farben, und als das Spektakel Sekunden später vorüber war, war das Tor erloschen. Wo es sich befunden hatte, war mit einem Mal nur noch die Wand.

Ein dreifacher, von Hass und grenzenloser Verzweiflung erfüllter Schrei der Königinnen gellte durch Warlons Verstand und verhallte nur langsam.

»Nein!«, brüllte auch er noch einmal. »Barlok!«

Ailin schlang ihre Arme um ihn und drückte ihn an sich, aber nicht einmal ihre Berührung vermochte das Entsetzen zu lindern, das er verspürte, oder ihm Trost zu spenden.

Er schloss die Augen und nahm nicht einmal mehr wahr, wie um ihn herum das Gemetzel weiterging. Die Thir-Ailith waren zutiefst geschockt und kaum noch in der Lage, sich zu verteidigen. Reihenweise fielen sie den Schwertern der Elben zum Opfer.

Die noch immer aus der künstlich geschaffenen Sonne herabzuckenden Blitze richteten sich nun gegen die Königinnen. Wo immer sie in den Leib der titanischen Monster einschlugen, verkohlten sie deren Fleisch und rissen Krater hinein, dennoch waren es kaum mehr als Nadelstiche.

Mit unbändiger Wut und unter Schmerzen bäumten sich die Monster auf. Die bislang von ihrem Willen beseelten Drohnen entglitten ihrer Kontrolle, und etwas Unglaubliches geschah: Ihr einziger Existenzzweck war der Kampf, doch wurde ihr Hass nicht länger auf ein bestimmtes Ziel gelenkt. Ihre Kampfeswut richtete sich blindlings gegen die am nächsten gelegenen Ziele.

Gegen sich selbst.

Als Warlon den schlimmsten Schock überwunden hatte und die Augen wieder öffnete, bot sich ihm ein unbeschreibliches Bild. Überall in der Halle tobten noch immer Kämpfe, aber es waren die Kampfdrohnen selbst, die voller Wut übereinander herfielen und sich gegenseitig niederstreckten.

Die Elben und Zwerge hingegen wandten sich nun den nahezu hilflosen Königinnen zu, hieben und hackten auf die gigantischen Kreaturen ein.

Warlon strich Ailin über den Kopf, dann sprang er auf. Nicht weit entfernt sah er Knochenbrecher auf dem Boden liegen, Barloks Streitaxt. Er steckte sein Schwert in die Scheide und hob die Axt auf.

»Für dich, alter Freund«, stieß er hervor, ehe er mit der Waffe einen kraftvollen Hieb gegen das Monster führte, das den Kriegsmeister mit seinem Schlag getötet hatte.

Rasch verfiel er in regelrechte Raserei und hörte genau wie die anderen nicht eher auf, als bis jedes der Ungeheuer völlig zerstückelt war, lange nachdem bereits der letzte Lebensfunke aus ihnen gewichen war.

Die Lage war verzweifelt.

Soweit die Kräfte der Priesterinnen reichten, die Thir-Ailith sichtbar zu machen, wimmelte die Halle der Helden vor schwarzen Gestalten. Nachdem sie den Rückzug der Krieger und Soldaten gedeckt hatte, war auch die Reiterei umgekehrt, und das Südtor war geschlossen worden, sobald der Letzte von ihnen hindurchgepresst war.

Seither brandeten die Thir-Ailith dagegen an.

Ihre Leichen türmten sich in der Halle auf, ohne dass ihr Andrang sich verlangsamte. Über die Gefallenen hinweg versuchten sie zu Tausenden, die Mauer zu erstürmen, während andere wie schon bei der Schlacht vor einigen Monaten große Felsblöcke als Rammen gegen den noch verbliebenden Flügel des Südtores schwangen.

Dieser war so gut repariert worden, wie es in der kurzen Zeit möglich gewesen war, aber es konnte sich nur noch um Minuten handeln, bis er nachgeben würde oder sich die Toten so hoch aufgetürmt hatten, dass die Thir-Ailith über sie hinweg die Mauer erstürmen konnten.

Die meisten der ursprünglich dahinter stationierten Verbände befanden sich bereits auf dem Weg zur Oberfläche. Wenn das Tor fiel, bot der Stollen dorthin die letzte Chance, den Ungeheuern den Weg nach draußen zumindest noch für eine gewisse Weile zu versperren.

Versagt!, hallte es in Thilus' Kopf. Selbst die vereinte Kraft der Zwerge, Elben und Menschen hatte gegen diesen grenzenlos überlegenen Feind versagt, ihr Bündnis war gescheitert. Die Thir-Ailith würden an die Oberfläche gelangen, daran gab es nun keinen Zweifel mehr – sie würden die Welt mit Feuer und Schwert überziehen und alles in Finsternis hüllen.

»Ihr solltet gehen und Euch in Sicherheit bringen. Nicht mehr lange und es wird keine Gelegenheit mehr dazu geben«, wandte er sich mit schleppender Stimme an Tharlia.

Die Königin blickte sekundenlang auf die angreifenden Horden, dann wandte sie den Kopf ab und nickte langsam.

»Sicherheit wird es nirgendwo mehr geben«, stieß sie hervor. »Aber ich werde ...«

Überraschte Rufe gellten plötzlich über den Wehrgang.

Auch Thilus keuchte angesichts des bizarren Bildes, das sich ihm plötzlich bot.

Die Thir-Ailith hatten in ihrem Angriff innegehalten. Statt weiter gegen das Südtor und die Mauer anzubranden, begannen sie ohne ersichtlichen Grund plötzlich übereinander herzufallen. Mit der gleichen verbissenen Wut, mit der sie zuvor die Verteidiger angegriffen hatten, attackierten sie sich nun gegenseitig und töteten einander.

»Was... was hat das zu bedeuten?«, keuchte Thilus fassungslos.

»Barlok«, stieß Tharlia hervor und umklammerte eine Zinne der Wehrmauer so heftig, dass ihre Fingerknöchel weiß wurden. »Die Expedition muss Erfolg gehabt haben. Anders ist das nicht zu erklären.«

Nach nur wenigen Minuten war lediglich ein einziger Thir-Ailith in der Halle der Helden noch am Leben. Auf der Suche nach einem Feind rannte er auf das Tor zu, doch kam er nur wenige Schritte weit, ehe er von mehreren Goblin-Pfeilen durchbohrt und niedergestreckt wurde.

»Heißt das... wir haben gesiegt?« hauchte Thilus, obwohl er es trotz allem immer noch kaum wagte, sich an diese Hoffnung zu klammern.

EPILOG

Drei Tage waren seit der Schlacht vergangen, Tage erfüllt mit Freude, Feiern und neu erwachter Hoffnung. Nach dem Ende der Königinnen, der Befreiung sämtlicher Sklaven, und nachdem feststand, dass kein Thir-Ailith lebend entkommen war, hatte sich auch der Expeditionstrupp auf den Rückweg gemacht. Den Kampf in der Tiefe hatten außer Warlon und Ailin nur drei der Zwerge überlebt, die von Elan-Dhor aus zu der verzweifelten Mission aufgebrochen waren.

Dafür jedoch belief sich die Zahl der befreiten Sklaven auf über zehntausend Elben und gut halb so viele Zwerge.

Ebenso waren Selon und die übrigen nach Zarkhadul geflohenen Mitglieder des Hohen Rates, sowie viele andere Würdenträger, nach Elan-Dhor zurückgekehrt.

»Zwerge und Menschen, Elben und Goblins. Nach einer Zeit tiefster Verzweiflung, als jede Hoffnung nahezu erloschen war, haben wir einen Sieg über eine Gefahr errungen, die unser aller Existenz auszulöschen drohte«, rief Tharlia.

Zusammen mit den anderen Ratsmitgliedern, Gelinian, Lhiuvan, Warlon, Ailin, General Morakow, Malcorion und sogar Quarrolax stand sie auf der kleinen Plattform, die die oberste Stufe der Treppe zum Palast bildete. Der große Platz davor war überfüllt. Nicht nur Zwerge, sondern auch Menschen, Elben und sogar einige Goblins hatten sich dort versammelt, um ihrer Ansprache zu lauschen.

»Keines unserer Völker hätte die Bedrohung allein abwenden können, eines nach dem anderen wären sie von der Finsternis verschlungen worden. Nur gemeinsam ist es uns gelungen, der Gefahr zu trotzen. Daran sollten wir uns stets erinnern und niemals wieder zulassen, dass Streit und Missgunst unsere Völker einander entfremden.«

Beifall und Hochrufe erklangen aus der Menge.

»Aber dieser Tag soll nicht uns allein gehören. Viele haben mit ihrem Blut und ihrem Leben dafür bezahlt, dass wir jetzt hier stehen. Auch ihrer sollten wir gedenken.«

Tharlia senkte für einige Sekunden den Kopf, und alle in der Menge taten es ihr gleich.

»Für Jahrhunderte galt Elan-Dhor als die Letzte der großen Zwergenminen, der letzte Hort unseres einst so bedeutenden Volkes«, fuhr sie schließlich fort. »Nun jedoch steht uns außerdem der Weg nach Zarkhadul wieder offen. Viele von uns waren gezwungen, vor der Gefahr dorthin zu fliehen. Manche von ihnen wünschen, in ihre Heimat zurückzukehren, andere möchten in Zarkhadul bleiben, um sich dort eine neue Existenz aufzubauen. Gleiches gilt für viele der hier versammelten Zwerge. Deshalb wird es von nun an wieder zwei von unserem Volk bewohnte Minen geben, die auf ewig in Freundschaft und hoffentlich bald neu erblühendem Wohlstand miteinander und auch mit allen anderen Bewohnern der Tiefenwelt und der Oberfläche verbunden sein sollen.«

Lang anhaltender Beifall folgte ihren Worten. Tharlia wartete einige Sekunden, dann trat sie ein paar Schritte zurück und schüttelte demonstrativ General Morakow, Malcorion, den beiden Elben und auch Quarrolax die Hand. Schließlich blieb sie vor Ailin und Warlon stehen.

Der Kampfführer hatte ihre Worte nur wie aus weiter

Ferne gehört und ihnen kaum gelauscht. Alles in ihm fühlte sich nach Barloks Tod noch immer wie betäubt an, alles erschien ihm trostlos und leer.

»Eine Priesterin und ein Krieger«, richtete Tharlia das Wort an sie. »Ohne Euch würden wir diesen Tag heute vermutlich nicht erleben. Ihr seid gemeinsam durch viele Gefahren gegangen, und es ist unverkennbar, dass es ein Band zwischen euch gibt, das stärker ist als nur Freundschaft.«

Ihre Worte zerrissen den Schleier der Betäubung, der sich um Warlons Geist gelegt hatte. Überrascht blickte er sie an und fragte sich, worauf sie hinauswollte.

»Dennoch ist es einer Priesterin nach den Regeln der Schwesternschaft vom Dunkelturm Elan-Dhors untersagt, eine Verbindung mit einem Mann einzugehen«, sprach Tharlia weiter. »Aber wenn Zarkhadul nun neu besiedelt wird, soll zu Ehren von Li'thil dort eine neue Schwesternschaft gegründet werden. Und diese benötigt eine Hohepriesterin, die dem Orden vorsteht und seine Regeln festlegt. Regeln, die möglicherweise nicht ganz so starr sind wie die des Dunkelturms. In Absprache mit Hohepriesterin Breesa habe ich beschlossen, Euch dieses Amt zu übertragen, Hohepriesterin Ailin.«

Wilde Freude durchfuhr Warlon, als er vollends begriff, was ihre Worte zu bedeuten hatten. Instinktiv griff er nach Ailins Hand.

Der Schmerz tief in ihm wurde auch dadurch nicht getilgt, aber die Dunkelheit um ihn löste sich auf, als er erkannte, dass ein neuer Weg voller Hoffnung vor ihm lag.

blanvalet

Es kommt eine Zeit, die nach Helden verlangt!

Roman. 640 Seiten. Übersetzt von Wolfgang Thon
ISBN 978-3-442-26592-3

Lesen Sie mehr unter: **www.blanvalet.de**

blanvalet

Drizzt Do'Urden ist zurück!

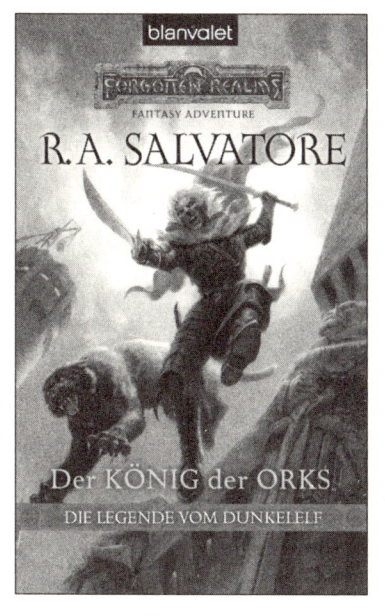

R. A. SALVATORE
Der KÖNIG der ORKS
DIE LEGENDE VOM DUNKELELF

Roman. 512 Seiten. Übersetzt von Regina Winter
ISBN 978-3-442-26580-0

Lesen Sie mehr unter: **www.blanvalet.de**